KB212888

바람,
이를
때면

바람, 이를 때면

초판 1쇄 찍은 날 | 2015년 2월 12일
초판 1쇄 펴낸 날 | 2015년 2월 23일

지은이 | 한조
펴낸이 | 서경석

편 집 장 | 권태완
편집책임 | 최고은
편   집 | 나정희

펴낸곳 | 도서출판 청어람
등록번호 | 제387-1999-000006호
등록일자 | 1999. 5. 31
어람번호 | 제5-0401호

주소 | 경기도 부천시 원미구 부일로 483번길 40 서경B/D 3F (우) 420-822
전화 | 032-656-4452 팩스 | 032-656-4453
http://www.chungeoram.net
E-mail | chungeorambook@daum.net

ISBN 979-11-04-90095-2 03810

한조 장편 소설

· Chungeoram romance novel

바람,
이를
때면

도서출판 청어람

목차

여는 장

대초원의 밤

천마(天馬)가 초원을 내달린다.

보통 말에 비하여 월등히 크고 빠른 그 짐승은, 하늘이 내린 말이라 하여 천마라 불렸다. 오직 한 사람에게만 길들여지는 천마는 그 자체로 숭고하였다. 천마가 내달릴 때마다 굽이치듯 휘어 있는 갈기가 거칠게 흔들렸고, 말발굽을 따라 먼지구름이 흩어졌다.

이곳은 늑대의 부족, 벨트렉족이 지배하는 대초원. 하늘에 뜬 두 개의 붉은 달이 사선으로 교차하고, 땅엔 희끄무레한 어둠이 깔린다.

멀리 번뜩이는 횃불들이 보인다.

천마로 이루어진 마군(馬軍)이 횃불 무리를 향해 묘묘한 초원을 가로질렀다.

마침내 벨트렉족 본지에 도착한 아르슬랑이 천마를 멈추었다.

벨트렉족 특유의 이동식 가옥인 게르가 끝도 없이 늘어져 있었다. 버들가지가 엮여 게르의 골조가 되었고, 양털로 짜인 직물이 원통형 벽과 둥근 지붕을 뒤덮었다. 그렇게 만들어진 수십 개의 게르 중 벨트렉족 지도자가 머무는 게르는 특별히 '고귀한 게르'라 불렸다.

「아르슬랑 님!」

「기억초가 독을 품었다니. 그것이 참이냐?」

천마에서 내린 아르슬랑이 다급히 물었다.

「예, 아르슬랑 님!」

「아타르는?」

「무사하십니다!」

서둘러 고귀한 게르로 향하며 아르슬랑이 입술을 잘근거렸다. 고귀한 게르와 가까워질수록 팽팽해지는 긴장감에 아르슬랑은 몸이 조여드는 것 같았다.

「들어가도 되느냐? 내 부인과 아들을 직접 봐야겠다.」

고귀한 게르 앞에 도착한 아르슬랑이 말했다.

「예, 아르슬랑 님. 안으로 드시지요.」

고귀한 게르의 문이 열렸다. 아르슬랑은 그 안으로 들어섰다. 갓 태어난 아들을 품에 안고 있던 아타르가 몸을 일으켰다. 무표정한 그녀의 얼굴엔 식은땀이 가득했다. 아르슬랑이 그녀의 옆에 앉아 손을 뻗었다. 손끝에 아타르의 차가운 뺨이 닿는다.

「수고했소, 아타르.」

가만히 아들을 눈에 담는 아르슬랑을 보며 아타르가 엷게 웃었다.

「기억초가 독을 품었다 들었소. 참이오?」

「예, 아르슬랑이시여. 분명히 보았습니다. 저뿐만 아니라 모두가…….」

아타르가 말끝을 흐렸다. 아르슬랑의 표정이 어두워졌다.

기억초. 그것은 제왕초. 오직 왕의 슬픔을 먹고 독을 품는다. 전해지기로는 적어도 수백 년간 초원의 기억초는 독을 품지 않았다.

기억초가 독을 품었다는 것, 그것은 다시 말해 왕이 태어났다는 뜻이다. 초원이 초원의 왕을 선택했다는 뜻이다.

아르슬랑이 입술을 잘근 깨물었다.

「아르슬랑.」

초원의 유목민들은 각자 족장을 세우고서 갈가리 찢겨져 반목해 왔다. 그 반목을 끝내고, 이 초원을 통합할 왕이…… 정녕 탄생했다고?

「우리의 아이가 왕이 될 겁니다. 모두를 통합하고, 모두를 구원하여, 마침내 내일을 가져다줄 겁니다.」

아타르의 말에는 힘이 실려 있었다. 아르슬랑이 굳은 얼굴로 그녀를 응시했다.

「아이에게 이름을 지어주세요, 아르슬랑.」

「아타르…….」

「기쁨보다 슬픔을, 고독을, 상실을 먼저 배우게 될 우리 아이를 내일로 이끌어줄 그런 이름을.」

아르슬랑의 시선이 잠든 아들에게로 향했다. 아타르를 닮아 사랑스러운 아이였다. 그러나 아이의 앞날은 결코 순탄치 않을 것이다.

정말 이 아이가 왕이 되어 그들 모두를 이끌어야 한다면, 그렇다면 이 아이는 얼마나 많은 상실과 절망을 겪어야만 할까?

한참 후, 아들을 하염없이 바라보기만 하던 아르슬랑의 입이 열렸다.

「……아라아탄.」

그래, 그것이 이 아이에게 어울리는 이름일 것이다.

「아라아탄이라고 하겠소. 우리의 아들은 그 무엇에도 길들여지지 않고, 그 무엇에도 굴복하지 않는 초원의 맹수가 될 것이오.」

아르슬랑이 아라아탄의 이마에 입을 맞추었다. 잠에서 깬 아이가 방긋 웃었다. 아르슬랑이 검지를 가져다주자 아라아탄의 앙증맞은 손가락이 아비의 것을 꼭 붙들었다. 그 사랑스러운 아이를 보며 아르슬랑이 고요히 웃었다.

횃불 아래, 아이의 유색 눈이 선명하다. 그 눈은 아름답고 투명한 푸른색이었다.

「아타르, 아라아탄의 눈이 그대를 꼭 닮았소.」

부디 이 아이가 길을 잃지 않기를.

「그렇습니까?」

「발가락은 나를 꼭 닮았고.」

무뚝뚝한 아타르도 그 순간만큼은 환하게 웃었다.

그 밤, 벨트렉족은 날을 하얗게 지새우며 새로운 왕의 탄생을 축복하였다. 두 개의 붉은 달이 하늘에서 엇갈리고, 은빛 기억초가 대초원 가득 피어난 날이었다.

1장

살아남는 자

검은 산맥과 검은 강에 의해 대초원과 대륙으로 양분되는 이 세계. 광막한 대초원엔 천마를 다루는 유목민이 산다. 비옥한 대륙은 고예 황제의 정복전쟁에 의해 통합되었다. 대륙 서쪽의 진(眞)과 동쪽의 조(朝)는 무너져 고예의 번국으로 전락하였다.

오랜 전쟁의 끝. 두 개의 달이 뜬 밤. 고예의 황궁은 더없이 적막했다.

장엄한 규모가 화려함보다는 무거움으로 다가오고, 숨소리마저 송구하여 숨죽이는 그곳.

눈 감은 황제의 입술에 황후가 제 것을 포갠다.

이로써 사흘이 지났다.

황제는 완전히 이승을 떠난 것이다. 되돌아오지 못할 저승으로 가버린 것이다.

황후의 옥안이 미묘하게 일그러진다. 그녀의 가늘고 긴 손가락이 황제의 뛰지 않는 심장 부근을 어루만졌다. 이윽고 미혹할 듯 아름다운 목소리가 나직이 울린다.

"북을 울리세요."

황후의 명은 조용히 퍼져 나갔다.

그리고 마침내.

둥, 둥, 두웅―

황제의 붕어를 알리는 북소리가 울려 퍼진다.

"폐하!"

"황제 폐하!"

"흐으윽!"

울음도 번져 나간다.

그 오열의 늪 속, 황후는 담담히 앉아 있다. 다시는 눈 뜨지 않을 황제의 뺨을 한없이 어루만지며. 그저 그렇게.

이튿날, 마지막 황명이 공표되었다.

―짐은 열두 살 나이에 제좌에 올라 천하를 통일하였다. 짐은 모든 것을 이루었기에, 더 이상 그 어떤 뜻도 없음이다. 차기 황제의 지명권은 황후에게 있다. 황자가 지명된다면 황자에게, 공주가 지명된다면 공주에게, 황위 계승전이 명해진다면 서약에 따라 모든 왕공후는 그 충의를 다하라.

❖　❖　❖

　고예의 황위 계승엔 남녀의 차도, 적서의 차도 없다. 황자가 서자인 것도, 공주가 적자인 것도 중요치 않다. 오직 황후의 선택만이 있다. 후계를 확정하지 않고 유명을 달리한 황제가 그리 정했다.

　그러나 모두들 공주가 지명될 것이라고 생각했다. 그것은 황자도 마찬가지였다.

　황자는 조용히 이후의 일을 가늠해 보았다.

　이제 막 관례를 치른 공주. 그 어린 공주에게 위협이 될 것이 빤한 자신과 자신의 세력.

　공주와 황후가 과연 그 존재를 묵인할 것인가?

　"제위는 가장 강한 자의 것이 되어야 하는바. 공주와 황자는 들으라."

　제 것이 아닌 제좌에 앉은 황후가 섭정 황제로서 입을 열었다. 황자는 고개를 들고서 맞은편에 앉은 공주를 바라보았다. 여전히 소녀처럼 낭랑한 옥음이 나직이 들려온다.

　"공주가 적자라는 이유로 제좌를 얻는 것도, 황자가 사내라는 이유로 제좌를 얻는 것도 부당하다."

　담담히 앉아 있던 공주의 미간이 살짝 찌푸려진다. 황자 또한, 조금은 의아한 마음으로 고개를 돌렸다.

　황후의 말이 이어진다.

　"짐은 선황 폐하의 뜻을 받들어, 금일 자정부터 황위계승전을 명하노라."

한껏 커진 두 쌍의 눈이 황후에게 향했다. 공주도, 황자도 당혹스러웠다. 그 두 쌍의 눈을 마주 응시하는 황후의 눈빛은 고요했다.

공주는 벙긋거리던 입을 꾹 다물었고, 황자는 자신도 모르게 주먹을 움켜쥐었다.

황후의 앞, 도열한 귀족 모두 침묵한다. 눈짓만이 소란스럽게 오간다.

황위계승전이 시작되다니. 황자와 공주, 둘 중 한 사람이 죽어야만 끝나는 그 위험하고도 매혹적인 것이 시작되고 말다니!

고예에는 여러 번국이 있다. 그들은 제국의 황위를 계승할 수 있는 자가 둘 이상 태어나면 서약을 한다. 공주가 태어난 때에 서왕부의 서왕은 황자에게, 동왕부의 동왕은 공주에게 충성을 서약했다. 황제는 서왕과 동왕에게 서약의 진을 새겨 넣었다. 황자와 공주는 각 진의 주인이 되었다. 서약의 진이라는 것, 그것은 거스를 수 없는 속박이다. 진의 주인이라는 것, 그것은 따라야만 하는 절대적 명령자다.

황위계승전 없이 차기 황제가 결정되었다면 아무 의미 없었을 서약이 지금은 그 무엇보다도 중요해졌다. 서왕은 황자를 황제로 세우기 위해, 동왕은 공주를 황제로 세우기 위해 싸워야 한다.

서약은 서약이 새겨진 자와 진의 주인이 만나야만 이행된다. 서약은 결코 깨어지지 않는다. 서약이 새겨진 자가 죽거나, 진의 주인이 죽기 전에는.

그것은 대륙의 황제가 내린 절대복종의 명령. 명받은 자는 결코 거부할 수 없다.

공주와 황자, 둘 중 어느 쪽이 먼저 서약을 이행시킬 수 있을까. 어느 쪽에 붙어야 이 계승전에서 승리할 수 있을까.

소리 없이 소란스러운 이들을 내버려 두고서 황후는 회장을 빠져나갔다.

그녀는 황제가 있는 곳으로 갔다. 황제의 관 앞에 엎드려 향을 피웠다.

황제가 허락한 환상이 보인다. 기억, 추억, 기쁨, 슬픔, 그 모든 것들.

"폐하, 계승전이 시작되었답니다. 부디 신첩을 용서하세요."

황후가 웃었다. 그녀의 검은 눈동자에 여린 기쁨이 스민다.

공주는 달렸다.

위급한 상황인데, 무뜩 옛 생각이 났다.

"어머니, 저는 잘못한 것이 없습니다."

"잘못한 것이 없다?"

황후는 기이한 어미였다. 창백한 피부, 선홍의 입술, 새까만 눈동자와 머리카락……. 그 모든 색감이 지나치게 또렷하여 도리어 비현실적이게 느껴졌었다.

특히 그 눈동자. 아무것도 담기지 않던 어미의 눈동자는 아주 먼 곳을 보듯 초점이 없었다.

"그것들이 잘못하여 벌을 준 것뿐입니다."

"벌을 주었다?"

일개 궁녀들이 감히 공주를 못 본 척하여 일어난 사달이었다. 공주는 머리끝까지 화가 났고 궁녀들을 회초리질 했다. 그녀들이 절뚝거리며 돌아온 것을 의아하게 여긴 황자가 자초지종을 추궁했고, 오래 지나지 않아 공주가 자신에게 말도 하지 않고 자신의 궁녀들에게 손댄 것을 알아냈다. 황자가 그 일을 따지자, 공주 역시 그 궁녀들의 무례함을 책잡았다.

둘의 다툼은 대개 그토록 사소한 것에서 시작되었으나, 결코 끝이 없었다.

"공주, 이 어미는 공주를 책하는 것이 아니야. 공주는 너무 물러. 물러 터져서 적에게 틈을 보이고 말아. 공주가 그 무례한 궁녀들을 회초리질 하는 걸로 끝내지 않고 그 목숨을 취하였으면 어땠을까? 황자가 무어라고 하든 황자의 궁녀들은 두 번 다시 공주의 심기를 거스르지 못하였을 거야."

근신을 명받은 공주에게 황후는 그리 말했다. 그것이 목숨까지 취할 일이었느냐고 머뭇머뭇 묻는 공주에게 황후는 묘한 웃음을 지어 보였다.

"선이란 건 없어, 공주. 살아남는다는 것, 그것이 있을 뿐이지."

그 말을 떠올리며 공주는 이를 악물었다.

"고예이파!"

황자의 부름이 들린다.

둥, 둥, 두웅—

계승전의 시작을 알리는 북소리가 그녀에게 달려든다. 그 둔탁한 소리가 온몸을 때리는 것만 같다.

공주는 공주궁 문을 걸어 잠갔다. 황자는 자정이 되기 전부터 공주궁을 에워싸고 있었다.

공주의 외숙부이자 서약자인 동왕에게 이 소식이 전해지기까지 얼마나 걸릴까?

'외숙부님……'

공주가 입술을 잘근거렸다. 머리가 지끈거리며 터질 것 같았다. 이대로는 얼마 버티지 못한다. 분명 살해당한다. 어떻게든 동왕을 만나야 한다. 직접 만나야만 서약이 이행된다. 그래야 그의 보호를 받을 수가 있다. 서약이 이행되어야만, 동왕은 황제의 명보다 그녀의 명을 우위에 놓고 받들 수 있다.

'어머니. 살아남는다는 것, 그것뿐입니까?'

공주는 입술을 눌러 물었다.

죽거나 죽이거나, 둘 중 하나다. 그 둘 중 하나가 실현되기 전까지 계승전은 끝나지 않는다. 차기 제좌의 주인이 확정되기 전까지 고예는 서쪽의 서왕부와 동쪽의 동왕부, 두 세력으로 찢어져 대립할 것이다.

강한 자는 살아남고, 살아남은 자가 황제가 된다. 그것이 황위 계승전. 문명의 제국이란 이름으로 행해지는 살육 행위. 그동안만큼은 혈육을 찢어발기는 냉혹함조차 강함으로 치부된다.

공주가 정신을 바짝 차리며 담벼락에 붙어 섰다. 청력에 신경을 집중시킨다.

쿵쿵―

심장이 맹렬하게 뛴다.

'집중해. 오라버니의 발소리를 들어.'

그녀의 두 눈이 번쩍였다.

'저쪽이다!'

공주는 정확히 소리가 나는 곳과 같은 쪽을 향해 달렸다.

고예진파, 제국 고예의 유일한 황자. 그는 결코 어리석지 않다. 냉정하고 영리하며, 유능하다. 절대로 발소리 따위를 들킬 리 없다. 들켰다는 것은, 들키기 바랐다는 뜻. 즉, 함정이다.

아무도 없는 듯 고요한 곳에 진파와 그 무리가 있을 것이고, 누군가 있는 듯 소음이 들려오는 곳은 의외로 비어 있을 것이다.

공주를 우롱하듯 나던 발소리는 그녀의 사냥터 쪽으로 향하고 있었다.

기회였다. 그곳엔 공주에게 길들여진 수십 마리의 맹수가 있다.

'쉽게 당하지는 않겠다. 살아남겠어!'

큰 달이 구름 뒤로 숨었다. 작은 달은 서산을 넘어가고 있다. 두 개의 달이 빛을 잃은 때. 바로 지금이 살아남을 수 있는 유일한 기회다.

황자와 정면으로 맞붙는 것은 명청한 짓이다. 아직 공주는 황자를 뛰어넘지 못했다. 정면승부했다가는 개죽음당할 뿐이다. 달아

나서 동왕을 만나야 한다. 세력을 모아야 한다. 그녀가 죽지 않는다면, 어쨌든 황자는 황제가 될 수 없다. 황후가 섭정 황제로서 고예를 통치할 것이다.

'눈치챘나?'

반대쪽에서 무시무시한 살의가 다가온다. 제 계략이 간파당했음을 눈치챈 황자가 접근하고 있는 것이다. 공주는 힘껏 속도를 높였다.

쿵쿵—

심장은 점점 더 맹렬해지고 머릿속이 새하얘진다.

느껴진다. 바짝 가까워지는 사냥꾼의 기척. 사냥이 끝나갈 때쯤 드러내는 사냥꾼의 희열.

"고예이파!"

황자의 목소리가 들려온 것과 동시에 공주는 담 위로 몸을 날렸다. 명백한 살의를 품은 화살이 날아온다. 화살에 급소를 맞기 직전 공주는 몸을 틀었다. 구름 사이에 움튼 달빛이 황자를 비춘다.

달빛 탓에 황자는 창백하게 보였으나, 날카로운 눈빛 덕에 나약해 보이지는 않았다. 황금색으로 수놓아진 검은 의복이 그의 창백한 안색과 대비되니, 그는 언뜻 사자(死者)처럼 보였다.

담을 넘어 떨어지는 마지막 순간까지 공주는 황자를 노려보았다. 모든 것이 느리게 보였다.

천천히, 황자가 입술을 움직인다.

"너를 죽일 것이다."

승리를 향한 그 확고한 신념. 이파는 픽 싱겁게 웃으며 생각했다.

'이 누이는 살아남을 겁니다.'

애초에 남매의 우애 따윈 없었다. 단 한 번도 오누이로서 따스한 눈빛을 주고받지 않았다. 후계가 정해지지 않은 상황에선 서약자를 뺀 모두가 적. 설령 후계가 정해졌다 한들 그들 오누이가 서로에게 적이라는 사실은 변하지 않았을 것이다.

'어머니, 부디 강건하소서.'

황후가 왜 자신을 황제로 지명하지 않고 계승전을 윤허했는지 공주는 알 수 없다. 그것이 선황의 마지막 유지였을 수도 있고, 단지 더 강한 자가 황제가 되어야 한다는 황후의 신념이었을 수도 있다. 이유야 어찌 되었든 황위계승전은 시작되었고, 공주는 황자를 죽여야 살아남을 수 있게 되었다. 그것은 황자도 마찬가지다. 지금 이 순간 이후로 중요한 것은 단지 그것뿐이다.

"으윽!"

바닥에 떨어진 공주가 어깨를 움켜쥐었다.

잘못 떨어진 탓에 화살 맞은 어깨를 땅에 부딪쳤다. 화살이 부러지며 보다 깊게 박혔다. 신음을 억지로 참으며 공주는 몸을 일으켜 세웠다. 시야가 희뿌예지며 그녀의 몸이 크게 휘청거렸다. 뻣뻣해진 몸의 감각이 제 것이 아닌 양 낯설다.

'독을…… 발라두었나?'

어디선가 들려오는 짐승의 포효가 아뜩하다. 의식이 아슴아슴 흐려진다.

'안전한 곳으로…… 달아나야 해…….'

공주는 비틀비틀 움직였다.

이곳은 그녀의 사냥터. 그녀에게 훈련받아, 그녀에게 복종하는 맹수들이 있다. 당장은 그 어느 곳보다 안전하다. 그러나 시간이 지체되면 황자는 충분히 준비해서 이곳으로 쳐들어올 것이다. 그 전에 은신처를 확보해야만 하는데…….

　'……사람?'

　사람 같은 형체가 걸어오는 것이 보인다. 다리가 풀썩 꺾인다.

　"허억, 헉……."

　숨을 헐떡이며 공주는 힘겹게 정신을 붙들었다. 독이 점점 더 넓게 퍼져 간다. 이대로 죽는 것일까? ……아니다. 그럴 리 없다. 이따위 독에 죽을 리 없다. 웬만한 독에는 내성이 있다. 그저 해독하는 데 약간의 시간이 걸릴 뿐이다. 필요한 것은 흐르는 피를 멈추게 할 응급처치와 체온을 유지시켜 줄 따뜻한 이불 정도…….

　"나를 살려라……. 살아남겠다. 무슨 짓을 해서라도…… 반드시……."

　사람 형체가 느리게 공주에게 가까워져 왔다. 공주는 그 얼굴을 미처 확인하지 못한 채 정신을 잃었다. 가녀린 몸이 축 늘어졌다.

　고통에 차 신음하는 공주를 내려다보는 이는 둘이었다.

　「주군?」

　「무슨 짓을 해서라도 살아남겠다니. 참일까, 우넨치?」

　「예?」

　그들은 고예어가 아닌 다른 말로 속닥거렸다. 우넨치라고 불린 사내가 의아해하는 동안 다른 사내가 공주에게 다가섰다.

「고예의 공주다. 계승자를 지정하지 않고 계승전을 시작했나 보군.」

「계승전이라면…….」

우녠치의 말끝이 흐려졌다. 다른 사내는 무심한 얼굴로 공주를 응시했다. 몸을 숙인 그가 무뚝 손을 뻗었다. 부상 탓인지 공주의 안색은 파리했으나, 손끝에 닿은 그녀의 피부는 도자기처럼 매끄러웠다. 공주의 오밀조밀한 이목구비를 보며 사내는 누군가를 떠올렸다.

「닮았어.」

사내가 중얼거렸다.

「예?」

「아무것도.」

고개를 살짝 내저은 사내가 우녠치를 바라보았다.

「공주는 어쨌든 살아 있는 쪽이 좋아. 계승전이 길어질수록 고예는 혼란스러워질 테니.」

꿈결처럼 속삭이는 사내의 눈동자는 얕은 바다색이었다.

황자는 공주의 사냥터를 샅샅이 뒤졌다. 공주가 길들인 맹수들이 사납게 달려들었다. 그것들을 하나씩 제거하며 황자가 물었다.

"공주의 시체는?"

"송구합니다, 주군. 아직 찾지 못했습니다."

"용케 살아남았나 보군."

맹독이 묻은 화살에 맞았다. 아무리 내성이 있어도 적절한 치료를 받지 못하면 소용없는 일이다. 과다출혈에 의한 죽음도 무시할 수 없는 법이니까.

그런데 살아남았다?

황자의 눈빛이 가라앉았다.

"맹수들이 먹어 치웠을 가능성은 없겠습니까?"

"명하야, 저것들은 철저히 공주에게 충성하도록 길러졌다. 공주의 머리털 하나 건들지 않았을 테지."

황자가 굳은 표정으로 말했다. 이 상황이 마음에 들지 않았다. 그는 되도록 밤을 넘기지 않고 공주를 잡고 싶었다. 공주와 동왕이 만나서 서약이 이행되기 전 공주를 제거하는 것이 가장 이상적인 방법이었으니까. 그런데 공주는 살아서 그의 손아귀를 빠져나갔다.

각 서약자와 계승자가 만나 서약이 이행되면 고예는 내전을 피할 수 없게 된다. 수많은 사람이 죽을 것이다. 귀족, 평민 할 것 없이.

'조금 더 신중했어야 했나?'

땅에 떨어진 핏자국을 응시하던 황자가 이내 고개를 돌렸다. 그의 눈이 감겼다 떠진다. 자책이 사라진 눈동자가 고요히 가라앉는다. 이미 놓쳐 버렸으니 후회해도 소용없는 일이다. 공주는 동왕을 만나러 갈 테니, 그 또한 서왕을 만나러 가야 할 것이다. 사병을 이용해 공주의 발을 묶는 동시에, 그녀보다 먼저 서약을 이행시키는 것이 현재로서는 최선이었다. 동왕과 공주의 서약이 이행되지 못하는 한 승기는 황자에게 있다.

다만, 어찌할 수 없이 계승전에 내던져진 지금, 그 무엇보다 의아한 것은 황후의 의중이었다. 어째서 차기 황제로 공주를 지명하지 않고 황위계승전을 윤허하였을까? 그 속을 까발려 볼 수 있다면 이 답답함도 없으련만.

'언제는 이해가 되었던가?'

황자가 고소하며 눈을 내리떴다.

이제는 고예의 번국이 된 옛 조(朝)의 황녀. 망국의 공주로서 제 부군의 나라가 제 아비의 나라를 집어삼키는 것을 황후는 지켜보아야만 했다. 후에 그녀는 고예를 향한 제 충심을 증명하고자 조의 동맹이었던 한 부족을 몰살하기도 했다. 그 잔혹한 살생을 황후는 무감정한 얼굴로 자행하였다고 한다. 살생에 아무런 죄악감도 느끼지 못하는 듯했다고 하니, 이 계승전으로 인해 죽어 나갈 수많은 사람들 또한 황후의 관심사가 아닐지도 모른다.

'무어, 상관없지.'

황자가 살짝 고개를 내저었다. 그래, 황후의 의도는 상관없는 일이다. 그로서는 공주가 차기 황제로 바로 지명당하는 것보다 훨씬 나은 상황이었다. 적어도 지금은 그에게도 기회가 있는 셈이니까. 앉아서 숙청당하는 것을 기다리는 신세만큼은 면하게 되었으니까.

"황후궁으로 간다."

공주의 것일 게 분명한 핏자국으로부터 눈을 떼며 황자가 말했다.

"외조부님께 사병을 풀어 동왕부로 통하는 모든 길목을 막아달라고 청해라."

"예, 주군."

명하를 보내고, 황자는 황후궁으로 향했다.

서약 이행도 중요하지만, 황자에겐 절대적 원군이 바로 곁에 있다. 그의 어미는 비록 후궁이었으나, 이곳 고예에 본가가 있다. 황자의 외가 되는 그 가문은 오랜 시간 명문가의 지위를 유지하며, 부를 축적해 왔다. 서약 이행 따위가 아니더라도 그들은 황자에게 절대적 지지를 보낼 것이다.

반면 황후의 친정은 옛 조, 현 동왕부에 있다. 공주의 절대적 지지자는 너무나도 멀리에 있다.

따라서 이제는 몰락해 버린 황자비 가문의 도움을 기대할 수 없다고 해도, 황자는 이미 공주보다 우위에 있는 것이다.

그 점들을 생각하며 황자는 공주를 놓친 데서 오는 초조감을 달랬다.

한참을 걸은 끝에 황후궁이 보였다.

황후궁은 으리으리했다. 온갖 화려한 장식이 넘쳐 났다. 장인(匠人)이 혼신을 다해 기교 부린 건물이었고, 그 화려함이 소름 끼칠 정도로 적막한 곳이기도 했다.

황자를 알아본 황후궁 상궁들이 허리를 숙였다.

"황후 폐하께선 어디에 계시느냐?"

"후원에 계시옵니다."

상궁 하나가 다소곳이 답했다.

"알현할 수 있느냐?"

"예, 황자 전하."

"안내하여라."

"이쪽으로 오시지요."

황자는 상궁을 따라 황후궁 후원으로 향했다. 풀밭에 앉아 흐드러지게 피어난 은빛 꽃을 응시하고 있는 황후가 보였다.

"공주는?"

황후가 그대로 은빛 꽃을 응시하며 물었다. 황자는 고개를 숙였다.

"당분간 섭정을 계속하셔야겠습니다, 황후 폐하."

"그래?"

현실감 없는 낭랑한 목소리. 문뜩 눈 아래 펄럭이는 붉은 치맛단에 황자가 고개를 들었다. 언제 다가왔는지 모를 황후가 그의 앞에 서 있었다.

"황자."

"예, 황후 폐하."

"그이는 공평무사한 황제였지?"

"예?"

"내가 편파적으로 굴면 그이가 싫어할 거야. 으음, 그런 것은 상관없나? 그냥 내가 알려주고 싶으니 알려줄게, 황자. 공주는 세상 무엇보다 위험한 원군을 얻어 돌아올 거야."

"예?"

이해 못 하는 듯한 황자를 보며 황후가 빙글 웃는다.

"이긴 자가 정의이고 선이야. 수단의 비겁함도, 방법의 구차함도, 승리 앞에선 아무것도 아니지."

"……."

황자는 입을 다물고는 황후의 말을 속으로 따라 읊조렸다.

이긴 자가 정의이고 선이다. 수단의 비겁함도, 방법의 구차함도 승리 앞에선 아무것도 아니다…….

"서왕부에 다녀와야겠네?"

문득 가벼운 바람이 불어온다. 황후의 옷자락이 팔락인다. 그 천에 스며 있던 연한 향 냄새가 풍겨온다. 황자가 미간을 살짝 찌푸렸다.

"……주제넘은 말씀이오나, 환상초를 너무 자주 피우지 마십시오."

"상관없잖아?"

"자칫 그 환상에 갇히실 수도 있습니다."

황후의 고개가 기울어진다.

"그것도 괜찮겠네."

그녀의 눈매가 휜다. 꿈결처럼. 신기루처럼.

흙바닥에 앉아 은빛 풀잎을 뚝뚝 뜯어내는 황후를 뒤로한 채, 황자는 후원을 빠져나왔다.

계승전이 시작된 날. 황후는 황자의 직언을 무시한 채 그날도 환상초를 피웠다.

대륙 가득 피어나는 환상초. 그것은 제왕초. 은빛 풀잎과 꽃잎은 한겨울에도 흐드러진다. 둥근 잎사귀와 화사한 꽃은 땅에 붙어 넓게 퍼진다. 하여 달빛 아래 환상초가 피어날 때면, 흡사 설야(雪夜)처럼 보였다.

환상초는 오직 황제의 기억을 먹고 자란다. 황제가 태어남으로 인해 독을 품는다. 그것이 타들어가며 만들어내는 연기는 황제가 허락한 기억만을 보여주는데, 그것이 환상초의 독이다. 이따금 사람을 환상 속에 가둬 버리기도 하는, 극악한 독.

그 극악함을 알면서도 황후는 환상초를 태운다. 그녀의 입가에 웃음이 번졌다. 황제가 허락한 기억이, 이내 그녀에게 흘러들어 온다.

'어머니, 아버지…….'

그것은 망국 조(朝)의 마지막 순간. 그 마지막을 더듬어 황후는 아비와 어미의 모습을 본다. 새 황제가 즉위하면 그것조차도 볼 수 없게 될 것이다. 그 비참한 마지막조차 그저 흐려져서는 끝내는 아련한 그리움으로 남을 터. 새 황제의 탄생과 함께 선황의 기억은 잊히고, 새 환상초가 피어날 테니까.

"기억들아, 기억들아, 부디 내게 보여줘. 슬픔들아, 슬픔들아, 제발 멀리 가지 마……."

황후는 흥얼흥얼 콧노래를 했다. 고예의 것들은 그 누구도 알지 못하는 망국의 노래였다.

"……으윽."

희미하게 정신을 차린 공주가 힘겹게 눈꺼풀을 밀어 올렸다. 몸을 뒤척이자 어깨 부근에서 저릿한 고통이 느껴진다.

"움직이지 않는 게 좋아."

느닷없이 들려온 사람 소리에 공주는 오히려 더 발딱 일어났다. 순식간에 정신이 맑아지며 눈앞의 사람이 보였다. 딱 마주친 그 눈동자에 공주는 잠시 넋을 놓았다.

유리알 같은 눈동자였다. 그녀를 응시하고 있는 것은.

고예에선 볼 수 없는 벽안의 눈동자. 그것은 바닥이 보일 듯 투명하고 얕았다. 그러나 그 바닥에 보이는 것은 공허, 허무, 그따위 것들. 적의도, 호의도 느껴지지 않는다.

반히 날아드는 그 시선에 공주가 머뭇머뭇 입을 열었다.

"고예인이 아니오?"

"상관없잖아?"

슬쩍 올라간 말꼬리. 약하게 묻어 나오는 북쪽의 억양.

공주는 천천히 생각했다.

이 남자는 누구지?

그가 입은 낡은 복장은 분명 고예의 것이다. 그러나 그것은 눈속임에 불과하다.

사람을 심히 홀릴 듯 아름다운 눈동자. 그리고 북쪽에서 온 듯한 억양. 그 단 두 가지만으로도 충분히 알아챌 수 있었다. 이 남자는 분명 초원 출신이다.

고예인의 눈동자는 결코 그와 같은 빛을 띠지 못한다. 저 사내와 같은 눈을 지닌 아이가 태어났다면 야만족의 자식이라 하여 일찌감치 내버려져 죽었을 테니까. 긍지 높은 고예인은 초원의 놈들에게 절대 자비를 베풀지 않으니까. 그러니까 이 남자는, 고예인일 수 없다.

차츰 주변이 공주의 눈에 들어왔다. 그곳은 작고 오래된 초가였다. 몸에 여독이 남아 있지 않은 걸로 보아서 아직 고예 안이다. 공주궁에서 그리 멀리 떨어지진 않았을 것 같다. 방 귀퉁이에는 사내가 썼을 것으로 추정되는 삿갓이 놓여 있다. 눈을 가리기 위해 일부러 푹 눌러쓰고 다녔을 듯하다. 영리한 판단이다. 눈만 들키지 않으면 그는 영락없이 고예인으로 보일 테니까.

어쨌든 공주는 몇 가지 사실을 확정했다.

이곳은 고예 안이며, 이국의 사내가 고예 한복판에 있다.

'왜 초원의 야만족이 이곳에 있지?'

결코 평범한 상황은 아니다. 보통의 이민족이라면 고예 황도까지 오기 전에 척살당했을 것이다. 그러나 이 사내는 공주의 눈앞에 있다. 그것도 무척 태연한 얼굴로. 신경이 예민하게 바짝 선다.

공주가 조심스럽게 허리춤을 더듬었다. 칼이 손에 잡혀야 하는데…….

"이걸 찾아?"

"아…….."

당황한 공주의 입술이 열렸다. 그가 비웃듯 묻는다.

"그댈 죽일 생각이라면 애써 치료했을까?"

사내의 말대로다. 살짝 눈을 내리뜬 공주는 화살 맞은 부위에 흰 천이 감겨 있는 것을 보았다. 그걸 본 후에야 몸이 허전하다는 것을 알았다. 치료를 위해서인지 최소한의 의복만 빼고 다 벗겨진 상태였다.

벗은 몸을 보였다, 이 사내에게. 그럼에도 수치스럽다는 생각은 들지 않았다.

꽤 적나라하게 드러난 맨살로부터 눈을 떼는데, 불쑥 사내가 손을 뻗는 것이 보였다.

부끄럽지 않아도 당황은 된다. 남자의 손끝이 닿자 이파의 어깨가 움찔 움츠러들었다.

"무, 무슨 짓이오?"

"상처를 볼 거야."

그는 익숙하게 붕대를 풀었다. 공주는 숨을 멈춘 채 그가 하는 양을 지켜보았다. 붕대가 사라진 어깨에 사내의 손길이 닿는다. 쿵쿵쿵쿵. 심장이 맹렬하게 뛴다. 공주는 숨을 참으며 입술을 지르물었다.

공주는 말 없는 남자의 옆모습을 가만히 바라보았다. 그의 눈동자가 새삼 눈에 보인다. 푸른 유리알 같은 눈이었다. 낯선 그 색깔에 홀린 것일까? 눈을 내리뜬 채 상처를 살피는 그에게서 순간 눈을 뗄 수가 없었다.

"잘 안 아무네."

불현듯 들려오는 목소리에 공주는 겨우 그에게서 시선을 돌렸다.

"독 때문일 것이오."

"그런가?"

사내가 작게 말하고는 공주의 어깨에 다시 붕대를 감아주었다. 그의 손길은 섬세하고 단단했다. 여인의 것처럼 세심한가 하면, 사내의 것처럼 단호하다. 탁상에 둘러앉아 학문을 논하는 것 외에는 할 줄 아는 게 없는 고예의 사내들과는 다른 느낌이다. 머무를 듯 스쳐 가는 그 감각은, 꼭 바람 같다.

"됐어."

"일단은 고맙소."

"먹어."

사내가 불쑥 내민 것을 공주가 얼떨결에 받아 들었다. 오래된 육포였다. 황궁에 있을 때라면 거들떠 보지도 않을 것이었다.

"잘 먹겠소."

그러나 공주는 망설임 없이 육포를 뜯었다. 지금 중요한 것은 어떻게든 살아남는 것이다. 살기 위해서는 먹어야 한다.

먹을 것이 입에 들어가자 머리가 조금씩 돌아간다. 머리가 돌아가자 사내의 정체가 또다시 궁금해진다. 오물오물 육포를 씹으며 공주가 사내를 힐끔거렸다.

갓 스물 중반이 되었을까 싶은 미안(美顔)의 유목민 사내. 둥글게 말아 올린 검은 머리가 흑단처럼 검다. 그 어떤 장식도 없으나 단정한 머리였다. 고요한 벽안의 눈동자는 얕은 듯 밑이 없다. 유리알 같아서 마주하면 거북해진다.

"뭘 그리 보오?"

그는 턱을 괴고서 공주가 먹는 것을 바라보고 있었다. 먹는 모습을 관찰당하는 기분은 썩 유쾌하지 않아서 결국 공주가 물었다.

그의 눈매가 스윽 휘었다. 자못 심술궂어 보인다.

"이런 상황에서 잘도 먹네."

다시 들어도 북쪽의 억양이 살짝 묻어 나오는 것을 빼면 흠잡을 것 없는 고예어였다. 더욱이 저 자연스러운 하대. 모르긴 해도 사내는 타인을 내려다보는 데 아무 거리낌이 없을 만큼 고귀한 신분일 것이다.

"먹어야 빨리 낫소."

"나으면?"

"싸울 수 있소."

"싸워?"

"⋯⋯."

사내는 꽤 집요하게 물었다. 공주는 대충 그의 물음을 무시해 넘기고는 육포를 마저 먹었다.

"잘 먹었소. 이름을 알려주시오."

공주가 넌지시 물었다. 이름을 들으면 무언가 더 알아낼 수 있을지도 모른다. 그런 얕은 수작을 밑바닥에 깔았다.

사내의 얼굴에서 순식간에 웃음기가 가셨다. 무표정해진 그 얼굴이 위압적이다. 기죽지 않으려 되레 어깨를 바짝 펴는 공주를 사내는 물끄러미 응시했다. 이윽고 사내는 아무 말 없이 자리에서 일어났고, 공주를 한 번 바라보고는 그대로 등을 돌렸다.

"이⋯⋯보시오?"

당황한 공주의 음성이 그를 뒤쫓는데, 그는 이미 문밖으로 나간

뒤였다.

사내는 초가를 나서며 떠올렸다. 고예로 떠나오기 전, 벨트렉족의 신성한 무녀 오드간이 그에게 건넸던 말을.

「위대한 아라아탄이여, 고예로 가세요. 그곳에서 당신은 당신이 원하는 것을 얻습니다. 우리는 우리의 미래를 얻습니다.」

아라아탄이 작게 조소했다.

그녀는 그가 원하는 것이 무엇인지 알고서 그런 말을 지껄인 것일까.

"이보오!"

초가 밖까지 쫓아온 공주가 아라아탄의 옷깃을 붙들었다. 다친 몸으로 용케 따라왔구나 싶었지만 그뿐이었다. 고개를 돌린 아라아탄이 무심한 눈으로 공주를 응시했다.

"어디 가는 것이오?"

공주가 초조한 기색을 감추며 묻는다. 태연을 가장한 목소리였으나, 그 시선이 떨리고 있었다. 붉고 도톰한 입술을 잘근거리는 것을 보니 꽤나 당황한 모양이었다.

아라아탄은 이 공주가 자신이 원하는 것을 가져다줄 것이라고 믿기 어려웠다. 살아 있으면 이득이 될 것이기에 살려둔 것에 불과했다. 무언가 기대해서 살려준 것은 결코 아니었다.

"그대, 깨어났잖아?"

아라아탄이 퉁명스레 말했다.

"내가 깨어났으니 그만 떠나겠다는 것이오?"

"그래."

"내가 이름을 물었는데, 대답도 없이?"

"그 물음에 꼭 대답해야 해?"

날 선 음성은 아니었지만 불쾌감은 역력히 드러났다. 공주는 살짝 풀이 죽어 혼잣말처럼 작게 웅얼거렸다.

"그야 이름을 알아야 나중에 내가 그대를 찾아 보은할 것 아니오?"

"아아, 그것은 그대가 '살아남는다'는 소망을 성취했을 경우지?"

"……무슨 뜻이오?"

아라아탄은 삶을 가볍게 여기는 자들을 경멸한다. 목숨 바쳐 은혜를 갚겠다고 가벼이 내뱉는 이들은 특히나 혐오한다.

"그댄 내 이름을 알 필요가 없어. 이름이 같은 자는 얼마든지 있잖아? 이름만으로는 나를 찾을 수 없어. 하지만 그대가 만약 살아남는다면, 그댄 내 이름을 알지 못해도 나를 만나게 될 거야."

"무슨 말인지 더 모르겠소."

"몰라도 상관없어. 어쨌든 그댄 깨어났고, 나는 갈 길이 바빠. 그러니 좀 놓아주겠어? 아니면 사지 멀쩡한 그대를 내가 더 도와야 해? 고예에선 이런 걸, 음, 물에 빠진 사람 구해줬더니 보따리 내놓으라 한다고 하던가?"

그가 나직이 말했다. 시작과 끝이 평이해서 감정이 읽히지 않는 말투였고, 그 속내가 전혀 간파되지 않아 상대를 초조하게 만드는 목소리였다. 그러나 그 속에 어린 힐난의 뜻은 명백히 공주에게 전해졌다.

"그, 그런 게 아니오!"

황급히 그의 옷깃을 놓는 공주의 얼굴이 붉어졌다.

"이제 용건은 끝났겠지?"

우물우물 입을 다문 공주가 아라아탄을 바라보았다. 할 말은 많은데, 무슨 말을 해야 할지 모르겠다는 표정이었다.

그녀는 한참 뒤에나 조심스럽게 물었다.

"혹, 내가 그대의 이름을 물어 기분 상했소?"

"아니."

"그럼……."

상황을 정말 모르겠다는 듯 공주의 미간이 좁아진다.

다시 한 번, 아라아탄은 생각했다. 이 계집이 정말로, 내가 원하는 것을 줄까.

기대 같은 건 하지 않는다. 그래도…….

"미래에 우리가 다시 만난다면, 그때 내가 원하는 것을 줘. 보은은 그걸로 됐어."

살짝 풀어진 어투로 아라아탄이 말했다. 곰곰이 생각에 잠겨 있던 공주가 화들짝 대답했다.

"목숨은 빼고 말이오!"

꽤 우렁찬 대답이었다.

"목숨은 빼고 말이야?"

그녀의 말을 나직이 따라 해본 아라아탄이 별안간 웃었다.

"좋아."

그가 불쑥 손을 뻗었다.

목숨은 빼고란 대답이 마음에 들었다. 그런 대답은 예상하지 못했다.

언제나 기대를 하면 실망을 했다. 마음을 주면 상처가 남았다.

그냥 속는 셈 치고 한 번만 더 당해볼까.

문득 생각난다. 꺼져 가는 정신을 붙들고서, 맹세하듯 읊조리던 그녀의 말이.

"나를 살려라…… . 살아남겠다. 무슨 짓을 해서라도…… 반드시…… ."

무슨 짓을 해서라도 살아남아 준다면…… .

아라아탄이 무방비하게 서 있는 공주의 뒷머리를 감싸고서 살짝 잡아당겼다. 서늘한 초원을 닮은 바람이, 공주의 이마 위에 내려앉았다.

"기대할게, 공주."

놀라 커진 공주의 눈동자를 한 번 응시한 후, 아라아탄은 그녀로부터 멀어졌다.

"내가 공주인 걸, 알고 있었어?"

혼자 남은 공주가 멍하니 중얼거렸다.

그의 입술이 스치듯 닿았던 이마엔 여전히 서늘한 감촉이 남아 있어, 제 이마를 손으로 감싸는 공주의 얼굴이 빨갛게 달아올랐다.

「아라아탄 님?」

아라아탄이 움직임을 멈추었다. 나무 위에 은신해 있던 우넨치가 모습을 드러냈다.

「기분 좋은 일이라도 있으십니까?」

「아니.」

아라아탄이 무뚝뚝하게 대꾸하며 우넨치를 바라보았다. 희미하게 어렸던 설렘이 사라지고 유리알 같은 눈동자만 남는다.

「공주의 일은 잘되셨습니까?」

「그럭저럭.」

「예?」

「본지로 복귀한다, 우넨치. 전사들을 모아라.」

아라아탄은 더 이상의 설명을 거부했다. 우넨치는 더 캐묻지 않고 곧장 고개를 숙였다.

「예, 주군. 지금 불러오겠습니다.」

「그래.」

우넨치가 물러나자 아라아탄은 슬쩍 조소했다.

'오드간, 나는 참 어리석지. 몇 번이고 실망했는데, 몇 번이고 기대하게 돼. 절망을 반복하면서도 끝내 바라고 말아.'

공주의 말간 얼굴이 떠오른다. 다시 만나면 원하는 걸 달라던 그의 말에 목숨 빼고 주겠다고 답하던 그 낭랑한 목소리가 귓가에 내려앉는다.

'무어, 상관없을까?'

그의 무심한 입가에 쓸쓸한 미소가 걸린다.

살랑, 바람이 불어왔다. 사각사각, 나뭇잎이 흔들린다.

이 풍족한 땅. 이곳을 얻기 위해, 아라아탄은 최고전사 몇 명만 대동하고 내려왔다. 염탐이었다.

고예 황제의 붕어(崩御)는 갑작스러웠다. 황후가 후계를 지명하지 않고 계승전을 시작한 것 또한 뜻밖이었다.

고예를 위협할 나라는 없을 것이라고 단정 짓고 계승전을 이용해 일부 세력을 정리하는 것도 나쁘지 않겠다고 자만을 부린 것일까, 아니면 다른 이유가 있는 것일까.

'그래도 살아남아 봐, 공주. 무슨 짓을 해서라도 살아남아 보이겠다는 그대의 그 욕망이 거짓이 아니라는 걸 내게 증명해.'

고예의 혼란이 자신에겐 기회이기에 아라아탄은 공주를 살렸다.

그러나 그 이상의 어떤 것. 죽지 않겠다고, 살아남고 말겠다고 혼몽 중에 내처 웅얼거리던 고예의 공주. 그녀가 지닌 그 집착과도 같은 삶에의 열망. 맞서 싸워 승리해 보이겠다는 강렬한 투지. 세상 사람 전부를 죽게 하는 한이 있어도 살아남겠다는 고독한 집념. 그것들을 스치듯 떠올리며 아라아탄은 희미하게 웃었다. 기어이 작은 설렘이 움튼다.

'그대가 살아남으면 고예는 혼란스러워져. 그대가 죽으면, 그저 그뿐이겠지. 하지만 공주. 그래도 이왕이면 살아서 내게로 와.'

아라아탄이 잠시 뒤돌아보았다. 이미 지나쳐 온 길을 그의 엷푸른 눈동자가 응시한다.

혹시. 아주 혹시. 공주가 살아남기 위해서 정말 '무슨 짓'이라도 할 수 있다면. 목숨을 구걸하기 위해서 어떤 것이든 감수할 수 있는 계집이라면. 그렇다면 그들은 분명 다시 만나게 될 것이다.

아라아탄이 이내 고개를 돌렸다. 앞을 보았다. 입술에 손가락을 대고서 휘파람을 불었다.

휘이익—

손끝에 입술의 감촉이 남는다. 서늘하다. 도자기처럼 매끄럽던 그 살결의 감촉과도 같다.

어디선가 연달아 휘파람 소리가 들려왔다. 우녠치와 전사들이리라.

달가닥, 달가닥.

멀리서 다가오는 말발굽 소리가 빠르게 가까워졌다. 그의 천마가 날듯이 달려오고 있었다. 오직 그에게 길들여져, 오직 그를 위해 달리는 이 세상에서 가장 빠른 짐승이었다. 그 뒤로 전사들의 천마가 따르고 있는 것이 보였다.

천마들은 제각각 흩어져 주인에게 달려갔다. 제 앞에 딱 멈춰선 용맹한 짐승 위에 올라탄 아라아탄이 외쳤다.

「본지로 복귀한다!」

「순명!」

전사들의 대답이 복창하듯 퍼져 나갔다.

아라아탄은 내달렸고, 그의 전사들이 사방에서 모여들었다.

그들은 산을 넘었다. 고예인의 눈을 피해 대륙을 가로질렀다. 뒤에 남겨진 공주와 점점 더 멀어졌다.

아라아탄은 이 혼란의 땅에서 태어난 공주를 생각했다.

고예라는 이름을 가진 대륙 유일의 제국. 그들이 행하는 황위 계승엔 남녀의 차도, 적서의 차도 없다. 첫 번째 싸움에서 황자에게 패배해 달아난 공주가 살아남을 방법은 요원하기만 하다.

그 어린 공주가 정녕 살아남길 바란다면. 오직 그것만을 갈구한다면…….

아라아탄의 입가가 미미하게 말려 올라간다.

「이랴!」

천마가 속도를 높였다.

바람을 맞으며 아라아탄은 공주의 이름을 되새겼다.

고예이파.

이파(異派).

지금까지의 것과는 다른 어떤 것.

그가 살기 위해 검은 산맥을 넘어 대륙을 넘보듯, 그녀는 살기 위해 대초원으로 올 것이다. 그들은 이곳 고예가 아닌 저 먼 초원에서 필히 운명처럼 재회할 것이다.

자신의 땅으로 돌아가던 그때. 아라아탄은 직감하였다.

"으흑!"

겨우 아물어가던 상처가 다시 터졌다. 동왕부의 번왕인 외숙부께 원군을 청하기 위해 가던 길이었다. 지금 이 상황에서 믿을 자는 서약을 한 동왕뿐인데, 동왕부로 통하는 길목마다 황자의 수족들이 막아서고 있다.

'이래선 외숙부님께 갈 수 없겠어. 어찌해야 하지?'

이파가 입술을 꾹 눌러 물었다.

애초에 불공평한 시작이었다. 황자의 외가는 이곳, 고예의 황도 안에 있다. 그들은 부유한 세력가이다. 사병쯤은 얼마든지 고용할 수 있다. 그 고용된 사병들이 공주를 뒤쫓아댔다.

"공주가 아니었나?"

거칠게 갈라진 사내의 목소리가 들리고 알싸한 피 냄새가 풍겨왔다. 이파는 몸을 더 웅크리고 입을 막았다. 숨소리 하나까지 모두 죽인 채 추적자들이 떠나기를 기다렸다. 그녀를 대신해서 죽은 사슴이 남긴 마지막 우짖음이 귓가에 남아 사라지질 않는다.

'미안하다……'

짐승의 죽음을 한두 번 본 것도 아니다. 살아남을 수 있다면 짐승 따위 몇 번이고 죽게 할 수 있다. 마음의 찝찝함은 하나뿐인 목숨에 비하면 아무것도 아니니까.

그럼에도 손끝이 파들파들 떨리고, 체온이 차게 식는 듯하다.

"이놈이나 가져가지."

"그럽시다. 오늘 밤은 모처럼 포식하겠소."

"약주 한 병 있으면 좋겠구먼."

"그러게 말이오."

추적자들이 껄껄거렸다. 남은 피를 빼내는지 피비린내가 더욱 독해졌다. 이파는 그들이 갈 때까지 나무 위에서 옴짝달싹 못 한 채 숨어 있어야 했다.

밤늦어서야 운신할 수 있게 된 이파가 내처 움켜쥐고 있던 주먹을 겨우 폈다. 피가 통하자 손이 순간 저릿해졌다. 차츰 감각이 돌아오면서 그녀의 머리도 맑아졌다.

'이 길이 마지막 길이었지.'

이로써 동왕부로 가는 모든 길목이 감시당하고 있다는 것을 알았다. 동왕부로는 갈 수 없다. 다른 길을 찾아야 한다. 서왕부의 번왕은 애초에 황자와 서약을 맺었고, 남왕부의 번왕은 다양한 유민들로 이루어진 남쪽의 치안을 유지하는 것만으로 진땀을 빼고 있다. 서쪽도, 남쪽도 대안이 될 수 없다.

문득 유목민 사내의 말이 뇌리를 스친다.

"그댄 내 이름을 알 필요가 없어. 이름이 같은 자는 얼마든지 있잖아? 이름만으로는 나를 찾을 수 없어. 하지만 그대가 만약 살아남는다면, 그댄 내 이름을 알지 못해도 나를 만나게 될 거야."

그 건조한 말투, 유리알 같은 눈빛, 무심한 표정. 모든 것이 생생하게 되살아난다.

"기대할게, 공주."

이마를 스쳐 갔던, 그 부드럽고 서늘한 감촉까지도.

이파의 뺨이 확 달아올랐다. 크게 뜨인 그녀의 두 눈이 속절없이 흔들린다. 공주는 미간을 잔뜩 찌푸렸다가 펴고는 한숨을 크게 내쉬었다. 이내 그녀의 입술이 조심스럽게 열리고, 나긋한 옥음이 흘러나왔다.

"내가 만약 살아남는다면, 나는 그대의 이름을 알지 못해도 그대를 만나게 될 것이다."

고예 안에는 승산이 없다. 살아남을 수 없다.

이파가 북쪽으로 고개를 돌렸다. 동쪽도, 서쪽도, 남쪽도 아니라면 북쪽뿐이지 않은가.

"나는 그대를 만나게 될 것이다……."

재차 읊조리는 목소리가 가늘게 떨렸다.

서약을 이행시키기 위해서는 동왕을 만나야 한다. 그러나 혼자서는 결코 동왕부까지 갈 수 없다. 모든 길목이 황자에게 감시당하고 있고, 길 이외의 곳은 너무 험난하다. 한여름에도 녹지 않는 만년설이 가득한 고지대. 그곳을 넘어갈 수는 없다.

입술을 깨문 채 이파는 북쪽을 노려보았다. 이 세계를 대초원과 대륙으로 나누는 검은 강과 검은 산맥이 있는 곳. 검은 강은 깊고 넓어 쉽사리 건널 수 없으나, 검은 산맥은 조금 다르다.

이파는 황명에 의해 참여했던 토벌에 대한 기억을 더듬었다. 검은 산맥에 숨어 살던 야만족들. 그들에게 직접 칼을 휘두르진 않았으나 멀리서 지켜보기는 했다. 대략적인 지형이 머릿속에 남아 있다.

'오라버니는 동쪽으로 가는 길목을 막는 데 혈안이 되어 있어. 북쪽으로 가는 길은 아직 신경 쓰고 있지 않을 터……'

그러나 선뜻 북쪽으로 향하지 못하는 것은 그곳이 야만족의 땅인 까닭이다.

그런 북쪽으로 간다는 것은 야만족에게 몸을 의탁한다는 의미이며, 그것은 곧 고예의 공주로서 응당 지켜야 할 고고한 긍지를 저버린다는 뜻이기도 하다. 고작 제 한 목숨 부지하고자 나라를 팔아먹는 천박한 짓인 것이다.

"북쪽."

이파가 천천히 하늘을 향해 고개를 들었다. 두 개의 달이 엇갈린 채 밤을 가르고 있다. 먼 북쪽, 연약하게 빛나는 별만이 이파의 길잡이였다.

길라잡이별이 손짓한다. 이쪽으로 오라고. 길은 이쪽뿐이라고.

"……으로 간다."

마침내 이파가 주먹을 꽉 움켜쥐었다.

그래, 북쪽으로 가자.

애초에 가불가 따윈 관심 없다. 지금까지 살아오며 쌓은 가치를 모두 내던져야 할지라도, 아주 작은 긍지조차 지키지 못하게 될지라도, 살아남아야 한다. 살아남지 못하면 모든 것이 무의미하다. 혼자 고귀하다 죽으면 패배자가 된다. 죽고 싶지 않다. 그토록 허망하고 허무한, 남는 것이 명예뿐인 죽음은 결코 바라지 않는다.

북쪽 대초원에 실낱같은 승리의 희망이 있다면, 이파는 그것을 잡아야 한다. 설령 그곳에서 모욕당하더라도 끝내 살아남아 몇 배로 보복하면 그만이지 않은가.

"살아남겠다."

결심은 섰다.

공주궁을 도망치던 그때 이미 최악을 각오하였다.

무슨 짓을 해서라도. 무슨 짓을 당하더라도. 반드시, 살아남자.

이파가 천천히 걸음을 옮겼다.

바람이 불었다. 북쪽에서 불어온 바람은 차고 건조했다.

이파는 푸른 눈의 야만족 사내를 떠올렸다. 그는 이 바람을 닮았다. 이 바람이 그를 닮았다.

2장

야만의 것들

초저녁 별빛을 받으며 초원에 누워 있던 아라아탄에게 어린 계집이 다가왔다. 고예에서 막 도착한 그는 피곤하다며 본지에서 꽤 떨어진 초원까지 나와서 쉬고 있는 중이었다.

「아라아탄 님.」

누군가 가까이 다가오는 걸 별로 좋아하지 않는 아라아탄의 성정을 알고 있는 계집은 꽤 멀찍이 멈춰 섰다. 부스스 일어난 아라아탄이 반히 계집을 응시했다.

「무슨 일이냐, 샥귀?」

나직한 물음에 질책 비슷한 것이 섞여 있었다. 샥귀는 기죽지 않고 담담히 청했다.

「다음엔 저도 데려가 주세요.」

「어딜?」

어디인지 알면서도 그는 딴청을 부렸다.

「고예에 말입니다.」

「싫다면?」

딴청을 부리던 것과는 딴판으로 그가 즉시 반문했다.

「싫다고만 하지 마시고 생각해 주세요, 아라아탄 님. 저만큼 고예어를 잘하는 사람은 없잖아요. 제발요.」

「내가 있어.」

아라아탄이 시큰둥하게 반론했다. 속에서 울컥 치밀어 오르는 것을 누르며 샥귀가 그를 노려보았다.

「저에게는 고예에 갈 이유가 있어요!」

어린애답지 않은 두 눈에 서릿발이 섰지만 아라아탄은 코웃음을 쳤다. 그의 반응은 차갑기 짝이 없었다.

「샥귀. 그래, 네게는 고예에 갈 이유가 있지. 하지만 그곳에 가서 네가 무얼 할 수 있어? 너에겐 고예어를 할 수 있는 것 외엔 아무것도 없어. 너는 느리고 약해. 약한 것은 짐이 돼. 네가 아니어도 짐이 많은데, 굳이 짐을 늘려야 하는 거야?」

「아라아탄 님!」

「쉬고 싶다, 샥귀. 더 이상 날 방해하지 마라.」

나직하지만 단호한 그의 명에 샥귀는 하는 수 없이 입을 다물었다. 그녀의 짙푸른 눈에 눈물이 차올랐다. 끅끅 울음을 참는 그녀에게서 아라아탄은 냉정히 고개를 돌렸다.

「곧…… 식사 때이니 중앙으로 오세요.」

「안 간다고 전해.」

겨우 내뱉은 샥귀의 말을 아라아탄은 거의 무시했다. 울음을 울먹이지도 못한 채 샥귀는 본지로 달려가 버렸다. 내내 차갑게 대꾸하던 아라아탄이 얕은 한숨을 쉬며 드러누웠다.

쏟아질 듯 빛나는 별들이 아롱아롱 피어난다. 큰 달과 작은 달이 제멋대로 찌그러진 채 별강을 가른다.

아름다운 광경이다. 그러나 그것을 보는 아라아탄의 가슴엔 그 어떤 설렘도 감동도 없다.

'약한 것은 죄가 아니겠지, 샥귀. 하지만 약해서 죽는다면 이야기가 달라져.'

약한 것들이 싫다. 주제도 모르고 날뛰는 것들이 싫다. 그러다가 콱 죽어버리는 것들이, 정말로 싫다. 당신을 위해서라면 죽을 수도 있어…… 라는 말이 정말 끔찍하다.

'피곤해.'

그저 자고 싶다.

아라아탄이 눈을 감았다.

사락사락.

무언가 스치는 소리가 들렸다. 아라아탄이 얕은 잠에서 벗어나 눈을 떴다.

멀리 동쪽에서부터 여명이 피어난다. 그 희끄무레한 빛이 사위를 비춘다. 밤눈이 밝지 않아도 사물을 분간할 수 있었다. 아침도, 새벽도 아닌 애매한 시각이었다.

사락사락.

다시 예의 그 소리가 들렸다.

풀잎 따위가 스치며 내는 소리가 아니다.

「······.」

아라아탄의 눈동자가 차게 가라앉았다. 슬쩍 뒤로 향한 손이 아무도 모르게 표창을 잡는다. 그 순간, 길게 자란 잡초 사이에 엎드리고 있던 것과 눈이 마주쳤다. 그것은 움찔 놀라며 강한 적의를 드러냈다.

아라아탄은 단조로운 동작으로 표창을 내던졌다. 곧게 날아간 표창은 그것의 목을 꿰뚫었다.

그것의 표정이 일그러진다. 입이 벌어지며 벙긋댄다.

「*끄어*······.」

소리는 말이 되지 못했다. 쿨럭거리며 피를 토해낸 그것은 파르르 떨다 고꾸라졌다. 자객이라 부르기엔 너무 작고 형편없이 약했다.

「혼자가 아니겠지.」

혼잣말을 중얼거린 아라아탄의 시선이 잠시 그것에게 고정되었다.

사람이라고 부르고 싶지 않았다. 그들은, 그것들은, 그에게 사람일 수 없었다.

감겼다 뜨인 푸른 눈은 그저 무심하다.

등을 돌린 그가 본지로 발을 옮겼다. 하나일 리 없으니, 나머지는 본지에 잡혀 있을 것이다.

「우녠치.」

아라아탄의 목소리를 들은 우녠치가 급히 고개를 돌렸다.

「주군.」

아라아탄이 우녠치 뒤쪽으로 시선을 던졌다. 열 살이나 됐을 법한 소년 둘이 묶여 있었다. 온갖 오물이 묻어 더러워진 행색이 볼품없이 자닝하였다.

「대칭…… 대칭을 어떻게 했지? 이 더러운 늑대새끼!」

증오로 점철된 눈이었다. 아라아탄은 그 눈빛을 비껴 흘렸다.

「대칭이라니? 설마 한 녀석이 더 있었나?」

우녠치의 표정이 일그러졌다.

「대칭을 어떻게 했느냐고 묻잖아!」

길길이 날뛰는 그들에게서 눈을 뗀 우녠치가 아라아탄을 바라보았다.

「신경 쓸 것 없다, 우녠치. 저것들은 열 살쯤 되었나?」

우녠치가 주먹을 꾹 움켜쥐었다. 그의 눈빛이 물결처럼 흔들렸다.

「우녠치.」

대답을 촉구하듯 아라아탄이 그를 불렀다. 화들짝 정신을 차린 우녠치가 대답했다.

「예, 주군. 왼쪽 녀석이 열한 살, 오른쪽 녀석이 열 살이라고 합니다.」

「그 정도면 다 컸지.」

품에서 단검을 꺼내는 아라아탄을 보고 우넨치가 반사적으로 그 앞을 막아섰다.

「주군, 이 아이들은 아직 어립니다.」

「나를 죽이러 온 것들이잖아?」

「하지만…….」

「우넨치, 그댄 쓸데없이 어린것들에게 약해. 저 영악한 것들이 그대가 저들을 해하지 못할 것을 알고서 내게 저리도 살기를 뿜어 내고 있잖아.」

분노는 없었지만 희미한 짜증이 어려 있는 말투였다.

아라아탄이 미숙한 자객들을 무심히 바라보았다. 깜냥도 아니 되는 것들이 저를 죽이겠다고 설치는 것이 무척 같잖았고, 제 목숨 아까운 줄 모르는 것들에게 자비를 베풀어주는 짓은 일찍이 너무 많이 했다. 더 이상은 아니다.

그렇지만,

「주군…….」

우넨치를 흘낏 본 아라아탄이 할 수 없다는 듯 한숨을 내쉬었다.

「좋아. 그대가 그토록 바라니 한 번 물어는 보겠어. 너희들, 살고 싶어?」

그에 우넨치가 반색을 하며 재빨리 아이들에게 소리쳤다.

「어서 살려달라고 빌어라! 밤바로시의 이름을 버려라! 너희는 아직 어리니 내가 늑대로 키워주겠다!」

잡혀 있는 아이 중 하나가 실소하며 침을 내뱉었다.

「퉤에! 미쳤어? 죽일 테면 죽여봐! 우린 위대한 밤바로시족이다! 미개한 늑대 따위에게 목숨을 구걸하지 않는다!」

「아라아탄! 더러운 이리새끼! 너를 죽일 거야! 죽어서라도 너를 반드시 죽일 거야!」

벨트렉족. 그들은 늑대신을 모신다. 따라서 그들은 모두 늑대의 전사다. 그 점을 떠올리며, 밤바로시족 아이들은 서로 질 수 없다는 듯 욕설을 지껄였다.

발치에 떨어진 침을 발로 쓱 문지른 아라아탄이 우넨치를 보았다.

「들었지, 우넨치?」

우넨치가 창백해진 얼굴로 입술을 깨물었다. 자신의 최고전사를 바라보는 아라아탄의 눈빛이 가라앉았다.

우넨치는 어린아이들에게서 제 모습을 보는 것이다. 혈족을 잃고 복수심 하나로 버텼던, 바로 그 자신의 모습을.

「우넨치.」

「…….」

동일부족이라고 하여, 하나의 부락만 이루고 살지는 않는다. 우넨치는 벨트렉족 본 부락이 아닌 소수 부락 출신으로, 몇 해 전 대토벌에 의해 친지를 잃었다. 가까스로 도망 나와 벨트렉족 본 부락에 합류하였으나, 그때의 우넨치는 혼자만 살아남았다는 죄책감에 완전히 망가져 있었다. 그를 버티게 한 것은 복수심이었고, 복수하겠다는 일념으로 여기까지 왔다.

그 마음을 아라아탄 또한 안다. 깊이 이해하고 있다.

그러나 동시에 아라아탄은 그들을 용서할 수 없다. 모든 것을 잃고서 복수만을 갈망하는 저 어린 전사들을 결코 용납해선 안 된다.

연민은 과거에 이미 많이 했고, 연민할 때마다 소중한 이를 잃었다. 더는 같은 과오를 반복할 수 없다.

「나는 저들을 연민할 수 없어, 우넨치.」

우넨치에게 살짝 속삭인 아라아탄이 어린 전사들에게 다가갔다.

「너희는 복속을 거부했다. 내 밑으로 들어오느니 죽는 쪽을 택했다. 그로써 너희는 긍지 높은 밤바로시족으로 죽을 수 있게 되었다.」

밤바로시족.

한때는 대초원의 강자였던 부족. 곰을 신으로 모시는 그들은 이제 완전히 몰락해 대초원에서 사라져 가고 있다. 아라아탄은 그것을 가여워할 수도, 서글퍼할 수도 없다.

아라아탄이 칼을 들었다. 그의 수하가 잔인해질 수 없다면, 그가 몇 배로 더 잔혹해져야 한다.

서늘한 바람 소리를 내며 칼날이 허공을 갈랐다. 그와 동시에 한 아이의 목에서 붉은 핏물이 쏟아져 내렸다. 아라아탄의 손속엔 머뭇거림이 없었다. 인간 아닌 짐승을 도륙하듯 그토록 무자비했다. 이어서 다른 아이의 목도 떨어져 나갔다.

「고통은 없었다, 우넨치.」

고통 없는 것. 그것이 아라아탄이 베풀 수 있는 최대한의 아량이었다.

「예, 주군.」

「밤바로시 놈들과는 한 하늘 아래 살아갈 수 없다. 이미 많은 것을 잃었다.」

「……알고 있습니다.」

면목 없다는 듯 고개를 떨군 우넨치의 목소리가 잘게 떨렸다.

「그럼 이것들을 치워. 살 의지가 없던 것들은 그 주검조차 쳐다보기가 싫다. 제 목숨을 제 것으로 삼지 않고, 이미 덧없어진 것을 위해 바치는 게 명예라고 믿는 것은 참아줄 수가 없어.」

「…….」

대답 없는 우넨치를 지나쳐 가는 아라아탄은 무표정했다. 살짝 눈을 내리뜨는 아라아탄에게선 어떤 동요도 보이지 않았다.

아라아탄은 그저 생각했다. 고요하다고. 너무도 고요하다고. 그의 털끝 하나 건드리지 못할 것들이 그를 죽이겠다고 설치지 못하니 정말로 적막하다고. 심장이 따끔거리는 소리가 들릴 정도로…….

❖　　❖　　❖

어느 날 황후가 물었다.

"공주는 이 대륙의 주인이 누구라고 생각하지?"

이파는 당연히 고예의 황제라고 여겼다.

"황상 폐하이십니다."

"틀렸어."

"예에? 틀렸습니까? 그럼…… 음."

이파는 골똘히 생각에 잠겼다.

"진짜 주인은 저 초원에 있어, 공주."

황후가 은밀히 속삭였다.

"초원에요? 하오나 어머니, 초원에는 야만족밖에 없지 않습니까?"

"'그'는 야만적이지 않아."

그래, 분명 그렇게 말씀하시었다.

그러나 지금 이파는 황후의 말에 의문을 제기할 수밖에 없게 되었다.

"대체 어디가 야만적이지 않다는 것입니까?"

온갖 위협에 시달리며 겨우 검은 산맥을 넘었다. 3년 전 황자 진파가 진두지휘했던 대토벌 이래로 국경 수비가 헐거워진 것이 천만다행이었다.

어렵사리 국경을 넘어선 지 어언 이틀째.

대초원은 드넓고, 수십만의 유목민이 흩어져 살고 있다. 이파는 긴장을 늦추지 않고 움직였다. 그녀는 이방인이었고, 우연히 마주친 유목민이 이방인인 그녀를 어찌 대할지 전혀 알 수 없었던 까닭이다.

그러나 그녀는 살아 있는 유목민은 단 한 사람도 만나지 못했다. 그녀가 만난 것은 처참한 몰골의 시체뿐이었다. 한때는 인간이었을 거라고는 도저히 믿을 수 없는 살점들이 참혹하게 흩어져 있었다.

말발굽에 으깨어진 유목민 마을을 볼 때마다 이파는 속에서 올라오는 구역질을 참기 위해 갖은 애를 써야만 했다. 그것은 필시 유목민과 유목민 사이의 알력 다툼으로 인한 학살 흔적이었다. 요 근래 고예는 국경을 넘어서까지 야만족을 토벌하지는 않고 있으니까.

어떻게, 같은 사람을 이토록 무자비하게 살육할 수 있는 것일까?

푸욱—

뒷걸음질 치던 이파가 아연실색한 표정으로 멈추어 섰다. 무언가를 밟았는데, 그 느낌이 무척 기괴했다. 저가 밟은 것을 확인하고 싶지 않은 마음이 굴뚝같았지만, 이파는 자신도 모르게 시선을 내리고 있었다. 그녀의 표정이 처참하게 일그러졌다.

그것은 썩은 살덩이었다. 그러잖아도 창백하던 이파의 얼굴에서 남은 핏기마저 가셨다.

"우욱!"

공주로 태어났지만 온실 속 화초처럼 자라지는 않았다. 황제와 황후는 무심한 부모였고, 먼저 태어난 황자를 지지하는 세력에게 언제나 견제받았다. 스스로 약하지 않다는 것을 증명해야 했고, 공주로서 위풍당당해야만 했다.

그랬는데.

그렇게 늘 당당했는데.

"이건 대체 다 무어야……."

그 모든 것들이 지금은 아무 소용 없다. 속이 뒤틀려서 그냥 털썩 주저앉고 싶다.

이쪽으로 온 것이 옳은 선택이었을까? 부족이 다르다고는 하나 한 핏줄인 제 동족에게마저 이토록 잔악한 것들이, 자신의 이용 가치를 제대로 알아볼 수 있을까?

이파가 두 눈을 질끈 감았다 떴다. 그녀는 제 안일한 선택을 후회했다.

"어찌……."

말끝을 흐리던 이파가 입을 다물었다. 흑요석처럼 검은 두 눈이 단호해진다.

이곳은 아니다. 그래, 이곳은 아무래도 답이 아닌 것 같다. 다른 길을 찾아야 한다. 동왕부로 가는 길이 막혔다고 사지일 게 뻔한 곳으로 걸어 들어갈 수는 없다. 다른 길…… 다른 길을 찾자. 천천히 생각해 보면 동왕부로 갈 다른 방법이 분명 있을 것이다.

일단 다시 남쪽으로 내려가자. 고예로 돌아가서 몸을 숨기고, 그 후에 천천히…….

「웬 놈이냐?」

이파가 우두커니 굳었다. 등 뒤에서 낯선 언어가 들려온 것이었다.

식은땀이 등골을 타고 흐른다.

「웬 놈이냐고 물었다.」

재차 들려온 음성엔 명백한 적의가 실려 있었다. 돌아갈 마음을 먹기까지 너무 망설였던 것일까? 하필이면 딱 되돌아가려는 순간 야만족과 마주치다니.

이파가 입술을 물었다.

어쩔 수 없다. 이미 들켰으니, 맞부딪칠 수밖에.

'정신 똑바로 차리자.'

속으로 다짐하며 이파가 단호하게 등을 돌렸다. 그들이 그녀가 생각한 것만큼 무식하고 야만적이지 않기를 바라면서 말이다.

"웬 놈들이냐?"

이파는 부러 더 도도하게 턱을 치켜들며 빠르게 상대를 관찰했다.

그들은 단 넷이었다. 사내가 셋이고 계집이 하나였다. 처음엔 하나같이 둥글게 말아 올리고 있는 머리에 눈길이 갔고, 그다음으론 그들의 청색 눈동자에 눈길이 갔다. 양털로 만든 의복은 화려한 무늬 없이 단순했다. 대초원에 잘 묻히도록 황록색으로 염색했을 뿐이었다. 말을 타기 위함인지 계집이나 사내나 입고 있는 옷은 별반 다르지 않았다. 품이 넓은 하의는 종아리부터 꽉 조이며 발목까지 내려왔다. 허벅지까지 내려오는 상의는 가슴에서 사선으로 교차했고, 하의와 마찬가지로 품이 넓은 소매는 팔뚝 부분부터 꽉 조이며 손목까지 감쌌다. 그 수수한 차림 중 유일하게 화려한 것이 매듭이었다. 손목과 발목, 가슴에 각각 하나씩 매인 매듭은 이파로서는 어찌 매는지 도저히 알 수 없는 모양이었다.

넷은 모두 비슷한 또래로 보였고, 이파를 노려보고 있었다. 기에서 밀리지 않기 위해 두 눈에 힘을 주고 그들을 보고 있던 이파의 두 눈이 순간 휘둥그레 커졌다.

'저것이, 천마?'

이파의 시선이 한 짐승에게 고정되었다. 그 짐승은 검은 산맥 너머의 대륙에서는 볼 수 없는 것이었다.

그것은 대륙의 말과 비슷하게 생겼으나, 대륙의 말과는 전혀 달랐다. 몸집이 보통 말보다 두 배로 컸고, 갈기가 직선이 아니라 곡선이었다. 굵게 굽은 갈색 갈기는 햇살에 유독 윤이 났다.

그것은 필시 대초원의 유목민이 길들인 세상 최고의 짐승이었다. 오직 한 사람에게 길들여지며, 그 주인과 주인의 짝에게만 등을 허락한다는 영물이었다. 서적에서는 으레 보았으나, 막상 눈앞에 마주하자 이파는 밀려드는 경외감에 몸이 굳는 것 같았다. 그 짐승은 화첩을 통해 접한 것보다 훨씬 장엄하고 고귀했고, 아름다웠다.

「워워. 쉬쉬, 안 돼.」

계집이 타고 있던 천마가 투레질하며 앞발을 들었다. 그를 달래는 소리에 이파는 퍼뜩 정신을 차렸다.

「아직도 그 녀석을 못 다루는 거냐, 자우하? 하여간.」

「닥쳐, 바드란고.」

계집이 사내 하나를 사납게 노려보았다.

「싸우지들 마라. 그런데 지금 저 계집이 고예어로 말한 거 맞나?」

둘 사이에 다른 사내가 끼어들며 말했다. 이내 그들은 본격적으로 이야기를 시작했다.

「그런 것 같은데.」

「주군께서 말한 계집일까?」

그들이 속닥거리는 말을 이파는 전혀 알아들을 수 없었다.

긴장감 때문인지, 두려움 때문인지, 맥박이 거칠게 뛰며 이파의 온몸을 때려댔다. 쿵쾅거리는 소리가 귓속에서 증폭되어 들려왔다.

"나는 고예의 공주다. 고예어를 할 줄 아는 자가 없느냐?"

이파는 위엄을 잃지 않으려 애썼다.

말에서 훌쩍 뛰어내린 사내 하나가 그녀에게 자박자박 다가왔다. 입가에 웃음을 머금고 있는 것이 장난기 많은 개구쟁이처럼 보였다. 체구는 다른 두 사내에 비해 작았으나, 표정에서 자신감이 넘쳐흘렀다.

「우리말을 전혀 못 하나 본데, 말도 못 하는 계집이 무슨 생각으로 우리 초원까지 왔을까?」

「알게 뭐야, 체츠. 그냥 죽여 버리면 안 돼?」

사내가 인상을 찡그리며 고개를 돌렸다.

「자우하, 주군의 명은 고예 계집을 발견하면 끌고 오라는 거였다고.」

「말은 바로 해야지. 끌고 오라는 게 아니라 데려오라는 거였다고.」

다른 사내가 끼어들며 말했다.

「아, 그랬나?」

이파에게 다가오던 남자가 키득 웃었다. 두 사내의 태연한 모습에 계집은 바짝 약이 오른 듯 눈썹을 찡그렸다.

「그거면 어떻고, 저거면 또 어때서? 저 계집이 반항해서 실수로 죽여 버렸다고 하면 되잖아. 안 그래?」

「자우하, 왜 그렇게 저 계집을 못 죽여 안달 난 듯 구는 것이냐? 그거 혹시 '여자의 직감'이란 거냐?」

「무슨 뜻이냐, 바드란고?」

계집의 옆에 있던 사내가 머리를 쓸어 넘기며 쳐다보자 계집이 사납게 반문했다.

「혹시나 저 계집이 주군의 옆자리를 꿰찰까 봐 걱정하는 거 아니냐고.」

「뭐? 무, 무슨 말도 안 되는 소릴!」

「아님 됐고. 얼른 기절 시켜서 데려가자. 오늘 저녁은 아기돼지 통구이라고. 놓치고 싶지 않단 말이지.」

씨근거리는 계집을 두고서 사내가 빙글 웃었다. 알아듣지 못하는 언어에 이파의 신경은 점점 날카로워졌다. 아무래도 놈들 중에는 고예어를 할 줄 아는 자가 없는 듯했다. 그렇다고 이파가 벨트렉어를 할 줄 아는 것도 아니다. 말이 통해야 협상을 하든 뭘 하든 할 것인데, 이래서는 아무것도 할 수가 없다.

답답함에 이파가 입술을 잘근 깨문 순간, 말 한마디 없어서 이파의 관심에서 멀어졌던 사내가 품에서 무언가를 꺼내 들었다. 수상한 낌새를 언뜻 눈치챈 이파가 고개를 돌렸다.

휘익—

바람 새는 소리가 들렸다.

무리의 가장 외곽에 서 있던 사내가 피리 같은 것을 물고 있는 것이 보였고, 다음으로 목에서 따끔한 감각이 느껴졌다.

'설마!'

이파가 반사적으로 목을 더듬었다. 목에 박힌 것을 빼냈다. 그것은 단단한 침이었다.

"이게 무슨……."

다리에 힘이 풀린다. 털썩 주저앉는 이파의 주변으로 그들이 모여들었다.

「잘했어, 다르길.」

이파에게 가장 가까이 다가왔던 사내가 칭찬했다.

「정신을 잘 놓는 계집이군. 꽤 쉬웠다.」

「모르는 말로 떠들어대면 누구나 얼 좀 빠지지 않겠어? 아아, 난 무거운 거 질색인데. 이 계집, 누가 들지?」

속닥거리는 그들의 목소리가 멀어진다. 기묘한 언어. 잇새로 발음하는 소리가 유독 많아서 듣고 있으면 바람이 이야기하는 것 같은 착각이 든다.

'맹독인가? 아니야. 이건…….'

정신을 붙잡으려 애쓰며 이파는 눈에 힘을 주었다. 그럼에도 시야는 아슴아슴 흐려져만 갔다.

'잠을…… 참을 수가…….'

진파에게 당한 상처가 다 아물지 못했고, 그때 중독된 독을 완전히 해독해 내지도 못했다. 거기다가 긴장 상태로 무리하게 움직여 온 탓에 몸 상태는 그야말로 최악이었다. 맹독은 아닐 게 분명한데, 기껏해야 수면독 정도일 텐데, 그런데도 도저히 버텨낼 수가 없다.

「뭐야, 꽤 버티네.」

「그래도 이제 다 됐어.」

쓰러진 이파의 눈에 아렴풋이 푸른색이 보였다. 그것이 하늘인지 저들의 눈동자인지 알 수 없었다.

고집스레 뜨고 있는 그녀의 눈을 사내들 중 하나가 가려주었다.

'아…….'

눈앞이 어두워지자 이파는 결국 정신을 잃었다.

누가 계집을 들고 갈 것인가로 한참을 승강이한 끝에 사내들은 결정을 지었다. 그러나 결정에 승복하지 못한 바드란고가 투덜거렸다.

「왜 내가 들어야 하지?」

「그거야 바드란고, 네가…… 일등전사니까?」

체츠가 키득 웃었다.

「체츠, 내가 알기론 너도 마찬가지일 텐데.」

「하지만 네가 가장 먼저 일등전사가 되었잖아. 어려운 일은 가장 훌륭한 전사가 맡는 거라고. 안 그래?」

다르길과 자우하가 수긍한다는 듯 고개를 주억거렸다. 바드란고가 표정을 일그러뜨리며 고개를 내저었다.

「그런 식으로 얼렁뚱땅 떠넘기기냐?」

「뭐 어때? 그런데 그 계집, 아까 뭐라고 했어?」

「아까? 무슨?」

「아까 고예어로 무어라고 지껄였잖아? 바드란고, 넌 알아들었을 거 아냐?」

완전히 늘어진 계집을 단단히 끌어안으며 바드란고가 입을 다물었다. 그의 안색이 어두워졌다.

체츠의 말처럼 그는 계집의 말을 알아들었다.

「뭔데 말을 안 해?」

바드란고가 슬쩍 자우하의 눈치를 살폈다. 자우하는 고예와의 경계 지역으로 가서 살피고 오라는 명을 받은 직후부터 내내 기분이 안 좋은 상태였다. 주군께 있어 그녀는 그를 연모하는 수많은 계집 중 하나에 불과하겠지만 그녀에게 있어 주군은 하나뿐인 연모의 대상일 테니까. 매사 무심해 보이는 주군께서 흥미를 보이는 이 계집이 탐탁지 않은 게 당연하다. 그녀의 신분을 안다면 더욱더 상심하겠지.

하지만 주군의 곁이 끝내 제 자리가 아니라는 것을 안다면 자우하의 마음도 이제는 꺾이지 않을까? 포기라는 것을 하지 않을까?

「고예어를 할 줄 아는 자를 찾더군.」

「푸핫! 뭐, 진짜? 이곳은 우리의 땅이라고. 이방인 주제에 어디서 건방지게…….」

자우하가 웃음을 터뜨리며 계집을 조롱하려는 순간, 바드란고가 그녀의 말을 끊어냈다.

「그리고 자신이 고예의 공주라고 했어.」

순간 입을 다문 자우하가 고개를 번쩍 들었다. 그녀의 맹렬한 시선이 바드란고에게 날아가 꽂혔다. 바드란고도 그녀를 똑바로 바라보고 있었다.

「뭐?」

한참 후에 뱉은 자우하의 목소리가 가늘게 떨리며 갈라졌다.

바드란고가 한 음절 한 음절 힘주어 내뱉었다. 그의 눈빛이 전에 없이 단호했다.

「이 계집이 정말로 고예의 공주라면, 이 계집이 우리에게 대륙을 줄 거야.」

이 계집이 주군의 짝이 될 거야.

자우하, 너는 결코 그분의 곁을 가질 수 없어.

바드란고의 눈빛이 말하는 바를 자우하는 읽었다.

「하?」

탄식을 탁 내뱉은 자우하가 참담한 심정으로 입술을 비틀었다. 헛웃음이라도 터뜨릴 듯한 그녀를 바드란고는 조용하게, 그러나 집요하게 응시했다. 그 시선을 더 이상 마주하지 못하고 고개를 팩 돌린 자우하가 일부러 더 씩씩하게 소리쳤다.

「돌아가자! 오늘 저녁은 아기돼지통구이라며? 이라!」

자우하가 혼자 속도를 내기 시작했다.

「자우하! 혼자 가면 위험하다고!」

바드란고가 소리쳤다.

「네가 독한 말을 하니까 그렇잖아, 바드란고. 자우하는 내가 따라잡겠다. 너는 체츠와 함께 곧장 뒤따라와라.」

다르길이 그렇게 말하고는 달려 나갔다. 체격이 크고 말수가 적어, 같은 또래임에도 항상 형처럼 느껴지는 벗이었다. 바드란고가 인상을 쓰며 입술을 깨물자 바로 옆까지 천마를 몰아온 체츠가 팔을 쭉 뻗어 그의 어깨를 툭 건드렸다.

「우리도 가자, 바드란고.」

「……그래.」

바드란고가 겨우 대답했다. 앞서 나간 자우하와 다르길을 따라 체츠와 바드란고가 출발했다.

말발굽 뒤로 먼지구름이 피어난다. 대륙에 비해 아무것도 갖지 못한, 이 삭막한 대초원. 제 품에서 꿋꿋하게 살아가는 벨트렉족에게 그 초원이 준 유일한 선물, 천마.

대초원을 가로지르는 천마는 영민하고 숭고하였다.

그들이 향하는 곳에, 초원이 택한 왕이 있다.

그들의 왕, 아라아탄이 있다.

대초원은 이름처럼 무척 넓지만 토지가 척박하다. 거미줄처럼 얽혀 있는 물길을 따라 움직이며 가축을 기르는 것이 그네들 삶. 농사를 지을 수 없으니 정착할 수 없고, 정착할 수 없으니 발전할 수 없다. 화살, 검 등 철기는 대부분 약탈을 통해 얻는다. 아르슬랑의 시대에 시도된 황무지 개간은 무참하게 실패했다고 평가된다.

그렇게 얼추 들어오기만 한 야만족의 본지에 발을 디디며 이파는 겨우 정신을 차렸다. 그것은 기실 내디딘 것보다는 내팽개쳐진 것에 가까웠지만, 이파는 어쨌든 그들의 심장부로 들어섰다.

'이곳이 벨트렉족의 본지인가?'

벨트렉족. 초원을 지배하는 늑대의 부족. 그들의 가옥인 게르가 끝없이 펼쳐져 있다.

'본래 이리 많이 모여 사나?'

이파가 눈썹을 찡그렸다. 대초원 곳곳에 흩어져 사는 유목민의 수는 다 합해야 수십만 명 안팎이라 들었다. 그런데 이 끝없이 펼쳐진 게르를 보노라면 꼭 그 인원 전부가 모여 있는 것만 같다.

"들어가라."

그녀를 끌고 온 남자가 처음으로 입을 열었다. 어눌한 말투였지만 그것은 분명 고예의 말이었다.

"고예어를 할 수 있었소?"

남자는 놀라 두 눈을 크게 뜨는 이파를 무뚝뚝하게 쳐다보고는 아무 대답도 없이 그녀를 게르 안으로 밀어 넣었다. 밧줄로 단단히 묶기까지 하는 그를 보고 이파가 급히 말을 쏟아냈다.

"이보시오. 아까 들었는지 모르겠는데, 나는 고예의 공주요. 그대들의 왕과 만나게 해주시오. 그대들이 손해 볼 일은 결코 없을 것이라고 내 약조하오."

그는 이파의 말을 듣는 시늉도 하지 않고 그녀의 입에 재갈을 물렸다.

"읍! 으읍!"

"얌전히 있어라. 우리는 고예의 것들에게 그다지 상냥하지 않다."

딱딱한 말투로 경고한 후 사내는 등을 돌렸다. 이파가 그를 쫓아가려고 몸을 일으켰지만 곧 균형을 잃고 쓰러졌다. 발을 묶은 밧줄을 노려보며 이파가 두 눈을 부릅떴다.

"으으읍!"

비명을 질러 보았지만 아무도 게르 안을 들여다보지 않았다.

「고예의 공주라…….」

혼잣말을 중얼거리며 바드란고는 아라아탄을 찾아갔다.

그는 본지에서 조금 떨어진 어느 호숫가에 있었다. '늑대의 호수'라고 불리는 작은 물웅덩이는 얼음장처럼 투명했다.

「아라아…… 헉!」

다짜고짜 깊숙이 찌르고 들어오는 칼날에 바드란고가 기함을 하며 두 손을 번쩍 들었다. 칼날은 정확히 바드란고의 목젖 앞에서 멈추었다. 비몽사몽에 그를 거의 죽일 뻔한 아라아탄이 무심히 칼을 내렸다.

「내가 쉬고 있을 때 함부로 다가오지 말라고 누누이 말했을 텐데, 바드란고.」

아라아탄의 칼은 그를 닮아 길고 날렵했다. 살짝만 스쳐도 깊이 베일 만큼 예리하기도 했다.

「아…… 죄송합니다, 아라아탄 님. 긴히 드릴 말씀이 있어서.」

십년감수한 바드란고가 고개를 숙였다.

「충분히 긴한 일이어야 할 거야.」

「예, 주군.」

「그래, 무슨 일이지?」

아라아탄이 물었다. 그의 어조엔 고저가 없다. 어떻게 들으면 나긋할 정도의 말투. 화가 났을 때도, 실망했을 때도 그의 목소리는 늘 단조로웠기에 도통 그 속내를 읽을 수가 없었다. 속을 드러내지 않는 것 또한 군주의 덕인 것일까.

바드란고가 살짝 고개를 들었다. 유리알 같은 눈동자가 그를 무심히 응시하고 있었다.

저 무감정한 눈동자가 한없이 다감했던 때를 바드란고는 알고 있었다. 잘 기뻐하고, 잘 감동하고, 잘 웃어주던 어린 왕은 수없는 실패와 절망과 상실을 겪으며 유리알처럼 무감해졌다.

왕의 차림은 다른 벨트렉족과 별반 다를 것이 없었다. 황록색으로 물들인 직물로 만든 옷은 군살 하나 없는 그의 몸에 딱 맞았다. 몸을 바듯하게 조이며 가슴에서 교차하는 상의가 그의 다부진 몸매를 드러내고 있었다. 햇빛이 많이 들지 않는 초원에 사는 대부분의 유목민이 그러하듯 그의 얼굴색은 창백할 만큼 희었는데, 냉소적인 분위기 때문에 무척 차가워 보였다. 다른 벨트렉족에 비해서도 색이 옅은 눈동자는 기이할 만큼 속을 읽을 수 없어서, 마주 보고 있으면 이따금 소름 끼쳤다. 쌍꺼풀 없는 눈매는 날카로웠고, 눈을 내리뜰 때면 풍성한 속눈썹 아래로 그늘이 졌다. 둥글게 말아 올린 머리는 늘 단정했고, 흰색 끈이 감겨 있었다. 동물의 뼈를 음각해 이어 붙인 허리띠만이 그가 착용한 것들 중 유일하게 화려한 것이었다.

그는 그렇게 수수했으나, 차림이 수수하다고 하여 그가 풍기는 위압감이 사라지지는 않았다.

「주군께서 말씀하신 그 계집을 찾았습니다.」

「오호. 공주가 정말로 왔어?」

예상외라는 듯 몸을 일으킨 아라아탄이 고개를 기울였다. 그의 무심한 눈동자에 찰나 호기심이 반짝였다. 그 호기심은 일종의 기대감과 닮아 있었다.

「그녀가 정말 공주입니까?」

「아마?」

아라아탄이 짧게 대답했다.

설마 했는데 진짜라니.

놀라움을 숨긴 바드란고가 조심스럽게 묻는다.

「어찌할까요?」

「공주를?」

「예.」

「글쎄, 어찌하는 게 좋을까? 음…… 그게 좋겠다.」

아라아탄이 작게 웃는다. 냉소하듯, 조소하듯.

「그냥 가둬놔.」

「예?」

바드란고는 순간 자신이 잘못 들은 줄 알았다.

「가둬놓으라고. 새끼돼지처럼 말이야.」

아라아탄이 바드란고를 쳐다보았다. 그의 눈빛에 왜 명을 한 번에 못 알아듣느냐는 힐난이 섞여 있다. 바드란고는 제 귀가 먹지 않았다는 사실만 새삼 확인받았다. 역시 처음에 제대로 들었나 보다.

「하지만…… 공주인데요, 주군?」

바드란고가 머뭇머뭇 의문했다.

「잘 거야. 가.」

아라아탄이 등을 돌리고 누워버렸다.

바드란고는 할 말이 많았지만 일단 입을 다물었다. 그는 현명한 일등전사다. 주군이 온몸으로 더 할 이야기가 없다는 분위기를 풀풀 풍겨주는데, 눈치 없이 이것저것 따져 물어서는 안 된다.

「……예, 주군.」

아라아탄이 보고 있지 않다는 것을 알면서도 바드란고는 깊숙이 허리를 숙였다. 아라아탄에게 바치는 경배는 언제나 진실되었다.

바드란고가 멀어지는 소리가 더 이상 들리지 않았다.

등 돌려 누운 채 눈 감고 있던 아라아탄이 부스스 몸을 일으켰다. 그의 무심한 눈이 천천히 주변을 둘러본다. 투명한 호수에 햇살이 떨어진다. 반짝이는 물비늘을 응시하던 아라아탄의 표정이 예고 없이 허물어진다.

「조금 기대하게 되잖아.」

혼잣말을 중얼거리며 그가 손바닥에 얼굴을 묻었다.

불현듯 답답함이 치밀어 오른다.

「정말 조금은, 기대하게 된다고.」

고예의 공주가 생각난다. 다 죽어가는 모습으로 저를 살려내라고 명하던 모습이. 은혜를 갚겠다고 하면서도, 목숨은 주지 않겠다던 말간 눈동자가. 그리고 입술에 남은 그 부드러운 감촉이.

「고예로 가세요. 그곳에서 당신은 당신이 원하는 것을 얻습니다.」

점괘를 들여다보며 오드간은 그렇게 말했다.

「오드간. 그댄, 내가 줄곧 원해온 것이 무엇인지 알기나 해?」

그가 원해온 것을 그 누구도 주지 않았다.

그것을 알면서도 기대하고, 잃고, 실망하고……. 어리석은 절망을 수도 없이 반복해 왔다.

그래도 딱 한 번만 더, 마지막으로 정말 한 번만 더 기대해도 괜찮은 것일까.

공주를 정말 가둬두기만 해도 되는 걸까 고민하며 걷던 중이었다.

「전사 바드란고.」

누군가 바드란고를 불러 세웠다. 그를 알아본 바드란고가 급히 예를 차렸다.

「우넨치 님.」

그는 최고전사의 칭호를 얻은 몇 안 되는 전사 중 한 명이었다.

바드란고가 마음속 깊이 존경하는 자였고, 언젠가 뛰어넘고 싶은 경쟁자이기도 했다.

바드란고는 어린 나이에 부족의 일등전사 자리까지 올랐지만, 단 한 번도 우넨치를 대련에서 이기지 못했다. 올해는 어떻게든 그와의 대련에서 승리한 후 최고전사의 칭호를 얻고 싶었다. 그래야만……

'자우하……'

머릿속을 불쑥 점령하는 천방지축 계집 전사의 얼굴에 바드란고가 화들짝 놀랐다. 고개를 휙휙 내젓는 그를 우넨치가 이상하다는 듯이 바라보았다.

「바드란고? 왜 그럽니까?」

「아, 아무것도 아닙니다. 연무장에 가십니까?」

멋쩍게 웃은 바드란고가 물었다.

「네.」

「저도 함께 가서 대련해도 되겠습니까?」

바드란고가 대련을 청했다.

「얼마든지요.」

「영광입니다.」

바드란고는 우넨치를 따라 연무장으로 향했다.

「그런데, 우넨치 님.」

연무장에 거의 도착할 때쯤 바드란고가 문득 우넨치를 불렀다.

「예, 바드란고.」

「고예에서 고예의 공주를 만났습니까?」

바드란고가 물었다. 바드란고는 사실 국경 근처로 가보라는 명령을 들었을 때만 해도 정말로 고예인이 그곳을 배회하고 있으리라고는 생각하지 못했다. 그 사람이 고예의 공주일 줄은 더더욱 몰랐다. 하지만 아라아탄은 고예 계집이 국경을 헤매고 있을 것을 예상하고 있었고, 그 계집이 고예의 공주라는 것 또한 알고 있었다. 이것은 아라아탄을 포함한 전사들이 염탐을 위해 고예에 갔을 때 공주를 만났었다는 뜻이었다.

「그렇습니다.」

우넨치가 수긍하자, 바드란고가 눈썹을 찡그렸다.

역시 공주를 고예에서 만났구나. 그런데 공주에게 이용 가치가 있다면 그때 그냥 잡아오면 되는 것 아니었나?

「그럼 왜 그때 공주를 데려오지 않았습니까?」

바드란고는 순수하게 의문했다. 우넨치가 엷게 웃었다.

「전사 바드란고.」

「예?」

「사람은 모두 같습니다. 고예의 공주도 사람입니다. 사람은 선택해야 합니다. 사람은 오직 스스로 택한 길만을 진정 따릅니다. 공주는 스스로 우리에게 왔습니다. 그녀를 억지로 끌고 왔다면 그녀는 우리에게 대항했을 겁니다. 그러나 그녀는 스스로 우리를 택했기에, 설령 제 나라를 갉아먹는 짓일지라도 우리에게 협조할 겁니다.」

아리송한 말이었다. 바드란고가 미간을 모았다.

「당장은 이해가 되지 않아도 상관없습니다. 우리는 대륙을 얻습니다. 중요한 것은 오직 그것뿐.」

우넨치가 남쪽을 바라보았다. 바드란고도 그를 따라 고개를 돌렸다.

'대륙을 얻는다……'

대초원. 넓은 들판. 그러나 이 땅은 척박하다. 저 멀리 보이는 검은 산맥 뒤, 그곳에 풍옥한 대륙이 있다. 그곳을 얻는다. 그곳을 얻어 모든 유목민의 오랜 숙원을 이룬다. 정착하고 싶은 욕망. 그 욕망을 올겨울 필히 성취한다.

'중요한 것은 오직 그것뿐……'

바드란고는 대초원을 가로질러 대륙으로 향하는 천마군단을 머릿속에 그려보았다. 그 모습은 필시 무척 장엄하고 경건할 것이다. 상상만으로 심장이 쿵쾅거린다. 감격이 울컥거린다.

「그렇습니까?」

「우리는 그저 우리의 왕을 따릅니다.」

바드란고가 고개를 살짝 끄덕였다. 그렇다. 모든 것은 왕께서 결정한다. 그들은 전사로서 왕을 따를 뿐이다. 이해하고 못 하는 중요하지 않다. 대륙을 얻는다는 것, 오직 그것만이 중요하다.

우넨치가 바드란고를 보며 흐리게 웃었다.

「대련을 시작하지요, 전사 바드란고.」

그들은 어느새 연무장에 도착해 있었다.

「예, 우넨치 님.」

문득 바람이 불었다. 척박한 초원을 담은 듯 그 바람조차 척박하였다.

공주를 붙잡아온 지 사흘이 지났다. 그녀에 대한 일은 우넨치에게 일임되었다. 우넨치의 고예어 실력이 수준급인 까닭이었다.

「우넨치.」

불쑥 뒤에서 들려오는 부름에 우넨치가 빠르게 뒤돌아섰다. 그가 곧장 손을 가슴에 얹고서 고개를 숙였다.

「주군.」

「공주는 잘 방치하고 있어?」

「예, 주군. 시키신 대로 하고 있습니다.」

공주는 아라아탄의 명에 의해 사흘째 모욕적일 정도로 방치당하고 있었다. 최소한의 것조차 보장해 주지 않는 시간이었다. 하루에 한 끼 먹다 남은 음식을 섞어 주었고, 생리적인 것들에서 오는 문제조차 해결해 주지 않았다.

그 치욕의 시간은 공주의 무엇을 시험하기 위한 것일까.

「아아, 그렇구나.」

고저 없는 감탄사를 내뱉은 아라아탄이 느닷없이 우넨치의 얼굴을 빤히 들여다보았다. 무표정한 얼굴에 흐리게 염려가 어린다. 미간을 살짝 접은 그가 손을 뻗었다.

「다쳤어?」

주춤 뒤로 몸을 뺀 우넨치가 멋쩍게 웃었다.

「아. 전사 바드란고와 대련 중에 조금 긁혔습니다. 별것 아닙니다, 주군.」

「대련은 목검으로 하라고 했잖아.」

「그래선 감이 떨어집니다.」

「불복종이야?」

난처한 표정을 짓는 우넨치에게서 눈을 뗀 아라아탄이 허리춤을 뒤적였다. 허리띠에 매달린 가죽주머니를 떼어내 우넨치에게 건넸다.

「아무리 최고전사라 해도 흉흉한 상처가 가득하면 아무도 혼례하자 하지 않을 거야.」

주머니를 받아 든 우넨치가 말없이 아라아탄을 바라보았다.

용맹한 아르슬랑과 고귀한 아타르가 남긴 단 하나뿐인 핏줄. 벨트렉족의 족장. 초원의 왕. 늑대의 전사. 수많은 말로 정의되지만 기실 그 무엇도 아라아탄을 정의할 수 없다. 잔혹한 듯 여리게. 무심한 듯 섬세하게. 그렇게 아무도 모르게 허물어져 버릴 듯이.

「명심하겠습니다, 주군.」

약초가 담긴 가죽주머니를 당겨 안으며 우넨치가 가만히 대답했다.

「그래. 명심해.」

「예, 주군.」

아라아탄의 엷푸른 눈동자는 공허하여 그 무엇도 담지 않는다. 언제나 나직한 말투. 감정이 실리지 않아 평이하게만 들리는 그 목소리.

그렇게 매양 무심한 얼굴로 모두의 앞에 서 있는 그가, 사실은 참을 수 없는 것들을 가슴속 깊이 눌러둔 것은 아닐까 싶어서. 꾹꾹 눌러둔 것들을 더 이상 숨기지 못하게 될 때 완전히 무너져 버리지는 않을까 싶어서. 그것이 무섭고 또 두려워서…….

「왜 그렇게 봐?」

아라아탄이 고개를 기울였다.

우넨치는 대답 없이 웃었다.

그런 날이 오지 않도록 지켜 드릴 수 있기를 바랄밖에. 그저 그럴밖에.

3장

살고 싶어?

꼼짝없이 갇힌 지 나흘째. 이파의 인내심은 바닥을 치고 있었다. 이제 곧 저녁이었다. 하루가 또 흘러가 버리는 것이다.

도망자 신세인 데다 애초에 도움을 받으러 온 것이었으나, 그래도 그녀는 고예의 공주였다. 적국의 주요 인사를 이런 식으로 대우하는 것은 그 어느 법도에도 없다. 더욱이 그녀는 이 야만족들에게 풍요로운 미래를 약조해 줄 수도 있다. 그것을 이해 못 하다니, 역시 야만적이다.

'어리석은 것들! 서로 도울 수 있다는데!'

이파가 이를 갈았다. 치욕감과 모욕감이 가슴 깊은 곳에서 치솟는다.

이들의 야만성을 보다 일찍 알아보고 다른 방법을 모색했어야 했는데.

거듭 자책하던 이파가 주먹을 움켜쥐었다. 그녀가 두 눈을 굳게 감았다 뜬다. 검은 눈동자가 침착하게 가라앉았다.

'지나간 일은 후회해 봤자 소용없다. 앞으로의 일을 궁리하자. 이 길도 애초에 내가 고른 길이지 않으냐?'

애써 자신을 다독이는 이파의 귀에 발소리가 들려왔다.

누군가 오고 있다. 번쩍 고개를 든 이파가 문을 열고 들어오는 이를 노려보았다. 나흘 동안 그녀에게 물 한 그릇과 죽 조금을 가져다줬던 사내였다. 이름은 우녠치라고 했다.

"써라."

그는 이파의 손을 묶고 있던 밧줄을 풀어주더니 검은 천을 내밀었다. 바로 조금 전 어떤 멸시를 당하든 살아남는 것에만 집중하겠다고 결심했던 이파였지만 우녠치의 요구는 그녀의 마지막 남은 자존심을 짓밟아 버렸다.

"지금 이걸 쓰라고 하였소?"

지렁이도 밟으면 꿈틀대는 법이다. 하물며 그녀는 공주였다. 이파의 목소리가 파르르 떨렸다.

"정확하다."

우녠치의 대답은 산뜻하기까지 했다. 아주 당연한 것을 권하듯.

어이가 없어 실소가 터지려는 것을 겨우 참고 이파가 반발했다.

"나는 고예의 공주요! 나는 그대들에게 더 나은 내일을 약조해 줄 수가 있소! 그대들은 나처럼 유리한 패를 알아보지도 못할 만큼 어리석은 것이오? 그대들은 나를 포로로 대해선 아니 되고, 죄인으로 대해선 더더욱 아니 되오! 그것은 그대들에게 득 될 것이 없는 야만일 뿐이오!"

고예에선 극악무도한 죄인의 사형을 집행할 때나 검은 천을 씌운다. 그것은 더할 수 없는 모욕이고 치욕이다.

"짐승처럼 묶고 가둬둔 것까지는 참겠소. 그러나 이런 것까지 참을 수는……."

"이런 것까지는 참느니 차라리 죽는 게 낫다?"

격해지는 감정을 억누르듯 잦아드는 이파의 말을 자르고서 우넨치가 읊조렸다. 그의 말을 들은 이파의 동공이 하릴없이 흔들렸다. 그녀가 변명하듯 중얼거렸다.

"나는 죽겠다는 뜻의 말은 단 한 마디도 하지 않았소."

천을 내밀고 있는 우넨치의 손은 미동도 없다. 그는 집요하게 이파를 응시하고 있었다. 이파는 우넨치의 묵언을 완전히 이해했다. 죽고 싶지 않으면 이 천을 써라. 살고 싶다면 복종해라. 네가 선택할 수 있는 것은 오직 그것뿐이다.

억지로 내뻗는 이파의 손이 바들거렸다. 두 눈을 질끈 감은 채 이파는 검은 천을 뒤집어썼다. 그녀의 온몸이 분노와 모욕감으로 떨리고 있었다.

'살아남아서. 고예로. 반드시.'

공주로 태어나 이따위 수모를 당하고 싶지는 않다. 참기 싫다. 그러나 죽는 것은 더더욱 싫다. 차라리 죽겠다는 생각은 결코 할 수 없다. 살아남는 것. 그것만이 이파의 목적이었다. 그 목적을 달성하기 위해서라면 수단과 방법 따윈 상관없다. 어떤 모욕도, 치욕도 감당해야 한다.

'이들이 내 이용 가치를 알아보지 못할 만큼 어리석지 않기만을 바라자. 그들이, 내 가치를 알 정도로 영특하다면…… 아무 목적 없이 이런 수모를 줄 리 없다. 필시 이유가 있을 것이다.'

이파가 마음을 다지며 이를 악물었다. 차라리 어떤 목적이 있어서 이런 수모를 주는 것이라고 생각하는 쪽이 나았다. 그쪽이 마음 편하기도 했고, 그런 것이 아니라면 이곳에는 그녀의 가치를 알아보지 못할 만큼 어리석은 족속들만 가득하다는 뜻이 되는 까닭이다. 그렇다면 그녀가 살아남을 방법이 요원해진다. 어떻게든 그들에게 자신이 내어줄 수 있는 것을 납득시킬밖에.

우넨치는 천이 벗겨지지 않도록 줄을 감은 후, 이파의 손을 재차 결박했다. 그녀가 움직이지 못하도록 발에 채워둔 쇠구슬은 풀어주었지만, 그것은 단지 그녀를 다른 곳으로 데려가기 위해서인 듯했다.

"나를 어디로 데려갈 것이오?"

"주군께."

"주군?"

"우리들의 왕이시다."

이파가 번쩍 정신을 차렸다. 드디어 만날 수 있다고? 그 사실에 온몸이 전율한다.

그런데 입에선 저도 모르게 소심한 비아냥거림이 튀어 나갔다.

"아아, 그에게 이제야 나를 만날 생각이 드셨다 하오? 참 대단하신 왕이시구려."

이런 꼴이 되었다고 해서 자존심마저 꺾인 것은 아니라는 듯한 말투였다. 우녠치는 별다른 대꾸 없이 그녀를 잡아끌었다.

"가지."

그의 음성엔 그 어떤 것도 담겨 있지 않다. 제 주군을 비웃은 것에 대한 분노조차 없었다. 이파는 그 평연함에 기가 막혔다. 도살장에 끌려가는 짐승이 된 듯한 수치감에 그녀는 이토록 살 떨리는데 상대는 바람 한 점 없이 고요하기만 하다.

'흥분하지 말자. 흥분하는 순간, 지는 것이다.'

이파가 마음을 다독였다. 꼿꼿이 허리를 세우고 반듯하게 걸었다. 거친 폭풍과도 같은 감정이 차츰 잠잠해진다.

어쨌든 이들의 왕을 만날 수 있게 되었다. 그것이면, 기회는 있다.

몇 년째 가뭄이 지속되고 있다.

척박한 초원에서 그나마 생을 영위해 올 수 있었던 것은 거미줄처럼 퍼져 있는 강줄기 덕분이었다. 그 강줄기의 대부분이 말라 바닥을 드러냈다. 살아남는 것이 점점 더 힘겨워지고 있는 것이다.

검은 천을 뒤집어씌운 이국의 공주를 데리고 우녠치가 '모두의 게르' 안으로 들어섰다. 모두의 게르는 벨트렉족의 회의장이었다. 부족의 모든 중대사를 논하기 때문에 보통 부족민들은 출입조차 허락되지 않는다.

게르 안에는 이제는 천호장이 된 옛 부족장들이 둥글게 모여앉아 있었다. 그들의 매서운 눈빛이 공주를 훑어 내렸다.

천호장들의 중심에 그들의 왕이 있었다.

「모셔왔습니다, 주군.」

「알아.」

아라아탄이 천천히 걸어 나왔다. 우넨치는 그가 충분히 가까이 오자 천호장들에겐 들리지 않을 만큼 작은 목소리로 물었다.

「공주께 이렇게까지 모욕을 줄 필요가 있겠습니까?」

「필요?」

아라아탄이 살짝 웃는다.

공주는 지금까지 벨트렉족이 얻은 그 어떤 패보다 좋은 패다. 거기다가 제 발로 그들을 찾아왔다. 공주는 살아남기 위해 그들에게 빌붙는 쪽을 택했고, 그녀를 이용하면 벨트렉족이 대륙을 얻을 가능성은 더욱 커진다.

스스로 찾아오지 않으면 쓸모없기에 치료만 해주고 고예에 두고 온 것은 이해할 수 있었다. 그러나 제 발로 찾아온 지금도 이토록 공주를 홀대하는 이유를 우넨치는 알 수 없었다. 아라아탄을 믿고 따르지만, 때때론 그 의중이 궁금했다.

「그런 건 아무래도 상관없어.」

「예?」

「샥귀, 이쪽으로 와.」

아라아탄은 답을 주지 않고 샥귀를 불렀다. 옛 부족장들 사이에 있기엔 너무 어려 보이는 소녀가 쪼르르 걸어 나왔다.

표정을 잃어 차가워진 그 어린 계집은 고예어에 능했다. 고예인과 벨트렉족의 혼혈인 그녀는 흔히 반놈이라 불렸다.

「통역해.」

「예? 고예어는 아라아탄 님께서도…….」

「이곳은 나의 초원이야, 샥귀. 아직 아무 쓸모없는 이국의 계집을 위해 내가 우리의 말을 버려야겠어?」

「아…… 죄송합니다, 아라아탄 님.」

아라아탄의 힐난에 기죽은 샥귀가 고개를 조아렸다. 무덤덤한 얼굴로 천호장들을 잠시 응시한 아라아탄이 느긋하게 공주에게 다가갔다.

전혀 알아들을 수 없는 대화가 오가는 것을 듣고 있던 이파는 바짝 긴장한 상태였다. 손이 묶여 있고 두 눈은 가려졌다. 예민해진 감각이 다가오는 이에게 살의는 없다고 말해주지만, 그래도 두려움과 모욕감은 피어오른다.

몇 명이나 있는지 알 수 없다는 것. 그들이 어떤 눈으로 자신을 바라보고 있는지 짐작조차 할 수 없다는 것. 그 모든 것이 이파를 소름 돋게 했다.

'괜찮다. 이 정도는 아무것도 아니다. 살아남는 거다. 무슨 짓을 당하든, 무슨 짓을 저지르게 되든……. 살아남는다는 것, 그것만 생각하자.'

다가오던 발걸음소리가 뚝 그쳤다.

「고예의 공주라고?」

그리고 들려오는 나긋한 목소리. 이파는 고개를 움직여 소리가 나는 쪽을 바라보았다. 그 목소리는 신기할 정도로 또렷했고, 놀랍도록 근사했다.

'이자가 벨트렉족의 왕인가? 대초원의 주인?'

목소리의 주인은 꽤나 젊은 듯했다. 대초원의 왕이 그녀보다 몇 살 많은 젊은 남자였다는 사실이 떠오른다. 황자 진파와 비슷한 또래라고 들었다.

'가만…… 이 목소리, 어디서 들은 적이 있던가?'

"고예의 공주가 맞느냐고 물으십니다."

앳된 목소리에 생각의 흐름이 끊겼다. 낯선 소녀의 목소리는 그 발음이 꽤나 또렷해서, 그 목소리의 주인이 고예어에 상당히 능통할 것이라고 짐작하게 했다.

"그렇다."

번뜩 정신을 차린 이파가 대답했다.

「고예의 공주가 맞다고 하십니다.」

소녀가 다시 벨트렉어로 이야기했다.

「그래, 고예의 공주께서 우리의 초원까지 온 이유가 무엇일까?」

소녀는 벨트렉어를 고예어로, 고예어를 다시 벨트렉어로 통역하여 크게 말했다.

이파는 귀 기울여 그들의 목소리를 들었다. 이따금 웅성거리는 소리가 들렸다. 그 많은 목소리들 중 이파가 특히 주목한 것은 왕으로 생각되는 자의 것이었다. 하지만 왕의 어투에선 아무것도 읽히지 않았다. 그 어떤 감정도 없었다. 흥미도, 관심도 없이 그저 무심하게 들렸다.

이파는 본능적으로 알았다.

이 남자는 지극히 이성적이다. 야만인이 아니다. 그런 자가 그녀를 모욕주고 있다면, 그것엔 틀림없이 합당한 이유가 있다. 그 사실에 이파는 희망을 보았다.

'의도적으로 내게 모욕감과 수치심을 안겨준 것이라면 목적이 무엇이지? 내 무엇을 확인하려는 것이지?'

모르는 것투성이지만 단 한 가지 확실한 것이 있다. 그것은 바로, 그녀가 그의 시험을 통과하지 못한다면 그녀가 어떤 제안을 하든 그들이 수용하지 않을 것이라는 것.

"나는 그대들에게 원군을 청하고자 왔소."

이파가 단도직입적으로 말했다.

「원군이라?」

"나는 고예의 공주, 고예이파. 고예의 황위계승권을 지닌 두 사람 중 하나요. 그대들이 나를 제좌로 인도한다면, 나는 그대들을 번영으로 인도하겠소."

초원의 왕은 별 대꾸 없이 이파의 말을 들었다. 사실 듣고 있는지조차 이파는 알 수 없었다. 눈이 가려져 있었기에 그가 어떤 표정을 짓고 있는지, 그녀를 보고 있기는 한 것인지 또한 전혀 알 수가 없었다.

그래도 이파는 소녀의 통역이 끝나자 다시 힘 있게 말을 이었다.

"나를 고예의 동왕부로 보내주시오. 내 외숙부님과 만날 수 있게 해주시오. 그와 내가 만나야 서약이 이행되오. 서약이 이행되면 승리할 수 있소. 이 계승전에서 승리한 후, 그대들에게 내가 줄 수 있는 모든 것을 주겠소.”

통역하는 소녀가 말을 마치자 짧은 침묵이 감돌았다. 이윽고 나직한 웃음소리가 여기저기서 터져 나왔다. 뭐가 그리 우스운 것인지. 이파의 얼굴이 화끈거렸다.

「그대가 줄 수 있는 모든 것을 주겠다?」

사내의 목소리가 조금 더 가까워졌다.

“그렇소.”

「공주, 그거 알아?」

사내가 엄지로 이파의 턱을 붙잡았다. 붉은 입술이 벌어졌다. 그것은 필시 유혹적인 손길이었으나, 기실 무감정했다.

「나를 황제로 만들어달라, 내가 줄 수 있는 모든 것을 주겠다. 그 말의 뜻은 그대를 내게 주겠다는 것이야.」

소녀가 통역했고, 순간적으로 이파의 어깨가 멈칫 움츠러들었다. 이파는 고집스럽게 어깨를 펴며 도도하게 물었다.

“내 몸을 원하시오?”

「물론 당장 그대에게 받을 건 그대의 몸뚱이뿐이지. 하지만 단지 그런 이유 때문이 아니라는 걸 알잖아? 인간의 마음은 하루에도 열두 번씩 변해. 그대가 말하는 ‘미래’는 우리의 피가 한데 섞여야만 얻을 수 있어.」

“……”

혼인동맹.

사내가 말하는 것은 그것이다. 그리고 그것뿐일 것이다. 아무런 접점도 없고, 아무런 관계도 없는 자들이 서로 협력하기 위해선.

북쪽으로 행선지를 결정한 순간 그 점은 이파 역시 염두에 두고 있었다. 그녀가 벨트렉족 사내와 혼인을 하고, 그 사내의 아이를 낳아야만 이 야만인들은 그녀가 말한 것들을 미래에도 보장받을 수 있을 테니까. 대륙과 초원의 피가 반반씩 흐르는 황제만이 그들을 하나로 통합시켜 줄 테니까.

그것뿐만 아니라 고예의 구석구석에 벨트렉족이 스며들 것이다. 정치판에도, 경제판에도. 벨트렉족 전사들은 고예의 무력을 손에 쥘 것이고, 벨트렉족 계집들은 고예의 사내와 혼인하여 고예의 피를 혼탁하게 할 것이다.

「공주, 그댄 그대 하나 살겠다고 그대의 나라를 팔아먹고 있는 거야. 아니 그래?」

어느새 지척까지 다가온 사내의 목소리가 달콤하게 속살거린다. 귓가 바로 옆에서 속삭대는 그 근사한 음성에 이파는 숨을 들이켰다.

그의 말이, 가슴을 쿡 찌르고 들어온다.

제 한 목숨 살리겠다고 고예 전체를 망치는 짓을 하고 있다는 그의 말에 반박할 수가 없다. 순수한 황실의 혈통이 더럽혀지고, 고예 구석구석에 야만족이 섞여들 것을 뻔히 알면서도 그 길을 택한 자신의 구차함을 변명할 수가 없다. 제 한 목숨 살리기 위한 도박판에 그녀는 고예라는 제국을 건 것이다.

그것을 안다. 알고 있다.

하지만,

"나는 죽어 명예롭느니 살아 모욕당할 것이오."

그래, 그뿐.

바라는 것은 살아남는 것. 어떤 수모 속에서도 이 목숨을 지켜내는 것.

「그대가 정녕 진심이라면, 내가 지금 그대를 가져도 될까? 어차피 그댄 내 것이 될 테니까.」

"그 무슨 뜻……."

이파가 이해하기도 전에 사내가 이파의 옷 매듭을 풀었다. 이파는 얼굴에서 핏기가 가시는 것을 느꼈다. 머릿속이 하얗게 빈다.

「공주, 살고 싶어?」

"……."

「더럽혀지고, 제국을 팔아먹어도 지켜야 될 만큼, 그대의 목숨에 가치가 있어?」

섬세한 손가락이 이파의 가슴을 움켜쥐었다 놓는다. 그 손은 그대로 위로 올라가 이파의 목을 잡았다.

「그냥 여기서 죽는 게 낫지 않을까? 명예도 지키고, 제국도 망치지 않고.」

"나는……."

「공주가 구차하게 야만족에게 삶을 구걸해선 아니 되잖아?」

"살아남을 것이오."

이를 악문 채 이파가 가까스로 대꾸했다.

「단지 살아남아? 정히 그것만 바라? 이토록 비참한 꼴을 당하면서도?」

"상관없소, 어찌 생각하든."

「무슨 짓을 당해도 상관없어? 무슨 짓을 저질러도 상관없어?」

그가 속삭일 때마다 이파는 비명을 지르고 싶었다. 무슨 짓을 당하더라도 살고 싶은 거냐고 묻는 사내의 목소리는 달콤한 독 같았다. 주먹을 꽉 움켜쥔 채 이파는 온몸 가득 퍼져 가는 떨림을 억누르려 애썼다.

이곳은 혹 지옥일까, 아니면 이자가 악귀일까.

경멸 어린 말을 내뱉고 있으면서도 그의 말투는 무척 조곤조곤하다. 비웃는 것이 분명한데. 조롱하고 있는 것이 분명한데. 그런데 정녕 이상하다. 높낮이 없는 그의 목소리는 일상적 인사를 건네듯 평온하지 않은가.

아무것도 느껴지지 않기에 아무것도 파악할 수가 없다. 이 몸뚱이를 취하겠다고 말하는 그 말이 진심인지 아닌지도 모르겠다.

"당장 내가 그대에게 줄 수 있는 것은 이 몸뚱이뿐이오. 원한다면 주겠소. 차후에 대륙을 얻은 후, 더 많은 것을 주겠소. 지금은 내 몸으로 만족할 수 없겠소?"

가벼운 웃음소리가 들린다. 그 순간 싸한 감각이 등골을 훑는다.

'통역이…… 아직 아니 되지 않았나?'

뒤늦게 어린 소녀의 목소리가 들렸고, 간혹 작은 웃음소리가 들렸다. 이파는 비참함에 허물어질 것 같은 두 다리를 꼿꼿하게 세우고는 입술을 지르물었다.

「만족? 글쎄. 그건 해봐야 알겠지. 고예인은 남에게 교합을 보여주는 것을 수치스럽게 여긴다더군. 우린, 첫 교합은 모두의 앞에서 해. 그것이 우리의 방식이야. 따르겠어?」

사내의 손길이 이파의 온몸 구석구석에 닿는다. 고예를 도망쳐 나오느라 엉망이 된 의복을 벗겨낸다. 서늘한 공기가 닿아 가늘게 떨리는 그녀의 살결을 쓸어내린다.

"나는…… 흐읏."

이파가 신음을 삼켰다.

그녀조차도 잘 모르는 몸 구석구석을 유린하는 낯선 사내의 손길을 정말 견딜 수 있느냐고, 차라리 죽고 싶지 않느냐고 속삭이는 사내에게 무어라 대답해야 할지 모르겠다.

그래도 그녀는 말했다. 약조를 건넸다.

"아흣, 나를…… 제좌에 올려준다면, 나는 그대들에게 영화를 약조할 수…… 흣, 있소. 나는 살아남고…… 그대들은 원하는 것을…… 얻고…….."

그가 희롱하듯, 유혹하듯 이파의 유두를 손가락 사이에 끼우고서 비틀었다. 낯선 사내의 손길에 이파의 심장이 빠르게 뛰었다. 숨이 가빠왔다. 이파는 힘겹게 신음을 참아내며 겨우 말을 이었다. 이 순간엔 차라리 얼굴에 천을 뒤집어쓰고 있어 다행이란 생각마저 들었다. 자신이 어떤 표정을 짓고 있을지 도저히 짐작할 수 없었다.

고예의 보통 여인이라면 필시 죽고 싶을 만큼의 수치심을 느낄 상황이었다. 이파는 보통 이상의, 긍지 높은 고예의 공주였다. 그녀 역시 크나큰 모욕감을 느꼈다.

그러나 그따위 것보다 더 중요한 것이 있다. 설령 벨트렉족의 모든 사내에게 유린당하고 겁간당한다고 해도 결코 포기할 수 없는 것. 마음이 무너지고, 몸이 만신창이가 되어도…… 오직 바라는 것.

그것은 '삶'이었다. 이파는 살아남길 원했다.

그가 힘껏 가슴을 움켜쥐었다.

"흐읏!"

이파가 참지 못한 신음을 터뜨렸다.

그의 손이 다리 사이로 미끄러지듯 향했을 때, 저도 모르게 움찔했지만 이파는 기어이 버텨 섰다. 그녀는 무너지지 않았다.

'이런 것은 아무것도, 그래, 아무것도 아니다.'

부드럽고 서늘한 감촉이 이파의 목에 닿았다. 그것은 음미하듯 이파의 살결을 핥았고, 빨아들였다. 이파는 새어 나오는 흐느낌을 억누르고, 허물어질 것 같은 두 다리에 힘을 실으며 버티고 또 버텼다.

시간이 얼마나 지났을까.

돌연 모든 것이 사라졌다. 은밀한 곳을 희롱하던 손길도, 그녀의 살결에 자국을 남기던 입술도.

서늘한 공기만이 더 확연하게 이파를 덮쳤다. 사위는 쥐 죽은 듯 고요해서, 작은 부스럭거림마저 들릴 것 같았다. 이파는 다음에 일어날 일을 각오하며 입술을 깨물었다. 무엇이 닥치든 무너지지 말자고 다짐했다. 그 순간, 그녀의 시야를 가리고 있던 검은 천이 벗겨졌다.

'무슨?'

한참 검은 천을 뒤집어쓰고 있던 탓에 시력은 바로 회복되지 않았다. 하지만 차츰 주변이 눈에 들어오기 시작했다.

그녀의 앞에 한 사내가 서 있었다. 그녀보가 키가 한참은 컸던 터라 이파는 천천히 고개를 들어 올렸다. 이 사내가 초원의 왕일 것이다. 그녀가 앞으로 상대해야 할 자일 것이다. 적일 수도 있고, 아군일 수도 있다.

천천히, 그러나 분명하게 사내의 얼굴이 눈에 들어왔다.

이파의 두 눈이 서서히 커지더니 이내 입이 벌어졌다.

"……당신."

자신도 모르게 참고 있던 숨을 토하는 듯한 목소리였다. 그녀의 심장이 크게 요동친다.

얼빠진 이파를 무시하며, 사내가 몸을 낮췄다. 그는 무심한 얼굴로 이파의 의복을 정돈해 주었다. 풀어헤쳐져 있던 옷깃을 바르게 하고, 반듯한 고름까지 매어주었다. 이파의 표정이 미미하게 일그러졌다.

"이름을 몰라도 만나게 될 것이라는 건, 이런 의미였소?"

이파의 목소리가 당혹감으로 인해 갈라졌다.

매듭이 잘 묶였나 확인하던 사내가 고개를 들어 이파와 시선을 마주했다.

"죽어 명예롭느니 살아 모욕당하겠다 하였지."

"……."

"나는 그것을 무척 중요하게 여겨."

그가 나긋하게 말했다.

"……."

이파는 믿을 수 없다는 듯 그를 바라보았다.

다시 보아도 아름다운 사내였다. 도자기처럼 매끄러운 피부. 둥글게 말아 올린 검은 머리. 몸을 바듯하게 조이는 황록색 의복. 그리고 속이 보일 듯 투명한 벽안의 눈동자.

'그'였다. 공주궁을 탈출하던 날 만났던, 그 유목민 사내.

"공주, 그댄 내가 그대의 나라 심장부에 있는 것을 보았어. 그리고 기이할 정도로 많은 수의 벨트렉족이 이곳에 모여 있는 것도 보았지. 그 이유가 무엇인지 짐작할 거야."

이파는 굳은 얼굴로 주변을 둘러보았다. 그곳은 꽤 넓었고, 원탁을 중심으로 위압감 넘치는 사내들이 앉아 있었다. 그들은 하나같이 그녀에게서 등을 돌리고 있었는데, 이파는 그것이 사내의 배려임을 알았다. 애초부터 그는 그녀가 희롱당하는 모습을 저들에게 보여주지 않은 것이다. 뭔지 모를 것이 깊은 곳에서 울컥 치올랐다.

그는 고예에서 그녀를 구해줬던 순간부터 그녀가 공주임을 알고 있었다. 초원의 주인으로서 그녀를 납치하는 대신 그녀에게 선택권을 주었다. 우여곡절 끝에 도착한 대초원에서 이파는 온갖 모욕을 당했다. 그것이 무언가를 시험하는 것이기를 바랐다. 초원의 왕에게 어떠한 목적이 있기만을 바랐다. 그렇지 않다면 이곳에서 살아 나갈 가능성은 무(無)에 가까웠으니까.

"……."

이파는 깨달았다. 그에겐 확실히 목적이 있다. 그의 행동엔 명확한 의미가 있다.

이파는 다시 사내와 얼굴을 마주했다. 무표정한 그의 눈을 들여다보았다.

바다색이다, 역시.

어릴 적 어미와 함께 가서 보았던 동쪽 바다가 딱 이런 색이었다. 아주 투명하고 엷은 옥색.

바닥이 다 잡힐 듯 얕아 보이는 그의 눈동자는 기이하게도 그 무엇도 드러내지 않는다. 바닥이 없다. 분명 얕은 듯한데, 막상 빠져들면 바닥을 헤아릴 수 없는 무저갱이다.

"그댄 날 시험했소."

이파가 한참 뒤 말했다.

그는 그녀를 나흘이나 내리 가둬두고 짐승처럼 다루었으며, 모두가 보는 앞에서 모욕당하고 있다고 느끼도록 했다. 그녀를 그리 취급하며 그가 확인하고자 했던 것, 그것이 무엇인지 이파는 확실히 알아챘다.

삶에의 투지. 목숨에의 집착.

오직 제 한 목숨 구걸하고자 야만족의 땅까지 온 대륙의 공주에게서 그는 그것들을 재차 확인했다.

"그래서, 분해?"

이파는 고개를 저었다. 당연한 일이라고 생각했다.

그녀는 그를 고예에서 처음 만났다. 초원의 왕이 고예의 심장부를 헤매던 까닭. 그리고 대초원에 흩어져 살고 있을 이들이 이토록 대규모로 모여 있는 까닭. 그 모든 것들은 하나의 답으로 귀결

된다.

대전쟁의 전야(前夜).

동맹자의 의지를 거듭 확인하는 것은 필수였으리라.

"초원은 넓지만 정착할 수 없어. 붉은 달이 다가와. 추위가 길어지고, 가뭄은 더 심해져. 우리의 겨울은 매우 혹독해. 매번 많은 아이와 늙은이가 죽지."

두 개의 달이 점점 더 가까워진다. 그럴수록 대초원의 상황은 나빠진다. 그 점은 고예의 사서에도 기록되어 있다.

그들은 삶을 지키기 위해 곧 죽음의 땅이 될 대초원을 떠나려고 하고 있다.

나라를 팔아먹어서라도 목숨을 구걸하고 싶으냐는 사내의 말뜻이 천천히 와 닿는다.

"나는 나의 백성들이 정착해서 살아갈 땅을 원해. 그대가 내가 원하는 것을 준다면, 내가 그대에게 고예를 줄게. 자, 어떻게 하겠어?"

이파의 속눈썹이 파르르 떨렸다.

"나는……."

이파가 마른 입술을 축였다.

황후의 섭정기. 특히 계승전이 진행되는 중에는 세력이 나뉠 수밖에 없는데, 내부가 분열된 상태로 강대한 외적을 맞는 것은 실로 위태로운 짓이다. 그러나 만약 이파가 죽는다면 진파가 황제가 되고, 고예는 새로운 황제를 중심으로 외적에 대비할 수 있게 된다.

이파가 두 눈을 굳게 감았다.

그녀는 생각했다. 자신이 죽고 황제가 된 진파가 벨트렉족과 싸우는 모습을. 그리고 또 생각했다. 자신이 죽지 않고 벨트렉족과 함께 제 조국을 짓밟는 모습을.

벨트렉족은 분명 아주 오래전부터 본격적인 대륙 찬탈을 계획해 왔을 것이다. 그런 그들을 분열된 고예가 막아낼 수 있을까. 그들을 이끌고 고예로 내려가는 것이 황족이 해도 되는 짓일까.

천마……. 천마가 생각난다. 그 아름답고 숭고한 짐승. 그 영특한 짐승은 어떤 탈것보다도 빠르게 벨트렉족을 대륙으로 인도할 것이다. 무수히 많은 폭약과 포탄을 쏘아도 맞힐 수 없다면 무용할 터인데, 고예는 어찌 될 것일까.

이파가 천천히 눈을 떴다. 그녀가 고개를 들었다. 흑요석처럼 검은 그녀의 눈동자가 그의 것과 마주친다. 그녀를 응시하고 있는 사내의 눈빛은 고요하다. 잔잔한 바다처럼, 눈 쌓인 설야처럼.

그 눈동자를 마주하며 이파가 천천히 입을 열었다.

"살아남을 것이오."

그가 희미하게 웃는다.

"그거면 반은 됐어."

그리고는 손을 뻗었다. 이파의 뒷머리를 감싸고서 제 쪽으로 끌어당겼다. 지난번과 같은 서늘한 감촉이 바람처럼 이마를 스쳐 간다.

한껏 두 눈을 키운 채 이파는 굳어버렸다.

그는 어느새 저만치 멀리 떨어져 있다.

「샤귀, 공주를 데려가. 냄새 나서 안 되겠어.」

「예, 아라아탄 님.」

익숙한 목소리의 소녀가 멍하니 서 있는 이파에게 쪼르르 다가왔다. 여전히 등 돌린 채 앉아 있던 천호장들이 킥킥 웃음을 참았다. 그 웃음의 의미를 모르는 이파는 자신에게 다가오는 소녀를 바라보았다. 통역을 해주던 그 아이다.

"아라아탄 님께서 씻는 것을 허락하셨습니다."

이파는 소녀가 전해준 말의 뜻보다는 사내의 이름에 관심이 갔다.

아라아탄. 그것이 그의 이름일 것이다.

'아라아탄……'

그 낯선 이름을 속으로 읊조리며, 이파는 아라아탄의 뒷모습을 바라보았다.

벨트렉족의 왕. 초원의 주인. 늑대의 전사. 그리고 생명의 은인.

다시 만났다.

두근.

심장이 뛴다. 묘한 들뜸을 품고.

이파는 씻고서 옷을 갈아입었다. 낡은 고예의 의복을 벗고 벨트렉족의 옷을 입었다. 샤귀라는 이름의 소녀는 순간순간 의미 모를 시선으로 이파를 노려보았다.

"매듭을 묶어드리겠습니다."

샤귀가 무릎을 꿇고서 발목에 매듭을 만들어주었다. 벨트렉족의 매듭은 상당히 특이했는데, 푸는 방법을 정확히 알지 못하면 풀 수도 없었다.

"되었습니다. 손목도 매어드리겠습니다."

매듭은 나비 모양이었다. 샤귀는 매듭이 튼튼한지 한 번 당겨보고는 불쑥 고개를 들었다. 그녀의 눈은 짙은 푸른색이었다. 유목민 특유의 청색 눈동자. 그 눈을 보고 있으면 빨려 들어갈 것 같은 느낌이 든다.

"이제 가시죠."

"가다니?"

"준비가 다 되면 모셔오라고 하셨습니다."

무뚝뚝하게 대답하고는 샤귀가 앞장섰다. 미간을 살짝 찌푸렸다 편 이파가 그녀를 뒤따랐다.

샤귀는 게르로 둘러싸인 연무장 앞에서 멈추었다.

창백한 달빛. 흔들리는 횃불.

그 빛들 아래에서 춤추듯 움직이는 초원의 왕.

�—

돌연 멈춰 선 그가 무언가를 내던졌다.

"샤귀!"

이파는 반사적으로 곁에 있던 샤귀를 멀리 밀쳐 낸 후 자신은 반대쪽으로 굴렀다. 두 사람이 서 있던 자리에 거대한 창이 내리꽂혔다.

장난으로 던진 것이 아니었다. 피하지 못했다면 필시 죽거나 다쳤다.

이파의 등골을 타고 식은땀이 흘렀다.

"용케 피했네."

아연한 이파를 응시하던 아라아탄의 눈동자에 흐릿한 흥미가 감돌았다. 그 눈꼬리가 눈웃음치듯 휘었다. 매혹적인 미소였다. 이파는 순간 어이가 없었다.

"이 정도로는 죽지 않소."

그녀가 대꾸했다.

"살아남는 것은 의지만으론 아니 돼."

"의지가 무너지면 살 것도 죽게 되오."

"그런가?"

흥미는 이슬처럼 스러졌고, 감정이 묻어 나오지 않는 눈동자는 다시 유리알처럼 보였다. 느릿하게 손을 움직인 그가 이파의 옆에 꽂힌 것을 가리켰다.

"들어."

자연스러운 명령이었다. 누군가의 위에 서서 명하고 부리는 데 익숙한 자다.

이파가 꽂혀 있던 것을 빼어 들었다. 그것은 이파의 키를 훌쩍 넘어서는 긴 창이었다.

"고예의 공주는 창술의 대가라고 들었어. 풍문이 맞았으면 좋겠는데."

아라아탄은 이파에게 준비할 시간도 주지 않고 달려들었다. 급히 창을 바로 잡은 이파가 힘겹게 그의 공격을 받아냈다.

찰캉! 요란한 소리를 내며 검과 창이 맞부딪쳤다.

"윽!"

이파가 신음을 토했다.

"이제 시작이야, 공주."

아라아탄은 일격마다 강한 힘을 실었다. 그는 이파가 겨우 따라 잡을 정도의 빠르기로 칼을 휘두르면서도 힘과 정확도는 전혀 떨어뜨리지 않았다. 기척 없는 그의 움직임을 홀린 듯 주시하며 이파는 반격을 시도했다. 하지만 반격은 번번이 실패했고, 이내 그의 공격을 받아내는 데 급급하게 되었다.

이파의 체력은 급속도로 떨어졌다. 뇌가 울릴 정도로 격한 움직임이 이어졌다. 숨이 차오르며 가빠졌다. 이파는 귓속 가득한 자신의 숨소리만 들었다. 공주궁에서 도망 나올 때 다친 어깨가 부서질 것 같았다. 격하게 몸을 놀린 덕분에 온몸의 관절이 삐걱거리는 느낌마저 들었다.

"헉!"

아라아탄의 칼끝은 곧장 이파의 급소를 노리고 찔러 들어왔다. 작은 실수도 용납하지 않는 정확도였다. 몸의 균형이 조금만 무너져도 치명적인 부상으로 이어질 것이었다.

살의는 느껴지지 않았지만, 그렇다고 해서 그에게 살의가 없다고 판단할 수도 없었다. 그는 분명 전부 다 되었다고 하지 않았다. 반은 되었다고 했을 뿐이다.

이파가 지쳐서 그의 공격을 더는 받아칠 수 없게 된 순간, 그는 그녀에게 아무 가치가 없다고 판단하고 그녀의 목숨을 취하려 들지도 모른다. 그렇게 될 수는 없었다.

'지금!'

이파는 방어를 완전히 포기하고 마지막 공격을 시도했다.

차앙!

"윽!"

전력을 다한 반격이었다. 이파의 손에서 빠져나간 창이 바닥에 떨어졌다. 손 전체에 아릿한 고통이 엄습했다. 이윽고 목을 정확히 노리고 들어온 상대의 칼끝이 살갗에 닿았다. 짧은 통증이 지나갔다.

"⋯⋯."

그가 천천히 칼을 거두는 것을 보며 이파는 숨을 멈추었다.

"통."

그의 나직한 목소리에 이파가 살짝 미간을 누볐다.

"통?"

"통, 불통. 몰라?"

그가 의외라는 듯 이파를 바라보았다.

모르는 것은 아니다. 모르는 것은 아닌데⋯⋯.

"살아남겠다는 의지만으로는 불충분해. 그대의 목숨이 진정으로 위험한 순간, 그때 그대의 곁에 아무도 없을 수도 있잖아? 입만 산 자는 필요 없어. 나는 혼자 힘으로 최소한의 시간은 살아 버틸 수 있는 자를 원해."

정말로 그런 의미의 통(通)이 맞나?

하지만,

"나는 그대의 털끝 하나 건드리지 못했소. 이런 내가 살아남을 수 있을 거라 판단해도 되겠소?"

분해도 그것이 진실이었다. 모든 실력을 내보였지만 아라아탄을 꺾을 수 없었다. 꺾기는커녕 그의 털끝 하나 건드리지 못했다.

"그댄 심지어 전력을 다한 것도 아니지 않소?"

이파가 분하다는 듯 주먹을 움켜쥐었다.

아라아탄의 움직임은 흠 잡을 것 없이 완벽했다. 그는 이파가 도저히 흉내 낼 수 없는 힘과 속도를 시종일관 유지했다. 게다가 호흡조차 흐트러지지 않았다.

내보인 것이 그의 전부였다면 불가능한 일이었다. 그는 보여준 것보다 훨씬 대단한 전사일 게 분명하다.

아라아탄은 분해하는 이파를 반히 바라보다가 무뜩 물었다.

"공주. 설마 내게 이길 수 있을지도 모른다고 생각했어?"

여전히 높낮이 없기는 마찬가지지만 어이없어하는 것이 분명한 말투에 이파의 뺨이 화끈거렸다.

"그건……."

"고예의 공주는 생각보다 자만심이 굉장하구나?"

단조롭던 그의 음성이 살짝 들떴다. 그 묘한 변화에 이파가 고개를 들어 아라아탄을 살폈다. 하얀 뺨에 예쁜 보조개가 움푹 들어간다.

곧 무심한 모습으로 돌아간 아라아탄이 나긋나긋 말했다.

"공주, 나는 불사신을 바라는 게 아니야. 내가 원하는 것은 몸이 더럽혀지고 마음이 꺾일지라도 삶에 집착할 자. 혈혈단신 적장에 내던져져도 도움이 올 때까지 어떻게든 견뎌낼 자. 그렇게 살아

버틸 수 있는 자를 원해. 무슨 뜻인지 알겠어?"

"알 것도 같소."

이파가 머뭇머뭇 고개를 주억거렸다.

아라아탄은 줄곧 묻고 있는 것이다.

살고 싶어? 정말 이렇게까지 살고 싶어? 이렇게 구차하게, 모욕당하며 살아남고 싶은 거야?

그리고 그가 듣고 싶은 대답은 명확하다. 몇 번이고 거듭해서 그녀의 의지를 확인한다.

이파가 희미하게 웃었다.

"아라아탄, 그댄 어떤 면에서 내 어머니와 닮았소."

"그대의 어머니라면, 고예의 황후?"

뜬금없는 말에 아라아탄이 눈썹을 까닥였다.

"내 어머니께선 무슨 짓을 당하더라도 일단은 살아남으라고 하시었소. 항상. 항상 말이오."

"그래?"

살아남아라.

긍지를 버려 살아남을 수 있다면 기꺼이 버려라.

목숨을 구걸해서 살아남을 수 있다면 구걸해라.

그렇게, 살아 견뎌라.

삶에 대한 집착. 삶을 위한 투지. 그 모든 것은 황후로부터 끝없이 배워온 것들이었다.

"좋은 어미를 두었네."

아라아탄이 작게 중얼거리며 눈을 내리떴다.

그의 유리알 같은 눈동자에 흐리게 감정이 깃든다. 상실, 공허, 그따위 것들로 가득 찬 벽안을 스쳐 간 어떤 갈망.

어쩐지 위태롭고 애처로운 그것을, 이파는 보았다.

4장

맹세

　모든 게르와 함께 있으나, 모든 게르와 동떨어진 한 게르가 있다. 겉모양은 모든 게르와 같으나, 그 분위기는 결코 같지 않은 게르가 있다.

　한갓진 곳에 자리한 그 게르는 무척 스산하고 음습하였다.

　'빛나는 게르'라고 불리는 그곳에 벨트렉족의 위대한 무녀, 오드간이 살고 있다.

「위대한 오드간이시여.」

　자우하는 그 앞에 서서 부름의 말을 두 번 더 반복했다.

　위대한 오드간이시여, 위대한 오드간이시여…….

「들어오세요.」

　마침내 허락이 떨어졌다. 자우하는 문을 열고 안으로 들어섰다.

잘 다듬어진 짐승의 머리뼈가 여기저기 놓여 있었다. 흉측한 노파가 숨어 살고 있다 해도 믿음직한 곳이었다. 그러나 화로 옆에 앉아 불을 들여다보고 있는 이는 놀랍도록 아름다운 여인이었다.

「전사 자우하, 무슨 일인가요?」

대소사를 치르기 전 벨트렉족은 언제나 오드간에게 점괘를 청했다. 최종적인 결정은 아라아탄이 한다 해도 그 또한 오드간의 점괘를 경청했다. 늑대신과 가장 가까운 영혼을 지녔다는 오드간은 그렇게 모두의 경외를 받았다.

「오드간이시여, 나는 인정할 수가 없습니다.」

「무엇을 말이죠?」

오드간이 상냥하게 물었다. 자우하는 그녀에게 바짝 다가가서 무릎 꿇고 앉았다.

「고예의 공주가 정녕 우리를 미래로 이끌어주겠습니까? 아라아탄 님께서 정히 그 계집을 부인으로 맞이해야겠습니까?」

자우하가 울부짖듯 물음을 토해냈다. 손을 뻗어 화롯불을 쬐던 오드간이 자우하를 말끄러미 바라보았다.

「자우하.」

「예, 오드간이시여.」

오드간의 눈빛에 언뜻 연민이 스쳤다. 용맹한 벨트렉족 전사는 없고 아둔한 마음에 눈먼 계집만 있다.

「이리 오세요, 자우하.」

오드간이 천천히 자우하를 향해 손을 뻗었다. 황금색 실로 화려하게 수놓인 검은 무복 아래 드러난 손목엔 끔찍한 화상 자국이 자리하고 있었다. 그러나 그녀의 손길은 상냥했고 부드러웠다. 자우하의 뺨을 가만히 감싼 오드간이 소곤거리듯 말했다.

「당신은 아니에요.」

「왜 아니라고 하십니까?」

자우하가 인정하기 싫다는 듯 쏘아붙였다. 오드간은 잠시 말없이 입을 다물었다. 굳이 더 많은 것을 보고 들을 수 있는 자가 아니더라도 알 수 있는 것, 그것을 자우하가 부정하고 있다.

「자우하, 아라아탄 님의 앞날은 밝지만은 않습니다. 그분의 곁을 지켜 드리려면 누구보다 강인해야겠지요. 당신은 당신이 바라는 만큼 강하지 못합니다. 당신의 곁엔 늘 당신을 지키는 이들이 있는 까닭이지요.」

「공주는 다릅니까? 그 나약한 공주가 과연 아라아탄 님을 지켜 드릴 수 있겠습니까? 아무것도 가진 것 없고, 심지어 제 나라에게 조차 버림받아 이곳으로 쫓겨온 공주가 말입니까?」

오드간이 얕은 한숨을 내쉬었다. 연정에 눈먼 계집이 막무가내로 우기고 있다.

오드간은 결정을 내려야 했다. 말은 하지 않아도 자우하와 같은 불만을 가진 이들이 있을 것이다. 대륙을 향한 대이동을 앞두고 있는 지금, 분열은 모두에게 치명적이다.

「그렇다면 시험해 보겠습니까?」

「시험이라니요?」

「당신이 바라는 것만큼 당신이 아라아탄 님께 과연 어울리는지. 당신이 생각하는 것만큼 공주가 정녕 형편없는지. 만약 당신이 더 낮다는 결과가 나온다면 내가 모두의 앞에서 말하지요. 아라아탄 님의 반려로 가장 적합한 자는 자우하, 당신이라고.」

자우하가 두 눈을 번쩍 떴다. 그녀의 깊은 두 눈이 흔들리는 것을 보며 오드간이 안타까워하는 표정을 지었다. 그러나 그 안타까움이 자우하의 눈에는 보이지 않았다.

「시험해 보게 해주십시오, 오드간이시여.」

「그렇게 쉽게 결정할 일이 아닙니다, 자우하. 시험은 당신이 생각하는 것보다 훨씬 괴롭고 끔찍할 겁니다.」

「상관없습니다! 하겠습니다!」

자우하가 매달리듯 소리쳤다. 그녀의 뺨을 쓰다듬고 있던 손을 내리며 오드간이 살짝 눈을 내리떴다.

어차피 언젠가는 해야 할 일이었다. 공주는 스스로 자신의 강인함을 벨트렉족 모두에게 보여야만 했다. 비교해서 볼 대상이 있다면 설득은 더욱 쉬울 것이다.

「그럼 내일 밤 공주와 함께 이곳으로 오세요.」

오드간은 자우하가 받을 충격을 모른 체하기로 했다.

오드간, 그녀는 벨트렉족의 무녀이며 천호장. 누구보다 벨트렉족의 앞날을 염려하고 있었다. 아라아탄이나 바드란고가 알면 화내겠지만, 그녀는 누군가는 해야 할 일을 하기로 한 것뿐이다. 더욱이 이것은 자우하의 선택이다. 모든 전사는 선택을 하고, 그 선택에 의한 결과는 온전히 자기 책임이다.

「알겠습니다, 오드간이시여.」

자우하의 표정이 반짝 피었다.

「단, 공주가 더 적합하다고 생각될 경우 더 이상의 어리석은 마음은 용납하지 않겠어요.」

「상관없습니다.」

오드간이시여, 오드간이시여…….

몇 번을 더 감격스러워하던 자우하가 나갔다. 빛나는 게르에 혼자 남겨진 오드간이 일렁이는 불꽃을 가만히 들여다보았다. 불꽃은 때론 붉게, 또 때론 검게 보였다. 피안에서 들려오듯 아스라이, 소리가 흩어진다.

피. 죽음. 울음. 통곡. 절망.

숨죽인 울음이 바스라지고, 소리 없는 통곡에 끝없이 허물어질 미래.

'자우하, 아라아탄 님의 미래는 당신이 상상하는 것보다 훨씬 더 고독하고 허무할 겁니다. 그분의 과거는, 당신이 각오한 것보다 훨씬 참담하고 허망할 겁니다. 언제나 바드란고가 곁을 지켜주고 있는 당신이 '혼자'라는 무게를 견딜 수 있겠습니까? 그것은 함께인 자가 있는 사람은 이해할 수 없는 영역이에요. 당신의 역할은 따로 있답니다.'

늑대의 전사로 태어나 초원의 왕이 되고, 다시 대륙의 주인이 되기까지. 곁을 내어주면 떠나가고, 내어주면 또 떠나가는 남겨짐의 반복. 타인의 목숨을 재물 삼아 이어온 생명. 짐처럼 떠맡게 된 삶의 무게들. 그것을 함께 감당해 줄 수 있는 자.

아라아탄의 짝은 그런 자가 되어야 한다. 그렇게 강인한 자여야만 한다. 그리고 그런 자는 자우하도, 그 어떤 벨트렉족 여인도 아니다.

왕의 짝은, 또 다른 왕이어야만 한다.

❖　　❖　　❖

적당히 봐주었다고는 해도 상대는 아라아탄이었다. 그와 대련을 하고 나면 우넨치도, 바드란고도 언제나 죽상이었다.

"괜찮으십니까?"

그렇기에 담담해 보이는 이파의 모습에 샤귀는 조금 놀랐다.

"괜찮다."

샤귀가 살짝 시선을 내렸다. 이파의 다리가 조금 후들거리고 있었다. 역시, 괜찮을 리가 없다. 만신창이가 되어서도 몸의 고통과 정신의 압박감을 드러내지 않으려고 하다니. 고집이 센 여자다. 약한 모습 따위 누구에게도 보인 적 없을 만큼.

"이쪽에 엎드려 누우십시오. 몸을 풀어드리겠습니다."

"정말 괜찮……."

"누우십시오."

샤귀의 강경한 말투에 이파가 마지못해 누웠다.

이파가 슬쩍 샤귀를 곁눈질했다. 이제 겨우 열두어 살이 되었을 법한 벨트렉족 소녀. 어린 나이에 어울리지 않게 차가운 표정을 짓고 있는 계집은 눈치가 빠르고 영민했다.

"샤귀."

"네, 공주님."

"그댄 누구에게 고예어를 배웠지?"

샥귀에게 몸을 맡기며 이파가 물었다. 이파의 등에 올라타서 그녀의 목을 부드럽게 주무르고 있던 샥귀의 손이 문득 멈추었다.

"듣고 싶으십니까?"

괜히 물었다 싶으실 텐데요, 하고 혼잣말을 읊조린 샥귀가 유혹하듯 이파의 귓가에 입술을 가져다 댔다.

"반놈(半㐀)이라고 들어 보셨습니까?"

그 목소리는 꽤 은밀했다.

"반놈?"

몸을 바로 하고 다시 이파의 몸을 주무르기 시작한 샥귀가 조용조용 말을 이었다.

"반은 야만족이라는 뜻으로 고예인들이 저와 같은 이들을 낮잡아 부를 때 쓰는 말입니다. 제 어머니는 고예인이었고, 제 아버지는 벨트렉족이었습니다. 대륙과 초원의 경계엔 저와 같은 이들이 꽤 있었습니다. 오래전 다들 죽었지만요."

검은 산맥과 검은 강은 대륙과 초원을 가른다. 드높은 산과 깊은 강에 가로막힌 사람들은 서로 배척하였다. 그럼에도 그 경계를 넘어 누군가는 만나고, 사랑을 하고, 가족이 되었다. 반놈이라 불리며 고예에서 배척받고, 오롯한 유목민으로도 받아들여지지 못했던 자들. 그들은 유목 생활을 포기하고 화전민이 되어 산에 터를 잡았지만 세 해 전 있었던 대토벌에 의해 몰살당했다. 그 몰살당한 이들 중 샥귀의 친지가 있었다.

"……"

"공주님, 나는 고예가 싫습니다. 내 가족과 내 벗과 내 모든 것을 빼앗은 당신의 오라비가 끔찍이도 싫습니다. 할 수만 있다면 내 손으로 죽이고 싶을 만큼 말입니다."

"샥귀……."

샥귀의 목소리가 잘게 떨린다.

이파는 감히 그녀를 위로할 수 없었다. 대토벌을 이끈 자는 진파였고, 그에게 토벌을 윤허한 자는 그녀의 아비였다. 그리고 그때의 그녀는 그저 침묵했다. 살육으로부터 눈 돌렸다. 제 책임이 아니란 변명을 들어.

"공주님, 나는 당신도 싫습니다. 하지만 내 모든 것을 바쳐서 당신을 모실 겁니다. 당신은 벨트렉어에 서툴고 나를 필요로 해요. 당신의 시종이 된다면 아라아탄 님께서 나를 황자 앞으로 데려가 줄지도 모르죠."

방관의 죄. 그것이 이파를 무겁게 짓누른다.

"저는 황자의 죽음을 이 눈으로 보길 원해요. 단지 그것. 그것만이 제 삶의 전부입니다."

이파가 두 눈을 질끈 감았다.

모든 죽음을 방관했던 당신을 후회한다면. 그때의 무심을 사죄하고 싶다면. 그렇다면 제좌를 얻으세요. 당신의 오라비를 죽이세요. 우리에게 대륙을 주세요…….

그렇게 샥귀가 속삭이는 것만 같았다.

「샥귀! 들어가겠다.」

그때, 밖에서 여인의 목소리가 들렸다. 안마를 멈추고서 샥귀가 고개를 돌렸다. 덕분에 이파는 숨 막힐 듯한 죄악감에서 살짝 벗어날 수 있었다.

「자우하 님?」

「위대하신 오드간께서 내일 공주를 만나겠다 하셨다.」

의아해하며 일어선 샥귀에게 자우하가 선언하듯 외쳤다.

「오드간 님께서 말입니까? 아라아탄 님께선 알고 계십니까?」

샥귀의 물음에 자우하는 노골적으로 불쾌해하는 표정을 지었다.

「아라아탄 님과는 상관없는 일이다. 오드간 님께서 직접 공주에게 우리를 미래로 이끌어줄 자격이 있는지 없는지 확인하실 것이다.」

「자우하 님, 그것은…….」

「내 말에 토 달지 마라, 샥귀. 어디 감히 전사의 말에 토를 다느냐? 너는 내일 저녁에 공주를 데리고 빛나는 게르로 오기만 하면 돼.」

강압적인 말투에 샥귀가 고개를 조아렸다.

「알겠습니다.」

탐탁지 않아 하는 말투였다.

자우하는 샥귀와 이파를 한 번씩 노려보고는 휙 등을 돌렸다. 고개를 든 샥귀가 게르를 나가는 자우하의 뒷모습을 응시하며 미간을 찡그렸다.

"샥귀?"

이파가 조심스럽게 샥귀를 불렀다. 샥귀가 눈을 돌려 이파를 바라보았다.

"내일 오드간 님께서 뵙자고 하셨답니다."

샤귀가 자우하의 말을 전해주었다.

"오드간? 그게 누구관데?"

처음 듣는 이름이었다.

"빛나는 게르의 무녀님이십니다."

"무녀님?"

이파가 천천히 고개를 기울인다.

"무녀께서 왜 나를 보자고 하셨을까?"

"상냥한 일은 아닐 겁니다."

샤귀가 무표정한 얼굴로 대답했다. 왜인지 불분명한 오한이 이파의 등골을 훑고 지나갔다. 이파의 손끝이 잘게 떨렸다.

약속된 밤, 이파는 빛나는 게르로 향했다.

'벨트렉족 무녀라…….'

무녀는 고예에도 있다. 황궁에 국무가 상주하며 나라의 대소사를 점친다. 그러나 고예의 국무와 벨트렉족의 무녀가 받는 존숭은 그 깊이가 다른 듯했다. 듣자 하니 오드간이란 여인은 무녀이면서 동시에 천호장이라고 하였다. 천 개의 가호를 통솔하여 붙여진 이름, 천호장(千戸長). 그것은 초원의 옛 부족장들에게 내려진 지위였다. 무녀이면서 천호장인 여인을 벨트렉족은 경외로 섬겼다.

한갓진 곳에 자리한 빛나는 게르는 고요하고 적막했다. 그 어떤 소란도 빛나는 게르까지 접근하지 못하듯이.

샥귀가 문을 열어주자 이파가 그 안으로 들어섰다. 안에는 이미 두 사람이 있었다.

내부는 무척 어두워서 '빛나는 게르'라는 명칭이 다소 농담처럼 느껴졌다. 끈적끈적한 밤이 유독 이곳에만 짙게 붙어 있는 것 같다. 붉게 타오르는 화로 주변을 제외하고 모든 곳이 새까맸다. 어둠은 고요했으나, 그 때문에 도리어 광포해 보였다. 내키기만 하면 당장에라도 모든 것을 집어삼킬 듯했다.

이파는 눈 감은 채 화롯가에 정좌한 여인을 보았다. 검은 무복을 입은 여인은 무척 아름다웠다. 그녀는 일어나서 이파를 맞이하지 않았다. 반듯이 앉아 있는 그녀를 보며 이파가 입을 열었다.

"나를 보자고 하시었다 들었소."

오드간이 눈을 떴다.

그러곤 손짓했다.

「앉으세요.」

샥귀가 오드간의 말을 통역했다. 이파는 떨떠름한 얼굴로 하석에 앉았다. 자신이 비록 타국에서 왔지만 그래도 공주였고, 따라서 상석에 앉아 마땅할진대 일어나서 상석을 내어줄 기미가 오드간에겐 전혀 없었던 것이다. 이파는 그것이 불쾌했지만 따지지 않기로 했다. 존경받는 무녀와 승강이를 해서 득 될 것은 아무것도 없을 테니까.

오드간의 맞은편에는 자우하가 앉아 있었다. 매처럼 사납게 자신을 노려보는 자우하의 시선에 이파의 표정이 미미하게 굳었다. 가감 없이 드러난 적의를 어찌 받아쳐야 할지 난감했다. 고예의 공주로 살아오면서 늘 저에게 호의적인 사람만 만났던 것은 당연히 아니지만, 이토록 드러내 놓고 적대하는 자는 개중에 없었다.

이파는 허리를 반듯이 세우고 자우하를 마주 봤다. 짧은 고민 끝에 되도록 담담하게, 자우하의 시선을 받아쳤다.

두 사람의 신경전을 잘라내듯, 오드간이 운을 뗐다.

「대륙에서 온 공주시여, 나는 당신을 시험할 겁니다.」

매혹적인 미성이었다.

"공주님을 시험하시겠답니다."

샥귀가 재차 통역했고, 이파는 눈썹을 찌푸렸다.

"나를 시험하겠다고? 무슨 자격으로 말이오?"

오드간이 부드럽게 웃었다.

「공주님, 이래 보여도 나는 신망이 두텁답니다. 내가 당신을 인정한다면 모두가 당신을 받아들일 겁니다. 내가 당신을 인정하지 않는다면 아라아탄께서 설령 당신을 부인으로 맞겠다고 하여도 모두가 반발할 겁니다. 나는 당신이 넘어야 할 '산'이고, 당신이 건너야 할 '강'입니다. 이해하겠어요? 당신은 내 시험을 거부할 권리를 갖지 못했어요.」

상냥한 말투였으나 그 뜻은 냉정했다. 이파는 오드간의 말을 이해했다. 아라아탄의 인정뿐만 아니라 오드간의 인정과 모두의 인정이 필요하다는 것 또한 납득했다.

이파는 이 야만족의 힘을 빌려야만 고예로 돌아갈 수 있고, 고예로 돌아가 제좌를 얻어야만 앞으로 살아갈 수 있다. 살아남고자 하는 그녀에게 거부라는 선택권은 없다.

"내가 무얼 하면 되겠소?"

생각을 정리한 이파가 오드간을 바로 보았다.

「나는 당신과 자우하에게 '어떠한' 것을 보여줄 겁니다. 그것은 내가 선택하는 것이 아닙니다. 그것은 스스로 당신들을 찾아갈 겁니다. 꿈에서 깨어났을 때 당신들의 모습이 내 시험의 결과입니다.」

"무슨 뜻인지 모르겠소."

「상관없습니다. 이쪽으로 오세요.」

오드간이 이파와 자우하를 나란히 놓여 있는 침상으로 안내했다.

「누우세요.」

영문을 모르겠다는 듯 이파가 샥귀를 쳐다보았다.

「샥귀, 그대는 나가 있어요.」

이파의 시선을 차마 외면 못한 샥귀가 마른 입술을 슬쩍 깨물었다.

「하지만 오드간 님.」

「그대가 볼 것이 아니에요.」

「그런 뜻으로 부른 것이 아닙니다.」

샥귀가 무표정해진 얼굴로 대꾸했다. 오드간이 고개를 돌려 샥귀를 바라보았다. 그럼 무엇 때문에 부른 것인지 말해보라는 듯한 눈빛이었다. 이파를 뒤에 감추듯 그녀의 앞에 선 샥귀가 오드간을 똑바로 바라보며 입을 열었다.

샥귀는 확실히 이파를 좋아하지 않는다. 하지만 그녀는 샥귀를 고예로 이끌어줄 유일한 끈이었다. 살아만 남는다면 그 누구보다 확실하게 황자의 죽음을 선사해 줄 이였다.

「오드간이시여, 공주께서는 지금 겪을 것이 무엇인지 전혀 모릅니다. 반면 자우하 님은 알고 계시지 않습니까? 이는 불공평합니다.」

「불공평하다?」

「예, 오드간 님.」

「일리가 있는 말이군요.」

오드간이 고개를 주억거렸다.

「공주께 설명해 드릴 시간을 주십시오.」

「좋습니다, 샥귀. 공주께서도 지금부터 볼 것이 무엇인지 알아야 공정한 시합이 되겠지요. 그렇지요, 자우하?」

오드간이 자우하의 동의를 구하듯 바라보았다. 자우하는 사납게 이파를 바라볼 뿐 아무 대답도 하지 않았다.

그것을 허락으로 이해한 샥귀가 이파를 바라보고 섰다.

"공주님, 대륙에는 '환상초'라는 것이 있지요. 그것과 비슷한 것이 이 초원에도 있습니다. 우리는 그것을 '기억초'라고 불러요."

"기억초?"

"예. 대륙의 환상초가 황제의 기억이듯, 초원의 기억초 또한 왕의 기억입니다."

"……."

"환상초를 태우면 어떤 일이 일어나는지 아십니까?"

이파가 살짝 턱을 끄덕였다.

"기억초를 태울 때도 그와 비슷한 일이 일어납니다."

"왕의 기억을 보게 된다는 뜻이더냐?"

"예."

"……."

"다만 초원의 것은 훨씬 더 광포하고 야만적입니다."

"광포하고 야만적……."

이파가 샥귀의 표현을 따라 읊조렸다. 샥귀가 쏟아내듯 말을 잇는다.

"그것은 기억이라기보다는 감정. 순수하게 여과되어 농축된 슬픔과도 같은 것. 그것은 그 어떤 희망도, 행복도 보여주지 않습니다. 바닥없는 절망과 끝없는 고통만을 선사하지요. 그것이 지금부터 공주님께서 겪으실 일입니다."

이파의 검은 눈동자가 잘게 흔들린다.

"바닥없는 절망과 끝없는 고통이라……."

"공주님, 부디 기억하세요. 모든 것이 꿈입니다. 그것은 기억이지만, 결코 공주님의 기억은 아니에요. 하지만 꿈에 먹힌다면 다신 깨어나지 못하실 수도 있습니다."

다신 깨어나지 못할 수도 있다는 말에 이파가 마른침을 삼켰다. 그녀가 희미하게 웃었다.

"하지만 샥귀, 내게 선택권이 없지 않으냐?"

"……."

"그대의 충고는 잘 기억해 둘게."

"그럼 부디."

샥귀가 곧게 허리를 숙였다. 이내 몸을 바로세우고 등 돌려 떠나가는 샥귀를 보며 이파는 혼자 생각했다.

그것은 꿈이라고 했다. 결코 그녀의 기억은 아니라고 했다.

하지만 그것은, 왕의 기억이라고도 하였다.

'아라아탄……'

그의 기억이란 뜻이다. 그의 슬픔이란 뜻이다. 그의 절망이란 뜻이다.

「이제 누우세요.」

무어라고 말을 하며 오드간이 이파의 어깨를 붙잡았다. 이파는 그녀를 한 번 응시하고는 침상에 누웠다.

모든 것은 꿈이나, 누군가에게는 꿈이 아니다. 그녀에겐 한순간 깨어나면 그만일 꿈일 테지만, 그것이 꿈이 아닌 자는 어찌해야 하나?

오드간은 이파와 마찬가지로 자우하를 침상에 눕혔다. 이파와 자우하를 번갈아 바라본 오드간의 눈빛은 고요하다.

오드간이 마른 기억초에 불을 붙이며 자우하의 귓가에 속삭거렸다.

「자우하, 그대도 기억하세요. 전부 꿈이라는 것을. 그걸 잊는다면, 자칫 영원히 눈 뜨지 못할 수도 있어요.」

기억초에 불이 붙었다. 희뿌연 연기를 내뿜는 그것을 오드간이 이파와 자우하의 머리맡에 각 하나씩 올려주었다.

연기가 자욱이 깔린다. 그것은 왕의 슬픔을 먹고 자란 기억초의 독 안개. 정신을 몽롱하게 만드는 연기가 숨결을 따라 그녀들 속으로 스며들어 간다. 한 번쯤 겪어본 이라면 결코 들이마시지 않을 그 연기를, 이파와 자우하는 폐부 깊숙이 받아들였다.

오드간이 아슴아슴 흐려지는 정신을 고집스레 붙들고 있는 이파의 눈꺼풀을 감겨주었다.

「그를 연민하세요.」

이미 듣는 이 없는 말을 읊조리며 오드간이 눈을 내리떴다.

그녀들이 맞이할 것은 상실과 고독, 울음 없는 울음으로 가득한 시간. 마음이 무너지고 찢겨져도 살아내야만 하는, 가혹한 운명의 기억. 반짝거리던 마음이 빛을 잃고, 상냥한 웃음이 사라져 버렸던 그 잔혹한 광경.

매양 잃기만 한, 왕의 순간들.

선택을 해도 죽고, 선택을 하지 않아도 죽는다. 어떤 선택을 하든 누군가는 떠난다.

'……가.'

'모두가…….'

'항상…… 위해, 죽어.'

'……두고 가지 마.'

울음이 가시처럼 목에 걸려 있다.

새빨간 세상. 하늘로 치솟는 불길. 땅 위를 흐르는 핏물. 땅에 바짝 붙어 넓게 퍼진 기억초만이 은색으로 반짝거린다.

그곳에 '나'는 동그마니 서 있었다.

불길이 치솟는다. 매캐한 연기가 하늘을 뒤덮는다. 코를 틀어막고서 정신없이 소리를 질렀다.

「싸워라! 무기를 놓지 마라! 아라아탄이 돌아왔다!」

사방에서 신음이 들려온다. 계집의 것, 사내의 것, 아이의 것, 전사의 것. 모두의 것이 심장을 꿰뚫듯 날아든다.

「싸워라! 반격해라!」

비명에 묻혀 전언은 잘 퍼지지 않았다.

「싸워! 싸우란 말이다! 칼을 들어라!」

전사들이 싸우지 않는다. 싸움을 명받지 않았다.

그 이유가 무엇인지 너무도 명명백백하다. 깊은 곳에서 치오른 분노에 숨이 막힌다.

그때 불현듯, 발아래에서 거칠게 갈라진 목소리가 들려왔다.

「아라아탄…… 님? 무사…… 하십니까?」

멍하니 고개를 내렸다. 다리가 잘리고, 가슴을 꿰뚫린 전사가 다 죽어가는 모습으로 나를 보고 있었다. 죽음의 그림자가 짙게 드리워진 그 창백한 얼굴에 희미한 안도가 번졌다.

「아무 말도 마. 당장 치료를 해줄 테니 아무 말도…….」

「쿨럭!」

무릎을 꿇고서 그의 가슴을 압박했다. 사내가 한 번 쿨럭댈 때마다 뜨거운 피가 퐁퐁 새어 나왔다.

입술을 질끈 깨물었다. 눈가가 뜨거워진다. 지혈이 되지 않는다.

「아라아탄 님…….」

「아무 말도 하지 말라고 했잖아!」

차게 쏘아붙이고는 절망적으로 상처를 눌렀다.

「무사…… 하셔서 다행입니…… 다. 쿨럭. 부디, 모두를…… 내일로…….」

「알겠어. 알겠으니, 제발 그 입 좀 닥쳐! 지혈이 아니 되잖아!」

「모든 전사는 주군을 위해…… 죽는 법. 먼저 가서 기다리고 있겠으나…… 부디 늦게…….」

전사의 말이 끊겼다. 숨이, 끊겼다.

「안 돼……. 안 돼. 안 돼. 안 돼!」

내가 어리석은 선택을 해서, 내가 덧없는 만용을 부려서, 버려야 할 것들을 진작 떨치지 못해서…… 그래서, 다들 죽는다.

「싫어……. 죽지 마. 전사라면 주군의 명에 복종해야지. 죽지 말라는 내 명이…… 들리지 않아?」

나는, 후회를 하였다.

본지를 떠나 함정일 게 뻔한 그곳으로 간 것을 자책했다. 인간이란 족속이 얼마나 비열해질 수 있는지 망각한 어리석음을 책망했다. 같은 핏줄을 타고났으니 하나 될 수 있을 거라고 믿었던 순진함을 비웃었다.

아닌 것은 아닌 것인데.

수단의 정당함도, 방법의 올곧음도 패배 앞에선 무의미한 것인데.

주검을 끌어안고 주저앉았다.

「아라아탄 님!」

「주군!」

화마를 피해 움직이던 전사 몇이 놀란 목소리를 내질렀다.

「무사하십니까?」

그들을 보았다. 다들 형편없는 몰골을 하고서 내 안위를 묻는다. 급하게 뛰어와 내 상태를 살핀다.

바보 같은 놈들.

한마디 원망이라도 하지. 기어이 고집을 부려 이 사달이 나게 하느냐고 비난이라도 하지. 그랬다면 이 분노가, 슬픔이 조금은 누그러질지도 모르는데.

「무사하셔서 다행입니다. 저희는 정말로 아라아탄 님께서 놈들에게 붙잡힌 것은 아닐까 하고…….」

기묘하게 일그러지는 그들의 얼굴을 보며 입술을 깨물었다.

「내 무사를 전해라. 내 귀환을 알려라. 반격의 북을 울려라. 퇴각하는 적을 추격하여라.」

어지러운 마음을 수습하고 명을 내렸다.

「예, 주군!」

뒤늦게 반격의 북이 울린다. 사방이 온통 새빨갛다. 타오르는 불길도, 땅을 적시고 흐르는 핏물도 모두.

「그런데 에느렐은 어디에 있지?」

「예? 그러고 보니 에느렐 님은 어디에…….」

전사들은 전혀 모르겠다는 표정이었다. 머릿속이 하얗게 빈다. 망치로 세게 얻어맞은 것 같다.

「에느렐⋯⋯.」

「주군!」

벌떡 일어나 달렸다. 미친 듯이 에느렐을 부르며 불타는 본지를 뒤졌다.

「에느렐! 에느렐!」

「오라버니⋯⋯?」

어디선가 꺼져 가는 목소리가 들려왔다. 바람이 스쳐 가듯, 그렇게 어렴풋하다.

「에느렐?」

「오라버니⋯⋯.」

에느렐이다.

「에느렐!」

그 연약한 생을 붙잡고자 나는 달렸다.

죽음이 만연한 땅. 언제나, 주변에 가득했던 떠남들. 남겨짐들. 그 이별을 또 겪고 싶지 않아서 정신없이 에느렐을 찾았다.

「에느렐, 어디야? 대체 어디에!」

「오라버니⋯⋯.」

곧 꺼질 듯 희미한 부름에 의지해서 에느렐을 찾아 헤맸다.

「에느렐!」

그리고 마침내, 찾았다.

피바다 속에 누워 있는 내 가엾은 누이를.

단숨에 달려가 그녀를 끌어안았다.

「에느렐, 괜찮아? 내가 왔어.」

에느렐은 가벼웠다. 그 가벼움에 가슴이 터질 것만 같다.

새하얗게 피어난 기억초 위에 흩뿌려진 붉은 것들. 이 붉은 것이, 너의 것이었을까? 이 피가 흘러나와 너는 이토록 가벼워졌을까?

「오라버니…… 울지 마세요.」

「울긴 누가 운다고? 아니 울어. 헛소리 말고 가만히 있어. 금방 치료해 줄 테니…….」

「슬퍼 마세요, 위대한 아라아탄이여…….」

에느렐이 손을 뻗었다. 온기 없이 차게 식은 그 손이 뺨에 닿았다. 그 순간, 머지않은 이별이 몸서리쳐지게 체감되었다.

「에느렐.」

「왕이란 본디 고독한 법. 전사란 그 무엇에도 절망하지 않는 법.」

「그만 말해, 제발.」

「이 누이는 오라버니를 위해 죽을 수 있어 행복하답니다. 부디 살아남아, 모두에게 내일을…….」

뺨에 묻은 눈물을 닦아주던 손이 툭 떨어진다. 작은 몸이 축 늘어진다.

에느렐이…… 죽어?

「에느렐?」

믿을 수 없다.

「에느렐!」

믿고 싶지 않다.

「에느렐, 장난치지 말아. 질 나쁜 장난은 그만둬. 제발, 응?」

그녀를 흔들었다. 축 늘어진 몸이 힘없이 흔들거렸다.

「안 돼…… 안 돼. 나를 두고 가지 마. 제발, 나만 두고 가지 마. 왜, 다들 나를 떠나? 지켜주겠다면서, 함께해 주겠다면서, 결국 모두 나를 버리고 죽어. 왜…….」

모두가 죽는다. 아무리 사랑해도 결국 죽어 떠난다. 혼자 남겨져 살아간다.

그 고독. 막막함.

소중한 이 하나 남지 않은 이 땅에서 나 또한 살아가고 싶지 않음을, 왜 알아주지 않아?

「싫어, 에느렐……. 더는 싫어……. 나에게서 너마저 빼앗지 마…….」

에느렐을 끌어안은 채 흐느꼈다.

그 품에 얼굴을 파묻고서, 들어주는 이 없는 원망을 한다.

결국 아무도 남아주지 않았다고. 몇 번이나 반복해 온 상실을 다시 또 되풀이할 뿐이라고. 살아가라고 하면서도 함께 살아가 주지는 않는 그대들의 바람을 홀로 어찌 이루냐고…….

어디선가 문득 발소리가 들려온다.

자박자박.

적일까? 동지일까?

무뜩 체념한다.

'죽으면 다 끝날 거야. 더 이상 잃지 않아도 돼.'

그러나 살아남으라는 염원은 망령처럼 귓가를 떠도니, 그 바람을 외면치 못하고 기어이 고개를 든다. 바닥을 더듬어 떨어진 칼을 움켜쥔다. 사랑하는 이들을 모두 앗아간 이 빌어먹을 땅은 여전히 시뻘건 입을 벌리고 타오르고 있다.

불 속에서 걸어 나오는 이를 노려보며 일어선 그때, 익숙한 목소리가 들려온다.

「당신은 늘 상실할 겁니다.」

「오드간?」

화마를 빠져나온 한 여인이 오도카니 서 있다. 팔뚝을 타고 흐르는 진물이 선명하다.

「아무도 당신 곁에 머물지 못할 겁니다. 초원의 모든 것은 당신을 스쳐 가는 바람. 당신이 소중히 여길수록 더 빠르게 지나갈 겁니다. 용맹한 아르슬랑과 아타르가 남긴 마지막 핏줄이여. 그럼에도 당신은 살아가겠습니까? 이쯤에서 죽는 게 차라리 행복할지도 모릅니다.」

고통도 없는 듯, 평온하게 미래의 상실을 이야기하는 그녀를 바라보았다. 가지지 못한 것을 미리 잃는 절망을 맛보았다. 울음과 비명을 삼켜 넘긴다.

그래, 살아가지 않으면 다 끝날 텐데. 죽음 뒤에 무엇이 있든 이런 삶은 아닐 텐데.

그런데도 왜……

「나는 살아남아, 오드간.」

살아남아야 한다고 말하고 있는 것일까.

천천히 시선이 아래로 떨어진다. 에느렐이 보인다. 창백한, 그러나 평온해 보이는 그 얼굴이 낙인처럼 눈에 박힌다.

두 눈을 감았다 뜬다. 머릿속이 명료해진다.

「나는 대륙을 얻어. 나는 잃지 않는 세상을 얻어. 나는 무너지지 않아.」

살아남으세요, 라고 말하잖아.

모두 내게 내일을 청하잖아.

내 신념과, 내 자만과, 내 선택 때문에 매번 잃기만 하는데도 오직 나만이 초원의 왕이잖아.

그러니까 나는 살아야 해.

대륙을 얻어야 해.

잃지 않는 세상을 만들 거야.

「무너지지 않는 것입니까? 이미 무너져 있기에 더 이상 무너질 수 없는 것입니까?」

「어느 쪽이든 상관없잖아?」

오드간이 속을 알 수 없는 눈으로 응시해 온다.

저 푸른 눈에 담긴 사내의 절망아, 부디 내 것이 아니어라⋯⋯.

「적장은 잡았어?」

제법 가라앉은 목소리로 뒤늦게나마 상황을 물었다.

「추격하고 있습니다.」

「따라잡을 수 있겠어?」

「우리에겐 천마가 있습니다.」

주먹을 꽉 쥐었다. 그래, 우리에겐 천마가 있다. 대륙의 말보다 훨씬 강하고 빠른 그 숭고한 짐승이 있다.

「희생자 수는?」

「현재로선 파악이 불가능합니다.」

입술을 꽉 깨물었다.

전사들이 칼을 내려놓고 맥없이 당한 까닭을 알기에 순간 아무 생각도 떠오르지 않았다. 새삼 죽은 자들이 입은 창상이 눈에 들어온다. 그 상흔이 왜인지 익숙하다. 문득 남동쪽을 보았다. 조(朝)가 있던 방향이다. 흔히 사람이 넘을 수 없다고 알려진 산맥이 그곳에 있다.

'당신이, 아니지?'

기어이 고개를 돌려 진실을 외면하듯 남쪽을 바라보았다.

「살아남은 전사를 다섯만 모아. 내가 직접 추격에 참여하겠다.」

왜일까, 목소리가 가늘게 떨린다.

당신은 아닐 텐데. 당신이면 안 되는데.

「아라아탄이시여.」

오드간이 불쑥 다가왔다. 흠칫 뒤로 물러섰다.

「당신의 마음은 너무도 여리고 약해.」

「무어?」

「알면서도 눈 돌리지 마십시오. 두렵다고 피하지 마십시오.」

「…….」

「당신이 제대로 보지 않으면, 우리 모두 죽습니다.」

제대로 보지 않으면 모두가 죽는다…….

그 냉혹한 말에 순간 손끝이 차게 얼어붙는다.

「초원이 잘못 선택하였다고 생각하게 만들지 마십시오.」

「그 무슨……..」

「똑바로 보시란 말입니다!」

오드간이 소리쳤다. 그녀의 눈빛이 사납게 날아들었다.

「지금 이 사달이 왜 났는지, 모르시겠습니까?」

「오드간, 나는……..」

「속으면 당하고, 지면 잃습니다.」

「……..」

「당신은 왕입니다. 당신의 선택은, 당신만의 것이 아닙니다.」

꾸역꾸역 억눌러 둔 후회가 울컥거리며 튀어 나온다. 눈가가 뜨거워지고 시야가 흐릿해진다.

「마음을 버리세요. 기대를 버리세요. 이 초원의 아무도 당신 곁에 남아주지 않아요. 이곳에선 그 누구도 당신 곁에 남을 수가 없어요. 모두가 당신을 위해 죽을 뿐이죠. 당신이 왕이니까. 이 초원의 왕이니까.」

오드간이 매섭게 다그쳤다.

시선을 살짝 떨어뜨렸다. 죽은 이들을 다시 보았다.

나는, 알고 있다. 이와 같은 참상을 남기는 자를.

'아버지, 어머니…… 저는……..'

두 눈을 무겁게 감았다 뜬다. 입술을 꾹 깨문다.

가슴이 차게 굳는다. 망설임이 스러진다.

「나는 남동쪽으로 가겠다. 가서, 적장을 잡겠다.」

당신이 아니라고 믿고 싶지만, 당신이라면.

내가 존경했던 당신의 짓이라면.

「그녀는 내가 죽인다.」

마음을 닫는다. 빗장을 단단히 내걸고서, 그 무엇도 사랑하지 않도록. 그 무엇을 잃어도 무너지지 않도록. 그렇게 얼어붙는다. 넝마가 된 채, 심장은 단단해졌다.

이파는 '그'를 느꼈다.

나인 듯 내가 아닌 그를 보았다.

다감하던 푸른 눈이 꺼져 간다. 유리알처럼 투명한 눈. 바닥 없는 무저갱 같은, 끝없는 고독. 활짝 웃을 때면 예쁘게 들어가던 보조개가 사라지고, 빛나던 모든 것들이 스러져 간다.

아니다.

이런 것이 아니다.

이것은 살아가는 것이 아니며, 에느렐이 바라는 것도 아닐 것이다.

'아라아탄⋯⋯.'

제 선택이 불러온 죽음들 앞에서 그는 죽지 못했다. 모두를 이끌고 내일로 가고 싶었던 초원의 왕은 그 선량한 바람 때문에 소중한 이들을 잃었다. 선택을 해도 누군가는 죽고, 선택하지 않아도 누군가는 죽는다. 어떤 선택을 하든 기어이 죽는다. 괴롭고 슬픈 일이다.

그 막막함. 그 고독감. 컴컴한 밤이 깔린 바다를 헤매듯 한 치앞도 보이지 않는다. 그곳을 홀로 떠도는 어린 초원의 왕.

살고 싶어?

공허한 물음이 들리는 듯하다. 언제나 삶을 묻던 무심한 눈동자. 그 뒤에 숨어 있던 것. 그것이 무엇인지 이파는 알았다.

'나는 살아, 아라아탄.'

아무도 잡아주지 않은 그 손을 잡아주고 싶다.

그의 웃음을, 다감한 눈빛을 보고 싶다.

'그대의 나약한 손을 내가 잡아줄게.'

그러니까 무얼 하던 매양 잃기만 한 그 다정한 소년을 어디에도 보내지 마.

자책하며, 스스로를 포기하지 마.

이파가 손을 내밀었다. 아라아탄의 손을 꽉 붙잡았다. 그의 무감한 푸른 눈을 응시하며, 번뜩 정신을 차렸다.

"나는 살아남아, 아라아탄!"

이파가 소리쳤다.

은빛 기억초가 넓게 피었다.

바닥에 바짝 붙어 나는 그것들은 잎도, 꽃도 은빛이었다. 뽑고 또 뽑아도 자라나는 기억초의 생명력은 무척이나 집요했다. 그것은 대륙의 환상초와 통틀어 제왕초라 불렸다.

다른 점이 있다면 잎이 나는 모양뿐이었다. 기억초는 잎이 마주

나고, 환상초는 잎이 어긋난다. 그 작은 차이는 가까이에서 들여다보지 않으면 쉽게 구별되지 않았다. 따라서 사람들은 그냥 초원에서 난 것을 기억초로, 대륙에서 난 것은 환상초로 여겼다. 대륙과 대초원의 경계엔 기억초와 환상초가 섞여 피었다.

아라아탄은 아무 염색도 되지 않은 새하얀 의복을 입고서 기억초를 밟으며 걸었다. 그 모습은 구름을 밟고 선 듯 아름다웠다.

공주가 머무는 게르 앞에 멈춰 선 아라아탄이 살짝 눈썹을 찡그렸다.

"공주?"

환영회에 대해서 알려주고 대련이라도 하자고 할까 싶어 찾아온 참이었다. 그런데 게르 안이 텅 비어 있었다. 아라아탄이 고개를 옆으로 기울였다. 어디 갈 곳도 없을 텐데, 괴이한 일이었다.

이상하다 여기며 등을 돌리던 아라아탄의 눈빛이 무뚝 가라앉았다. 빛나는 게르 쪽에서 샤귀가 오고 있었다.

「샤귀.」

「아, 아라아탄 님!」

샤귀가 화들짝 놀랐다.

「공주는 어디에 있지?」

「고, 공주께선…….」

샤귀가 제대로 대답하지 못한 채 어물쩍 결문을 흐렸다. 샤귀를 무심히 쳐다본 아라아탄이 발을 움직였다. 그의 걸음은 곧장 빛나는 게르로 향했다.

「아라아탄 님!」

당황한 샥귀가 무례를 무릅쓰고 그에게 매달렸다.

「오드간이 무얼 하고 있든, 나는 허락한 적이 없어.」

날아든 왕의 음성은 너무도 차갑고 싸늘해서, 샥귀는 저도 모르게 주춤주춤 물러섰다. 망연히 서 있는 샥귀를 남겨두고서 아라아탄은 빛나는 게르로 갔다.

무녀의 게르는 적막했고, 희뿌연 독안개가 안에서 새어 나오고 있었다.

「오드간.」

문을 열어젖힌 아라아탄이 안으로 들어섰다. 오드간은 태연한 표정으로 그를 돌아보았다.

「오셨습니까, 아라아탄이시여.」

「지금 무슨 짓이지?」

「벨트렉족의 무녀로서 응당 해야 하는 일을 하고 있을 뿐입니다.」

「응당 해야 하는 일?」

「왕께서도 알고 계시지 않습니까? 자우하가 어떤 마음으로 당신을 바라는지. 벨트렉족 모두가 어떤 눈으로 공주를 보고 있는지.」

오드간이 여상히 말했다. 아라아탄이 찰나 조소하고는 이파와 자우하가 누워 있는 침상 사이로 걸어갔다. 두 사람은 신음하며 몸을 뒤척이고 있었다. 독을 품은 기억초가 만들어낸 환상이 그들을 집어삼키고 있었다. 깨어나거나 먹히거나. 결과는 둘 중 하나겠지만, 이 정도 연기라면 누군가 억지로 깨우지 않는 한 후자가 일어날 가능성이 더욱 컸다.

「흐윽……. 흑…… 아아…….」

자우하가 사지를 비틀며 흐느꼈다. 누가 원한 시험이든, 꼭 필요한 것이었든 뭐든 방관할 수는 없었다. 아라아탄이 고개를 돌려 오드간을 똑바로 노려보았다.

「바드란고를 데려와.」

「이대로 끝낼 셈인가요?」

「바드란고를 데려오라고 하였어.」

「나를 책망하나요?」

「오드간.」

아라아탄의 음성이 낮아진다. 오드간은 그의 옅푸른 눈동자를 마주하며 모호한 미소를 지었다. 이내 눈을 내리깐 오드간이 알겠다는 듯 자리에서 일어났다.

「다녀오지요. 나 역시 그녀가 영원한 슬픔에 갇히는 걸 바라지는 않아요. 더욱이, 결과는 이미 나온 것 같으니.」

공손히 고개를 숙인 오드간이 사뿐사뿐 걸어 나갔다.

「…….」

두 여인의 울음 속에 홀로 남겨진 아라아탄이 이파를 바라보았다. 그녀는 알아듣기 힘든 말을 흐느끼듯 웅얼대고 있었다.

"……는 아니 가……. 그댈 두고……."

아라아탄이 잠시 머뭇거리다가 이파의 손을 꼭 잡았다.

그 순간 이파의 두 눈이 번쩍 뜨였다.

"공주?"

이파의 검은 눈이 젖어 있었다. 그녀는 혼란스러운 듯 주변을 두리번거리더니 벌떡 일어나 안기듯 아라아탄에게 매달렸다.

"그대, 괜찮아?"

아라아탄이 당혹스러운 목소리로 물었다.

"나는 살아남아, 아라아탄!"

"무어?"

이파는 왈칵 터질 듯한 울음을 참았다. 제 기억이 아닌 것들이, 제 감정이 아닌 것들이 마치 제 것인 양 그녀의 마음 깊은 곳에서부터 휘몰아치고 있었다.

"나는 살아남겠어!"

이파가 재차 외쳤다.

"무슨…… 소리야?"

"그댈 위해 죽어가는 사람만 있지. 혼자 남겨져 울지도 못할 어린 왕에게 모든 것을 내맡기고 떠나 버린 사람들만 있지. 나는, 아니 그래."

아라아탄의 표정이 차츰 굳는다. 그 속을 기어이 들여다보게 만드는 아름다운 눈동자를 마주하며, 이파는 가슴에 손을 올렸다.

"나는, 그대를 위해 죽지 않아. 나는 그대를 이용해서라도 살아남아. 그대를 죽여야 한다면, 그렇게 해서라도 살아남을게. 그대를 잃고 내가 울게 될지라도, 나를 잃고 그대가 울게 하지 않아. 나는 그대의 곁을 살아서 버텨. 그러니까……."

제 옷깃을 꽉 붙잡은 채 바들바들 떨리는 이파의 작은 손을 아라아탄이 가만히 내려다보았다. 그녀는 절박하게 그를 붙들고 있었다. 어느 누구도 나약하다 생각하지 않는, 그래서 그 누구도 붙잡아주지 않은, 그러나 기실 그 누구보다 위태로운 초원의 왕을.

"대체 무슨 말을 하는 거야, 공주?"

아라아탄이 어색하게 웃는다. 그의 무표정이 찰나 허물어진다.

심장을 붙잡듯 이파가 가슴을 그러쥐었다.

아라아탄을 똑바로 올려다보며, 그녀가 맹세를 한다.

"혼자 아니 둘게. 맹세하오."

요구한 적 없는 맹세에 아라아탄은 잠시 대꾸할 말을 찾지 못했다. 입술을 깨무는 그의 가슴에 이마를 기댄 이파가 작게 웅얼거린다.

"진짜로, 약조해."

이파의 목소리에 물기가 스민다.

"……."

찰나지만 영원 같은 정적이 흘렀다. 아라아탄이 망설이듯 손을 들었다. 제 가슴에 이마를 기댄 채 미동도 하지 않는 이파의 뒷머리를 감쌌다.

기대하지 말자고 생각한다. 소중히 여기지 말자고 다짐한다. 언제나 남겨지는 것은 그였다. 버려지는 것도 그였다. 그래서 다 놓았다. 왕으로서의 삶 외엔 전부 놓았다고, 생각했다.

그런데도 역시나 가끔은 바라게 되고, 절망할 것을 알면서도 기대하게 되고, 놓칠 것을 알면서도 손 뻗고 만다.

"공주가 내 목숨을 제물 삼아서라도 살아남길 원한다면."

아라아탄이 천천히 손에 힘을 주었다. 이파를 감싸듯 꽉 끌어안앉다. 그의 단단하고 강인한 팔이 이파를 품는다.

"그렇게 해."

"······."

"그렇게, 해."

이파가 열없이 웃었다.

"응, 아라아탄······."

그녀의 목소리가 흐려진다.

여전히 이파의 혈관을 타고 흐르고 있는 기억초의 독기가 그녀의 의식을 집어삼킨다. 이내 그녀의 몸에서 힘이 빠져나간다. 깨어났던 것이 꿈인 양 그녀는 도로 혼절해 버렸다. 아라아탄은 축 늘어진 이파를 한참이나 더 부여안고 있었다.

공주를 만난 후로 그는 내처 물었다. '살고 싶어?'라고.

「나를 구원해 봐, 공주.」

그 무심한 물음에 감춰둔 간절한 바람을 공주는 이해했을까.

「나를 구원해 줘.」

그대가 나를 구원한다면, 내가 그대에게 대륙을 줄게······.

귀엣말을 속삭이며 아라아탄이 이파를 침상 위에 천천히 눕혔다. 그가 힘없이 웃으며 젖은 그녀의 이마를 어루만졌다.

두 개의 달이 밤을 가르는 이 땅엔 평화가 허락되어 있지 않은데, 그런 삶은 이제 정녕 지긋지긋하다.

매양 잃기만 하는 이 나날이 제발 끝났으면. 이 절망에 먹히기 전에 부디 끝났으면. 그리고 이 계집이 살아서, 이 곁을 지켜주었으면······.

기어이 피어난 여린 기대가 아라아탄을 막막하게 했다.

바드란고가 빛나는 게르에 도착했다.

「자우하!」

문을 벌컥 열고 뛰어 들어온 그가 급히 자우하에게로 향했다. 이파의 뺨에서 손을 뗀 아라아탄이 고개를 돌렸다.

「아, 아라아탄 님.」

뒤늦게 그가 있다는 것을 알아챈 바드란고가 급히 예를 차렸다. 그의 뒤에서 오드간이 사뿐사뿐 걸어 들어오고 있었다.

아라아탄이 일어나서 자리를 비켜주었다.

「예는 됐어. 자우하를 깨워.」

「예, 주군.」

허락이 떨어지기 무섭게 바드란고가 자우하의 곁에 앉았다. 그가 신음하며 몸부림치는 자우하를 꽉 끌어안았다.

「자우하, 내가 있다. 네 곁엔 내가 있다. 너를 혼자 두지 않는다. 혼자 울게 하지 않는다. 혼자 살아남게 하지도 않겠다.」

아라아탄은 그의 애타는 속삭임을 들었다.

혼자 살아남게 하지도 않겠다……. 그 간절한 약조가 들렸다.

「흐윽…… 흐으윽…….」

「눈을 떠라, 자우하. 그것은 네 기억이 아니다. 그것은 네 슬픔이 아니다. 그것은…… 네 상실이 결코 아니다.」

「으으윽…… 흐윽…….」

「자우하. 자우하, 제발. 나의 벗이여…….」

바드란고는 몇 번이고 같은 말을 속삭였다. 쉼 없이 그녀를 얼렀다.

그것은 네 기억이 아니다, 네 슬픔이 아니다, 네 상실이 아니다. 너는 그것들로 인해 괴로워할 필요가 없다.

자우하는 계속 흐느꼈다. 발작하듯 몸을 비틀며 숨죽인 울음을 울었다. 그녀가 그럴수록 바드란고는 더욱 강하게 그녀를 부여안았다. 그리고 애타게 말한다.

「내가 있다. 나, 바드란고가 네 곁에 있다.」

「흐으윽…… 으윽…….」

기억초. 그것은 은빛 제왕초. 왕의 고독과 절망을 먹고 자라는 초원의 독초. 그 독에 먹힌 자는 끝없이 반복되는 상실과 절망의 기억에 몸부림친다. 마음과 의지는 마모되고, 어떤 자는 영원히 깨어나지 못한다. 왕이 겪은 상실과 절망이 클수록 그 독은 난폭해지고, 흉포해진다.

대초원의 역사상, 지금과 같이 기억초가 맹독을 품었던 적은 없었다.

「자우하, 제발.」

「흐으윽……. 바드란고……. 체츠, 다르길…….」

바드란고가 놀라 몸을 들었다. 자우하의 뺨을 감싸 쥐고는 목청 높여 그녀를 불렀다.

「자우하? 자우하!」

「바드란고……?」

눈물로 범벅된 자우하의 눈이 뜨인다. 안도감이 일시에 몰려들자 그대로 기절할 것 같았다. 바드란고가 정신을 붙들며 자우하를 힘껏 끌어안았다.

「미쳤어? 어째서 이런 짓을 벌인 거냐, 대체!」

「나는…… 나는……. 흐윽…….」

자우하가 울음을 터뜨렸다. 바드란고에게 안긴 그녀의 몸이 벌벌 떨렸다.

그들을 보고 있던 오드간이 가깝게 다가섰다.

「자우하.」

자우하가 번쩍 고개를 들었다. 바드란고가 오드간에게서 자우하를 보호하듯 자우하의 머리를 감싸 제 품으로 당겼다. 그런 그들을 보며 오드간의 눈매가 부드럽게 휘었다.

「이제 알겠나요? 당신은 아라아탄 님의 곁에 있어도 될 만큼 강인하지 못하답니다. 당신은 용맹한 전사로서 그를 위해 기꺼이 죽겠지만, 그저 그뿐. 당신이 그의 곁을 지킬 수는 없어요.」

부드러운 말투였지만, 그 의미는 자우하에게 너무 잔인했다. 자우하가 이를 악문 채 고개를 들었다. 여전히 겁에 질린 표정이었지만, 아직 물러날 수 없다는 뜻이 명백했다.

「인정할 수 없습니다! 공주가 아직…….」

「그녀는 잠들어 있어요, 자우하. 바드란고가 당신을 깨우기 훨씬 전 스스로 깨어나 편히 잠들었지요.」

오드간이 자우하의 말을 잘랐다. 자우하가 믿을 수 없다는 듯 뻣뻣하게 고개를 돌렸다.

「그럴 수가…….」

공주의 모습은 오드간의 말처럼 평화로워 보였다. 절대 악몽에 시달리는 표정이 아니었다. 그 무엇도 겁나지 않는다는 듯이, 그 무엇도 자신에게 위협이 될 수 없다는 듯이, 그렇게 공주는 평온했다.

「어째서?」

자우하가 멍하니 중얼거렸다. 그녀가 답을 구하듯 오드간을 올려다보았다.

자우하의 곁에 앉은 오드간이 속삭이듯 말했다.

「자우하, 그댄 수천 수만의 목숨을 책임져야 하는 상황에 놓인 적이 있나요? 단 한 번이라도 그 상황을 상상해 본 적 있나요?」

「…….」

자우하가 입술을 깨물며 고개를 저었다.

그런 적 없다. 그녀는 전사다. 전사는 일족을 위해 싸우는 존재지, 일족의 앞날을 책임지는 존재가 아니다.

「왕은 왕과 만나야 해요. 그래야 서로를 감당할 수 있어요.」

「하지만…….」

「공주는 강인해요, 자우하. 우리 중 그 누구보다도 강인하죠. 그녀는 어떤 상황에서든 기필코 살아남아 황제가 되고, 우리를 내일로 이끌어줄 거예요. 우리는 평화와 영화를 얻을 겁니까. 이제, 인정하도록 해요.」

자우하가 두 눈을 질끈 감았다.

「빌어먹을.」

작게 욕설을 내뱉은 그녀가 바드란고의 품에 얼굴을 묻었다.

「이제 우리가 할 일은 공주를 대륙으로 데려다주는 것. 그녀를 왕의 비로 인정하는 것. 그 정도뿐이에요.」

자우하가 두 손으로 얼굴을 감쌌다.

마음이 무너진다.

왕은 왕을 만나야 한다니.

애초부터 아라아탄의 짝은 정해져 있었다는 말로 들렸다. 그것이 너무 잔혹하게 느껴졌다.

그러나 이제는 인정하지 않을 수도 없었다.

아아. 감당할 수 있는 슬픔의 크기가, 이루고자 하는 바람의 크기가 너무도 다르구나…….

「환영회는 내일 밤입니다, 자우하.」

「예…… 오드간이여.」

자우하가 고개도 들지 못한 채 대답했다. 울음을 꾹 참아본다.

공주를 환영한다.

그것은 그녀를 부족원으로 받아들이겠다는 뜻.

더 나아가 아라아탄의 비(妃)로 인정한다는 뜻.

아무것도 가지지 못한 공주가 가져올 미래를 믿어보겠다는, 그런 뜻…….

"무엇을 보았어?"

어렴풋이 정신을 차렸던 이파가 벌떡 일어났다. 다리를 꼬고 앉아 그녀를 내려다보고 있던 아라아탄과 눈이 마주쳤다.

무표정한 얼굴. 무심한 눈동자. 그 아래 숨은 것이 흐리게 보인다.

"무슨 뜻이오?"

울고 싶은 마음을 가까스로 가다듬은 이파가 겨우 물었다.

"내 기억을 보았잖아."

"……."

"매번 다른 순간이 보인대. 그대가 본 나는 누굴 잃고 있었어?"

누굴 잃고 있었느냐고 묻는 그에겐 흔들림이 없다.

세상의 모든 미(美)를 모아 만든 듯, 매혹적인 사내. 무동요의 푸른 눈동자. 무감정의 나긋한 목소리. 그것이 더없이 아릿하다.

그를 고요히 바라보며 이파가 천천히 입술을 열었다.

"에느렐……."

그래, 확실히 그런 이름이었다. 그를 꼭 닮았던, 그의 누이.

"아아, 그때구나."

알겠다는 듯 아라아탄이 고개를 끄덕였다. 그의 무표정한 얼굴에 슬쩍 스친 동요를 이파는 보지 못했다.

"7년 전 일이야. 누가 죽였는지도 보았어?"

그가 별거 아니라는 듯 물었다. 그 담담한 반응이 더 마음 쓰여서 이파가 결국 시선을 내렸다. 그토록 서럽게 울고 있었으면서, 아무것도 아닌 척 말하는 그를 보는 게 힘들었다. 가슴이 저릿하다.

"그건 보지 못했소. 내가 본 것은 하늘마저 물들이던 붉은 화마, 끝없이 널브러진 주검들……. 그런 것뿐이오."

이파가 중얼거리듯 대답했다. 살짝 긴장한 듯했던 아라아탄의 표정이 풀어졌지만, 이파는 그를 보고 있지 않았기에 그 미미한 표정 변화 역시 알아채지 못했다.

"그래도 에느렐은 보았지?"

이파가 살짝 턱을 끄덕였다.

"예쁜 아이였어."

몇 번을 울고, 무너지고, 절망하면 상실에 초연해질 수 있는 것일까.

"……그랬소."

"나와 닮았지?"

아라아탄이 살짝 웃는다. 바람처럼 스쳐 간 그 웃음을 찾듯 이파가 고개를 들었다. 유리알 같은 눈동자가 가슴에 콕 박혀온다. 숨이 콱 막힐 것 같다.

"……."

잠시 적막이 흘렀다. 아라아탄이 천천히 일어났다.

"조금 더 쉬도록 해. 밤에 그대를 위한 환영회가 있어."

그가 등을 돌렸다. 멀어져 가는 그의 뒷모습을 가만히 응시하던 이파가 불현듯 그를 불렀다.

"아라아탄."

문을 열던 그가 고개를 돌린다.

"왜?"

"그대는 대단하오."

"알고 있어."

그가 무심하게 대꾸했다. 그 태연자약한 오만함이 그에게 무척 잘 어울려서 이파는 조금 안심했다.

이 위태로운 초원의 왕은 결코 무너지지 않으리라. 그를 믿고 의지하는 벨트렉족이 있는 한, 쓰러지지 않고 절망에 먹히지도 않으리라. 그의 그 강인함이 기쁘다.

"나는 고예의 공주, 고예이파. 오라버니께 쫓겨 이곳에 왔소."

"알아."

"나는 그대에게 구원받아, 이곳에 있소."

"……."

아라아탄이 가만히 이파를 응시한다. 이파의 표정이 흐리게 풀렸다.

"나는 살아서, 고예로 돌아갈 것이오. 반드시 살아서 그대에게 구원받은 은혜를 갚을 것이오. 무슨 짓을 겪든 살아서 버틸 것이오."

어쩔 수 없이 이곳에 왔다. 황제가 붕어하고, 곧장 황위계승전이 시작되었다. 살기 위해 도망쳐 떠밀리듯 이곳으로 왔다. 온갖 모욕과 수모에도 그저 살아남겠다는 집념으로 버티기로 했다.

그렇게 이곳, 대초원으로 왔다.

그리고 그를 만났다. 초원의 왕을. 건조하기 짝이 없는 눈으로 세상을 보는 이 사내를.

저 엷푸른 눈동자에 다정이 깃드는 것을, 보고 싶다.

"나는 기필코 살아남아 그대와 함께 대륙으로 갈 것이오."

아라아탄은 물끄러미 이파를 보기만 했다. 이윽고 별소리를 다

한다는 듯 고개를 기울인 그가 몸을 돌렸다.

　문 닫히는 소리와 함께 그의 목소리가 들려왔다.

　"……그렇게 해. 이파."

　'공주'가 아니라 '이파'였다. 그 무심한 허락에 이파는 가슴에 손을 얹었다. 그녀의 입가에 가는 미소가 피었다.

　이곳에 그녀가 왔다.

　이곳에 그녀가, 있다.

　가슴에 모든 것을 묻고 견뎌내는 그를 연민하는 그녀가 있고, 모든 상실에도 무너지지 않은 그를 존경하는 그녀가 있다.

　어떤 것에도 꺾이지 않고, 절망에 먹히지도 않고, 모두가 제멋대로 맡긴 무게를 감당하며, 그렇게 미래를 갈망하는 그 강인함을 존경하고 만, 한 계집이 있다.

　"내가 그대의 곁을 갖겠소."

　듣는 이 없는 맹세를 한다.

　두근두근—

　마음이 뛴다.

5장

환영

이지러진 두 개의 달이 엇갈리듯 교차하는 밤.

예고된 대로 환영회가 시작되었다.

창백한 달빛 쏟아지는 대초원. 그 중심에 서서 아라아탄이 춤을 춘다.

"⋯⋯."

이파는 홀린 듯이 그를 바라보았다. 모든 것을 보았지만, 동시에 오직 아라아탄만 보였다.

늑대의 전사로 태어나 초원의 왕이 된 젊은 사내의 움직임. 불꽃은 그를 따라 길게 늘어났다 줄어들기를 반복한다. 허공에 흩날리는 불꽃의 잔상이 이파의 눈을 현혹한다.

그는 단정한 춤사위보다도 아름다웠고, 반짝이는 불꽃보다 더욱 빛났다. 무표정한 얼굴이 슬쩍슬쩍 풀어질 때면 이파의 심장도 고삐 풀린 듯 요동쳤다.

"'초원의 울음'이라는 춤입니다. 어제까지만 해도 타인이었던 자를 오늘부터 우리 속에 받아들인다는 의미를 품고 있지요."

샥귀가 간단히 설명해 주는 동안 춤은 절정으로 치달았다. 춤사위는 점점 더 빠르고 격렬해졌다. 일렁거리던 불꽃이 한순간 하늘을 향해 흩뿌려지며 사라졌다. 적막만이 깊고 진하게 내려앉는다.

울음의 끝. 호흡 한 번 흐트러뜨리지 않은 채 아라아탄은 우아하게 멈추었다.

「와아아!」

「아라아탄! 아라아탄!」

한 발. 한 발. 느긋하게. 사뿐하게.

그가 다가온다. 눈앞에 내밀어진 손. 이파는 그의 손을 붙잡고 일어났다.

「고예이파! 고예이파!」

어제까지만 해도 그녀를 멸시하였던 이들이, 이제는 그녀의 이름을 연호하고 있다.

이파는 그들을 하나하나 눈에 새기듯 둘러보았다. 신성한 무녀가 인정하고 자신들의 왕이 환영한 계집. 몸뚱이 말고 가진 것 없는 타국의 공주를 그들은 받아들였다.

「그대들에게 늑대의 가호를.」

이파는 하루 종일 연습한 말을 또렷하게 내뱉고는 아라아탄에게 고개를 돌렸다. 여전히 무감한 아라아탄의 눈동자가 그녀를 담고 있다.

이 엷푸른 눈동자에 빛이 깃들면 참 기쁘겠다. 활짝 웃어 보조개가 들어가면 정녕 예쁘겠다. 그런 생각이 들었다.

「왕께, 늑대의 축복을.」

이파가 그의 손등에 입 맞추었다.

환영회 이후 정신없는 며칠이 이어졌다. 벨트렉족의 부족민들, 특히 여덟아홉 살쯤 되는 아이들은 틈만 나면 이파에게 달려와 기웃거렸다. 무슨 말인지 알아듣지도 못하는 그녀에게 그들은 끈질기고 끈덕지게 말을 걸었다. 처음에는 성심성의껏 모든 말을 통역해 주던 샤귀도 이젠 지쳤는지 제 선에서 대답을 꾸며내 아이들을 쫓아내기도 했다.

간혹 고예어로 더듬더듬 말을 걸어오는 이들도 있었다. 인사가 고작이었지만, 그녀와 인사라도 나누고 싶어서 급하게 배워온 그 마음이 고마웠다. 이파가 서툰 벨트렉어로 대답이라도 해주면 그들은 날듯이 기뻐했다.

「와아, 샤귀. 정말? 정말이야? 다시 물어봐 줘. 정말로 고예엔 없는 게 없는 장소가 있단 말이야? 그곳에서 양도, 소도 살 수 있어? 고구마도, 감자도 살 수 있고?」

「염색된 천을 잔뜩 쌓아두고 파는 곳이 있단 말이야? 안감에 화려한 그림을 그려주는 사람도 있고? 세상에, 그림을 그려서 먹고 살 수가 있단 말이야? 고예는 정말 신기한 곳인가 봐.」

「사냥하지 않아? 그럼 무얼 먹고 살아?」

「샥귀, 샥귀! 내 말을 먼저 전해줘. 내가 제일 먼저 왔잖아. 응?」

아이들은 정말 쉴 새 없이 종알거렸다. 샥귀가 혼이 다 빠진 얼굴로 쳐다보면 이파는 무어라고 대충 말했고, 샥귀는 또 그것을 대충 꾸며내서 아이들에게 전했다.

저녁 시간이 되어서야 아이들은 각자 집으로 돌아갔고, 샥귀는 한숨 돌릴 수 있었다.

"샥귀, 괜찮으냐?"

"괜찮습니다. 조금 귀찮을 뿐이죠."

약간의 여유가 생기자 이파는 며칠 내내 생각해 왔던 말을 한번 꺼내보기로 했다.

"저기, 샥귀."

"네, 공주님."

"부탁 하나만 해도 되겠느냐?"

"공주님께서는 제게 명령하시면 됩니다."

샥귀가 퉁명하게 대답했다.

"……."

샥귀는 또래 벨트렉족 아이들과 달리 지나치게 성숙한 느낌이 들었다. 이파는 샥귀가 지금까지 잃은 것을 가늠해 보지 않기로 했다. 제 오라비와 조국이 샥귀에게 저지른 짓을 사죄하지도 않기로 했다. 고예가 싫고, 진파가 싫고, 당신도 싫다던 샥귀가 그토록 싫은 사람의 곁을 지키고 있는 것은 간절히 원하는 것이 있기 때문이다. 그것은 이파 또한 반드시 이뤄야 하는 것이었다. 이파는 오직 그것만 생각하기로 했다.

"공주님?"

부탁을 한다고 해놓고 아무 말도 없자 샥귀가 이파를 불렀다.

"아."

정신을 차린 이파가 어색하게 웃었다. 어서 말해보라는 듯 샥귀는 그녀를 빤히 치어본다.

"색실을 좀 얻을 수 있을까?"

"색실이요?"

느닷없는 색실 타령에 왜 그런 것을 찾느냐는 듯 샥귀가 고개를 기울였다.

"혹 필요한 것이 있으십니까? 제게 말씀해 주시면 부족 여인들에게 부탁해서……."

"아니, 아니다. 만들고 싶은 게 있다, 샥귀. 그것은 내가 만들어야 해."

"공주님께서요?"

잘 모르겠지만 일단은 알겠다는 듯 샥귀가 고개를 주억거렸다.

"어떤 색이면 되겠습니까?"

이파는 아라아탄을 떠올렸다. 얕은 바다색을 닮은 그의 눈동자가 눈앞에 아른거린다.

"바다색……."

"예?"

"밝은 옥색이 좋을 것 같다."

"아……. 네, 공주님. 내일 올 때 가져 오도록 하겠습니다."

"고맙다, 샥귀. 오늘은 이만 쉬어라."

"예. 그럼."

고맙다는 말에도 샥귀는 뚝뚝하게 대꾸했다. 부탁을 하면 들어주고 명령을 내리면 복종한다. 하지만 그것뿐. 샥귀의 마음엔 이파가 들어갈 틈이 없다. 그것이 섭섭하지 않다면 거짓말이겠지만, 이파는 샥귀에게 정을 요구할 자격이 없다. 그것은 이파도 잘 알고 있다.

"쉬십시오, 공주님."

"그러마."

공손히 인사한 후 나가는 샥귀의 뒷모습을 이파는 잠시 바라보았다. 작은 등이었다. 한 번쯤 아무 이유 없이 토닥여 주고 싶을 만큼.

'드디어 혼자인가…….'

종일 아이들에게 시달리느라 무척 곤했다.

침상에 가만히 몸을 누였다.

또 하루, 초원에서의 밤이 저물어간다.

다음 날, 샥귀는 약속했던 대로 푸른색 실몽당이를 가져다주었다.

"어제 말씀하셨던 겁니다. 이 정도면 될까요?"

"고맙다, 샥귀."

이파가 기쁘게 실몽당이를 받아 들었다. 그녀의 귓불이 살짝 물든다. 말간 눈으로 그녀를 바라보던 샥귀가 무뜩 물었다.

"어디에 쓰실 건지 여쭈어도 될까요?"

"환영을 받지 않았느냐? 마음을 받았으면 되돌려 주어야지. 받기만 해선 아니 돼."

"보답 말입니까?"

"그래, 일종의 보답이지."

고예에선 여인이 정인에게 색실을 꼬아 만든 팔찌를 선물한다.

함께할 이와의 해로를 소망하며.

멀리 떠나는 낭군의 무사귀환을 바라며.

서로가 서로에게 묶여, 언제나 서로에게 돌아갈 수 있기를 원하며.

하여 팔찌는 '귀속의 팔찌'라 불렸다.

"팔찌를 만드실 겁니까?"

샥귀가 콕 집어 물었다.

"알고 있느냐?"

놀란 이파가 두 눈을 크게 떴다.

"저도 반은 고예인입니다."

"아……."

"아버지께서 항상 하고 계셨습니다. 어딜 가실 때나 소중히 차고 계셨죠."

샥귀의 목소리가 가라앉는다. 그녀의 눈빛이 쓸쓸하다.

부모를 떠올리고 있을 것이다. 어쩌면 그들을 잃은 날을 생각하고 있을지도 모른다.

'샥귀······.'

이파는 울지 않는 작은 소녀를 눈에 새겼다.

울지 않는 샥귀는, 그들의 왕을 닮았다. 이 초원의 모두가 아라아탄, 그를 닮았다. 그래서 이파는 그들 모두를 사랑하게 된다. 연민하게 된다.

이들에게 내일을 주고 싶다. 이들에게 평온한 시간을 주고 싶다. 황궁 안에만 갇혀 있었다면 결코 보지 못했을 이들의 반짝임을 보았고, 결코 이해 못 했을 이들의 헐벗음을 이해하였고, 결코 납득 못 했을 이들의 간절함을 납득했기에 끝내 그들을 적이 아닌 같은 '사람'으로 체감하게 되었다.

그러니까 반드시, 기필코 살아남아 고예로 돌아가고 싶다.

모두와 함께.

하루를 꼬박 투자해 팔찌를 완성했다.

"샥귀."

이파가 들뜨는 마음을 겨우 가라앉히고서 점잖게 샥귀를 불렀다. 옆에 앉아 옷감에 수를 놓고 있던 샥귀가 고개를 들었다.

"아라아탄 님께 안내해 드릴까요?"

"그래 주려무나."

"지금이라면 '고귀한 게르'에 계실 겁니다. 가시죠."

샥귀가 앞장섰다. 이파가 그녀를 따라 나갔다. 똑같이 생긴 게르가 끝없이 펼쳐져 있었다. 이파는 아무리 봐도 잘 구분할 수 없는 그 게르들을 샥귀는 잘도 구분했다.

샥귀가 고귀한 게르 앞에서 멈춰 섰다. 한 전사가 경비를 서고 있었다. 체츠였다.

「체츠 님, 공주께서 아라아탄 님을 뵙기를 청합니다.」

체츠가 의미심장한 미소를 지으며 이파를 바라보았다. 그의 눈매가 게슴츠레해진다.

「으음, 아직 밤도 아닌데. 공주님은 생각보다 화끈하시구나?」

「체츠 님.」

「아아, 알았어.」

샥귀가 눈을 흘기자 체츠가 짓궂게 키득 웃고는 문을 두드렸다.

「주군, 공주께서 오셨습니다.」

곧 아라아탄의 대답이 들려왔다.

「이파가? 들여보내.」

이파가 심호흡을 하듯 숨을 크게 들이마셨다. 아라아탄의 목소리를 듣자마자 심장이 둥둥 제멋대로 뛴다.

「샥귀, 들었지?」

「네, 체츠 님.」

샥귀가 이파를 위해 문을 열어주었다.

"들어가세요."

이파가 들어가자 샥귀가 문을 닫았다. 이파는 아라아탄과 단둘이 게르에 넣어졌다.

고귀한 게르는 넓고 텅 빈 느낌이 들었다. 턱을 괴고 앉아 무언가를 들여다보고 있던 아라아탄이 고개를 돌린다.

"무슨 일이야, 이파?"

"저, 그것이……."

쭈뼛쭈뼛 그에게 다가선 이파가 팔찌를 내밀었다.

"이게 무어야?"

"그대가 내게 보여준 환대에 대한 감사의 마음이오."

이파가 살짝 눈썹을 찡그렸다. 도저히 환대라고 생각할 수 없는 처음 며칠의 경험이 문득 생각난 까닭이다. 뭐, 그래도 아라아탄의 행동에 기본적으로 적의가 없었던 것은 사실이니까.

"흐응."

콧소리를 내며 아라아탄이 팔찌를 받아 들었다. 푸른색 실과 흰색 실이 오묘한 무늬를 만들며 꼬여 있었다. 그 무늬를 빤히 들여다보는 아라아탄의 눈매가 가늘어진다.

"그래, 들은 적이 있어. 고예에선 계집이 사내에게 이런 것을 선물한댔지."

아라아탄이 팔찌를 차고서 훌쩍 일어났다. 언제나처럼 단정한 차림이다. 벨트렉족의 의복은 그를 위해 고안된 듯 그에게 더없이 잘 어울렸다. 이파는 그의 입술이 열렸다 닫히며 소리를 만들어내는 것을 홀린 듯 바라보았다.

심장이 둥둥, 또 제멋대로 날뛴다.

"답례를 해야지."

그가 불쑥 가까워진다.

"에? 답례에 무슨 답례를……."

그의 엄지가 이파의 턱을 살짝 잡아당긴다. 이파의 입술이 자연스럽게 벌어졌다.

"아라아……."

당황한 이파는 아랑곳하지 않고 그가 입술을 포갰다. 숨결이 그에게로 빨려 들어간다. 입술을 핥는 부드러운 촉감. 두 눈을 휘둥그레 뜬 채 이파가 굳었다.

바로 눈앞에 아라아탄의 눈이 보인다.

감정이 보이지 않는 눈동자. 아름답고 고요한, 그러나 살아 있는 자의 것 같지 않은 그 푸른 홍채. 그것은 장인이 정성 들여 만든 인형의 유리 눈알과 같다.

살짝 입술을 뗀 아라아탄이 미간을 찡그린다.

"그게 아니지, 이파."

그의 입매가 살짝 말려 올라간 것 같다.

"아니라니……. 무, 무어가 말이오?"

"눈을 감아야지."

아니다. 말려 올라간 것 같은 게 아니다. 진짜 말려 올라갔다. 그의 볼에 희미하게 보조개가 팬다.

"그리고 입술을 더 벌려."

짐짓 단호한 말투에 이파의 뺨이 뜨거워졌다.

"아, 아라아탄……."

아라아탄이 엄지에 살짝 더 힘을 실었다. 이파의 입술이 더 벌려지자 그가 다시 입술을 포갰다. 도톰한 이파의 입술을 빨아들인 그가 벌어진 입술 사이로 혀를 밀어 넣었다. 멍하니 뜨고 있던 눈을 이파가 황급히 감았다.

이런 것을 바란 것은 아닌데.

'아······.'

달다. 아찔할 만큼.

부드럽게 감겨오는 그의 혀. 타액이 섞이고, 숨결이 얽힌다. 다리가 풀릴 것만 같아 이파는 그의 옷자락을 붙들었다. 단단한 그의 팔이 그녀를 받친다. 아라아탄은 온몸을 밀착시키듯이 그녀를 끌어당기며 그녀의 입속을 집요하게 훑었다.

"하아······."

아. 이젠 모르겠다.

이파는 서툴게 그의 입술을 빨았다. 어색함도 잊고, 그의 혀를 휘감았다. 지나치게 부드러워서, 머릿속이 텅 빈다.

이대로 시간이 멈추면 좋겠다는 생각이 들 때쯤 아라아탄이 천천히 입술을 떼었다. 서운함과 아쉬움을 뒤로하며 이파가 눈을 떴다. 이마를 맞대고서 그가 장난스럽게 눈꼬리를 내린다. 이파는 가쁘게 숨을 몰아쉬며 그를 바라보았다.

"'당신을 내게 묶습니다' 였나?"

한 손으론 그녀의 허리를 감싸 안고, 다른 한 손으론 그녀의 뒷머리를 감싸 쥔 채, 그가 속살거리듯 묻는다. 팔찌의 뜻까지 알고 있을지는 몰랐던지라 이파의 얼굴이 화끈 달아올랐다.

"아······."

"나를 묶을 수 있겠어?"

"나, 나는 그런 뜻이 아니라······."

"그래, 한 번 묶어봐. 혼례를 올리자."

그가 툭 내뱉었다.

"예?"

"동왕에게 보낼 서신을 써. 일을 진행해야지. 아니 그래?"

이파는 멍하니 입을 다물었다. 그는 어느 정도로 세게 안으면 이파가 부러질까 시험이라도 하듯 이파를 한 번 꽈악 안았다. 강하게 느껴지는 그의 다부진 몸에 이파는 숨이 멎을 뻔했다.

그리고 그 순간, 어깨에 찌릿한 통증이 지나갔다.

"윽."

조금 느슨하게 풀어졌던 아라아탄의 표정이 순식간에 굳었다.

"벗어."

그가 이파를 거칠게 밀며 명했다.

"무어요?"

"벗으라고 하였어."

이파가 두 눈에 힘을 줬다.

"명이오?"

"나는 언제나 명령해."

"내가 싫다면……."

"벗어."

그의 표정이 전에 없이 냉랭했다. 눈빛도 매섭기 짝이 없다. 봄바람처럼 살랑대더니 겨울바람처럼 구는 이유를 이파는 알 수 없었다. 아라아탄의 갑작스럽고도 흉포한 요구에 이파도 화가 난 듯 그를 쏘아보았다. 아라아탄은 물러날 기미 없이 이파를 노려보고 있었다.

이파가 입술을 꾹 깨물며 매듭에 손을 올렸다. 그에게 알몸을 내보인 적도 있는데 새삼 부끄러운 것은 아니었다. 그러나 느닷없이 강압적으로 구는 그의 태도에 뭔지 모를 감정이 치올랐다.

모욕감, 수치심. 그런 것과는 근본적으로 달랐다. 이파는 자신의 속에서 꿈틀대는 그 감정의 이름을 문득 떠올렸다. 그렇다. 그것은 '서운함'이라는 것이었다.

그것을 깨닫자 이파의 표정이 미묘하게 굳었다. 아라아탄은 이파의 표정엔 아랑곳하지 않고 시선을 내렸다. 의복이 흘러내리고 이파의 동그란 어깨가 드러났다. 공기가 찬지 이파가 어깨를 살짝 움츠렸다.

아라아탄은 이파의 어깨를 가만히 들여다보았다.

그가 잠시 후, 나직이 중얼거렸다.

"역시 상처가 덧났네."

평이한 말투. 감정이 비치지 않는, 그 무미한 음성.

"약이 필요하겠어."

그의 짧은 중얼거림에 이파는 허탈한 듯 웃었다. 서운함이란 것이 순식간에 빠져나가고 다른 무언가가 차오른다.

목에 잔뜩 힘을 주고서 치솟는 감정을 꾹 누른다. 어깨를 찬찬히 매만지는 손길, 귓가에서 바로 속삭거리는 무심하기 짝이 없는 그 말투, 그따위 것들에 심장은 고삐 풀린 듯 빠르게 쿵쿵 뛴다.

이거 아주, 지독하구나. 마음이란 것에 사람은 참으로 속수무책이구나.

"아라아탄."

"왜."

아라아탄이 이파의 어깨에서 눈을 떼지도 않고 대답했다.

"아라아탄."

"왜."

"아라아탄."

"왜?"

이파에게 몇 번이나 더 불린 후에야 아라아탄은 그녀의 상처에서 눈을 뗐다. 도대체 왜 자꾸 부르기만 하느냐는 듯 그의 투명한 눈동자가 이파를 응시한다.

바닥이 비칠 듯 옅은 바다색, 그러나 정작 보이는 것은 없는 깊은 무저갱.

"나는 그대를 위해 죽지 않아."

이파가 맹세하듯 읊조렸다.

"절대로 그대만 두고 죽지 않아."

느닷없이 무슨 소리냐는 듯 아라아탄이 눈썹을 찡그린다.

"나를 위해 죽으라고 하지도 않아."

그는 그렇게 말하고는 다시 이파의 상처를 살폈다. 치료에 필요한 약재를 헤아리듯 표정이 골똘하다. 그 무심해 보이는 눈동자 아래 깔린 수많은 것들이, 이파의 눈에 보인다. 가슴이 저릿해진다.

"그댄 진짜 지독하오."

"뭐?"

"진짜, 지독하다고 했소."

그는 정말로 그녀를 들었다 놨다 한다.

난폭하나 난폭하지 않고, 무심하나 무심하지 않다. 여리나 여리지 않고, 강하나 강하지 않다. 난폭한 듯 섬세하게, 무심한 듯 다정하게. 어린 듯 단호하게, 강한 듯 나약하게…….

복잡하여 알기 힘든 이 사내를 알고 싶다.

"윽."

아라아탄이 갑자기 이파의 상처를 꾹 눌렀다.

"많이 아픈가?"

"참을 만하오."

"속은 괜찮은가 보네."

아아, 이 낯선 다정. 거부할 길 없이 빠져들게 하는, 이 지독한 것.

이파는 이젠 정말 모르겠다는 듯 두 눈을 감았다. 어쩌면 그에게 처음 구원받았던 그때, 그녀의 마음은 이미 그 행로를 정했던 것일지도 모른다. 그의 입맞춤이 바람처럼 이마를 스쳤던 그때, 이 마음은 멈출 수 없게 되었던 것일지도 모른다.

동왕부에 보낼 편지를 썼다.

'됐나?'

"상황이 상황인 만큼 절차는 간단하게 할 거야."

이파가 고개를 갸웃거리는데 아라아탄이 불쑥 나타났다.

"지참금은 말이면 되려나? 양은 필요 없겠고. 대신 융단을 추가

할까?"

그가 편지를 빤히 들여다보며 중얼거렸다.

—외숙부님께.
그간 강녕하셨습니까?
저는 무사합니다. 현재는 대초원의 벨트렉족과······.

길지도 짧지도 않게 이어진 내용이었다. 초원으로 피신한 사정을 적고 원군을 청했다. 본래대로라면 혼례에 대해서는 황후와 이야기하는 게 맞지만, 황후는 지금 섭정 중이다. 규율상 섭정 중의 황후는 정사 외의 그 어떤 일에도 관여할 수 없다. 이파의 혼인은 외숙부이자 대부인 동왕에게 일임될 것이다.

"원칙대로라면 그대가 먼저 동왕부에 가서 기다리고 있다가 나를 맞아야겠지만, 그건 위험해서 안 돼. 행동은 나와 함께해. 우넨치를 특사로 보낼 거야."

이파는 신중해 보이는 아라아탄의 옆모습을 물끄러미 응시했다. 말이니 양이니 하는 것을 들으니 그가 유목민의 왕이라는 걸 새삼 깨닫게 된다.

"왜 웃어?"

"말이니 양이니 하는 걸 들으니 재미있소."

"고예는 혼례 때 그런 걸 주고받지 않아?"

민족의 명운을 짊어진 초원의 왕. 초원인 특유의 유색 눈. 그 유색 눈이 크게 뜨인다.

"돈이라고 들어본 적 있소?"

"이파, 날 뭐라고 생각하는 거야? 나는 고예에 대해 많은 공부를 했어. 돈이란 것을 이용해서 물건을 얻을 수 있다는 것 정도는 알아. 아! 고예에선 가축 대신 그걸 주고받는구나?"

그가 큰 깨달음을 얻었다는 듯 두 눈을 반짝였다.

"그렇소."

"무례한걸. 가축은 마음이라고."

지참금 규모를 고민하는 그가 너무 진지해서 이파는 피식 웃음이 나왔다. 불현듯 그의 어깨에 머리를 기대고 싶어진다.

"초야는 어디에서 치르지? 보통은 신부의 집에서 치르는데, 지금은 계승전 중이니……."

아라아탄이 말끝을 흐리는 것을 가만히 듣고 있다가 이파가 번쩍 정신을 차렸다.

"엑? 초, 초……."

차마 입에 담기 부끄러운 그 말을 내뱉지 못하고 이파가 입을 꾹 다물었다. 아라아탄이 왜 그러냐는 듯이, 진짜 이상하다는 듯이, 그러나 여전히 무표정한 얼굴로 이파를 쳐다보았다.

"이파, 왜 그래?"

"아, 아니. 그, 그것이……."

당황한 이파가 허둥거렸다.

사실 알고 있었는데. 이렇게 진행되리란 것쯤은 초원으로 오던 그때 이미 어느 정도는 각오했던 것인데.

하지만 그 상대가 눈앞에 있고, 나란히 앉아 지참금이니 초야니

하는 이야기를 하니 현실감이 너무 남다르다. 입술에 닿았던 아라아탄의 숨결이 고스란히 되살아나 더 미치겠다.

"그대, 어디 아파?"

문득, 생각한다.

그녀는 어쩔 수 없이 이곳에 왔다. 돌아가려고 한 순간 붙잡혀 버렸으니 다른 선택지가 전혀 없었다. 하지만 아라아탄에겐 많은 신부 후보가 있다.

정말 이런 식으로 타국의 계집과 혼례해도 괜찮은 걸까? 국혼이 공표되는 순간, 벨트렉족은 황위계승전의 일부가 될 수밖에 없는데. 그리된다면, 필시 벨트렉족 중 많은 이가 휘말리게 될 터인데.

"⋯⋯."

기습을 준비하고 있었다고 해도 그것은 전사의 싸움이었다. 그러나 그녀와 혼인을 하면 벨트렉족 전부의 싸움이 되어버린다. 기습은 실패로 끝나도 초원 깊숙이 숨으면 그만이겠지만, 이 전면전에선 그 누구도 숨을 수가 없다. 남녀노소 할 것 없이 패자는 살해당할 뿐이다.

그렇게 모두의 명운을 거는 혼인을 정말로 강행해도 되는 것일까? 아라아탄은 제 모든 부족의 목숨을 걸어도 될 만큼 동왕부의 군사력을 믿는 것일까, 그녀를 믿는 것일까?

"이파?"

"아, 아프기는? 나는 건강하오. 아주, 아주 튼튼하오!"

이파가 과장해서 손을 불끈 쥐어 보였다. 그러고는 서툴게 화제를 돌린다.

"저, 글은 어디서 배웠소?"

괜스레 딴청을 부리는 그녀를 아라아탄이 반히 바라본다.

"그게 궁금해?"

"궁금하오. 엄청. 엄청 말이오."

"……"

"진짜요."

"그래?"

미심쩍어하면서도 아라아탄은 더 캐묻지 않았다. 그는 순순히 넘어가 주었다.

"서책을 보고 배웠어. 그대들이 배우는 것과 같이."

"스승도 없이 말이오?"

"그럴 리가. 무슨 뜻인지도 모르는 글자를 어떻게 보는 것만으로 알겠어?"

"그럼?"

"내게는 납치라는 좋은 방법이 있어."

두 눈을 끔뻑거리던 이파의 턱이 뚝 떨어졌다.

"고예의 학자를 납치했다는 거요?"

탁자를 탁 치고 벌떡 일어난 이파가 저도 모르게 큰 소리를 냈다.

"맞아. 고예의 지방귀족들은 학자 몇몇이 납치당해도 신경 쓰지 않는걸."

뭐 그런 걸로 놀라느냐는 듯 아라아탄이 심드렁하게 대꾸했다.

열 올린 자신이 잘못한 건가 싶어서 이파가 다시 자리에 얌전히 앉아 물었다.

"말도 그들에게 배운 거요?"

"그런 셈이지."

"그들은 어찌 되었소?"

혹시 하고 묻는 이파의 두 눈이 또록또록 굴러간다.

만약 고예에서 납치당해 온 학자들이 아직도 있다면 그녀를 만나러 오지 않았을 리가 없다. 물론 갇혀 있다면 이야기가 또 달라지겠지만, 이들은 일하지 않으면 먹지도 말라는 신념의 유목민이다. 예전에야 아라아탄에게 말과 글을 가르치는 게 일이었겠지만, 지금의 그는 그런 것이 불필요해 보인다. 그렇다면 글 읽는 것 외엔 할 줄 아는 게 없는 학자들은 어떻게 되었을까? 일하지 않는 그들을 제대로 먹였을 것 같지 않고, 제대로 먹지 못한 학자들이 무사히 살아 있을 것 같지도 않다.

그들은 역시…….

"내가 그들을 죽였을까 봐?"

이파의 심중을 꿰뚫은 듯 아라아탄이 물었다. 늘 고저 없이 나직한 목소리는 빠르지 않아 때론 나른하게, 또 때론 나긋하게 들린다.

"그들은 달아났어."

뜻밖의 답이었다. 아니, 당연한 건가?

"달아나다니?"

"한밤중에 도둑처럼 빠져나갔지."

"감시를 제대로 하지 아니했소?"

"그들은 무예를 익히지 않았어. 길도 모르는데 고예로 돌아갈 수 있을 리가 없잖아? 생각이 있다면 도망치지 못해. 초원엔 송곳니 가진 짐승들이 많은걸."

"달아나면 또 잡아오고 말이오?"

"그래. 하지만 잡아오는 건 새로운 학자야. 달아난 자들은 우리가 찾기 전에 다들 죽었어."

잘못된 것은 아무것도 없다는 듯 아라아탄이 이파를 응시한다. 이파는 순진무구할 정도로 말간 눈을 하고 있는 아라아탄에게서 눈을 떼고서 잠시 생각했다.

아라아탄은 초원의 왕이니, 초원에서 하던 대로 학자들을 대한 것뿐이다. 그러니까 초원의 규칙으로 따지자면 그는 잘못한 게 없다. 학자들의 죽음에 책임을 질 자가 있다면, 그것은 아라아탄이 아니라 제 고을의 학자가 납치된 것도 모르고 있던 고예의 지방귀족일 것이다.

제좌를 얻으면 지방귀족들부터 철저히 족쳐야겠다.

생각해 보니 화가 난다. 제 고을의 학자가 납치된 것도 모르고 있다니.

학자의 일에 이 정도로 무지하다면 다른 양민의 일엔 어떻겠는가? 아예 관심도 없을 것이다. 그것은 태만이며 죄이다. 그네들 삶에 관심을 갖고 굽어살피라는 명을 받들기 위해 왕공후의 자리에 앉아 있는 것일진대!

"더러 영리하게 달아나지 않는 자들도 있었어. 하지만 그들도 겨울의 추위를 이기지 못하고 죽거나, 유목의 고단함을 이기지 못하고 죽었지."

"……그렇소?"

아라아탄의 눈빛이 잠깐 어둡게 가라앉은 것 같다. 그가 곧 허물어져 버릴 듯해서 순간 두려워진다. 그는 분명 황자와 비슷한 또래라고 들었는데, 이파는 이따금 그가 자신보다도 어린 듯 느껴졌다.

"어쨌든 서신은 이대로 보내면 되겠어. 수결해."

아라아탄이 서신을 돌려주었다. 이파가 종이 끝에 제 이름을 적어 다시 건네자 아라아탄이 늑대의 인장을 찍었다. 길게 뻗은 그의 속눈썹을 홀린 듯 바라보던 이파가 결국 참지 못하고 물었다.

"아라아탄. 그대, 나와 혼인한다는 게 어떤 의미인지 아오?"

애써 화제를 돌린 보람이 없어져 버렸다.

"제좌를 얻겠다는 의미지."

아라아탄이 가볍게 대답했다.

그의 말이 이어졌다.

"대륙을 갖겠다는 선언이고, 더 이상 유목하며 살 수 없다는 선포지. 전쟁이 시작될 거야."

"그대, 그걸 알면서……."

"이파, 그대는 이곳에서 무얼 보았어?"

아라아탄이 이파의 말을 끊었다. 그가 이파를 똑바로 응시한다.

"무엇을 보았느냐고?"

"그래. 조금 전에도 말하였지. 고예에서 잡아온 학자들 중 달아

나지 않은 자는 겨울을 넘기지 못하고 죽거나, 유목의 고단함에
짓눌려 죽었다고."

"……."

"강물은 매년 말라 가. 가축은 툭하면 병들어 죽지. 그대의 오라
비는 우리에게 자비롭지 않아. 산맥을 넘어와 우리를 도륙해. 하
지만 초원 깊이 숨어서는 더 이상 살 수가 없어. 우린 내려가야
해. 산맥을 넘어 대륙으로 가야 해. 그러지 않으면 모두 죽어."

"……."

"우리를 보며 무언가 빠져 있다는 생각, 하지 않았어?"

입술을 잘근거리던 이파가 놀란 표정을 지었다. 그녀가 설마 하
는 표정으로 아라아탄을 응시했다.

"아이…… 울음소리가 들리지 않소."

"그래, 이파. 우린 7년 전부터 아이를 낳지 않았어. 혹 실수로
태어나면, 늑대의 품에 맡겼지. 그게, 어떤 짓인지 알아?"

이파가 망연히 입을 다물었다.

"싸우지 못할 만큼 늙은 자들은 스스로 떠났어. 병든 자도 떠났
어. 칼을 잡지 못하는 자, 말을 타지 못하는 자, 모두 버렸지."

"……."

"잔인하다고 생각해?"

이파는 대답할 수 없었다.

그들은 살기 위해 내려가는 것이다, 그녀가 살기 위해 올라왔
듯.

제 힘으로 검은 강과 검은 산맥을 건널 수 없는 자들을 이끌고

가기엔 그들이 처한 상황이 너무 열악했다.

"이파, 나는 애초에 그대보다도 더 선택지가 없었어."

지금까지 준비한 것은 기습이었다. 겨울, 강물이 얼어붙으면 말을 타고 고예의 황궁으로 내달린다. 말을 타고 활을 쏠 수 있으면 모두가 전사인 이들. 자잘한 전투는 필요 없다. 수십만 명의 유목민이 일제히 황궁을 친다. 특히, 천마군단의 그 무시무시한 기동력에 고예가 대응할 수 있는가 없는가가 승패의 관건이다.

황실이 무너지면 귀족들은 각 세력으로 찢어져 난립할 것이다. 더욱이 지금의 고예는 주변의 여러 소국을 규합하여 이루어진 상태. 옛 나라의 부흥을 꿈꾸는 유민들이 무기를 들고 일어서면 대륙은 그야말로 혼란 그 자체가 될 것이다. 수십 수백의 나라가 다시 세워지는 그 혼란을 틈 타 대륙에 자리 잡는 것이 벨트렉족이 택할 수 있는 거의 유일한 길이었다.

이파는 살아남기 위해서 냉혹해지고 잔혹해진 초원의 왕을 바라보았다.

"그런데 왜 나를 처음 만났을 때 데려오지 않았소?"

그녀는 그것이 궁금했다. 아라아탄은 쓰러져 있던 그녀를 구해 주었을 뿐이다. 쉴 새 없이 새로 건국되는 나라의 틈에 끼어 살아남기 위해 발버둥 치는 것보다 그녀를 데려와서 억지로 취한 후, 동왕부와 연합하여 황자와 싸우는 게 훨씬 쉬웠을 텐데도.

그녀의 순수한 물음에 아라아탄이 무심히 웃는다.

"이파, 나는 그대가 그대의 나라를 얼마나 사랑하는지 알 수 없었어."

"무슨 뜻이오?"

"그대가 그대의 목숨보다 그대의 나라를 사랑했다면 모여 있는 우리를 보고 어떤 생각을 하였겠어? 이걸 어떻게든 황자에게 알리려고 하지 않았겠어? 또 그대를 이용해 고예를 집어삼키려는 우리에게 과연 동조하였을까? 차라리 죽어서 황자가 제좌에 오르게 하지 않았겠어?"

이파는 아라아탄의 말뜻을 이해했다.

"아……."

"어쨌든 그대가 살아 있는 쪽이 내겐 유리했어. 그대가 제 발로 찾아오면 더욱 좋겠다고 생각은 했지만, 그땐 그대가 어떤 자인지 전혀 알 수 없었지."

되도록 가장 유리한 상황을 만들자. 그는 줄곧 그것만 생각하고 있는 것이다.

이파는 고개를 끄덕이며 조금 쓰게 웃었다. 혼례를 치르는 것도 그것이 가장 유리한 방법이기 때문일 것이다. 수십 수백으로 쪼개어진 대륙에서 살아남는 것보다 그녀와 혼인을 한 후 그녀를 황제로 만드는 게, 벨트렉족을 지켜낼 가능성이 더 큰 선택이니까.

"그댄 뼛속까지 왕이구나."

이파가 작게 중얼거렸다.

"언제나 왕으로서 득실을 따져."

"당연하지."

그래, 당연한 것. 당연한 일.

그런데 왜일까. 쿵쿵 뛰는 심장이 괜히 아프다. 조심스럽게 가슴에 손을 얹은 이파가 아라아탄을 흘겨보았다. 그가 왕으로서 해야 할 생각을 하고, 선택을 하고 있다는 것을 알면서도 괜히 서운했다.

"왜?"

왕으로서 판단해야 할 것 외엔 무신경하기만 한 그가 눈썹을 모은다. 묻는 것에 답해줬는데 왜 뿌로통하냐는 듯이.

왜인지는 자신 역시 잘 몰랐기에 이파는 그냥 입을 다물었다.

고예는 바쁘게 돌아가고 있었다. 서약을 하지 않은 자들은 조금이라도 더 유리한 고지를 차지하기 위해 눈치싸움을 벌였다. 황궁을 점령한 황자 쪽으로 대세가 급격히 기울만도 하나, 여전히 중립을 고수하는 이들이 많았다.

그들은 황자의 승리가 확실해지기 전까지는 움직이지 않을 요량이었다. 만약 공주가 이긴다면, 그야말로 낭패이지 않겠는가. 확실한 패가 아니라면 침착하게 때를 기다리는 인내가 필요한 법이다. 그들은 특히 동왕부의 움직임을 예의주시했다.

동왕부의 크기는 남왕부, 서왕부와 크게 다를 것이 없으나 '부'의 규모를 보면 이야기가 급격히 달라진다. 망국 조(朝)의 후손인 동왕은 동방으로 통하는 육로와 해로를 독점하고 무역을 통해 막대한 부를 쌓았다. 그것을 바탕으로 강력한 군사와 백성들의 절대적 지지까지 손에 넣었으니, 그에게 대적하는 것이 옳은 선택일지

우유부단한 자들은 얼른 판단할 수 없는 게 당연하다.

진파는 그따위 것에 아무런 관심이 없었다. 결국 승리하는 것은 그일 터였다. 황궁을 먼저 차지하고도 계승전에서 패한 전례는 역사적으로 손꼽을 정도니까. 게다가 그는 이미 서왕을 만나 서약을 이행시켰다. 그에 반해 공주는 아직 동왕을 만나지도 못했다. 이제 공주를 찾아서 제거하기만 하면 된다.

'북쪽인가.'

그래, 그곳.

여태 등한시한 야만족들. 그것들의 움직임이 심상찮다.

동왕부로 가지 못한 공주가 향했을 곳은 북쪽뿐. 그 야만적인 것들에게 육신을 의탁하고, 그들의 힘을 빌려 동왕과 합세하려는 것일 터이다. 구차할 정도로 한심한 선택이다.

"저는 살아남을 겁니다. 오라버니께서 무슨 짓을 하여도, 저는 기어이 살아남을 겁니다."

"황족의 명예? 다 무의미합니다, 제겐. 모든 짐승이 살아남기 위해 발버둥 치듯 저 또한 응당 그러할 뿐."

언젠가 나누었던 이파의 말들이 기억 속에서 되살아난다.

그렇다. 고예이파는 그런 계집이었다. 황녀라기엔 시정잡배의 여식과도 같았다. 잘 가꾸어진 화계의 꽃으로 남아 있지 않고 들풀처럼 굴었다.

"제가 살아가는 방법이 황제가 되는 것뿐이라면, 저는 물러서지 않을 겁니다. 어떤 오욕도 저를 굽히게 할 순 없어요."

싸움은 필연이었다. 그 누구도 양보할 수 없는 황위계승권. 황위계승전은 둘 중 하나가 죽어야 끝이 난다.

"명하야."

"예, 주군."

"동왕부로 가야겠다."

"외람된 말씀이오나, 그곳은 위험합니다. 어째서 동왕부로 '가라'고 하지 않고 '가야겠다'고 하십니까?"

"하나뿐인 누이의 혼례에 얼굴은 비쳐야지."

"예?"

"북쪽의 야만족에게도 특사를 보내. 내 누이와의 혼례를 축하한다고."

명하가 떨떠름한 표정으로 두 눈을 끔뻑거렸다. 이내 상황을 이해했다는 듯 명하의 눈빛이 단호해졌다.

"예, 주군."

아직은 동왕부에서도, 북쪽에서도 전해온 소식이 아무것도 없다. 벨트렉족의 본지엔 아예 접근조차 못하고 있었다. 무리하게 검은 산맥을 넘어 북쪽으로 갔던 이들은 돌아오지 못했다. 정찰조가 돌아오지 않는다는 것은 그것만으로 많은 의미를 내포한다.

정찰병의 미귀환 사실을 접한 서왕이 따로 정찰조를 꾸려 보내겠다고 했으니 일단은 서왕의 보고를 기다리기로 했다.

어쨌든 초원의 야만족이 무언가 꾸미고 있는 것은 확실하다. 그 것은 아마도 들키고 싶지 않은 어떤 것일 것이다. 그리고 그것은 분명 대륙 찬탈이겠지.

화력은 약하나 기동성만큼은 고예를 훨씬 뛰어넘는 자들이다. 그들이 작정하고 남하한다면 고예도 준비해야 한다.

그 침략의 직전 공주를 얻다니. 공주는 그들의 침략에 날개를 달아줄 것이다. 공주를 이용하면 동왕부의 군사와 화력을 얻을 수 있을 테니까. 그러나 어설프게 이용하지는 않을 것이다. 모든 대륙인들은 배신과 기만에 능하기에, 벨트렉족은 뒤통수 맞지 않기 위해서라도 만천하에 자신들과 공주의 결합을 알린 뒤 본격적으로 움직일 것이다.

그러기 위해서는 장엄한 혼례가 필요하다. 나라와 나라의 결합, 국혼. 자신들이 일개 야만부족이 아니라 한 나라로서 고예와 대등하다는 것을 널리 알리는 일. 그런 중대사를 벨트렉족 쪽에서 생략할 리가 없다.

"하지만 주군, 역시 주군께서 함께 가시는 건 너무 위험하지 않겠습니까?"

"내가 가는 것을 알리지는 않을 것이다. 그 정도로 무모하지는 않다."

공주는 혼례에 모습을 드러낼 수밖에 없다. 앞으로 어찌 되든, 그 순간은 진파로서도 포기할 수 없는 중대한 기회였다.

그때 끝내야 한다. 그때 끝내지 못하면, 계승전은 돌이킬 수 없는 방향으로 흘러갈 것이다.

끝없이 무너졌던 벨트렉족을 부흥시킨 유목민의 영웅, 아라아
탄. 그가 공주의 부군이 된 것이 알려지면, 지금은 조용히 수그리
고 있는 자들조차 날뛰어댈 것이다. 은근히 받아온 차별과 멸시를
떠올리며 자신들의 나라의 부흥을 꿈꿀 것이다. 그야말로 고예는
아수라장이 된다.

그리 되기 전에 계승전을 끝내야 한다. 무엇보다 이미 너무 오
래 기다리게 했다.

'운영······.'

운영, 그녀를. 냉궁에 갇힌, 그의 애타는 비를.

6장

슬프나 울지 못하네

떠날 채비로 분주한 우녠치에게 아라아탄이 찾아갔다.

「주군, 무슨 일이십니까?」

「채비는 잘 되어가?」

「잘못될 것이 있겠습니까?」

우녠치가 가볍게 대답했다. 하지만 그의 마음은 무거웠다. 약식으로 진행한다고 해도 국혼은 국혼. 짧지 않은 시간이 소요될 수밖에 없다. 그 엄중한 일의 책임자라는 데에 긍지를 가져야 마땅하나, 실은 일족의 가장 중요한 시기에 전장이 아닌 곳에 배치된 것은 조금 실망스러웠다. 우녠치는 누가 뭐라 해도 벨트렉족의 최고전사. 전사에겐 전시든 아니든 주군을 지키는 것이 가장 큰 명예인 법이니까.

「우녠치, 불만할 것 없어.」

아라아탄이 우녠치에게 바짝 다가섰다. 그가 우녠치의 손에 무언가를 쥐어준다.

「주군, 이건…….」

안을 확인한 우녠치의 두 눈이 커졌다. 은빛 씨앗이 들어 있었다. 우녠치의 동공이 흔들린다.

「그댄 내 뜻을 알 거야. 나의 최고전사잖아.」

아라아탄이 희미하게 웃었다.

표정을 갈무리한 우녠치가 아라아탄의 발치에 길게 엎드렸다. 땅에 이마를 박고서, 새삼 맹세한다.

「전사 우녠치, 이 목숨을 주군께 바칩니다.」

「그대에게 늑대의 가호를.」

「늑대의 가호를.」

우녠치는 몸을 일으키고서 아라아탄이 건넨 것을 속주머니에 챙겨 넣었다. 그의 표정에 결의가 어렸다.

살아남을 수 있다면 이용할 수 있는 모든 것을 이용한다. 비겁한 짓도, 치졸한 수도 마다하지 않는다. 공주와 전사는 물론 자기 자신까지도 아라아탄에겐 벨트렉족을 지키기 위한 수단일 뿐이었다. 그 숭고한 뜻을 우녠치는 가슴에 새겼다.

「바람이 습해, 우녠치. 내일은 비가 올지도 모르겠어.」

「비…… 말씀이십니까?」

「응. 우의를 준비해. 다 젖어 아프기라도 하면 아니 되잖아.」

「예, 주군.」

아프지 않고 강건하게, 언제나 왕의 곁을 지킬 수 있기를. 부디 그의 뒤를 따라 모두 함께 미래로 나아갈 수 있기를.

'언제나'라거나 '모두'라거나 하는 것은 헛되고도 허황된 꿈. 그것을 알면서도 우녠치는 바라고 또 바랐다.

아라아탄을 바라보던 우녠치의 눈에 무뜩 낯선 것이 보였다.

「주군, 손목에 그것은…….」

「아! 이거.」

아라아탄이 반짝 웃는다.

「이파에게 받았어.」

아라아탄이 손목을 내민다. 팔찌였다.

「공주께서 손재주가 있으시군요.」

「딱히.」

아라아탄이 어깨를 으쓱였다. 시큰둥한 체했지만, 그는 내심 기뻐 보였다.

「오랜만에 웃으시는군요.」

「내가?」

「예.」

기뻐하는 아라아탄의 모습은 실로 오랜만이라 우녠치의 눈매도 휘었다.

다음 날은 아라아탄의 말처럼 무척 흐렸다. 늘 푸르던 초원 하늘이 어둑했다. 근 몇 달 만에 몰려든 먹구름이 하늘을 가리고 있었다.

「…….」

초원 저편으로 멀어지는 우녠치 일행을 자우하는 말없이 응시했다. 천마는 빠른 속도로 내달렸다. 쓰디쓴 조소가 자우하의 입가에 걸린다.

바드란고가 그녀를 안타깝게 바라보았다.

「자우하.」

「…….」

「자우하.」

「…….」

「자우…….」

「그만 불러, 바드란고! 나도 알고 있다. 애초에 주군의 곁은 내 것이 아니지. 꼭 공주가 아니더라도 그분께 제 여식을 내어주고자 하는 천호장들이 널리고 깔렸어. 그래도 나는 자만하고 싶었던 것이다. 나 또한 그분을 품기에 모자라지 않다고.」

결국 짜증스럽게 바드란고를 쏘아붙인 자우하가 홱 등을 돌렸다. 기억초의 독에 먹힐 뻔한 것이 꽤 충격적이었는지 자우하는 요 며칠 내내 잔뜩 예민해져 있었다.

벨트렉족의 자랑스러운 여전사. 그 무엇에도 굽히지 않는 절개와 맹수와도 맞서는 용맹을 지닌 최고의 전사. 자우하는 그런 계집이 되고 싶었다.

하지만 자신의 밑바닥은 너무도 쉽게 드러났다. 그토록 얕은 그릇이었던 것이다. 그것이 분해 견딜 수가 없었다. 황궁에서 오냐오냐 길러졌을 공주만도 못하다는 게 자우하를 점점 더 비참하게 만들었다.

「체츠! 사냥 가지 않을 테냐?」

차라리 사냥이라도 한판 하고 오면 기분이 나아질까 싶어 자우하가 소리쳤다.

「오호. 사냥? 오랜만에 서쪽 숲에 가볼까?」

체츠가 빙글 웃으며 다가왔다. 다르길도 함께였다. 체츠가 고개를 돌려 바드란고를 쳐다보았다. 자우하가 쌀쌀맞게 굴었는데도 바드란고는 꿋꿋하게 자우하의 뒤에 있었다.

「바드란고는?」

「바드란고는 번을 설 차례다.」

자우하가 대신 대답했다. 사실이긴 했지만, 지금은 그를 보고 싶지 않다는 의미가 더욱 강했다.

「아, 그래? 그거 아쉽네. 오랜만에 넷이서 달릴 수 있는 기회인데. 누구 바꿔줄 사람 없나?」

「됐다. 너희끼리 달리다 와. 큰 놈 잡아오면 더 좋고.」

바드란고가 쓴 마음을 감추며 고개를 저었다. 자우하가 팔짱을 낀 채 고개를 팩 돌려 버렸다.

「그래? 아쉽네. 그럼 기다리고 있어, 바드란고. 기대해도 좋아. 너보다 큰 놈으로 잡아올 테니.」

어색한 분위기를 깨고자 체츠가 거만을 떨었다.

언제나 넷이 함께였다. 바라는 미래는 달라도 서로가 행복하길 바라는 마음은 진심이었다. 바드란고가 어떤 눈으로 자우하를 보든지, 자우하가 어떤 마음으로 그를 밀어내든지, 그런 것은 아무 상관 없이 그들은 서로의 목숨이었다. 날 때부터 함께해 온, 혈육과도 같은 벗이었다.

「비가 내릴 것 같은데 서둘러 다녀와라.」

「오냐. 간다.」

말을 탄 세 사람은 곧장 서쪽 숲을 향해 달려갔다. 그들이 향하는 서쪽 숲은 말을 타고도 꽤 달려야 하는 거리였다. 다른 숲에 비해서는 비교적 규모가 작지만 현재의 본지에서 가장 가까운 터라 전사들이 종종 사냥을 나갔다. 바드란고는 멀어지는 벗의 뒷모습을 바라보았다. 그의 미간이 살짝 찌푸려진다.

'뭐지?'

숲의 나무 지붕이 검게 보였다. 그리고 그 사이로 무언가가…….

'잘못 봤나?'

그가 고개를 갸웃거렸다.

망루를 올려다보았지만 별다른 소란은 없었다. 전사들 중 가장 눈 좋은 녀석들이 종일 교대하며 망을 보는데, 그들은 아무것도 보지 않은 모양이었다. 벨트렉족 중에선 눈이 좋은 편에 속하지 않기에 바드란고는 자신이 잘못 본 걸로 여길 수밖에 없었다. 그래도 혹시나 하는 마음에 두 눈을 부릅떠 보았지만 역시 아무것도 보이지 않았다.

'잘못 봤나 보군.'

그냥 새 같은 것이었을 것이다. 독수리 따위의 큰 새.

❖　　❖　　❖

모두의 게르에서 정찰 내용을 보고받던 아라아탄이 벌떡 일어났다. 동요하는 일이 거의 없는 그의 표정이 일그러진다.

「전부?」

「예, 주군. 서쪽으로 정찰 갔던 전사들 전부입니다.」

아라아탄이 입술을 꾹 깨물었다. 푸른 눈동자가 어둡게 가라앉는다.

「정찰을 몇이나 보냈지?」

「열 명입니다.」

본지를 중심으로 주변을 끊임없이 정찰한다. 복속을 거부한 자들, 복수를 원하는 자들. 고예의 공격이 아니더라도 위협은 쉴 새 없이 있다.

「……」

아라아탄이 손바닥으로 이마를 짚었다.

이곳에선 살아갈 수 없는데. 올겨울, 모두 함께 얼어붙은 강을 건너 대륙으로 내려가야 하는데. 그것이 유일한 방법인데도 그것을 받아들이지 못하는 무리가 있다. 힘으로 굴복시키고, 달콤한 말로 어르고 달래도 따르지 않는 자들이 있다. 밖에서 날아드는 칼, 화살보다 안에서 퍼지는 그 독이 더 위험한 법인데.

「망루에선 별다른 말이 없었잖아?」

「그게…… 우넨치 님의 행로를 살피느라 서쪽을 제대로 보지 않았다고 실토했습니다. 저어, 밤바로시 잔당들의 짓이 아니겠습니까?」

아라아탄이 치미는 분노를 억눌렀다. 지금과 같은 때에 태만을 부리다니.

「망루 전사들에 대한 처벌은 다녀와서 하겠다. 수색에 나설 전사들 스무 명을 차출해라. 내가 직접 지휘한다.」

「예, 주군.」

곰을 신으로 모시는 밤바로시족은 최후까지 벨트렉족과 규합되는 것을 거부했다. 그들은 뿔뿔이 흩어진 채 툭하면 자객을 보내왔고, 사냥 등의 이유로 본지에서 떨어져 나온 벨트렉족을 공격했다. 치명적인 부상은 아니어도 그들로 인한 잔 상처는 그렇게 계속 쌓였다.

그런데 가만, 열 명이 한 조로 움직이는 정찰조를 일시에 제거할 만큼 밤바로시 놈들이 많이 남아 있었던가?

얼마 전 젖비린내 나는 어린것들이 밤바로시의 전사랍시고 숨어들어 온 일이 생각난다.

「잠깐.」

「예?」

나가려는 전사를 아라아탄이 다시 불러 세웠다. 그가 의아한 듯 뒤돌아선다.

「수색대를 마흔으로 늘린다.」

「예?」

「멍청하게 되묻지 말고 시키는 대로 해.」

「아, 예! 주군!」

당황한 듯 두 눈을 크게 떴던 전사가 급히 큰 목소리로 대답했다.

전사가 나가자 아라아탄은 의자에 걸터앉아 머리를 쓸어 넘겼다. 그의 표정이 차갑게 굳었다.

밤바로시족이 아니라면, 감히 서쪽 숲까지 기어들어 올 놈들은…….

'서왕부가 벌써 움직였어?'

그래, 그들이다.

황자의 수족. 대륙 서쪽의 번왕, 서왕. 황자의 명을 받았든 자체적으로 판단한 것이든 그자가 대초원을 살피러 왔다.

이파는 어딘지 모르게 어수선한 분위기에 미간을 좁혔다. 활기찬 느낌과는 분명 달랐다. 왜인지 불길하고 음습한 공기. 심장이 불안하게 뛴다.

"샤귀, 무슨 일이 있는 것이냐?"

"서쪽으로 정찰 나갔던 전사들이 복귀하지 않은 모양입니다."

"복귀하지 않다니?"

샤귀는 자세한 설명 없이 입을 다물었다.

"샤귀."

이파는 물러서지 않고 설명을 요구했다. 결국 한숨을 얕게 내쉰 샤귀가 말간 눈을 들어 이파를 올려다보았다.

"공주님께서 아라아탄 님의 비가 되실 거라면 옛일도 아셔야 하겠지요. 말씀드리겠습니다. 에느렐 님의 일을 보셨지요?"

느닷없이 튀어 나온 이름에 이파가 흠칫했다.

기억초가 만들어낸 몽리. 그곳에서 느낀 타인의 상실, 절망, 슬픔, 공허. 살아가면서 응당 섞여들 기쁨 따위가 완전히 제거된 그 감정들은 순수해서 치명적이었다. 그래서 되도록 잊고 싶었다. 에느렐, 그 이름 또한.

그러나 벨트렉족은 그녀에게 망각을 허락하지 않을 모양이다.

"그때, 아라아탄 님께서 왜 늦으셨는지 아십니까?"

이파는 고개를 저었다.

"벨트렉족 전사들이 왜 그토록 속수무책이었는지는 짐작이 가십니까?"

"……."

이파가 입술을 지르물었다. 샥귀가 냉소적인 말투로 말을 이었다.

"당시 아라아탄 님은 밤바로시 족장과 담판을 짓기 위해 자리를 비우신 상태였습니다."

"밤바로시족이라면……."

"현재는 대초원 서쪽에 그 잔당들이 남아 있는 곰의 부족입니다. 아르슬랑 님 이전 이 초원에서 가장 강한 부족이었던 밤바로시족은 자신들이 중심이 아닌 초원의 통합을 곱게 보지 않았어요."

"그들이 회담을 제안했느냐?"

"예. 그리고 아라아탄 님은 그에 응했습니다."

샥귀가 잠시 말을 멈추었다.

이파는 직감했다.

그들이 아라아탄을 속였다. 밤바로시족이, 벨트렉족을 속였다.

"그렇게 아라아탄 님께서 자리를 비운 사이 적들이 기습해 왔습니다."

그래서 싸우지 못한 것이다.

적의 손에, 자신들의 왕이 있을까 봐.

자신들이 반격하면 행여 왕께 위해가 가해질까 봐.

"비겁하다고 생각하세요?"

이파는 대답하지 않았다. 그 기습으로 인해 많은 것을 잃었을 벨트렉족 앞에서, 머릿속 생각을 고스란히 다 말할 만큼 어리석지는 않다.

밤바로시족이 비겁한 수를 썼을지는 몰라도 틀렸다고는 할 수 없었다. 죽이지 않으면 죽는 싸움. 어떻게든 이기려는 자들의 전쟁. 그 전장에 수단과 방법의 정당함 따위가 설 자리는 없다. 지금의 이파, 그녀처럼.

"양동작전이었습니다. 밤바로시족 움직임은 충분히 주시하고 있었어요. 그들은 고예를 끌어들였습니다."

이파가 순간 숨을 들이켰다.

"고예를, 끌어들여?"

그녀의 목소리가 갈라졌다.

누가 공격을 했는지 보았느냐고 묻던 아라아탄의 목소리가 생각난다.

"그 부분에 새삼 충격받으실 것은 없지 않나요? 그때 일이 아니더라도, 고예인들은 우릴 짐승만도 못하게 여기며 내처 도륙해 왔으니까요."

"……."

"밤바로시족은 고예가 올 수 있도록 서쪽의 길을 열어주고, 우리의 본지를 알려주었어요. 우리가 무너지면 다음이 자신들이라는 것을 알면서도 당장 눈앞의 적을 없애기 위해 미래의 적에게 협조한 겁니다."

샥귀가 쌀쌀맞게 이파를 바라보았다.

"어쨌든 저는 그때 본지에 있지 않았고 너무 어렸기 때문에 정확한 사정은 알지 못합니다. 하지만 당시 아라아탄 님께서 없었다고 해도 그렇게 속수무책으로 당할 정도는 아니었다는 것쯤은 알아요."

아라아탄을 염려하여 에느렐은 반격을 지시하지 않았다. 전사들도 반격을 시도하지 않았다.

그들은 아라아탄을 위해 다른 모든 것을 버린 것이다. 자기 자신까지도.

"아라아탄은 어떻게 돌아왔지?"

"아라아탄 님과 함께 밤바로시족 본지에 간 전사들 중 돌아온 자는 아무도 없습니다. 이걸로 답이 될까요?"

이파의 두 눈이 무겁게 감겼다.

초원의 대통합을 꿈꾸며 밤바로시족 본지에 갔다. 그러나 그곳에 함께 갔던 이들과 함께 돌아오지 못했고, 되돌아온 본지는 붉은 바다였다. 피와 불이 넘실대는.

"그 뒤, 밤바로시족은 언제나 우리의 적이었어요. 밤바로시를 자칭하는 자는 어린것들, 늙은것들 가리지 않고 척결해 왔죠."

"……."

"서쪽으로 간 전사들이 돌아오지 않았다는 것은 바로 그 밤바로시족에게 공격받았을 수도 있다는 뜻이에요. 아라아탄 님께서 직접 가서 그들을 제거하고 오실 겁니다."

이파는 중앙으로 모여드는 전사들을 바라보았다. 그들이 향하는 곳 가장 앞, 천마에 올라 탄 아라아탄이 있다.

'아라아탄……'

이파는 그의 어깨에 얹어진 무거운 목숨들을 보았다.

속인 쪽이 나쁘다는 건 약자의 변명이다. 그들의 제안에 응한 것은 아라아탄이다. 그의 결정으로 인해 벨트렉족은 거의 와해될 뻔했고, 에느렐을 비롯한 수많은 이들이 죽었다. 그것은 온전히 아라아탄의 죄와 책임이 되어, 그를 짓누른다.

그 무게가 새삼 무거워서 이파는 숨이 막혔다. 언제나 무심해 보이는 그가 지고 있는 것이 무겁고, 그가 걸어온 길이 무겁고, 그가 걸어가야 할 길들이 또한 무겁다. 제 한 목숨 생각하기도 벅찬 삶인데, 너무 많은 이의 목숨을 짊어진 그 어깨가 안쓰럽다.

애초에 각오가 다르다. 그녀의 어깨엔 그녀 하나, 그의 어깨엔 모든 벨트렉족이.

그와 순간 눈이 마주쳤다. 모든 것이 정지된 듯, 오직 그만 보였다. 무심한 눈으로 이파를 바라보던 아라아탄이 고개를 살짝 기울이더니 말에서 훌쩍 뛰어내렸다. 전사들이 좌우로 갈라지며 길을 만들었다. 그는 곧장 이파에게로 걸어왔다.

"아······."

"이파."

"아라아탄······."

유리알 같은 눈동자가 그녀를 본다. 그의 눈에 넘치던 생기를 빼앗은 것은 고예다. 고예가 밤바로시족과 손을 잡고 그를 기만하고 속여, 그에게서 사랑하는 누이를 빼앗고, 신애하는 전사들을 빼앗았다.

적국의 공주. 그 공주의 손을 잡아 부족의 앞날을 열려는 초원의 왕. 단단한 마음속에도 여린 부분이 있고, 무심한 눈빛 속에도 상처는 있을진대 기실 드러나지 않는 그의 부분들은 전부 만신창이인 것은 아닐까.

"배웅이야?"

"그것이······."

"영광인데."

그가 조금 힘없어 보인다.

"게르로 돌아가 있어. 그댈 지킬 전사 몇을 보내줄게."

그의 손을 잡아주고 싶은데, 그의 곁을 지켜주고 싶은데. 그래도 되는 것일까?

"······."

"이파? 그대, 어디 아파?"

누군가 또 죽을지도 모르는 길을 가면서, 그는 그녀 걱정을 한다. 저 무심한 목소리로 다정을 이야기한다. 그 모순에 이파의 심장이 꽉 조여든다.

아라아탄은 에느렐을 죽인 자들의 이야기를 하지 않았다. 고예를 탓하지도, 밤바로시를 욕하지도 않았다. 그저 예쁜 누이였다고만 말했다. 그러니까 굳이 이 자리에서 그때 일을 묻지 말자. 어설프게 미안해하지도 말자. 그녀에겐 그의 슬픔을 물을 자격이 없다.

"조심…… 하시오."

단지 그의 무사를 빌자.

바람이 분다. 조금은 습한 바람. 어렵게 내뱉은 이파의 말이 바람 소리에 묻혀 흐려졌다.

아라아탄이 쓱 손을 뻗는다. 또록또록 눈알을 굴리며 그를 어떤 표정으로 봐야 할지 고민하던 이파의 턱을 붙잡고서 들어 올린다.

「우우!」

「아라아탄! 아라아탄!」

전사들이 일제히 야유하며 환호했다. 야유와 환호를 동시에 하다니, 조금 괴이쩍다.

'아……'

입술이 닿는다. 몰랑몰랑한 감촉. 부드럽고 달콤하다. 그 입맞춤이 너무 다정해서 이파는 순간 울고 싶었다.

그의 입술이 떨어진다. 이파는 멍하니 눈을 뜬 채 그를 바라보았다.

"눈은 감는 거야, 이파."

그가 장난스럽게 이파의 미간을 톡 쳤다. 이파의 뺨이 발갛게 변했다. 그 모습에 전사들이 낄낄 웃음을 터뜨렸다.

"이, 무, 무슨⋯⋯."

"당신을 내게 묶습니다."

"에?"

"다녀올게."

그가 손목을 들어 보였다. 색실로 만들어진 팔찌가 그의 손목에 얌전히 채워져 있다.

"⋯⋯."

"잘 다녀오라고 해줘."

그가 흘리듯 청한다. 화들짝 놀란 이파가 겨우 목소리를 내뱉는다.

"조심히, 다녀오시오."

'조심하시오'가 아닌 '조심히 다녀오시오'였다. 곧 다시 만날 것이라는 암시하는 낯선 인사.

아라아탄이 그녀의 이마에 다시 한 번 입을 맞추고는 뒤돌아섰다. 사춘기 소년처럼 눈빛을 반짝이는 전사들이 또다시 우우 야유 비슷한 환호를 보낸다.

'아라아탄. 그댄 내가 밉지 아니하오?'

묻고 싶었지만, 물음은 혀끝을 맴돌다 사라졌다.

「아라아탄 님!」

그때, 뒤에서 다급한 목소리가 들려왔다. 멀어지던 아라아탄이 멈추어 고개 돌렸다. 이파도 그를 따라 뒤를 바라보았다.

'전사 바드란고?'

이파도 아는 얼굴이었다.

「바드란고?」

「저도 데려가 주십시오!」

바드란고가 간절히 청했다. 그의 손끝이 덜덜 떨리고 있었다.

「그댄 본지를 지키라고 했잖아.」

「연……. 연 같은 것을 보았었습니다. 서쪽 숲에서 분명 무언가 가 잠깐 날아올랐는데……. 독수리인 줄 알았습니다. 그냥 새인 줄 알았습니다. 제가…… 녀석들을 붙잡지 않았습니다. 붙잡았어 야 했는데, 말렸어야 했는데, 제가…….」

그는 정신 나간 듯 횡설수설했다. 그의 말을 가만히 듣고 있던 아라아탄이 손을 들었다. 그의 손이 이내 빠르게 바드란고의 뺨을 후려쳤다. 철썩! 뺨을 맞은 바드란고의 동공이 크게 열렸다. 그의 표정이 충격으로 일그러진다.

「정신 차려, 바드란고. 알아듣게 말해.」

아라아탄이 차갑게 명했다.

조금쯤 정신이 들었을까. 시선을 아래로 떨군 바드란고가 마른 침을 삼킨다. 두 눈을 길게 감았다 뜬 그가 다시 고개를 들었다. 두려움으로 흔들리던 그의 눈동자가 잠잠해진다.

생각을 정리하듯 입술을 몇 번 달싹이던 그가 마침내 입을 열었 다. 제법 차분해진 목소리가 흘러나왔다.

「자우하와 체츠, 다르길이 서쪽 숲으로 갔습니다, 주군.」

투득투득—

일 년에 몇 번 내리지 않는 비가, 내리기 시작했다.

❖　　❖　　❖

「금방 비가 올 것 같은데?」

다르길이 하늘을 보며 중얼거렸다.

「서두르자. 비 내리면 흔적 다 지워지잖아. 내리라고, 내리라고 그렇게 제를 지낼 땐 안 내리더니 왜 하필 지금 내리려는 거야?」

체츠가 수다스럽게 일행을 재촉했다. 서쪽 숲의 입구였다. 동시에 천마에서 내린 세 사람이 걸음을 재촉했다. 대초원의 서쪽 숲은 본지에서 가깝다는 이점이 있지만 규모 자체는 크지 않아서 천마를 타고 사냥하기는 불가능했다.

「토끼나 두어 마리 잡아가면 좋겠다.」

체츠가 히죽거렸다.

「사내놈이 토끼가 뭐냐? 바드란고보다 큰 놈으로 잡아갈 거라며?」

자우하가 핀잔을 줬다. 킬킬 웃던 체츠가 문득 멈춰 서서 고개를 갸웃거렸다. 유독 귀가 밝은 그였다.

「잠깐. 무슨 소리 들리지 않았어?」

「소리? 무슨 소리?」

자우하가 고개를 갸웃거렸다.

「분명 무슨 소리가 들린 것 같은데……. 어? 이거 피 아냐?」

주변을 두리번거리던 체츠가 두 눈을 끔뻑거렸다. 핏방울이 길게 이어져 있었다.

「뭐지? 누가 먼저 왔었나?」

「정찰조 전사들이 온 김에 저녁거리라도 잡은 거 아니겠어?」

대수롭지 않게 대꾸하는 자우하를 체츠가 순간 홱 밀쳤다.

「윽! 무슨 짓이야, 체츠!」

다르길의 몸에 패대기쳐진 자우하가 두 눈을 부릅떴다. 다음 순간 그녀의 표정이 멍하게 굳었다. 체츠는 이해하기 싫다는 듯한 표정으로 제 가슴에 박힌 화살을 쳐다보았다.

「뭐야, 이게…….」

체츠가 혼잣말처럼 중얼거렸다. 지독히 현실감이 없었다.

화살이라니? 내 가슴에 느닷없이 화살이라니. 나도 모르는 사이, 자우하를 놀랠 장난질을 꾸민 것일까? 차라리 그렇게 생각하고 싶었다.

그러나 전사의 본능은 예민하게 곤두섰다. 훤히 열린 귀를 통해, 기어이 재차 들려온다. 아까 그 소리가.

「으으…….」

그것은 가느다란 신음이었다. 아직 끊어지지 않은 사람의 것. 고통에 몸부림칠 힘도 없어 그저 체념한 소리. 바람에 이는 나뭇잎 소리에 묻힐 만큼 작고도 연약한 호흡.

「젠장…….」

화살을 한 번 건드려 본 체츠가 몸의 균형을 잃고 무너진다.

「체츠!」

벌떡 일어난 다르길이 무기를 뽑아 들고 체츠에게 가려고 했다. 그 순간 정신을 번쩍 차린 체츠가 소리쳤다.

「멍청아! 내가 아니라 자우하를 지켜! 뒤로 가!」

다르길이 엉거주춤 물러섰다. 다르길이 잠깐 서 있던 자리에 화살이 우수수 쏟아졌다. 상대는 못 해도 열다섯이다. 많으면 서른도 넘을 것이다.

'그 정도나 되는 숫자가 아직도 서쪽 대초원에 있단 말이야? 정찰조는 도대체 뭘 한 거야? 대체 왜 본지에 알리지 않고……'

흐릿해지는 정신을 붙들며 체츠는 화살이 날아오는 곳을 노려보았다.

「쿨럭! 빌어먹을……」

피가 기침에 섞여 있다. 체츠의 안색이 검어졌다.

이 감각은 틀림없다. 급소를 맞았다.

'여기서 죽어? 이렇게 허무하게?'

죽음을 염두에 두지 않았던 때는 없었다. 그는 자랑스러운 벨트렉족 전사. 언제나 주군을 위해 죽을 각오를 다져왔다. 그리고 그 죽음은 이곳 초원이 아닌, 저 산맥 넘어 대륙에서 맞이할 것이라고 믿었다. 살기 위해 처절하게 싸우다가 승리하거나, 혹은 죽을 거라고 막연히 생각해 왔다. 이렇게 허무하게 죽을 줄은 정녕 몰랐다.

「쿨럭! 가라, 자우하, 다르길! 당장!」

나무 뒤로 몸을 피하며 체츠가 소리쳤다. 정신이 혼미했지만, 곧 죽을 것이 틀림없지만, 그래도 지금은 눈 감을 때가 아니었다.

「체츠!」

「가라고! 쿨럭, 이 멍청이들아!」

적의 위치는 대충 파악했다. 그들 셋 모두가 사정거리에 들어가기 전에 적 중 누군가가 시위를 놓은 것이 천만다행이었다. 긴장한 까닭에 실수한 것일 수도 있고, 단지 동료들보다 먼저 사냥감을 노리고 싶었던 것일지도 모른다. 어느 쪽이든 체츠에겐 감사할 일이었다.

「싫어! 그렇게는 못 해! 전사는 동료를 버리지 않아!」

「헛소리 마, 자우하!」

자우하의 고집에 체츠가 윽박질렀다.

「헛소린지 아닌지 알게 뭐야?」

자우하가 고집부린다. 저 고집은 그 누구도 말리지 못한다. 체츠는 물론이고 다르길도, 바드란고도 자우하의 고집은 단 한 번도 꺾어본 적이 없다. 윽박질러서 될 일이 아니라면, 청해야 한다.

체츠가 애원조로 말투를 바꾸었다.

「자우하, 내 말 들어. 쿨럭, 제발 이번 한 번만. 내가 곧 뒤따라갈 테니까…… 쿨럭쿨럭.」

「체츠? 너 괜찮아?」

기침이 쏟아져 나왔다. 머리가 핑핑 돌고 당장에라도 쓰러질 것 같았다. 체츠는 이를 악물고 고통을 참았다. 적이 움직이는 소리가 들린다. 다가오고 있다. 이쪽은 기껏해야 셋. 거기다가 한 사람은 치명상을 당했다. 적은 이미 그 사실을 알아챘다. 시간이 얼마 없다.

「체츠! 체츠!」

체츠는 입을 틀어막았다. 기침을 할 때마다 아찔한 고통이 엄습해 온다. 이번에는 기침이 한 번 터지면 멈추지 않을 것 같다. 그러면 자우하는 가지 않겠다고 고집을 부릴 것이다. 전사는 동료를 버리지 않는다고, 가족과 같이 소중한 이를 뒤에 남겨둘 수는 없다고.

하지만 그래선 안 된다. 셋 다 죽을 뿐이다.

'제발, 다르길. 내 말 들어. 자우하를 데리고 가……'

체츠가 속으로 애원했다. 그 뜻이 비로소 통했을까.

「가자, 자우하.」

다르길의 목소리가 들렸다. 체츠가 창백해진 얼굴로 반색을 했다.

「놔! 당장 놔, 다르길!」

「체츠가 곧 따라오겠다고 하잖아.」

「싫어. 싫다고!」

체츠는 반항하는 자우하를 향해 마지막 힘을 쥐어짜서 소리쳤다.

「억지 부리지 마, 자우하! 내가 뒤따라간다고 하잖아! 설마 나를 못 믿어?」

믿음을 팔았다. 나를 믿으면 돌아가라고. 뒤따라간다는 내 말을 의심하지 말라고. 모두가 뻔히 아는 거짓을 지껄였다.

타악!

화살이 더 가까운 곳에서 날아왔다. 허공을 가르는 그 소리에 정신이 아찔해진다.

「얼른 따라와라, 체츠!」

다르길이 소리쳤다. 아마 살아서 듣는 다르길의 마지막 목소리일 것이다. 체츠가 힘없이 웃었다.

'내가 너희를 지켜줄게, 언제나 그랬듯이.'

정신이 꺼져 간다. 그래도 아직은, 아직은 견딜 수 있다.

체츠는 이를 악물고서, 활 쏘는 데 방해가 되지 않도록 가슴에 꽂힌 화살을 뽑았다. 피가 꿀렁꿀렁 쏟아져 나온다. 의복을 검붉게 적시는 피에서 눈을 떼고서 등에 메고 있던 활을 들었다. 접근하지 말라는 위협의 의미로 적들이 다가오는 쪽을 향해 화살을 쏘았다.

울컥 울음이 터질 것 같았다.

'아라아탄 님······.'

전장이 아닌 이따위 곳에서 이렇게 형편없는 최후라니, 전사로서 실격이다. 억울하고, 서럽다.

'다르길, 자우하······.'

그래도 전우의 뒤를 지켜줄 수 있다면 그것으로 행복하다고, 적들의 발을 아주 조금만 더 묶어둘 수 있다면 충분하다고, 그렇게 믿자.

'늑대의 가호를······.'

다시 또 활시위를 놓는다.

「적은?」

「흔적이 없습니다.」

툭툭 내리던 빗줄기가 더욱 굵어졌다. 나뭇잎에 떨어지는 빗소리는 초원에서 듣는 것보다 더 웅장하게 들렸다.

아라아탄은 무심한 눈으로 죽은 자들을 응시했다.

확인된 벨트렉족 희생자는 다 해서 열두 명.

정찰조 열 명이 죽었고, 그들의 미귀환 사실을 모르고 서쪽 숲으로 사냥을 나왔던 체츠와 다르길도 죽었다. 그 와중에 체츠는 적군 셋을 죽였다. 셋이 함께 도망갈 수 없다는 판단하에 스스로 미끼가 된 듯했다. 죽어가면서까지 시간을 벌었지만 체츠가 그토록 지키고자 했던 다르길은 그와 조금 떨어진 곳에서 발견되었다. 다르길의 주변에도 난투의 흔적이 역력했다.

「서른 명 이상이 잠복해 있었습니다.」

「그걸 눈치 못 챘다고?」

「송구합니다, 주군. 그 정도의 반군이 남아 있으리란 생각을 못 했습니다. 두 달 전, 밤바로시족 잔당들 대부분을 소탕하지 않았습니까? 밤바로시족 전사들은 그때 거의 다 제거했고, 달아난 것들은 늙은이나 아이들뿐이라서…….」

누군가가 웅얼웅얼 변명한다. 그 말을 한 귀로 흘려들으며 아라아탄은 체츠의 주검 앞에 꿇어앉았다.

「아직도 모르겠어? 밤바로시가 아니야.」

밤바로시족에 남아 있는 것은 생각 없는 어린것들과 제 몸 하나 건사 못 할 늙은것들. 그것들이 영특하게도 서왕과 황자 진파에게 정보를 팔아넘기고 있는 것이다.

공주가 이곳에 와 있다. 지금까지보다 더 깊숙이 정찰을 보내는 게 당연하다. 왜 그걸 간과했는가.

「서왕부가 침투해 왔어.」

「예?」

흐르는 침묵을 뒤로한 채 아라아탄은 하염없이 체츠의 뺨을 어루만졌다.

밤바로시족이 먼저 그들을 거부했다. 그래도 같은 피를 타고나, 같은 곳에서 살아온 이들. 하나 될 수 있을 거라고 믿었던 아라아탄을 배반한 것은 그들이었다. 그때의 헛된 믿음이 너무 많은 희생을 불렀다. 한 번의 잘못된 판단이 너무도 쉽게 소중한 목숨들을 꺾었다.

그래서 아라아탄은 더 이상 믿지 않기로 했다. 그 무엇에도 쉽게 마음 주지 않기로 했다. 그릇된 믿음은 현안을 가리고, 내어준 마음은 잘못된 길을 택하게 할 뿐이니까.

그래도 이 아이는 조금 아꼈는데. 체츠, 다르길, 바드란고, 자우하. 그 넷이 함께 어울려 다니는 것을 보면 조금은 즐거웠는데. 계집 하나를 웃겨보겠다고 절절매던 그 모습을, 내가 더 잘났네 네가 더 못났네 하며 아옹다옹하던 그 모습을, 언제까지고 볼 수 있기를 바라곤 했는데.

「주군, 괜찮으십니까?」

피를 나눈 혈육은 이미 다 잃었는데, 이젠 피를 나누지 않은 벗마저 잃고 있다.

옳은 길이라고 생각해도 막상 지나고 보면 그른 길인데, 이대로 앞으로 가도 되는 것일까.

「무엇이?」

「안색이 안 좋으십니다.」

「……비를 맞아서.」

아라아탄이 천천히 몸을 일으켰다. 체츠에게서 시선을 거뒀다. 고개를 들어 하늘을 보았다.

찬비가 내린다. 가을이 지나가고 있다. 겨울이 오면. 겨울이 오기만 하면. 강물이 얼어붙는 그 계절이 와주기만 한다면. 저 동쪽으로 내려가 혼례를 치르고, 또 저 남쪽으로 넘어가서…….

아라아탄이 두 눈을 굳게 감았다 떴다. 감정이 물러난 눈빛이 차게 가라앉는다.

「자우하는 찾았나?」

「아직 찾지 못했습니다.」

「흩어져서 자우하를 찾아라. 교전은 금한다. 절대 혼자 행동하지 마라. 적과 만나면 연을 띄워라. 띄울 수 없는 상황이라면 도망쳐라. 다시 말하지만, 교전하지 마라. 바드란고를 포함해 전사 다섯은 수색에서 뺀다.」

바드란고가 일그러진 표정으로 소리쳤다.

「하지만 주군!」

「바드란고는 나를 지켜라.」

아라아탄은 확고했다. 적과의 교전을 금했다. 바드란고는 적을 찾는다면 그 명을 분명 어길 것이다. 이를 악물고 부들부들 떠는 바드란고를 남겨둔 채 전사들은 무리 지어 흩어졌다.

비가 내린다. 내내 내리지 않던 비가 하필 지금 내린다. 적의 흔적을 지우며 내린다.

「바드란고, 나중에…….」

바드란고가 고개를 들었다. 아라아탄은 허공을 바라보고 있었다.

「황자는 내가 갈기갈기 찢어도 될까?」

「예?」

「서왕은 그대에게 주마. 그자는 그대가 가져. 하지만 황자는 그 누구에게도 양보하고 싶지 않다. 내 손으로 찢게 해다오.」

툭툭툭툭―

빗발이 거세진다. 남겨진 전사들이 침묵하는 가운데 사위 가득 빗소리만 요란하다.

「주군…….」

이것은 서왕부의 짓이고, 황자의 짓이다. 밤바로시족 잔당을 회유하여 벨트렉족의 정찰 경로, 정찰 인원 등을 파악하고 매복했을 것이다. 본디 정찰조의 한 사람쯤 생포하려고 했겠지만 아쉽게도 어쩌다 보니 실패해 버렸고, 때마침 나타난 세 사람 중 한 사람을 잡아간 것이다.

죽이겠다. 언젠가, 그들을 죽이고야 말겠다.

「전사들을 수습해. 비가 너무 차다. 이 찬 곳에 오래 두고 싶지 않아.」

「예, 주군.」

「정찰 횟수를 늘리고, 인원을 확충한다. 겨울이 온다. 우리는 살아남아.」

　조금은 평온해 보이는 체츠의 마지막 얼굴을 아라아탄은 두 눈에 재차 새겨 넣었다. 체츠는 자신의 오랜 벗이 무사히 달아났을 거라고 최후의 순간 믿었을 것이다. 그렇게 믿을 수 있어서 차라리 다행이었다.

　'체츠, 용맹한 늑대의 전사여.'

　살아남아서, 언젠가 갈기갈기 찢어놔야지.

　죽음보다 더한 삶을.

　차라리 죽음을 바라게 될 그런 고통을.

　부질없는 미움과 증오가 쌓인다.

　울음 없는 날이다.

7장

휘몰아치는 밤

전사들이 죽었다.

황족으로 살면서 죽음을 접해보지 않았겠느냐마는, 초원에서 겪는 죽음은 그 무게가 달랐다. 바로 어제까지만 해도 눈인사를 주고받았고, 알아듣지 못할 말로 농담을 건네오던 이들이었다.

초원은 아닌 것 같다고, 길이 아닌 줄 알면서도 고예로 되돌아가려던 그때, 이파는 그들을 만났다. 바드란고, 자우하, 체츠, 다르길. 네 전사가 그녀를 이곳으로 이끌어주었다. 그 넷 중 둘이 죽었고, 하나는 사라졌다. 비통함이 가슴 깊은 곳에 똬리 틀었다.

"아라아탄은?"

돌아온 인파에 아라아탄이 보이지 않았다. 불안했다.

"아라아탄 님께서는 '늑대의 호수'에 가셨다고 합니다."

복귀한 전사에게 들은 내용을 샤귀가 전해주었다.

"늑대의 호수?"

"아라아탄 님께서 종종 가시는 곳입니다."

"이렇게 비가 오는데 말이냐? 습격까지 있지 않았느냐?"

"호수 근처는 철저히 수색했다고 합니다. 위협이 될 만한 것은 없었다는군요."

"하지만!"

위협이 될 것은 없었다니. 설령 그렇다고 해도…….

이파가 입술을 질끈 깨물었다. 샤귀의 무정한 눈이 허공을 가르고 그녀에게 날아온다. 깊은 슬픔을 억눌러 더욱 담담하기만 한 그 시선에 이파는 막연한 두려움을 느꼈다.

이것이 이들의 삶이었다. 이렇게 매번 누군가는 죽고, 누군가는 남겨지는 것. 그것이 그들이 이 초원에서 견뎌온 삶이다.

아라아탄은 늘 그 죽음 속에서 살아왔다. 그의 선택에 매번 다른 이의 목숨이 오갔다. 그가 선택할 때마다 누군가는 죽었고, 누군가는 살았다. 제 선택 하나하나에 일족의 운명이 흔들리는 것을 느끼며, 그는 도대체 어떤 생각을 하였을까.

무심한 얼굴. 무감정한 눈동자. 그 모든 것들이 아무렇지 않게 보인다고 해서 정말 그 속이 괜찮을까.

'괜찮을 리가…….'

그를 만나고 싶다. 그를, 만나야겠다.

"나를 아라아탄에게 데려다 다오."

샤귀가 그녀를 반히 올려다보았다. 아무 말도 없어서 도리어 많은 말을 해주는 샥귀의 새파란 눈동자가 이내 감긴다.

"예, 공주님."

샥귀가 대답했다.

아라아탄.

투명하고도 무감각한 눈동자. 깎아놓은 듯 반듯한 외모. 나직하여 매혹적인 목소리. 무심한 듯 다정하여 아리송한 그. 모든 타인에 무심한 듯 보이지만, 다시 보면 언제나 모든 타인을 보고 있다. 그것을 알게 될수록 이파는 그에게 매혹된다.

위태로운 길을 걷는 자를 측은히 여기는 마음. 굳건하게 견디는 자를 경외하는 마음. 그 마음들이 겹겹이 쌓여 아라아탄에게로 흐른다. 자기인형이라면 더 믿을 수 있음 직한 그의 섬세한 손은, 믿을 수 없게도 무척 따뜻하다. 그래서 그의 무심한 얼굴 아래 숨은 것이 무엇인지 견딜 수 없게 궁금해진다.

"저는 이곳에서 기다리겠습니다."

호수로 통하는 길목엔 전사 몇이 경비를 서고 있었다. 샥귀는 그들을 대신해서 이파의 몸을 샅샅이 뒤졌다. 위험한 물건이 없는 것을 확인한 뒤에야 전사들은 이파를 들여보내 주었다.

비는 계속해서 내렸다. 으슬으슬 몸이 떨린다.

차디찬 가을비. 이 비가 그치면 겨울이 올까.

이파가 우뚝 멈추었다. 호수가 보였다. 물방울이 툭툭 떨어질 때마다 파문이 인다.

쉼 없이 떨어지는 비를 맞으며 아라아탄은 호수 안에 서 있었다. 늘 둥글게 말아 올렸던 머리를 풀고서 맑은 물에 몸을 맡긴다.

인기척에 그가 고개를 돌렸다. 시선이 마주친다.

"아, 저……."

이파가 무어라고 말을 건네려는데 아라아탄은 물속으로 쑥 들어가 버렸다. 민망해진 이파가 멋쩍은 표정을 했다. 그녀는 호숫가에 오도카니 서서 그를 기다렸다.

한참 후, 그가 물속에서 천천히 걸어 나왔다.

늘어진 그의 머리카락은 이파가 생각했던 것보다 길었고, 음영이 진 육신은 다부졌다. 그 아름다운 몸에 가득한 흉터를 보고 이파는 문득 생각했다.

그는 몇 번의 고비를 넘기고 이곳에 있는 것일까. 몇 번의 상실이 그를 뒤덮고, 몇 번의 절망이 그를 집어삼켰던 것일까.

"비가 차오. 고뿔 들겠소."

이파가 검은 두 눈을 감았다 떴다. 그녀는 그가 지나왔을 험난한 시간을 헤아리지 않기로 했다. 그것은 그녀가 짐작하거나 가늠할 수 있는 종류의 시간이 아닐 테니까.

"이 정도로 고뿔에 걸린다면 나는 진작 죽었을걸."

그가 젖은 의복을 대충 걸쳐 입으며 심드렁하게 대꾸했다. 빗물이 그런 그의 머리카락을 타고 툭툭 떨어졌다. 흘러내리는 머리가 귀찮은지 귀에 꽂아 넘기는 그는 어린 소년처럼 보였다.

"내가 공주보단 나이가 많아."

그녀의 생각을 읽은 듯이 그가 말했다. 지친 목소리다.

"그 정도는 나도 아오."

"그래?"

"누가 봐도 내가 더 어리지 않소?"

"그건 그러네."

아라아탄이 힘없이 웃었다.

울지 않는다. 그는 울지 않는다. 울음이 들리지 않는다. 눈빛은 침착하다. 흔들림 없다. 그런데 왜, 그 모든 것이 소리 없는 비명처럼 느껴지는가.

"저어…… 괜찮소?"

그것은 이파가 세상에 태어나서 한 모든 질문 중 가장 한심한 것이었다. 이파는 속으로 자신의 멍청함에 대해 욕설을 쏟아냈다.

"무엇이?"

매듭을 묶던 아라아탄이 살짝 눈썹을 찡그린다.

"전사를 잃었잖소."

이파가 그의 눈치를 살피며 작게 말했다.

"전사는 항상 잃어."

"아끼는 이들이었잖소?"

아라아탄의 입술이 반듯하게 다물린다. 유리알 같은 눈으로 이파를 쳐다본 그가 이내 더 이상은 할 말 없다는 듯 고개를 돌렸다.

왜인지 이대로 본지로 돌아간다면 내내 후회할 것 같았다.

그 막연한 불안감 때문이었을까?

"아라아탄."

이파는 손을 뻗었고, 그의 젖은 옷자락을 붙잡았다. 그녀 자신도 모르게 일어난 일이었다.

"왜?"

"……."

이파가 입술을 잘근거렸다.

그녀는 그에게서 소중한 이를 빼앗아가는 나라의 공주. 그의 소중한 전사를 죽이는 자의 누이. 황위계승전이니 뭐니 하는 것만 아니었다면 적으로 만났을 게 분명한 고예의 계집.

그 계집을 아라아탄은 어떻게 생각할까.

증오할까? 경멸할까?

적어도 좋아하진 못하겠지.

"이파?"

그의 것을 수도 없이 망가뜨린 주제에 살고 싶어서 살려달라고 이 땅에 왔다. 그들에게 당장 줄 수 있는 것도 아닌 미래를 들먹이 며 자신의 원군이 되어달라고 염치없게 청하였다. 당장에라도 허 물어져도 이상할 것 없는 이 사내에게, 왕이라는 이유로 그저 버 티고 서 있는 이 사내에게, 정녕 뻔뻔하게 매달렸다.

차라리 이곳에 오지 않았으면 나았을 것도 같다. 이국의 사내를 연민하는 일도, 동경하는 일도 없었을 테니까. 마음이 이토록 아 프고, 막막해질 일도 없었을 테니까.

"왜 울어?"

아라아탄이 묻는다. 조금은 놀란 듯 그의 눈동자가 커진다.

"그대가, 울지 못하잖아."

"무슨 뜻이야?"

이파는 울음을 목구멍 속으로 밀어 넣으며 그의 가슴에 이마를 기댔다. 그의 몸이 차갑게 얼어 있다. 잔뜩 젖어서 정말로 앓아눕지나 않을까 염려스럽다.

"잠시만…… 잠시만, 이리 있게 해주오."

이파가 그를 서툴게 끌어안았다. 그저 목석처럼 서 있던 그가 묻는다.

"나를 위로하는 거야?"

"……."

이파는 대답할 수 없었다.

"이 정도로는 나를 위로 못 해, 이파."

그의 목소리는 낮았고, 어쩐지 허무하게 들렸다.

"사람이 진짜로 안는다거나 안긴다는 건 이런 게 아니야."

이파가 그의 가슴에 대고 있던 이마를 떼었다. 천천히 고개를 들었다.

그럼 어떻게 해야 하느냐고, 적국의 계집이 무엇을 해주어도 되는 것이냐고 불쑥 따져 묻고 싶었다.

"아라아탄, 나는……."

미간을 잔뜩 누볐다가 편 이파가 아라아탄을 똑바로 올려다보았다. 무어라 말해야 할지 모르겠다는 표정을 짓고 있는 그녀를 보며 그가 흐리게 웃은 것도 같다.

굳이 말 따위는 필요 없다는 듯 그가 입술을 겹쳐 온다. 부드러운 숨결이 그녀에게 흘러든다. 이파는 그 따뜻한 숨결을 빨아들였다.

찬비를 맞아 그의 몸은 차게 얼어붙었는데, 그럼에도 숨결만큼은 여전히 따뜻했다.

그녀의 허리를 감싸고 있던 그의 손이 그녀의 가슴을 움켜쥔다. 움찔 놀란 이파가 탄성을 내뱉었다.

"아!"

크게 뜬 두 눈에 그가 비친다. 투명한 유리알 같은, 그저 무심하기 짝이 없는 그의 눈이 그녀를 보고 있다. 젖은 옷이 풀어헤쳐진다.

사람이 진짜로 안는다거나 안긴다는 건 어떤 걸까. 그저 포옹한 채 체온을 나누는 것 이상의 무엇이 있다면, 그것이 아라아탄을 위로할 수 있을까.

그럴 수 있다면. 그럴 수만 있다면…….

이파가 가만히 눈을 감았다.

툭툭툭툭. 나뭇잎에 떨어지는 빗방울 소리가 선연해진다. 그의 체중이 몸에 실리고, 등이 둥근 자갈땅에 닿는다. 완전히 벗겨지지 않은 채 풀어진 옷 사이로 그녀의 맨살이 드러났다.

"읏……."

신음을 참으려는 듯 이파가 입술을 깨물었다.

"벌려."

그가 귓가에 대고 탁하게 속삭였다.

"아라아탄……."

"벌려, 이파."

재차 말하며 그가 이내 그녀의 뻑뻑한 내부로 밀고 들어온다. 고통을 참는 이파의 안색이 하얗게 질려갔다. 그는 이파를 똑바로 내려다보며, 조금의 망설임도 없이 침입해 왔다.

"아프오⋯⋯."

"알아."

"아라아탄⋯⋯."

"참아."

"흐윽."

이파의 호흡이 점점 가빠졌다. 아라아탄의 움직임도 점점 더 거칠어졌다. 머릿속이 하얗게 텅 비어간다. 떨어지는 빗소리에 두 사람의 신음이 묻힌다.

이파는 맞닿은 살을 통해 그의 서늘한 체온을 느꼈다. 안으로 들어온 그로 인해, 그 어느 때보다 분명히 그를 인식할 수 있었다.

"아라아탄⋯⋯."

이파는 숨을 참으며 그를 꽉 끌어당겼다.

아프지만 분명히 알겠다. 지금 아라아탄은 이곳에 있다. 살아서 그녀의 곁에 있다. 그 사실에 더없이 안도하게 된다.

숨을 제대로 쉬지 못하고 허덕대는 그녀의 입술을 아라아탄이 깨물었다. 한 손으로 이파의 뒷머리를 감싸고, 다른 한 손으로는 이파의 허리를 감아 안았다. 이파는 손을 뻗어 그를 부여안았다. 네 개의 팔이 교차하며 서로를 서로에게 완전히 밀착시켰다. 전에 없이 강하게 서로를 느꼈다.

"하아⋯⋯."

그의 팔에서 천천히 힘이 빠지고, 그의 입술이 떨어진다. 그녀의 내부를 가득 채우던 낯선 것도 함께 빠져나갔다.

"하아, 하아……."

이파가 몽롱한 눈으로 아라아탄을 바라보았다.

"비가 와."

그의 음성이 평상시로 되돌아왔다.

"알고 있소."

이파가 희미하게 웃었다.

이걸로 되었을까? 그에게 조금의 위로나마 줄 수 있었을까?

"그대, 열이 나."

"괜찮소."

"거짓말 마."

두 사람은 서로를 바라보며 한동안 말이 없었다. 이파는 감정을 읽을 수 없는 그의 눈을 가만히 마주했다. 손을 뻗어 아라아탄의 머리를 감싸 안았다. 살짝 힘을 주자 그가 별 반항 없이 끌려와 그녀의 가슴에 이마를 기댔다.

"조심히 다녀왔소?"

이파가 물었다.

그가 숨을 들이켜는 소리가 들렸다.

짧은 침묵 후, 그가 대답했다.

"응."

이파는 잠시 눈을 감았다. 통증과 피로가 일시에 몰려든다. 그냥 이대로 자고 싶다.

「그대 잘못이 아니란 걸 알아. 그런데도 그댈 상처 주고 싶어 견딜 수가 없었어. 이런 나를 이해해?」

이파는 알아듣지 못했다. 가만가만 아라아탄의 등을 다독이다가, 가물거리는 정신마저 놓아버렸다.

대충 나무 밑에서 비를 피하고 있던 샥귀가 두 눈을 휘둥그레 떴다. 아라아탄이 이파를 안고서 걸어오고 있었다.

「아라아탄 님! 공주께 무슨 일이…….」

「열이 나. 기절했어.」

「예?」

샥귀가 놀라서 이파의 이마에 손을 짚었다. 안색이 창백하고 정말로 열이 나고 있었다. 온몸이 펄펄 끓는 것만 같다. 출발할 때만 해도 멀쩡했는데!

아라아탄이 더 무언가 물을 것 같은 샥귀에게서 고개를 돌려 경비를 서고 있던 전사들을 바라보았다.

「본지로 돌아간다.」

그들이 다가오는 것을 보고 아라아탄이 명했다.

「예, 주군.」

샥귀는 의문 가득한 눈으로 이파와 아라아탄을 쳐다보았다. 샥귀의 시선이 이파의 옷 매듭에서 멈추었다. 그녀가 매어준 모양이 아니었다.

「공주를 받아.」

전사에게 이파를 맡긴 아라아탄이 천마에 올라탔다.

「공주를 들어 올려.」

「예? 하지만 주군.」

「괜찮으니까 올려.」

망설이던 전사들이 이파를 들어 올렸다. 아라아탄은 그녀를 받아 앞에 앉힌 채 단단히 끌어안았다. 주인과 그 주인의 짝 이외에는 태우지 않는다는 천마. 그 천마가 얌전히 이파를 받아들인다. 그것은 이미 이파가 아라아탄의 비라는 뜻이었다. 제 주인이 허락한 계집에게 제 등을 허락하겠다는 인정이었다.

그것을 본 샤귀가 조금 씁쓸하게 웃었다. 다른 전사들도 놀란 눈으로 천마와 이파를 번갈아 바라보았다. 아무것도 모르는 공주만 무의식적으로 아라아탄의 품속으로 파고든다. 무언가 간절한 것을 붙잡듯, 놓치고 싶지 않은 어떤 것에 매달리듯, 그렇게 절박하게.

「가자.」

「예, 주군.」

아라아탄이 이파를 안았다. 초야를 치렀다.

그 자리의 모두가 그 사실을 알았다.

이파는 그대로 앓아누웠다. 지독한 몸살이었다.

「샤귀, 공주에게 무슨 소릴 했어?」

그녀의 이마를 짚으며 아라아탄이 물었다. 걱정스럽게 공주를 바라보고 있던 샤귀가 고개를 들었다.

「에느렐 님께서 돌아가시던 때의 이야기를 해드렸을 뿐이에요.」

「……」

「우리의 비가 되실 분이라면 우리가 겪어온 일들 정도는 알려드려도 되잖아요.」

「그것뿐이야?」

약간의 힐난이 섞인 눈빛이 샥귀에게 날아들었다.

「예?」

고예가 저지른 짓들. 살육, 살생. 그 잔인한 피, 죽음. 굳이 그것들을 샥귀가 이파에게 이야기한 까닭은 그녀를 괴롭게 하려는 이유였다. 이파의 곁에 있으며 그녀를 이용하지만, 그녀를 볼 때마다 제 부모를 죽인 황자 진파를 떠올려야만 하는 고통. 그 고통에 샥귀는 이따금 이파를 괴롭게 만드는 말들을 했다.

「쓸데없는 말을 하지 마, 샥귀. 네 심술을 눈감아주는 건 이번이 마지막이야.」

「예, 아라아탄 님.」

공손히 대답했지만 샥귀의 눈빛엔 반성의 기색이 전혀 없었다.

에느렐. 그녀는 7년 전 죽었다. 아라아탄의 부모인 아르슬랑과 아타르가 죽은 지 1년 만의 일이었다. 단 1년 만에 아라아탄은 피붙이 하나 없이 혼자가 되었다.

7년 전 대토벌은 망국 조(朝)의 공주이자 고예의 황후인 여인이 고예에 대한 제 충심을 증명하기 위해 계획되었다. 각자의 사정에 의해 밀약은 깨졌다. 아라아탄은 속았고, 당했고, 졌고, 잃었다. 고예 황후가 저지른 행동의 옳고 그름 따위 아라아탄은 판단하지 않았다. 그저 자신이 졌다는 것. 그래서 에느렐이 죽었다는 것. 그것만이 그에게 의미 있었다.

「황자도, 황후도 이 손으로 죽여.」

「…….」

「복수를 원하는 건 너만이 아니야.」

「예, 아라아탄 님. 알고 있습니다.」

샥귀가 공손히 고개를 떨구었다. 여전히 딱히 반성하는 목소리는 아니었다.

「나가 쉬어라, 샥귀. 공주의 곁엔 내가 있겠다.」

아라아탄이 샥귀에게서 눈을 거두었다. 끙끙 앓으면서도 제 옷자락을 놓지 않는 이파의 손을 포개어 잡았다.

「예.」

샥귀가 허리를 숙이고는 조용히 걸어 나갔다. 게르에는 아라아탄과 이파, 단둘만 남았다.

아라아탄은 신음하는 이파를 반히 응시하였다. 이제 막 성인의 범주에 들어선 어린 계집이었다. 그녀에겐 살기 위한 열망이 가득하다. 살아남을 수 있다면 무엇이든 버릴 준비가 되어 있다. 그것은 강박과도 같다.

「살고자 하는 건 나쁜 게 아니야. 하지만…….」

아라아탄은 해묵은 과거를 떠올렸다.

고예에 복속되는 것을 거부하며 최후까지 싸웠던 조의 왕을 떠올렸고, 그 왕에게 땅을 약속받고 그들과 함께 고예에 대적했던 아르슬랑과 아타르를 떠올렸다. 조와 벨트렉족은 연합하여 고예에 맞섰다. 그들은 고예의 공격 일시를 정확히 알고 있었다. 그들에겐 고예 황실에 지원군이 있었다.

황제에게 가장 가까운 자. 고예의 황후이자 조의 황녀였던 한 여인.

그녀는 자신이 파악할 수 있는 모든 정보를 조에 전했다. 그럼에도 조는 패했다. 절대적 전력의 차이는 극복되지 않았다.

조를 복속시킨 후, 고예 황제는 의심했다.

어떻게 조가 고예의 작전을 그토록 상세히 알고 있었을까?

고예 황후에게 간자 혐의가 돌아갔다. 황후는 자신이 간자가 아니라는 것을 증명하기 위해 조의 동맹이었던 벨트렉족을 쳤다. 제한 목숨 구걸하기 위해, 한때는 벗이었던 벨트렉족을 무참히 짓밟았다.

죽고 죽이고, 속고 속였던 그때의 일을 굳이 이파에게 구구절절 알려줄 생각은 없다.

「이파, 속으면 당하고 지면 잃어. 나는 속여서 치고 이겨서 얻을 거야.」

순진하게 믿어서 속고 당하고 지고 잃는 짓은 이미 많이 했으니까.

「그래도 나를 연민해 줘.」

아라아탄이 이파의 입술에 살짝 입 맞추었다. 이파가 선물한 귀속의 팔찌가 그의 손목에서 흔들거렸다.

고예의 황궁 북쪽 깊숙한 곳. 그 누구의 발길도 쉬이 허락하지 않는 곳. 그곳에 여름에도 한기가 드는 냉궁이 있다.

"결국 시작되어 버렸나요?"

몇 달 만에 찾은 얼굴이었다. 감히 황후에게 '간자' 라는 누명을 씌웠던 자. 죽어 마땅했으나 황자의 정실이라는 이유로 죽음은 면한 한 여자.

그 여인은 냉궁에 갇혀 앙상하게 말라 있었다.

"운영."

"이 죄인을 더 이상 그런 이름으로 부르지 마세요. 죄인에게 이름은 필요치 않답니다."

운영이 방긋 웃는다.

"이제 곧 모두 끝나오. 반드시 그대를 그대의 자리로 돌려놓겠소."

"아아, 전하. 어리석으신 분. 전하께서 생각하는 '모두' 와 이 죄인이 생각하는 '모두' 는 필시 다른 것이겠지요."

그 의미를 알아듣기 힘든 말이었다.

진파가 살짝 미간을 찌푸리자 운영이 천천히 몸을 일으켰다. 나긋나긋 걸어오는 그녀를 진파는 가만히 바라보았다. 헐벗은 몸. 드러난 곳마다 앙상하다. 뼈가 툭 도드라진 그녀의 육신에선 예전의 생기를 찾기 힘들었다.

"황자 전하."

운영이 진파의 뺨을 감쌌다. 그녀의 손가락은 무척 서늘했다.

"초원에는 그 왕의 슬픔을 먹고 자라는 '기억초' 라는 것이 있답니다. 그것은 황상께서 기르시던 '환상초' 와 같으면서 다른 것.

그것은 훨씬 더 야만적이며 통제 불가답니다."

운영의 두 눈은 초점 없어 몽롱했다. 약해 취한 듯도, 무언가에 홀린 듯도 했다.

"운영. 그대, 괜찮소?"

진파가 걱정스럽게 그녀를 바라보았다. 운영은 방긋방긋, 뜻 모를 웃음을 지었다.

"전하, 그들은 전하의 생각보다 위험하고 비열해요."

진파의 뺨을 어루만지던 운영의 손이 천천히 아래로 내려갔다. 그의 가슴을 손으로 꾹 누르며 이마를 기댔던 그녀의 몸이 한순간 허물어진다.

"운영!"

핏기가 없어진 그녀를 진파가 끌어안았다.

"전하, 잊지 마세요. 부디 기억하세요."

"그만 말하시오. 지친 것 같소."

운영이 입매를 끌어 올렸다. 하염없이 진파의 뺨을 어루만진다.

진파는 제 뺨을 어루만지는 그녀의 손을 포개어 잡고서 입술을 깨물었다.

"하오나 고예에 가장 위험한 자는 공주도, 초원의 왕도 아니랍니다. 그자는 이 황궁 안에 있어요. 그녀는 기어코 이 나라를, 우리의 고예를 망가뜨릴 거예요."

지친 듯 색색 몰아쉬는 운영의 호흡이 거칠다. 진파가 무슨 뜻이냐는 듯 미간을 좁혔다. 운영의 두 눈에서 초점이 꺼져 간다.

"왜 황후께서 공주를 후계로 지정하지 않고 계승전을 윤허했는

지 생각하세요. 그녀가 누구인지 잊지 마세요. 제발, 나의 부군이
시여……."

운영의 목소리가 잦아든다. 그녀의 몸이 축 늘어진다. 진파의
표정이 딱딱하게 굳는다. 그가 불안한 시선을 운영의 가슴으로 옮
겼다. 그녀의 가슴이 미약하게 오르락내리락하는 것을 보고서야
진파는 안도의 한숨을 내쉬었다.

"운영, 조금만 더 기다려 주오. 제좌에 올라 그대를 되찾을 테
니."

냉기 스미는 외딴 궁. 진파의 맹세엔 돌아오는 답이 없다.

동왕은 공주의 편지를 보았다. 공주가 무사한 것은 천만다행이
었으나, 그녀가 몸을 의탁한 이가 벨트렉족이라는 것이 마음에 걸
렸다.

"아라아탄 님께선 지난 일은 모두 묻어두고자 하십니다."

"내 누이가 한 짓을 잊겠다는 것인가?"

동왕이 헛웃음을 지었다.

"살아남는 데에 방법의 정당성은 중요치 않습니다, 왕야. 살아
남은 자가 승자이고, 승자의 선택이 정의입니다."

"……."

"공주께서 제좌에 오르면 우리 벨트렉족에게도 새 시대가 열리
는 겁니다. 아라아탄 님은 현명하고도 이성적이신 분. 지난 것에

휘둘리실 분이 아닙니다. 왕야께선 어떠십니까? 어떤 선택을 하시겠습니까?"

동왕은 우녠치를 바라보았다. 그리고 생각했다.

이파가 살아남아 제좌에 오른다면 아라아탄은 황제의 부군이 된다. 그것은 초원에서 살아남기 점점 더 어려워지는 벨트렉족이 선택할 수 있는 유일한 미래. 복수심에 눈이 멀어 그 모든 것을 망칠 만큼 아라아탄은 어리석지 않다. 그는 일족의 명운을 짊어진 초원의 왕. 왕으로서의 사명을 잊을 리 없다.

동왕은 빠르게 결정을 내렸다.

"국혼을 서두르도록 하지. 공주 전하를 되도록 빨리 모셔와 주게."

"원하는 바입니다, 왕야."

우녠치가 머리를 살짝 숙였다.

"언제 돌아갈 계획이지?"

"어둠을 틈 타 떠날 계획입니다."

"어둠이라……. 그래, 그렇겠지."

동왕이 자조하듯 말했다. 진파가 심어둔 간자를 걸러낸다고 걸러냈지만, 어딘가에 한두 놈은 남아 있을 것이다. 그들을 따돌리려면 역시 어두울 때가 제격이다.

"이만 나가 쉬게."

"쉬기 전에 꼭 보고 싶은 곳이 있습니다, 왕야."

"보고 싶은 곳?"

동왕이 의아해하는 표정을 지었다.

옛 조의 황궁은 무척 화려하고 아름다워 그 소문이 안팎으로 자자했지만, 현재의 동왕궁은 전혀 그렇지 않았다. 고예와의 전쟁으로 법궁은 모조리 불타 사라졌고, 이후 별궁을 증축하여 만든 것이 지금의 동왕궁이 되었다. 꼭 보고 싶다고 표현할 만큼 멋진 곳은 동왕궁 안에 없었다.

"우리의 왕께서 국혼을 올리실 장소를 보고 싶습니다, 왕야."

동왕의 의문을 해소시켜 주듯 우녠치가 설명했다.

"아아."

그제야 이해된다는 듯 동왕이 고개를 끄덕였다.

"가능하겠습니까?"

"아니 될 것이야 없지."

동왕이 흔쾌히 대답했다.

"장 상궁, 밖에 있느냐?"

"예, 전하. 소인 예 있사옵니다."

늙은 여인의 목소리가 들려왔다. 동왕이 우녠치를 바라보며 말했다.

"장 상궁이 안내해 줄 걸세."

"예, 그럼."

우녠치가 가볍게 허리를 숙였다.

곧 장 상궁을 따라 우녠치가 밖으로 나갔고, 동왕은 혼자 남았다.

혼자 남은 동왕은 탁자에 팔꿈치를 올리고 깍지를 꼈다. 그대로 눈을 내리떴다.

그는 누이를 떠올렸다.

'누이, 공주께서 왔소.'

조를 지키기 위해 스스로 적장의 부인이 되었던 누이. 꼭두각시 황후로서 그 무엇도 하지 못했던 누이. 끝내 제 부군의 손에 제 부모의 나라가 무너지는 것을 보아야만 했던 가엾은 아이. 그녀는 살아남기 위해 조에 원군을 보냈던 벨트렉족을 직접 섬멸하는 죄를 저질러야만 했다.

'이 오라비는 다만, 궁금할 뿐이오.'

황제가 죽고 제 소생의 공주를 차기 황제로 지명할 수 있는 상황에서 그녀는 오히려 계승전을 열었다. 덕분에 고예는 황자와 공주, 그 두 편으로 나뉘어 대립하고 있다. 황후는 상황을 그저 관망하며 섭정 황제로서 최소한의 정무만 본다.

'누이가 진정 원하는 게 무엇인지.'

동왕이 고개를 들었다. 위엄 있게 펼쳐진 열두 첩 병풍이 보인다. 그것은 그의 누이가 그렸다. 조의 명승지가 그려져 있고, 백성들이 그 속에서 웃고 있다. 아마도 그의 누이 또한 웃으며 그 모습을 화폭에 담았을 것이다.

그것은 이미 스무 해도 더 지난 일.

그때의 순간들이 불현듯 그리워진다. 사무치도록.

우넨치는 동왕궁을 거닐었다.

"둘러보시지요."

상궁은 다소곳이 눈을 내리깔고 있었다. 저를 주시는 자가 없다는 것을 재차 확인한 우넨치가 품속에 손을 집어넣었다. 속주머니에서 꺼낸 그것을 우넨치가 빠르게 흩뿌렸다.

은빛 씨앗이 햇살에 반짝이다 떨어진다.

'늦지 않게 자라라.'

그것은 자라 은빛 기억초가 되리라. 저 수많은 환상초 사이에 섞여, 아무도 모르게 피어나리라. 그 어떤 들꽃보다 빠르고 드넓게, 동왕궁 구석구석으로 퍼져 가리라.

'우리에게 내일을 다오.'

우넨치는 동왕궁을 떠나기 직전까지 남몰래 씨앗을 뿌렸다.

마침내 떠나야 하는 밤이 되었고, 동왕궁을 떠나는 그의 주머니는 텅 비어 있었다.

우넨치 일행을 보내고, 동왕은 오랜만에 후원에 나갔다. 아픈 기억이 있어 썩 좋아하지 않는 장소였다.

"전하, 바람이 찹니다. 안으로 드시지요."

그의 부모는 후원에서 죽었다. 많은 궁인들이 함께였다. 최후까지 그들은 싸웠지만 결국엔 고예를 이기지 못했다. 후원의 연못은 온통 붉게 물들어 몇 달이 지나도록 맑아지지 않았다.

"달이 밝구나."

염려하는 상궁의 말에 동왕은 딴소리를 했다. 어그러진 두 개의 달이 하늘을 가르고 있다. 그의 말처럼 달은 무척 밝았다.

"전하, 바람이 차옵니다."

상궁이 아랑곳하지 않고 재차 말했다. 동왕이 졌다는 듯 한숨을 내쉬었다.

"알겠다. 이만 들어가도록 하지."

"황녀 전하를 생각하셨지요?"

상궁이 무뜩 물었다. 한순간 탄식을 흘린 동왕이 씁쓸히 웃었다.

"그녀는 이제 황녀가 아니다."

"알고 있습니다, 전하. 그분은 이제 황후 폐하이시지요. 그래도 이 늙은이 눈엔 언제나 어리고 어여쁜 황녀 전하이십니다."

노상궁의 고집스러운 대꾸에 동왕의 눈매가 힘없이 휘었다.

"그러한가……."

천천히 걸어가던 동왕이 불현듯 멈추어 섰다.

"전하, 무어 잊고 온 것이라도 있으시옵니까?"

동왕은 고개를 저었다.

"아니다. 그저 환상초가 많이도 피었구나 싶어……."

그의 시선이 환상초 무리에 머물렀다. 달빛 받은 그것들은 은빛으로 반짝였다.

"예? 아……. 그렇습니다, 전하. 정말로 많이 피었사옵니다."

"해가 갈수록 늘어나는 것 같구나."

"내관들을 시켜 좀 뽑으오리까?"

"그럴 것 없다. 어차피 이곳은 황궁과 너무 멀어 독기조차 없지 않으냐? 꽃이 제법 어여쁘니 그냥 두어도 될 것이다. 겨울에는 저 것 말고 따로 필 것도 없으니."

"예, 전하. 혹 다른 화초가 상할 것 같으면, 그때는 조금 정돈하겠나이다."

"그리 하여라."

동왕이 다시 천천히 걷기 시작했다. 늙은 상궁이 다소곳이 그를 배종한다.

달빛 이르는 동왕궁.

이곳에 머무는 고요와 평온이 곧 깨어질 거짓임을 동왕은 안다.

─서약대로 공주를 오라버니께 맡깁니다.

오라버니의 전부를 바쳐, 그녀를 황제로 만드세요.

조(朝)에 영광을.

공주가 사라지고 얼마 후 도착한 황후의 밀서. 동왕은 그 밀서를 받은 그날 즉시 불태웠다.

조에 영광을.

망국에 영광을.

정녕 그것이 이루어질까.

'누이……'

서약은 거스를 수 없다. 누이의 청을 거부할 수도 없다.

서약의 진이 동왕의 목 뒤에서 희미하게 빛나다가 사라졌다. 그 것은 서약 맺은 자의 증표. 계승전이 끝나지 않는 한, 벗어날 수 없는 것. 죽은 황제가 내린 절대복종의 명령.

공주를 만나, 그녀를 황위에 세울 것이다.

❖   ❖   ❖

며칠을 앓은 후에야 이파는 조금 운신할 수 있게 되었다. 샥귀가 죽 한 그릇을 내밀었다. 우유와 초원에선 구하기 힘든 곡식을 갈아 끓인 타락죽이었다.

타락죽을 다 먹고서 이파가 무심결에 열리지 않는 문을 빤히 바라보았다.

"아라아탄 님은 망루에 계십니다."

"어? 아, 그, 그렇구나."

속내를 들킨 이파가 당황해서 버벅거렸다.

"가보셔도 됩니다. 만나주실 겁니다."

"그래?"

이파가 혼잣말처럼 작게 되물었다.

아라아탄을 보고 싶다. 만나고 싶다. 하지만 무슨 표정으로 그를 봐야 할지를 모르겠다. 난폭하게 침입해 들어오던 그 낯선 감각. 애정도, 정염도 아닌 것으로 가득하던 그의 눈동자…….

황실 상궁들에게 배웠던 남녀의 합궁은 아라아탄과 한 그것과는 달랐다.

그는 무슨 마음으로 자신을 안은 것일까.

대충 짐작은 간다.

그런데도 그가 밉지 않다. 그냥 보고 싶을 뿐이다.

"내키지 않으시면 안 가셔도 됩니다."

"아, 아니다! 가겠다!"

머뭇거리던 이파가 샥귀의 말에 화들짝 고개를 저었다.

언제 고민했느냐는 듯 벌떡 일어나서 옷매무새까지 챙기는 이파를 보고 샥귀가 헛웃음을 지었다. 아라아탄에게 더 이상 심술을 부리지 말라는 경고를 들었지만, 그래도 뺨을 붉히는 이파를 보자 심술을 부리고 싶어졌다.

이파에게 화풀이를 해선 안 된다고 생각한다. 나이 어린 계집이라 해도 그 정도는 안다. 그녀에게 가족을 잃은 것이 아니다. 그래도. 그렇지만.

만약 황자가 그 토벌을 이끌지 않았다면 공주가 이끌었을지도 모르는 일이지 않은가? 원수는 황자가 아니라 공주였을지도 모르지 않은가?

"아라아탄 님은 금욕적인 분이 아닙니다."

결국 옹졸한 복수심으로 심술을 부려본다.

"무어?"

"그리 허둥지둥하실 것 없다는 뜻입니다. 보기 추합니다."

이파의 표정이 굳었다. 샥귀는 남모르게 승리감을 맛보았다.

쌀쌀맞게 이파를 지나친 샥귀가 게르 문을 열었다.

"안 가실 겁니까?"

"갈 것이다."

샥귀가 종종종 걸어 나갔다.

이파가 서둘러 샥귀를 뒤따랐다.

'금욕적인 사내가 아니라는 게 무슨 뜻이지?'

발은 바쁘게 아라아탄에게 향하고 있었지만, 이파의 머릿속은 샥귀의 작은 심술 때문에 이미 엉망진창이었다.

머리로는 이해하고 있다고 생각했다. 그녀의 아비는 황제였고, 황후 외에도 많은 여인들을 품었다. 아라아탄 또한 왕이고, 능히 많은 계집을 품었을 것이다. 특별할 것 없는 일이다. 그 당연한 일에 마음 상해선 아니 된다. 그렇게 생각한다. 그렇게, 생각하는데…… 왜 이렇게 심장이 저릿한 것일까?

'이 무슨 어린애 같은 투기란 말인가? 아무리 긍지를 버렸다지만, 이리도 추하게 굴 수 있다니.'

이파는 속으로 자신을 향한 힐난을 퍼부었다. 그럼에도 서글픈 마음이 누그러지지 않는다.

"올라가 보시지요."

어느새 망루에 도착했는지 샥귀가 멈추어 섰다. 접근하는 적이 없는지 감시하고, 정찰을 나간 이들이 연을 띄우지 않았는지 살피기 위해 세워진 망루는 무척 높았다. 긴 사다리로 이어진 꼭대기에 판판한 바닥이 보인다.

"다녀오마."

"예, 공주님."

이파는 사다리를 잡고서 한 단 한 단 올라갔다. 여기까지 온 이상 안 만나고 돌아가는 것도 이상했다.

마침내 계단을 다 올라서자 아라아탄이 보였다.

'아라아탄…….'

그는 난간에 기댄 채 바람을 맞고 있었다.

인기척을 들은 듯 그가 고개를 돌렸다. 무표정한 그의 얼굴이 왜인지 낯설다. 유리알 같은 그의 벽안이, 왜인지 무섭다.

"정신을 차렸다고 들었어. 몸은 좀 어때?"

고저 없는 음성이었다. 물어야 하기에 묻는 듯한 말투였다. 순간, 이파는 눈가로 열이 몰리는 것을 느꼈다.

"그럭저럭 괜찮소."

"그래?"

시큰둥한 반응에, 가슴이 또 저릿하다.

짧은 통증이 훑고 지나간다.

'괜히 왔어.'

만나러 오지 말 것을. 그가 만나러 와줄 때까지 기다리고 있을 것을.

후회가 밀물처럼 밀려든다.

"이파?"

시선을 떨군 채 입술을 잘근대는 이파에게 아라아탄이 다가섰다. 그의 발치가 보이자 저도 모르게 뒷걸음질 친 이파의 몸이 크게 휘청거렸다.

"아!"

"이파!"

아라아탄이 그녀의 팔을 잡아 제 쪽으로 강하게 끌어당겼다. 그에게 푹 안겨진 이파가 두 눈을 질끈 감았다.

"뭐 하는 거야? 위험하잖아."

"미…… 안하오."

심장이 둥둥 날뛴다. 심장병이라도 걸린 거면 좋겠다.

살짝 아라아탄을 밀어낸 이파가 두 눈을 질끈 감았다.

그가 왜 자신을 안았는지 짐작은 한다. 이해도 하고, 밉지도 않다. 그런데도 마음이 아프다. 울컥, 울고 싶어진다.

"그대, 왜 그래?"

아라아탄이 얼굴을 불쑥 들이댔다. 이파가 깜짝거리며 손등으로 얼굴을 가렸다.

"아, 아무것도 아니오."

아라아탄이 이파의 손을 내리려고 했다. 이파는 안간힘을 쓰며 버텼다. 이 추한 표정을 그에게 보여줄 수 없었다. 그에게 있어 그녀와의 혼인은 정략. 감정은 담기지 않은, 이성적인 판단의 결과. 혼자 그에게 반해서 절절매는 모습은 정말 보여주고 싶지 않다. 더욱이 지금은 계승전의 승리에만 집중해야 하는 때가 아닌가.

"이파, 울어?"

"아, 아니 우오!"

"그럼 손 좀 치워봐."

힘으로 아라아탄을 당할 수 있을 리 없다. 기어이 손이 치워지자 이파는 고개를 홱 돌렸다. 그녀의 두 손을 한 손으로 붙잡아 옭아매고서, 아라아탄이 그녀의 턱을 잡아 돌렸다. 이파의 두 눈이 그렁그렁하다.

"우는데?"

"아니오! 바람…… 바람이 차서 눈이 좀 시린 것뿐이오!"

이파의 눈시울이 더욱 붉어졌다. 그가 미간을 좁힌다. 이해할 수 없다는 듯한 그의 눈빛에 이파는 또 서러워진다. 자신의 이 감정들이 그녀조차도 어처구니없었다.

그가 불쑥 가까워졌다. 그의 입술이 닿았다가 떨어지자 이파는 완전히 얼어버렸다. 노골적으로 굳는 그녀의 표정을 보며 아라아탄이 고개를 기울인다.

"화났어?"

"아니 났소."

"나를 피하잖아."

"피한 적 없소!"

이파가 억울하다는 듯 소리쳤다. 그녀를 말끄러미 바라보고 있던 아라아탄이 미간을 모은다.

"아파서 화가 났고, 그래서 피하는 거, 아니야?"

"무슨…… 뜻이오?"

이파가 겨우 반문했다. 아라아탄이 그런 그녀의 두 눈을 집요할 정도로 똑바로 응시한다. 화가 난 것도, 피한 것도 아니라는 이파의 말을 믿지 않는 눈치다.

"그대가 동의했잖아. 동의해 놓고 이제 와서 이러면 안 되지."

"그러니까 그게 무슨……."

"전희도 없이 거칠게 안았다고 시위하는 거잖아."

그의 적나라한 표현에 이파의 얼굴이 확 달아올랐다. 눈물이 쏙 들어간다.

"아라아탄! 그, 그 무슨……."

"좋아. 약속하지. 다음엔 더 부드럽게 들어갈게. 애무도 확실히 하고."

"아라아탄!"

"아, 우넨치다."

이파가 팩 소리치는데, 아라아탄이 이파의 손목을 단단히 잡고서 난간으로 다가갔다. 그의 두 눈이 잠깐 반짝였다.

"이파, 저기 봐. 보여?"

아무것도 보이지 않는 먼 초원을 가리키는 그는 찰나였지만 들뜬 소년처럼 보였다. 이파는 혼자 오르락내리락하는 감정을 지그시 누르고는 그의 곁에 섰다.

"내 눈에는 아무것도 아니 보이오."

이파가 부루퉁하게 대꾸했다.

"하긴. 고예인은 눈이 나쁘니 그게 당연하지."

아아, 당연한 것. 안 금욕적인 그가 다른 계집을 마구 품고 다니는 것만큼 당연한 것.

그 당연한 것 때문에 이해할 수 없을 만큼 속이 상하니 정녕 미치겠다.

"마중 나갈래, 이파?"

남의 속도 모르고 아라아탄이 이파를 잡아끌었다.

"그대나 가시오."

퉁명스러운 목소리가 튀어 나간다.

"왜? 같이 가."

"내 방금 싫다고 했잖소."

살짝 신경질을 부리는 이파의 손을 아라아탄이 더욱 꽉 잡는다. 그의 표정이 옅게 굳는다.

"……."

"아…… 그대가 싫다는 게 아니라……."

횡설수설 변명하는 이파의 손등에 아라아탄이 입맞춤했다. 이
파의 두 눈이 크게 열렸다.

"후회하지 않아."

"……."

"그댈 안은 걸, 후회하지 않아."

느닷없는 속삭임에 이파의 심장이 쿵 떨어져 내린다.

그야말로 이러면 안 되는 거 아닌가.

"그러니 화내지 마. 피하지 마."

"……."

"실수가 아니니까."

입김이 피어나는 겨울의 초입이었다.

8장

왕이 걷는 길

우넨치가 돌아왔다. 이동의 날이 정해졌다.

탁. 탁. 탁!

이파가 신중하게 칼을 내려쳤다. 뼈와 살이 분리되며 붉은 피가 튀었다.

마침내 성공이었다.

「와아아! 대단하십니다, 공주님!」

숨죽이고 있던 이들이 일제히 환호했다. 손바닥을 짝짝 마주치는 그녀들의 손가락에는 아름답게 음각된 반지가 끼워져 있었다.

「세 번 만에 양 해체에 성공하시다니요, 호호. 벨트렉족이라면 단번에 성공해야 하는 것인데…… 뭐, 대륙 출신이신 걸 감안해서 특별히 인정해 드리죠. 아라아탄 님의 비로서 부족함이 없으십니다.」

「암요, 부족함이 없으시지요. 거기다가 아라아탄 님께서 불능이 아니라는 것을 친히 증명해 주시지 않았습니까? 저희는 정말, 아라아탄 님께 씨가 없으면 어쩌나 얼마나 걱정을 했는지…….」

무어라고 말하는지 전혀 모르겠다. 이파는 어색하게 웃으며 여인들을 둘러보았다.

「그런데 씨가 있는지 없는지는 더 기다려야 알 수 있는 거 아니야?」

「그렇긴 하지만, 뭐, 어련히 있으시겠지. 일단 서는 게 중요한 거 아니겠어?」

「호호호! 맞아, 맞아. 그게 중요하지. 일단은 안으로 들어가야 씨를 뿌리든 말든 하지.」

왜인지 낯 뜨거운 이야기를 속닥거리는 것 같다. 저들끼리 입을 가리고 소곤거리는 걸 보니 분명하다.

「그런데 뭘 어떻게 해야 혼절까지 하는 거야? 난 우리 부군께 아무리 당해도…….」

「맞아! 나도 아무리 당해도……. 그냥 공주께서 고단하셨던 게 아닐까?」

「으음, 거야 모를 일이지. 아니들 그래?」

「그럼! 모르지. 모르고말고.」

벨트렉족 여인들이 또 호호 웃는다. 그녀들의 두 눈이 호기심으로 반짝거리는 것을 보며 이파는 자신이 그들의 언어에 능하지 않음을 처음으로 다행스럽게 여겼다. 만약 말이 통했다면 몇 날 며칠 그녀들에게 붙들려 이런저런 이야기를 들어야 했을 것이다.

뭐, 그것도 나쁘지 않았겠지만.

「그만들 수군거리시고 고기나 좀 나르세요.」

샥귀가 끼어들었다.

「어머, 우리 샥귀는 여전히 귀염성이 없네.」

「살갑지 않은 게 샥귀의 매력이잖아?」

깔깔거리던 여인들의 웃음이 어느 순간 사라졌다. 아름다운 눈에 깃들어 있던 장난기도 말끔히 없어졌다. 갑작스럽게 가라앉은 분위기에 어리둥절해하는 이파의 손을 잡고서 한 여인이 입을 맞추었다.

「당신께 늑대의 가호를.」

다른 여인들이 같은 말을 반복한다.

「늑대의 가호를.」

겨울이다. 검은 강의 강물은 이미 얼어붙기 시작했을 것이다. 대남하가 시작된다. 일부는 공주와 아라아탄을 따라 동왕부로 갈 것이다. 그리고 나머지는 가으내 먹이고 단련시킨 천마를 타고 움직일 것이다. 말이 없는 이들도 천마군단을 뒤따를 것이다.

이제는 살아서 만날 수 없을지도 모른다. 내가 살아남아도 상대가 죽을 수도 있다. 그 반대일 수도 있다. 여인들은 당황해하는 이파와 눈을 맞추었다. 그녀들의 눈은 하나같이 푸르고 아름다웠다. 그 투명함에 울컥 목이 멘다.

「우리는 살기 위해서 산을 넘고 물을 건너 우리에게 온 당신의 의지를 존중합니다. 그 어떤 수모와 치욕에도 무너지지 않을 당신의 투지를 경외합니다. 존숭하는 아라아탄 님의 비여, 당신이 우리를 내일로 이끌어줄 것을 믿어 의심치 않아요. 부디 살아남으세요. 살아서 다시 만나기를.」

「다시 만나기를.」

여인의 마지막 말을 다른 여인들이 받는다. 그 뜻은 알아들을 수 없었지만 마음은 확실히 전해졌다. 이파가 입술을 굳게 깨물고서 고개를 끄덕였다. 벨트렉족 여인들이 환하게 웃었다.

「어머, 공주님도 참. 알아듣지도 못하셨으면서 아는 척 고개를 끄덕이시네.」

「그러게 말야. '공주님 바보' 이런 말 좀 해보지 그랬어.」

「애도 참. 어떻게 그래? 아라아탄 님의 비이신데.」

「그럼 지금 하지, 언제 해? 다시 못 할지도 모르잖아.」

「그건 그래. 지금이라도 해볼까?」

「됐다. 천마 떠났어.」

여인들은 또다시 수다스럽게 떠들어댔다. 그녀들은 재잘거리며 잘 다듬어진 고깃덩이를 집어 옮겼다.

이별의 밤.

모두가 함께하는 마지막 연회가 열린다.

고귀한 게르에 두 사람이 있었다.

아라아탄이 무심히 눈을 감았다 떴다. 그의 앞에 바드란고가 부복해 있다.

「바드란고, 네 게르로 돌아가 대기하라 하였어.」

「그럴 수 없습니다, 주군.」

「불복하겠다는 뜻인가?」

바드란고는 무릎 꿇은 채 깊이 머리 숙였다.

「재고해 주십시오, 주군.」

「나는 허락할 수 없어. 그대가 불구덩이 속으로 뛰어들 것을 알면서도 보내줄 수는 없는 것이잖아?」

자우하는 끝내 찾지 못했다. 비가 내려 흔적이 지워졌다. 적을 제대로 추적할 수 있는 상황이 아니었다. 후에 몇 번 더 서쪽을 광범위하게 수색했지만 자우하의 흔적은 여전히 발견되지 않았다. 이미 서왕부로 끌려갔을 거라는 결론이 내려졌다.

「불구덩이라도 가야 할 때가 있지 않습니까?」

바드란고의 목소리가 잘게 떨렸다. 체츠와 다르길의 죽음 앞에서 이미 한 번 울음을 참았던 그가 또다시 울음을 삼킨다.

「바드란고.」

「언제고 있을 수 있는 일이었다는 것을 압니다. 모두가 소중한 이를 잃지요. 저는 벨트렉족의 전사. 부족민을 지켜야 한다는 것도 압니다. 하지만 주군, 자우하의 주검이라도…… 주검이라도 찾게 해주십시오.」

평온이 허락되지 않는 야만의 삶. 어떤 식으로든 이별은 온다. 언제고 올 것을 알고 있지만 그럼에도 이별은 결코 준비될 수 없는 것. 가족은 이미 잃었는데 남은 세 친구마저 이렇게 동시에 잃을 수는 없다.

제 목숨보다 소중했다. 서로에게 목숨을 내어주어도 아깝지 않았다.

체츠는 부상당한 채로 시간을 벌기 위해 싸웠고, 다르길 또한 최후까지 굽히지 않았다. 그 죽음의 순간을 함께하지 못했다는 게 바드란고를 괴롭게 했다. 지켜줬어야 했는데. 함께했어야 했는데. 그런데 혼자만 살아남았다.

이렇게 혼자 계속 살아갈 수는 없다. 자우하를 찾아야 한다. 모든 것을 버려서라도 그녀만큼은 찾아야 한다. 이렇게 쉽게, 고작 몇 번 찾아보고 포기할 수는 없다.

무거운 오열을 삼키는 바드란고를 아라아탄이 가만히 응시했다.

「아라아탄 님, 부디…….」

단 한 번도 그에게 복종하지 않은 적 없는 전사였다. 언제나 그에게 충성하며 따라왔다. 그에게 목숨을 내놓은 전사가, 다시 그 목숨을 달라고 한다. 그가 아닌 자우하를 위해 목숨 바칠 수 있게 해달라고 간청한다.

아라아탄이 희미하게 웃었다. 어깨에 놓인 목숨의 무게 하나가 덜어져 나간다.

「좋다, 바드란고. 내일 날이 밝는 즉시 떠나라.」

「주군!」

바드란고가 번뜩 고개를 들었다.

「그대에게 늑대의 가호를.」

아라아탄의 눈매가 희미하게 휘었다. 바드란고가 울음을 억눌렀다.

「늑대의 가호를……」

바드란고가 마지막이 될지도 모르는 인사를 한다. 바닥에 이마를 박고 한참을 미동도 없이 엎드려 있다. 마침내 고개를 들어 몸을 바로세운 그가 등을 돌린다. 아라아탄은 그 일련의 과정을 바라보기만 했다.

고귀한 게르의 문이 열리고 바드란고가 나가려는 순간, 아라아탄이 불현듯 입을 열었다.

「살아서 만나자, 바드란고.」

그리고 문이 닫혔다.

우넨치는 고귀한 게르에서 나오는 바드란고를 보았다. 그의 표정에 어린 결의를 보고서 그가 떠날 것을 알았다.

「주군, 들어가도 되겠습니까?」

고귀한 게르 앞에 서서 우넨치가 물었다.

「들어와.」

아라아탄은 혼자 앉아 있었다. 그는 어쩐지 조금은 홀가분해 보였다.

「마지막 연회를 시작할 때가 되었습니다.」

「이파가 드디어 양 해체에 성공했어?」

「예, 주군. 딱 세 번 만에 성공했다고 합니다.」

「그래?」

옷을 매무시하는 아라아탄을 응시하던 우넨치가 무뚝 입을 열었다.

「바드란고를 보내셨습니까?」

「응.」

「죽으러 가는 길입니다.」

「어느 길이든 전사는 죽어, 우넨치.」

「하오나…….」

아라아탄이 먼지를 탁탁 털고는 말끝을 삼키는 우넨치의 눈을 들여다보았다.

「우넨치.」

「예, 주군.」

「나는 모두와 함께 살고자 택한 길인데, 모두들 나만을 살리겠다고 그 길을 걸어. 내가 바라는 끝은 모두와 함께인 끝인데, 그들의 끝엔 나만이 있어.」

평연한 말투였지만 그 속에 스민 씁쓸함을 우넨치는 알아들었다. 끝없는 절멸의 위기 속에서 벨트렉족은 꿋꿋하게도 아라아탄만큼은 지켜냈다. 그는 초원이 선택한 왕. 그가 태어난 순간 기억 초가 독을 품었고, 수백 년 만에 탄생한 왕을 모두가 목숨 바쳐 비호했다. 그가 내일을 열어줄 것이라고 굳게 믿은 까닭이다.

「우넨치, 모두가 나를 위해 죽어서는 안 돼. 우리는 사람이야. 사람은 스스로 선택해. 초원이 아니라, 사람이 택하는 거야. 나는 그럴 수 있는 자의 뜻을 존중해.」

우넨치가 입을 다물었다. 아라아탄이 간절히 바라는 벨트렉족의 내일을 가만히 그려보았다.

「…….」

그 내일이 오지 않는다. 수많은 죽음을 밟고서 여기까지 왔는데, 여전히 그 내일은 오지 않는다. 언제쯤 그가 바라는 내일이 올까. 모두가 각자 원하는 것을 위해 살아도 되는 그날이 오면, 아라아탄은 어떻게 될까. 사람은 선택해야 한다고 말하는 그는 기실 아무 선택도 할 수 없는 삶을 살아오지 않았는가? 죽음조차 제 뜻대로 할 수 없는 혈통. 저 하나만을 바라보고 있는 헐벗은 일족들. 오직 그들만을 위해 살아가고 있지 않은가.

명치끝이 답답해진다.

「가자, 우넨치. 배고프면 다들 사나워지잖아.」

아라아탄은 자신을 위해 누군가 죽는 것을 바라지 않겠지만, 결코 그런 것을 달가워하지 않겠지만, 그래도 우넨치는 단 하나뿐인 목숨을 그를 위해 쓰고 싶었다. 태어난 이상 한 번은 죽는 것이 천명이라면, 다른 그 누구도 아닌 아라아탄을 위해 죽고 싶었다.

그것은 벨트렉족 모두가 같을 것이다.

아라아탄의 반듯한 등을 보며 우넨치가 불쑥 내뱉었다.

「주군이 제 선택입니다.」

「무어?」

뒤돌아본 아라아탄이 살짝 미간을 찡그린다.

「초원이 아닌, 우리의 선택입니다.」

「…….」

「그러니 무거워 마십시오.」

시작은 초원이 선택한 왕이었으되, 이제는 벨트렉족 스스로가 선택한 왕이었다.

「죽음도 우리의 선택일 뿐입니다.」

심장에 손을 얹고 충성을 맹약한다.

연회는 성대했다. 벨트렉족은 남녀노소 할 것 없이 먹고 마셨다. 말을 타고 활을 잡을 수 있으면 모두 전사라는 그들의 격언처럼, 그들은 너나 할 것 없이 용맹하게 밤을 즐겼다.

동이 트자 벨트렉족 전사들은 거대한 연을 날렸다. 두꺼운 줄에 연을 매달고서 천마에 묶었다. 천마가 초원을 날래게 달리자 연이 하늘 높이 솟아올랐다. 멀찍이서 대기하고 있던 전사들이 일제히 달려들어 연을 건네받았다. 보통 정찰 시 띄우는 것보다 몇 배는 큰 초대형 연이었다.

연은 총 다섯 개였다. 하늘에 이는 바람이 연을 이따금 흔들었다. 그때마다 전사들은 비명인지 웃음인지 모를 것을 터뜨렸다.

그것을 시작으로 대초원 여기저기서 연이 날아올랐다. 멀리서 날아오른 연은 손톱보다 작게 보였다. 이파는 반쯤 홀린 표정으로 떠오르는 연의 행렬을 바라보았다.

연은 반 시진쯤 하늘을 날았다. 전 초원에 퍼져 있는 모든 벨트렉족에게 왕의 명이 전해지도록, 그렇게 창공을 헤엄쳤다. 마침내 연들의 비행이 끝나고, 벨트렉족의 이동이 시작되었다.

「출발한다.」

사활을 건 대남하였다.

「늑대의 가호를!」

「늑대의 가호를!」

충의를 담은 외침이 들불처럼 번져 나갔다.

벨트렉족은 국경 부근에 진을 칠 것이다. 평생을 유목하며 살아온 그들은 그 어떤 군대보다 빠르고 적확하게 움직일 것이다.

진파의 눈과 귀는 동왕부에 집중되지 못하고, 이곳 북쪽으로 분산될 것이다. 국혼이 끝난 후 벨트렉족은 동왕부와 함께 진파를 칠 것이다.

맞부딪히는 창과 창의 싸움. 서로를 필히 죽여야만 살아남는 자들의 사투. 그것이 시작된다.

바드란고는 벨트렉족 이동이 시작되기 직전 본지를 떠났다. 그는 곧장 북서쪽으로 천마를 몰았다. 초원의 먼지가 그가 달려온 길을 따라 자욱이 일어났다.

서왕부로 넘어가는 고개의 초입, 바드란고는 미련 없이 천마에서 내렸다. 산세가 험하고 암벽 지형이라 천마를 타고 이동하기엔 부적절했다. 곳곳에 있는 천 길 낭떠러지도 천마의 발목을 잡을 터였다. 이곳은 그렇게 그 자체로 천연요새와도 같아 서왕부의 침입을 막아주었지만, 동시에 서쪽을 통한 유목민의 남하도 막고 있었다.

지형이 지형인지라 보통은 정찰을 보낼 때도 열 명 안팎의 인원만 보냈다. 서른 명이나 보낸 지난 기습이 예외적인 것이었다. 그 정도 무리를 해서라도 벨트렉족의 상황을 살펴야 한다고 판단한 것이었을 터이다.

「가라.」

천마가 꼬리를 흔들었다. 풍성한 꼬리털이 흔들린다. 구불구불 굽어진 갈기가 바람에 흔들린다. 야생에서 태어나 오직 한 사람에게만 길들여지는 신성하고도 고귀한 짐승. 숨이 끊어질 때까지 함께할 거라 믿었던 천마와의 작별이다.

「언젠가 연이 닿는다면 다시 만나겠지.」

바드란고가 천마의 콧등을 쓰다듬었다. 히이잉, 투레질을 한 천마가 한참이나 바드란고를 응시했다.

「나는 괜찮다. 걱정 말고 가라.」

바드란고가 손을 떼었다. 천마가 그의 가슴에 콧등을 비빗댔다. 그러고는 이내 뒤돌아 내달리기 시작했다. 천마는 그 어떤 짐승도 따라잡을 수 없는 속도로 멀어져 갔다.

「살아서 만나자.」

바드란고가 작게 중얼거렸다.

말은 통하지 않아도 마음은 통했던 오랜 벗의 까만 눈동자를 마음에 아로새겼다. 그 신뢰 깊은 두 눈을 결코 잊지 않을 것이다.

그렇게 완전히 혼자가 된 바드란고는 자신이 가야 할 길을 가늠해 보았다.

그는 오래전 대초원의 서쪽에 살았다. 서왕부의 왕자 왕소는 벨트렉족에게 비교적 호의적이었고, 그 때문에 몇 번 서왕부에 드나

든 적이 있었다. 당시 기억해 둔 산맥의 지리를 빠르게 되새겨 보았다.

조금 돌아가지만 덜 험난한 길과 조금 더 가깝지만 아주 험난한 길이 있다.

'최단거리로 간다.'

길이 험해도 그 정도 되는 전사라면 혼자라도 능히 넘어갈 수 있을 것이다.

결정을 내린 바드란고가 바위산 속으로 뛰어들었다.

'자우하! 결코 혼자 두지 않으마.'

울음을 허락받는 것은 그다음.

전우의 곁을 지키지 못한 전사는 아직은 울 수가 없다.

이틀째 되는 날, 바드란고는 새벽부터 일어나 움직였다. 몸은 가뿐했다. 흙을 베개 삼고 하늘을 이불 삼아 자는 일은 유목민의 일상이었다. 야숙이 새삼 고단할 리 없었다.

부스럭.

무언가의 기척이 들렸다.

바드란고가 바위 뒤에 바짝 붙어 섰다.

"정찰 다녀온 지 얼마나 됐다고 또 가라는 건지."

"장군님은 대초원이 옆 고을쯤 되는 줄 아신다고."

"이 길은 위험해서 별로인데."

고예어가 들려왔다. 등 뒤로 식은땀이 흐른다. 숨소리마저 죽인 채 바드란고는 머리를 굴렸다.

서왕부에서 보낸 정찰조다. '또'라는 말을 들어보면 저들은 일전에도 정찰조로 보내졌을 것이다. 저들이 체츠와 다르길을 죽이고 자우하를 납치한 자들은 아닐까? 아니더라도, 그놈들이 누구인지 정도는 알아낼 수 있지 않을까?

'천운이다.'

늑대신께서 가호하셨다.

다행히 인원도 많지 않은 듯하다. 전번과 같이 누군가를 생포하려는 것이 아니라 동태를 살피고 돌아가는 것이 목적일 것이다.

쿵쿵쿵쿵. 심장이 난폭하게 뛴다. 바드란고는 침착하게 때를 기다렸다. 아라아탄의 닦달 때문이었지만 고예어를 배워두길 참 잘했다. 고예어를 몰랐다면 혼자 서왕부에 침투하지도 못했을 것이고, 고예인을 붙잡아도 심문조차 못 했을 것 아닌가.

'고예놈들……'

그들이 충분히 멀어진 후, 바드란고는 천천히 몸을 일으켰다. 그의 눈매가 사납게 번뜩였다. 신은 벗어버리고 맨발로 섰다. 신발을 신은 것보다는 맨발인 쪽이 훨씬 조용하니까. 흙이 차가워 감각이 얼어붙을 만도 했지만, 그의 모든 신경은 그 어느 때보다도 예민하게 주변 정보를 받아들였다.

각궁에 화살을 물린 채 바드란고는 천천히 놈들의 뒤를 밟았다. 그들은 내려오는 것도 어렵지만 올라가기는 더 힘든 가파른 절벽 앞에 멈추어 섰다. 인원은 총 다섯이었다.

정찰조의 우두머리로 보이는 자가 먼저 암벽을 타기 시작했다. 우람한 체격의 사내였다. 그는 돌부리를 붙잡고서 척척 올라갔다.

무사히 절벽을 오른 그가 위에서 밧줄을 내렸다. 바드란고는 그의 시야에 들지 않도록 주의하며 몸을 웅송그렸다.

'하나, 둘, 셋……'

세 명이 올라가고, 네 번째 정찰병이 거의 끝까지 올라간 그때, 바드란고는 일어나서 활을 당겼다.

쉬익—

화살이 날아가 절벽 위에 서 있던 우두머리의 목에 꽂혔다. 앞으로 고꾸라진 그가 바닥으로 곤두박질쳤다. 쿵. 으득. 둔탁한 충격음과 함께 사내의 목뼈가 부러졌다.

"대장!"

우두머리 옆에 서 있던 두 놈이 비명을 질렀다. 그들이 준비되기 전 바드란고는 절벽을 타고 있던 자를 쏘아 떨어뜨렸다. 버둥거리며 떨어진 그는 바위에 머리를 박았다.

"적습이다!"

바드란고는 코웃음을 쳤다. 적습이라 하기에 한 명은 너무 적지 않은가.

그는 땅에서 대기 중이던 다섯 번째 병사에게도 화살을 날렸다.

"윽!"

팔과 다리를 연달아 맞은 사내가 쓰러졌다.

절벽 위 두 병사는 엄폐물을 찾아 몸을 숨겼다. 도망가지 않는 것은 전우애 때문일 수도 있고, 그들이 가야 하는 길에 몇이나 되는 벨트렉족이 숨어 있는지 알지 못하기 때문일 수도 있다. 어느 쪽이든 상관없다. 바드란고에게 필요한 것은 단 한 놈이었다. 나머지 둘을 서둘러 처리하고, 움직이지 못하는 놈을 족쳐야 한다.

"흐윽……."

화살에 맞고도 아직 살아 있는 병사가 신음했다. 그 신음 소리에 절벽 위에서 한 병사가 소리쳤다.

"생포될 것 같으면 자결해라! 명령이다!"

"으윽……. 부…… 부대장…… 님……."

신음이 계속되자 두 병사가 동시에 모습을 드러냈다. 그들은 위험을 무릅쓰고 쓰러져 신음하는 병사를 향해 활을 당겼다.

바드란고는 둘 중 누구를 쏠지 선택해야 했다. 그는 부대장이라고 불린 병사의 옆에 서 있는 자를 향해 화살을 쏘았다. 동시에 부대장이 쏜 화살이 부상당한 병사의 가슴에 명중했다. 고통에 찬 신음이 곧 사라졌다.

바드란고의 화살은 살짝 빗나갔다. 다리에 화살을 맞은 그 병사는 활을 놓쳤다. 부대장은 그 병사를 향해 단검을 뽑아 들었다. 부상자를 데리고 달아날 수 없으니 차라리 죽이겠다는 결정이었다. 살해의 위협 앞에서 그 병사는 본능적으로 삶을 갈구했다. 그는 허둥거리며 밧줄을 잡고 아래쪽으로 달아나려고 했다. 부대장은 냉정하게 밧줄을 끊었다. 툭, 끊어진 밧줄과 함께 병사가 아래로 떨어졌다. 그 아래, 앞서 떨어진 병사가 있었다. 철퍽. 둔탁하고도 역겨운 소리가 난다.

"으으…… 으아으……."

그는 떨어지고도 죽지 않았다. 무슨 말인지 알아듣기 힘든 신음이 절벽 위 부대장에게도 닿았다. 그러나 이 높이에서 살아남기 힘들다고 판단했는지 그는 더 이상 모습을 드러내지 않았다.

　신음이 점점 잦아들 무렵 바드란고는 검을 빼 들었다. 혹시나 머리 위에서 날아올지도 모를 화살에 잔뜩 주의를 기울이며 부상병에게 다가갔다. 화살은 날아오지 않았다. 바드란고는 정신을 잃은 사내를 질질 끌고서 엄폐물을 찾았다.

　이 병사는 화살에 맞았으며 절벽에서 떨어졌다. 그러나 화살은 급소를 피해갔으며, 다른 병사 위로 떨어진 덕분에 다리가 부러지는 정도로 끝났다. 중요한 것은 어쨌든 병사가 죽지 않았다는 것이다. 소기의 목적은 달성했다. 바드란고가 병사를 무장해제시킨 후 흔들었다.

　"일어나라. 시간이 없다."

　부대장인지 뭔지 하는 놈은 분명 어떻게든 살아서 본대로 복귀할 것이다. 산맥에 벨트렉족 하나둘이 숨어드는 것은 흔한 일이니 사소한 일로 치부될지도 모르지만, 어쩌면 바드란고를 잡기 위해 추적대가 꾸려질지도 모른다. 시급히 병사에게 알아낼 것은 알아낸 후 이 자리를 뜨는 것이 이롭다.

　찰싹찰싹. 병사의 뺨을 연달아 갈겼지만 병사는 정신을 차리지 못했다. 아껴둔 물을 퍼부어 깨울 수도 있겠지만, 역시 물을 그런 식으로 버리는 것은 아깝다.

　바드란고는 인내심을 갖고 연신 병사를 흔들어댔다. 병사가 겨우 희미하게 정신을 차렸다. 차게 조소하며 바드란고가 기다렸다는 듯이 병사의 부러진 다리를 짓이겼다.

　"으으윽, 아아악!"

번뜩 정신을 차린 병사가 고통에 비명을 질렀다.

"대초원 서쪽 숲까지 정찰 온 자들을 알고 있나?"

약간은 어눌하지만 꽤 정확한 고예어로 바드란고가 물었다. 병사의 표정이 일그러졌다. 바드란고가 부상 부위를 재차 압박했다.

"으아아악! 헉헉."

압박하던 손을 떼자 서왕부의 병사가 거친 숨을 몰아쉬었다. 헐떡대는 그에게 바드란고가 귓속말하듯 속삭였다.

"너는 도망자다. 네 부대장이 밧줄을 잘랐다. 너는 밧줄을 내려오려고 한 순간 이미 충의가 아닌 네 목숨을 택한 것이다. 그런데 이제 와서 지킬 충의가 있나? 너는 네 부대장에 의해 배신자로 보고될 텐데."

"다, 닥쳐."

병사의 눈빛이 혼란스럽게 흔들렸다.

"내게 협조해라. 네 부상을 치료해 주겠다."

바드란고가 달콤하게 유혹했다. 혀 속에 숨어 있는 독 같은 회유가 이어졌다.

어차피 도망자가 된 몸이잖나. 이제 와 충의를 지켜봐야 너는 도망자일 뿐이다. 네가 마지막 순간 충의를 지켰는지 지키지 않았는지는 상부에 전해지지 않는다. 그럴 바엔 차라리 목숨이라도 부지하는 게 낫지 않겠느냐……

속삭임이 길어질수록 병사의 동요는 커져 갔다.

"으윽……."

"네 늙은 어미를 생각해라. 네 어린 자식을 생각해라. 배신자의 유족에게 주어지는 것은 가난과 비난뿐이다. 네 구차한 목숨 연명하여 화적질이라도 해야 그들 입에 풀칠이라도 해줄 수 있지 않겠느냐?"

적국 염탐에 차출되는 이는 흔히 가난하다. 염탐에 성공하면 포상을 받기에 돈이 필요한 이들이 많이 지원한다. 그런 의미에서 늙은 어미와 어린 자식을 들먹인 바드란고의 계획은 성공적이었다. 누구 생각을 하는지 핏발 선 병사의 눈에서 눈물이 주르륵 흘렀다.

병사는 고통과 두려움에 반쯤 이성이 나갔다.

"나를 정히 치료해 줄 거요?"

"나는 용맹하고 정당한 벨트렉족의 전사다. 적이라 해도 기만하지 않는다."

'참이오?"

"내 눈을 보아라. 내 거짓을 말하는 것 같으냐?"

바드란고의 푸른 눈이 서왕부 병사에게 향했다. 짙푸른 새벽하늘을 닮은 그의 두 눈은 거짓 없이 깨끗해 보였다.

병사의 시선이 거칠게 흔들렸고, 그의 입술이 몇 번 달싹거렸다. 바드란고는 인내심을 가지고 병사를 그윽이 응시했다.

마침내 병사의 입이 열렸다.

"서쪽 숲 정찰이라면…… 무가(武家) 중의 무가…… 정씨 가문에서 주도하였소. 나 또한 참여하였는데……."

"너도 참여했다?"

바드란고의 눈빛에 순간 살의가 어렸다. 그는 황급히 살의를 지우고서 여상히 물었다.

"생포한 계집은 어찌 하였나?"

"그 계집은……."

무뜩 바드란고의 눈을 들여다본 병사가 입을 다물었다.

아무리 태연한 척하여도 초조함은 드러나고야 만다. 그의 절박함을 눈치챈 병사가 영민하게도 입을 다물었다. 바드란고가 차게 웃었다.

간파한 상대의 약점을 빌미로 거래를 시도하는 것은 자신의 입지가 상대의 입지보다 약간 낮을 때뿐이다. 이토록 확연히 우열이 가늠되는 상황에서 시도할 짓은 결코 아니었다.

"영영 불구가 되고 싶나?"

"으아악! 나, 나는 모르오! 아아악!"

상처에 가해지는 압박에 병사가 자지러지게 비명을 질렀다.

"정말 모르나?"

"모, 모르오! 으아아악!"

"정녕?"

"아아악!"

병사가 혼절했다. 바드란고는 물주머니를 열어 병사의 얼굴에 뿌렸다. 놈이 자우하를 납치했다. 더 이상 물이 아깝지 않았다.

병사가 정신을 차리자 바드란고는 또다시 그를 고문했다.

"말해라."

"으아아아악!"

"말해."

병사는 몇 번이고 숨이 넘어갈 듯 혼절했다. 그때마다 바드란고는 집요할 정도로 병사를 깨워 고통을 주었다.

　극악한 고통에 반쯤 넋이 나간 병사가 게거품을 물었다. 눈이 완전히 풀린 병사가 중얼중얼 무어라고 웅얼거렸다.

　"서, 서왕 전하께서 친히 국문하신다고……. 헉헉. 나는 그것밖에…… 그것밖에 모르오. 정녕 그것밖에……."

　병사가 정신을 잃고 축 늘어졌다.

「서왕이란 말이지?」

　바드란고가 그를 매섭게 노려봤다. 그의 입가에 차가운 조소가 걸렸다.

　들을 것은 다 들었다. 치료해 주겠네 어쩌네 하는 달콤한 말로 병사를 현혹시켰으나 그 약속을 지킬 생각은 애초에 없었다.

　단검을 뽑아 들었다. 정신을 잃어 미동조차 없는 병사의 목 깊숙이 찔러 넣었다. 잘린 동맥에서 피가 폭포처럼 쏟아져 나왔다. 그 붉은 액체를 물끄러미 바라보며 바드란고는 놈의 심장에 재차 단검을 박았다.

「애초에 살려둘 생각은 없었으나 이제는 네 주검을 멀쩡히 두는 것조차 견딜 수 없게 싫구나.」

　이놈이 체츠와 다르길을 죽이고 자우하를 빼앗아갔다. 누군의 명을 받은 것이든 용서할 수 없다.

　피비린내가 자욱이 퍼진다. 붉은 핏물이 바닥에 흩뿌려진다. 짙푸른 눈동자가 사납게 일렁였다. 얼굴에 묻은 피를 닦아내며 바드란고가 일어섰다.

자우하에게, 가자.

그녀가 그를 기다리고 있다.

❖　　❖　　❖

황궁의 북쪽 냉궁. 잠시 들어서는 것만으로도 오한이 스미는 곳. 그 추위 속에서 운영은 천천히 눈을 떴다. 그녀의 두 눈이 허공을 헤맨다.

"……."

부스스 몸을 일으킨 운영이 밖으로 나왔다. 칼바람에 앙상한 어깨가 움츠러든다.

"불길한 바람이 불어요. 사방에서 불어와요. 피할 수가 없어요."

북쪽도, 서쪽도, 동쪽도 황자의 길이 아니다.

날 때부터 타고난 신기(神氣). 무녀는 국모가 될 수 없기에 감추어둔 그것. 그것이 예민하게 반응한다. 온몸이 파르르 떨리고, 걷잡을 수 없는 두려움이 몰아친다.

운영은 바닥에 주저앉아 달달 떨었다.

"그중 으뜸으로 불길한 것은 이곳, 황궁에 있답니다."

그녀가 옆으로 픽 쓰러졌다. 겨울이 되자 화초는 시들고 나무 또한 잎을 벗는데 오직 환상초만이 은빛으로 반짝거렸다. 바닥에 납작 붙어 옆으로 한없이 범위를 넓혀가는 그 집착과도 같은 생명력에 운영이 허물어지듯 웃었다.

"황상 폐하, 폐하께선 이미 죽고 없는데 저것들만 남아서 폐하의 기억을 보여줍니다. 폐하의 용체 곁에서 황후가 무엇을 보고 있는지 정녕 아무도 모른단 말입니까?"

운영이 지친 듯 눈꺼풀을 감았다.

몇 번이고 말해도 아무도 들어주지 않는다. 모두가 그녀더러 미쳤다고만 한다.

미치지 않았는데. 단 한 번도 미친 적 없는데.

이렇게 시끄러운데, 이렇게 소란스러운데, 정말로 다른 이들은 듣지 못하는 것일까?

"황자 전하께서 지옥으로 가시는데, 저는 그걸 막을 수가 없어요."

무수한 죽음의 환영이 오늘도 운영을 좀먹는다.

잠시 대역을 세우고 잠행을 나온 진파가 날카롭게 주변을 살폈다. 황도 전체가 술렁거리고 있었다. 초원의 왕과 공주의 혼례에 대한 이야기가 주요 소재였다.

단 한 번도 더럽혀진 적 없는 고예의 황실. 그 핏줄에 낯선 것이 섞인다. 그것만으로도 평민들은 충분히 동요된다. 혼란 속에 미묘한 들뜸이 깃들어 있다.

'불쾌하군.'

고예의 평민들이 이렇게 들뜰진대 유민들은 어떠할까?

동왕부와 남왕부의 옛 나라 유민들은 아직도 그때의 향수에 젖어 있다. 약해서 망한 것은 잊고, 과거를 한껏 미화해서 '그땐 참 좋았지' 하며 떠들어대는 것이다.

'가만······.'

진파가 우뚝 멈추었다. 명하가 의아한 듯 그를 본다.

"전하?"

진파의 손끝이 잘게 떨렸다. 그의 시선이 혼란스럽게 흔들렸다. 운영의 공허한 눈빛, 체념한 표정이 떠오른다.

"왜 황후께서 공주를 후계로 지정하지 않고 계승전을 윤허했는지 생각하세요. 그녀가 누구인지 잊지 마세요. 제발, 나의 부군이시여······."

아아, 왜 그 쉬운 것을 몰랐을까.

"명하야, 내 잘못 생각한 것 같다."

"예?"

"동왕부로 가야 할 것이 아니라 북쪽으로 가야겠다."

명하가 고개를 갸웃거린다. 동쪽으로 가자더니 이젠 또 북쪽으로 가자신다. 동쪽도 위험하긴 매한가지지만 북쪽만 하랴. 북쪽에는 진파를 죽이겠다고 이를 득득 갈고 있는 벨트렉족이 널리고 깔렸다.

"혼인식을 노릴 것이 아니었다. 아라아탄, 그자가 동왕부에 들어서게 해선 아니 돼."

"하오나 전하, 대초원은 넓습니다. 찾는다고 찾아지는 이라면 이미 수백 번은 찾아 죽였을 것입니다."

"이번에는 찾아야 한다."

공주에게 이기든 지든 아라아탄이 동왕부에 입성하는 것만은 아니 된다.

저 타오르기 쉬운 들불과도 같은 것들. 옛 고통은 잊고 미화하여 칭송하기 바쁜 어리석은 것들…….

아라아탄이 공주의 신랑으로서 동왕부에 들어서는 순간, 선대 황제들이 쌓아온 모든 것이 무너진다. 우매한 백성들은 고예 황실이 가졌다는 유일한 존귀함에 의혹을 품고서 옛 나라의 부흥을 부르짖을 것이다. 풀을 베고 땅을 고를 낫과 쟁기를 들고서 날뛸 것이다. 그 아비규환이 이제야 진파의 두 눈에 생생하게 보인다.

황후가 제 부모를 죽인 자의 곁에 맹한 웃음을 지으며 남았던 이유. 제 조국을 도우려 했던 벨트렉족을 그토록 무자비하게 도륙한 이유. 무엇보다 제 여식의 목숨을 제물 삼아서 황위계승전을 개전한, 바로 그 이유.

"찾아야만 한다, 명하야."

황도 가득한 웅성거림에 진파의 피가 사늘히 식는다.

이튿날, 서왕부에서 전갈이 왔다.

─황자 전하, 벨트렉족의 움직임이 심상치 않습니다. 이에 무리를 해서라도 정찰조를 침투시킨 결과, 유례없는 규모의 벨트렉족이 본지에 집결해

있는 것을 확인하였습니다. 그 후 벨트렉족 여인을 생포하였으나, 아직 쓸 만한 정보는 얻어내지 못했습니다. 현재 꾸준히 정찰을 시도하고 있는 바……

진파는 확신했다.

일어난다, 무언가가. 이 고예에 위험하고 위태로운 어떤 것이 일어나고야 말 것이다.

벨트렉족은 빠르고 민첩하게 움직였다. 7년 전, 우방이라 믿었 던 이에게 배신당한 후부터 준비해 온 남하. 고예인은 그들의 이 동을 '침략' 이라 부르겠지만, 벨트렉족은 그것을 '대남하' 라고 이 름 붙였다.

많은 수의 벨트렉족이 아사하는 것을 감당하면서도 키워온 천 마부대가 그들에게 있다. 또한 초원 전체가 그들의 집이었다. 그 들은 초원을 제 손바닥 들여다보듯 자세히 알고 있었다.

지난 7년간 꾸준히 쌓아둔 군량미가 대초원 곳곳에 거미줄처럼 퍼져 있다. 벨트렉족은 미리 지시받은 대로 움직이며 정확히 필요 한 만큼의 군량미를 꺼내 썼다. 초원의 옛 부족장들은 천호장이 되었고, 옛 부족장의 가신들은 백호장이나 십호장이 되어 천호장 의 명을 받들었다. 그들은 각자의 무리를 이끌고서 빠르게 남하했 다. 짐을 최소화하여 그들의 움직임은 가뿐했으며, 명령에는 일사

불란하게 따랐다. 따르지 않는 자는 버려지고 버려지면 죽을 뿐이라는 사실은, 벨트렉족이라면 어린애도 알고 있는 것이었다.

벨트렉족은 모였다 흩어지기를 반복하며 무리를 뒤섞었다. 방한을 위해 두툼하게 차려입은 옷이 거의 얼굴의 반을 가리고 있었기에 나중에는 누가 어디에 있는지 아무도 모를 정도가 되었다.

이파는 아라아탄에게 이끌려 여기저기 옮겨 다녔다. 정신을 차렸을 땐 이미 대부분의 벨트렉족과 정반대 방향으로 달리고 있었다. 그들은 나뉘고 또 찢겨졌고, 어디선가 나타난 다른 이들과 합쳐지기도 했으며, 그렇게 대초원과 대륙을 나누고 있는 검은 산맥과 검은 강을 향해 움직였다.

저녁이 다 되어서야 아라아탄은 움직임을 멈추었다.

"왜 우리 둘뿐이오?"

주변을 둘러본 이파가 물었다.

"……."

아라아탄은 대답 없이 이파를 응시했다.

"아라아탄?"

그가 고개를 돌려 먼 곳을 보았다. 어둑한 하늘에 별이 총총 떠 있다.

아라아탄이 손을 들어 한 곳을 가리켰다. 이파가 그의 손가락을 따라 시선을 움직였다.

"우린 저 산맥을 넘을 거야, 이파."

그곳엔 아라아탄이 입은 옷만큼이나 새하얀 머리를 지닌 산들이 병풍처럼 늘어져 있었다. 아무도 넘지 못했다고 하여 '길 없는 산맥'이라 불리는 산맥이었다. 높이 자체가 높거니와, 바위산 사이마다 자리하고 있는 낭떠러지는 사람이 어찌해 볼 수 있는 종류의 것이 아니었다. 그런 까닭에 그 누구도 감히 길 없는 산맥을 넘으려 들지 않았다.

그런데 지금 바로 그 산맥을 넘자고 아라아탄이 말하고 있다.

"농이오?"

"아니."

"……."

이파는 말문이 막혔다.

"길 없는 곳에도 나의 길은 있어."

아라아탄이 흐리게 웃었다.

길이 없어도 그가 걸으면 모든 벨트렉족이 따라 걷는다. 이번이라고 다를 것 없다.

그것이 이 초원에서 왕으로 태어난 자의 길이었다.

9장

꺾이지 않는 칼과 같이

고예는 철저하게 강한 자의 나라다. 남녀도, 적서도 무의미하다. 힘의 논리에 의해 지배되는 문명의 제국. 서약의 주인을 황제로 세워야 하는 서왕과 동왕. 그들이 맺은 서약은 그들이 죽기 전까지 끝나지 않는다.

죽기 전까지는…….

"자우하 님. 일어나세요, 자우하 님."

무슨 꿈을 꾸는지 표정을 잔뜩 찡그리고 있던 자우하가 눈을 떴다. 말조차 통하지 않는 시종이 그녀를 쳐다보고 있었다.

「깨우러 온 것이냐?」

시종이 고개를 갸웃거렸다. 자우하는 부스스 일어나 틀어 올린 머리를 매만졌다. 그 속에 감추어둔 것이 무엇인지 이 고예인 시종은 상상도 못 할 것이다. 벨트렉족 중에서도 몇몇 고위 벨트렉족만이 하사받는 것, 아라아탄이 내린 절대적 신뢰의 표식. 그것을 빼앗기지 않았다는 것에 자우하는 안도하고 있었다.

"전하께서 오라십니다."

「내가 고예어를 못 한다는 걸 알고 있으면서 도대체 무어라고 지껄이는 것이냐?」

깊고 푸른 눈동자에 낯선 것들이 비친다. 정착해 사는 자들만이 누릴 수 있는 풍요다. 방 안은 화려하게 치장되어 있고, 시종 따위가 입고 있는 의복조차 사치스럽다. 대초원에서는 꿈도 꿀 수 없는 일이다.

"자우하 님……."

「알아들을 테면 알아들어 보라고 나를 약 올리는 것이냐?」

짜증을 부린 자우하가 이마를 짚었다. 이곳에 끌려온 지 얼마나 되었는지는 확실치 않다. 끌려오는 내내 약 같은 것에 취해 있었고, 그 후로도 한동안 몽롱해서 이성적인 생각을 할 수 없었다.

처음 끌려와서는 고문을 당했다. 벨트렉족의 진로를 알아내려는 것 같았지만, 그에 대해서 자우하는 말할 게 없었다. 부족은 여러 무리로 나뉘었다가 합쳐지며 계속해서 남하할 텐데, 무리를 이끄는 천호장 이상이 아닌 이상 그저 정신없이 뒤섞이며 우두머리를 따라다닐 뿐이다.

자우하는 최고전사도 아니었고, 하물며 일등전사도 아니었으며, 고작 이등전사에 불과했다. 이동 경로 같은 기밀은 그녀에게까지 전달되지 않는다. 설령 아는 게 있었다고 해도 죽으면 죽었지 입을 열지는 않았겠지만.

서왕부 측은 고문으로는 자우하의 입을 열게 할 수 없다고 판단했는지 작전을 바꾸었다. 시종들이 들러붙어 그녀를 잘 먹이고 입혔다. 자우하는 매일 서왕에게 불려가 간단한 다과를 하며, 알아듣지도 못할 말로 서왕이 떠들어대는 것을 들었다.

서왕은 가끔 끈적거리는 시선으로 자우하를 훑어보곤 했다. 그의 눈길이 닿을 때마다 자우하는 벌레가 온몸을 기어가는 듯한 역겨움을 느꼈다. 얻어낼 정보가 없다고 판단되면 서왕은 그녀를 적당히 가지고 놀다가 취하고 죽일 작정인지도 모른다. 아마, 그것이 가장 가능성 높은 미래겠지. 그의 더러운 취향은 대초원에도 소문이 짜하니.

자우하는 밤마다 몇 번씩 서왕에게 겁간당하는 꿈을 꾸었다. 꿈속에서조차 자우하는 죽지 못했다. 서왕을 죽이지도 못했고, 그 면상에 침을 뱉지도 못했다. 그것이 억울하고 서러워 울고 있으면 언제나 친구들의 목소리가 들렸다. 체츠가, 다르길이 그녀를 불러주었다.

자우하, 괜찮아. 우리가 있어. 네 곁에 있어.

우리가 항상 너를 지킬게.

'거짓말…….'

그들은 이제 없다.

울컥. 목이 멘다. 숨이 막힐 듯이.

"자우하 님?"

달아나라고 했다. 도망가라고 했다. 살아남으라고, 그렇게 말했다. 바보 같은 놈들. 혼자 살아서 대체 무얼 하라고.

자우하가 뜨거워진 눈시울을 꾹 눌렀다. 꼴사납게 울어서는 안 된다. 그녀는 벨트렉족의 자랑스러운 전사. 고예인 앞에서 눈물 흘릴 수는 없다.

'바드란고······.'

언제나 속을 득득 긁어놓던 오랜 벗을 떠올려 보았다. 대초원에서 그녀를 기다리고 있을 그를 생각하면 그래도 조금은 힘이 난다. 멍청한 게 고집만 세서 무슨 짓을 저지를지 모르는데. 누구라도 바드란고의 곁에 있어줘야 하는데. 그가 염려된다.

'아라아탄 님······.'

아라아탄 님은 어떻게 지내고 계실까? 조금쯤 걱정하고 계실까, 아니면 걱정할 여유조차 없으실까?

"자우하 님, 어디 아프십니까?"

「빌어먹을! 알아들을 수 있게 지껄이라고!」

자우하의 안색을 살피던 시종이 걱정스럽게 손을 뻗는 순간, 자우하가 팩 소리쳤다. 겁먹은 시종이 주춤주춤 물러섰다.

"죄송합니다, 자우하 님. 무슨 말씀이신지 전혀 모르겠습니다. 전하께서 오라십니다. 가셔야 합니다."

시종이 하는 말 중 자우하가 알아들을 수 있는 것은 제 이름뿐이었다. 느낌상 서왕이 부르고 있다는 것쯤은 알 수 있었으나 시종 계집의 말을 들어줄 생각 따윈 병아리 눈물만큼도 없었다.

「피곤하다. 물이나 떠다오.」

자우하는 침상 위에 드러누워 몸을 웅크리고서 아무것도 하고 싶지 않다는 의지를 표했다.

돌아가고 싶었다. 체츠가, 다르길이…… 바드란고가 보고 싶었다. 그리고 아라아탄. 아라아탄 님……. 그의 부인이 될 수 없다고 해도 그 곁에 있고 싶은데. 고예의 공주를 일족의 왕비로 인정하는 것은 정말 싫지만, 그래도 아라아탄 님의 곁에 있을 수 있다면 어떻게든 싫은 감정을 참아볼 텐데.

자우하는 울음을 참았다.

"자우하 님, 일어나셔야 합니다."

「…….」

"자우하 님, 일어나셔야 해요."

「…….」

"자우하…….."

「닥쳐! 입 닥치고 꺼져라! 꺼지란 말이다!」

시종이 연신 부르자 결국 벌떡 일어난 자우하가 사납게 소리쳤다.

"자, 자우하 님…….."

「입 닥치라고 하지 않았느냐!」

그 맹렬한 기세에 시종은 움찔거리면서도 자우하가 덮고 있는 이불을 끌어 내렸다.

"가셔야…… 합니다……."

시종이 울먹였다. 자우하의 눈매가 사납게 치켜 올라가며 더 험악해졌다. 계집이란 이유로 눈물이 헤픈 것들은 진짜 질색이다.

"제가…… 맞습니다……. 많이 맞습니다……."

시종이 뒤돌아서서 치맛자락을 들어 올렸다. 새하얀 종아리에 선명한 붉은 선이 빼곡히 그어져 있었다.

「…….」

"흐윽, 흑……. 아프고, 아파서……. 자우하 님……."

울음을 터뜨리는 시종을 자우하가 차가운 눈빛으로 노려보았다. 이 계집이 맞든 말든 자우하는 신경 쓰고 싶지 않았다. 고예인 따위가 맞아 죽든 말든 도대체 무슨 상관이란 말인가?

"흐으윽. 흑흑. 자우하 님……."

하지만 질질 짜며 알아듣지도 못하는 말로 계속 애원하는 것은 정말이지 더 듣기 싫었다. 결국 자우하는 침상에서 몸을 뺐다.

「안내해.」

"자우하 님!"

언제 울었느냐는 듯이 시종이 활짝 웃었다. 볼을 타고 흐르는 눈물을 쓱쓱 닦고는 시종이 종종 앞서 걸었다. 자우하는 연신 뒤돌아보면서 잘 오고 있는지 감시하는 시종을 따라갔다. 진짜 싫다. 고예의 것들은, 하나같이 소름 돋게 싫다.

'끔찍해.'

별궁을 나서며 자우하가 참담한 표정으로 주변을 둘러보았다.

담벼락이 첩첩이 둘러싸고 있는 구중궁궐. 낮에는 새가, 밤에는 쥐가 빈틈없이 지켜보는 곳. 연꽃과 모란꽃 문양이 음각된 화려한 담도, 기괴한 괴석이 잔뜩 늘어선 정원도 자우하는 거북하기만 했다. 이 화려함은 탁 트인 초원에서 나고 자란 그녀를 숨 막히게 한다.

"안으로 드시지요."

문이 열린다. 넓은 방이다. 붉은 휘장으로 치장된 커다란 침상이 방 한가운데 있고, 벽에는 테두리가 덩굴 무늬로 장식된 은창이 붙어 있다.

서왕은 침상 옆 의자에 앉아 차를 마시고 있었다. 마흔은 훌쩍 넘은 이 남자의 괴이한 색벽(色癖)은 서왕궁 안팎으로 유명하다. 온갖 추문을 뿌리고 다니는 이 남자가 황자의 제일지원군이다.

"앉아라."

서왕이 맞은편 의자를 손짓했다. 자우하는 두 눈을 부릅뜬 채 걸어가 그가 가리킨 자리에 앉았다.

이 남자를 죽이고 싶다. 이 남자를 찢어 죽이고 싶다.

흉포한 분노가 날뛴다.

당장에라도 그에게 달려들고 싶은 것을 참느라 자우하의 손끝이 덜덜 떨렸다. 옷자락을 꽉 움켜쥐자 하얗게 핏기가 가셨다.

"오늘도 아름답군, 자우하."

「멍청한 놈.」

자우하는 욕설을 내뱉었다.

이 서왕이란 자는 벨트렉어를 하지 못한다.

「조루. 고자. 색마.」

"아아. 그대는 목소리도 유혹적이군."

그렇지 않다면 이런 모욕적인 말을 듣고서 저렇게 방긋방긋 웃지 않겠지.

그가 야비한 웃음을 지으며 손을 뻗었다. 자우하의 표정이 무섭게 일그러졌다. 서왕의 주름진 손이 몸에 닿는 순간, 자우하는 죽어버리고 싶은 충동이 이는 것을 느꼈다.

「내 꼭 네놈을 죽일 것이다.」

그녀가 이를 득득 갈았다.

"초원의 것들은 길들여지지 않는 맛이 있지."

「갈기갈기 찢어서 아라아탄 님께 바칠 것이다.」

죽인다. 죽이겠다. 반드시. 기필코.

자우하가 저주를 쏟아냈다. 서왕은 멍청한 얼굴로 웃어댔다. 험악한 말을 지껄이던 자우하의 눈빛이 순간 가라앉았다.

'이자를 죽이려 들면 나는 필시 죽겠지.'

그래도 만약에, 아주 만약에, 이자를 죽이는 데 성공한다면 서약은 깨어질 것이다. 황자는 서왕부의 지원을 받을 수 없게 될 것이다. 그렇게 되면 공주가 제좌에 앉을 가능성이 더 높아지지 않을까? 아라아탄 님께서 무사히 황제의 부군이 되고, 보다 많은 벨트렉족이 살아서 대륙으로 올 수 있게 되지 않을까?

이자를 죽이고 싶다. 이자를 죽이려 들면 나는 반드시 죽는다. 그러나 내 죽음이 모두의 삶으로 이어진다면, 그 죽음은 능히 감수할 만하지 않은가?

불현듯 깨달으니, 자우하의 몸이 가늘게 전율했다.

그녀는 꺾이지 않는 벨트렉의 전사다. '만약'이란 가능성이 그녀의 가슴을 뒤흔든다. 곰곰이 다시 생각해 본다. 서왕을 죽이는 것 외에 할 수 있는 일이 과연 있는가. 어차피 살아서 이 구중궁궐을 탈출하는 것은 거의 완벽하게 불가능하니, 그렇다면 무슨 짓을 해서라도 이 서왕을 죽이는 게 최선이지 않을까? 그것이야말로 죽은 전우의 복수, 아라아탄 님께 바치는 최고의 충성이 되지 않을까?

두근.

입술이 떨린다. 입안에 침이 마른다.

죽일 수 있다면. 이자를 죽일 수만 있다면.

'바드란고······.'

서왕을 죽이고자 하는 열망으로 가득한 자우하의 머릿속에 돌연 바드란고가 끼어들었다. 아라아탄이 허락했든 불허했든 기어이 서왕부로 오고 있을 그가 마음에 걸린다. 바드란고, 그러면 무슨 짓을 해서라도 분명 그녀를 찾아내고야 말 것이다. 그때, 그녀가 이미 죽고 없다면 절망이 그를 뒤덮지는 않을까.

'나는 이자를 죽인다.'

그러나 자우하는 바드란고를 머릿속에서 밀어냈다. 그녀의 짙푸른 두 눈이 단호해진다.

"황자든 서왕이든 움직일 거야. 대륙과 초원의 경계를 넘겠지. 크고 작은 전투는 분명히 발생해. 누군가는 죽어. 죽는 이가 그대는 아니라고 누가 감히 장담하지, 이파? 나는 그대를 무사히 동왕부로 데려가야만 해. 그것이 아무도 예상하지 못한 길이 필요한 이유야."

아라아탄은 그렇게 말했다.

길 없는 산맥. 그 미지의 세계에 발을 디딘다. 끝없이 이어질 듯한 암벽과 산릉. 삭막하기까지 한 그 잿빛 산들. 몇 개의 산등성이가 접힌 병풍처럼 겹쳐 있다.

"아!"

갈 길을 가늠해 보며 멍하니 걷던 이파가 발을 헛디뎠다.

"조심해."

아라아탄이 동물적인 움직임으로 그녀의 팔뚝을 붙잡았다.

"미, 미안하오. 주의하겠소."

"그래."

짧게 대꾸하고는 다시 앞장서 걷는 아라아탄의 뒷모습을 이파가 반히 바라보았다. 확실히 이 산을 넘어 동왕부로 간다면 서왕이나 황자의 군사와 싸울 일은 없을지도 모른다. 하지만…….

"길은 정말 알고 가는 거요?"

이파는 불안했다. 다른 위협이 너무 많다고 생각되었다. 추락사라든가 동사라든가 하는 온갖 위험이 도사리고 있지 않은가.

"설마 내가 길도 모르고 갈까 봐?"

"으음."

이파는 말끝을 늘리며 가늘어진 눈으로 아라아탄을 본다.

그는 지극히 이성적인 초원의 왕이다. 일족의 사활을 걸고 모든 것을 내던지는 냉혈한이다. 그런 그가 자신과 그녀를 사지로 내몰고 있을 리는 없다.

"물론 그럴 리는 없다고 생각하오."

이파가 대답했다.

"그럼 왜 같은 질문을 하고 또 해?"

"그야, 음, 이상하지 않소?"

"무엇이?"

"어떻게 그대가 이런 길을 아는 거요?"

이파의 의문점은 그것이었다. 들어가면 나온 자가 없다 하여 붙여진 이름이 '길 없는 산맥'이었다. 그런데 아라아탄이 길을 안다는 것은 예전에 이곳에 들어와 본 적이 있다는 뜻이고, 살아서 무사히 벨트렉족에게 돌아갔다는 뜻이 되지 않는가? 초원의 왕이 무슨 이유로 이 위험한 산에 왔던 것일까?

의문하는 이파를 가만히 바라보던 아라아탄이 느릿하게 입을 연다. 그의 눈빛이 평소보다 더 투명해진다. 허공을 보듯 초점이 흐리다.

"오래전, 배신자 하나가 이곳으로 도망쳐 왔어."

"아⋯⋯."

"그 계집만큼은 반드시 내 손으로 잡아 죽이고 싶었지."

이파가 벌어진 입을 꾹 다물었다. 그녀는 단조로운 말투로 '반드시 죽이고 싶었다'라고 말하는 아라아탄의 감성을 이해해 보려고 애썼다. 어떤 계집이기에 이 무심한 아라아탄에게서 그 정도의 분노를 불러일으키는 건지 돌연 궁금해진다.

혹, 치정으로 얽힌 계집은 아니었을까. 그다지 금욕적인 사내가 아니라는 저 아라아탄의 마음을 사로잡을 정도로 매혹적이었다거나.

"배신자는 처단했소?"

이파는 괜스레 침울해졌다.

"아직."

"놓쳤소?"

모르긴 해도 그 계집은 굉장한 전사이기도 했나 보다. 천하의 아라아탄이 놓칠 정도라면.

"아니."

이파가 또록또록 두 눈을 굴렸다. 처단한 것도 아니고, 놓친 것도 아니라면…… 혹 그가 찾아내기 전에 죽어버렸나?

"그럼, 음, 그 계집 혼자 절벽에 떨어지거나 짐승에게 먹히거나, 뭐 그런 식으로 죽어버린 거요?"

힘들게 따라오면서도 꽤 집요하게 묻는 이파 때문에 아라아탄이 잠시 멈춰 섰다. 양털 모자를 푹 눌러쓴 그녀의 뺨이 붉게 상기되어 있었다.

"그 계집이 왜 그리 궁금해?"

"아, 그, 그건……."

무슨 관계였기에 그대가 그리 분노하는지 궁금하니까, 라고 답할 수 없는 이파가 입을 다물었다. 저 잘난 초원의 왕에게 있어 그녀는 정략혼의 상대일 뿐이고, 일족의 내일을 열어줄 열쇠에 불과할 테니까. 목숨이 왔다 갔다 하는 이런 상황에 한가하게 사랑 타령이나 하는 모습을 들키고 싶지도 않았다.

"대답하기 싫으면 대답하지 않아도 되오."

이파가 괜히 뚱하게 중얼거렸다.

"……."

"사실 그다지 궁금하지도 않았소. 그저 먼 길 가는데, 그대가 하 말이 없어 아무것이나 물어본 것이지."

이파가 비아냥거리듯 툴툴거리며 아라아탄의 시선을 피했다.

"……."

그래도 빤히 날아드는 그의 눈길은 느껴진다. 결국 다시 눈을 맞춘 이파가 잔뜩 미간을 접으며 말했다.

"진짜 아니 궁금하대도?"

아라아탄의 얼굴이 무표정하다. 웃음기도, 노기도 없다. 그 무 표정이 무뜩 무섭다. 무슨 자격으로 내 과거를 묻느냐고 꾸짖는 것도 같고, 적국의 계집에게 말해주고 싶지 않다고 힐난하는 것도 같다. 가슴 깊은 곳에서 무언가가 왈칵 치밀어 오른다.

"그래, 내 괜한 것을 물었……."

"잡아."

이파의 말을 끊으며 아라아탄이 손을 내밀었다.

"에?"

"나는 그대에게 내 일족을 걸었어. 그대의 표정을 보니 조금 지 친 것 같아. 발이라도 헛디뎌서 어디 골절이라도 되면 곤란해. 이 길은 그러잖아도 시간이 오래 걸려."

"……."

이파는 말없이 그의 손을 바라보았다.

아, 그런 뜻이구나.

그는 왕이다. 언제나 초원의 왕으로서 판단하고 행동한다. 그런데도 이리 불쑥 내밀어주는 손 때문에 가슴이 날뛴다. 그가 실은 아주 다정한 사내가 아닐까 하고 착각하게 된다.

"잡으라고 하였어."

완연한 명령조다.

이파가 입술을 잘근 깨물고는 그의 손을 잡았다. 그의 손은 크고 따뜻하다. 이 손의 온기만큼 그의 마음도 따뜻하면 참 좋겠다.

'실망하지 마라. 과거를 내게 설명할 의무가 그에겐 없으니.'

그녀는 그가 궁금하다. 그가 자꾸만 궁금해진다.

그러나 자신과 같은 마음을 그에게 강요할 만큼 아둔하진 않았다. 그럴 권리가 그녀에겐 없다. 필요에 의해 이루어진 관계다. 그러니까 그녀의 물음에 그가 답하지 않아도, 그녀에 대해 그가 궁금해하지 않아도 별수 없는 일이다.

둘은 한참을 걸었다. 산은 가팔랐고, 짐승이 다니는 길은 사람이 다니는 길보다 몇 배는 험했다. 산을 잘 타는 편이 아닌 이파는 몇 번이고 넘어질 뻔했다. 대륙과 대초원의 경계인 검은 산맥은 길 없는 산맥에 비하면 험한 것도 아니었다.

해가 거의 저물어갈 즈음, 아라아탄이 불현듯 입을 열었다.

"나는 그 계집을 존경했어, 이파."

아라아탄이 말하는 그 계집이 누구인지 잠깐 고민한 이파가 두 눈을 크게 떴다. 일족의 배신자라던 그 여자다. 말해주지 않아도 별수 없다고 여겼던 그때의 일을 아라아탄이 말해준다.

눈가에 갑자기 열이 몰린다.

'아…….'

이파가 두 눈에 잔뜩 힘을 주었다.

그는 도대체 몇 번이나 그녀를 들었다 났다 하는 것일까.

"그녀는 내 아버지의 친우였고, 내가 태어나기 전엔 종종 우리 부족을 찾아왔다고 해. 그녀는 강하고 아름다워서, 나는 그녀의 이야기를 듣는 것만으로도 그녀를 존경하게 되었지."

"……."

"나는 그녀의 배신을 알았을 때 더없이 분노했어. 그녀를 내 손으로 잡아 죽이고 싶었지. 나는 저곳에서 그녀를 발견했어."

이파는 그의 손가락이 가리키는 곳을 바라보았다. 큰 바위가 있었다.

"그녀는 울고 있었어."

아라아탄이 문득 말을 끊었다가 다시 잇는다.

"이파, 나는 배신자를 경멸해."

"……나도 그러오."

"하지만 살고자 하는 의지는 존중하지. 여기서 모순이 생겨."

"……."

"살고자 배신해야만 했던 자는 어떻게 해?"

아라아탄이 묻는다. 이파가 시선을 떨어뜨렸다가 다시 들었다. 맞잡은 손에서 아라아탄의 손이 가늘게 떨리는 것이 느껴졌다.

"고예에선 어떤 경우든 배신자는 용납하지 않소."

"그래, 배신은 용납할 수 없는 것이지. 하지만 사람에겐 각자의 사정이란 게 있어. 나는 야만족의 왕이지. 우린 약탈하고 살육해.

그렇게 하지 않으면 살아남을 수가 없어. 고예는, 제 백성을 지켜야 해. 그래서 검은 산맥을 넘어와 우리를 도륙해. 누가 틀린 거야? 다른 방법이 없어. 살아남으려면, 살아가려면, 그런 방법뿐이야."

그의 목소리는 언제나 그랬듯 단조롭다. 고저 없고, 느리지도 빠르지도 않은 말투다. 그 아래 숨은 깊은 자괴가 이파를 덮쳐 온다.

"그녀는 살아남아야 했어. 배신자가 되지 않으면 살아남지 못해. 살아남아야만 복수할 수 있어."

"……."

"그녀의 복수는 내가 바라는 것을 이루는 데 도움이 될 것이었어. 그래서 나는 그녀를 보내주었어. 그녀가 내게 약조했지. 그녀의 복수가 이루어진 날, 자기의 목을 가지러 오라고. 기꺼이 내어주겠다고. 이 길은 그녀에게 배웠어. 답이 되었어?"

이파가 고개를 끄덕인 후 망설이다가 물었다.

"그녀가 지금 어디에 있는지 아오?"

"물론이지."

"그녀의 복수는 이루어졌소?"

"아직."

"그녀가 순순히 목을 내어주겠소?"

"그래야 그녀의 복수가 완전해져."

어렵다. 그래도 아버지의 친우였다면 적어도 치정으로 얽힌 사이는 아니겠지. 이파는 제 결론이 어처구니없어 헛웃음을 지었다.

황후가 계승전을 연 것은 지극히 국모다운 결정일지도 모른다. 황제다운 마음가짐도, 몸가짐도 갖지 못한 공주를 제 소생이란 이유만으로 황제로 세울 수는 없었을 것이다. 그야말로 고예를 말아먹는 짓이지 않은가.

"나는 잘 모르겠소."

이파가 나직이 중얼거리며 눈을 내리떴다.

삭막한 겨울 산에도 아름다움은 있다. 은빛으로 반짝이는 기억초가 곳곳에 돋아난 것이 보였다. 마주 난 풀잎들이 바람에 살랑거렸다. 저것들을 태워 그 향을 맡으면 아라아탄의 과거 어디쯤을 볼 수 있을 것이다. 그럼 그를 조금쯤 더 알게 될까. 그를 아주 조금은 더 이해할 수 있게 될까. 그녀는 그를 알고 싶다. 자꾸만 알고 싶어진다.

"이 아래로 내려가면 작은 굴이 하나 있어. 오늘은 그곳에서 묵자."

아라아탄이 그 배신자 계집이 울고 있었다는 바위로 이파를 이끌었다. 그는 가파르게 이어진 암벽을 거리낌 없이 타고 내려갔다. 이러다 진짜 추락사하고 말 거라고 이파는 생각했다.

"어서 와, 이파."

그래도 가야 한다. 아라아탄에게 간다. 이파가 심호흡을 크게 한 후 돌부리를 밟고 내려가기 시작했다.

"좋아. 잘하고 있어. 거의 다 왔어."

그가 그녀를 격려했다. 이파는 침착하게 아래로 내려갔다.

두어 번만 더 조심해서 돌부리를 밟으면 되겠다 싶어 저도 모르게 방심한 순간 이파가 미끄러졌다.

"으악!"

비명을 지르며 쭉 미끄러져 엉덩방아를 찧은 그녀에게 아라아탄이 급히 다가왔다.

"이파, 괜찮아?"

"저, 아라아탄. 그대가 혹 실망할까 내 여태 말하지 못했는데, 나는 산을 정말 못 타오. 이 산맥을 넘어가다가 다치거나 죽을 확률이, 초원에서 오라버니의 병력과 마주쳐 싸우게 될 확률보다 높을 것 같소."

이파가 엉덩이를 주무르며 일어났다. 그녀를 바라보고 있던 아라아탄의 표정이 미묘하게 굳는다.

「그걸 고려 안 했네.」

그답지 않게 당황한 모양이다. 아라아탄이 작게 벨트렉어로 중얼거리고는 이파를 힐끔 쳐다보았다.

"이파, 산을 못 타는 것 자체는 문제가 안 돼. 그대가 못 따라올 길은 아니니까. 다만…… 이게 몇 개로 보여?"

아라아탄이 손가락 두 개를 척 폈다.

"두 개로 보이오."

"산에 올라온 뒤로 속이 메슥거리는 건 없어?"

아라아탄이 불쑥 얼굴을 들이밀며 물었다. 이파가 움찔 놀라 뒤로 물러서며 손등으로 얼굴을 가렸다. 속이 자꾸 울렁거리기는 하는데, 그건 산에 올라오기 전부터 그랬으니…….

"괜찮소."

이파가 적절한 답을 골랐다.

"머리가 아프거나 하진 않아?"

머리가 조금 아프긴 하다. 툭하면 모든 것을 아라아탄과 연관지어 생각하려는 그녀 자신 때문에.

온 신경을 계승전에 집중시켜도 모자랄 판에 자꾸만 모든 신경이 아라아탄에게 쏠려 버린다. 그것을 혼자 탓하고, 해결책을 강구하느라 머리에서 열이 날 것 같다.

"괜찮소."

이번에도 이파는 대충 적당한 답을 골랐다.

"그럼 됐어. 해가 지기 전에 불을 피우자. 여기서 기다려. 땔감을 주워 올게."

"알겠소."

"좋아."

이파가 얌전히 고개를 주억거렸다. 착하다는 듯이 아라아탄이 그녀의 머리를 한 번 쓰다듬었다. 이파의 얼굴이 터질 듯 달아오른다. 다행히도 아라아탄은 등을 돌린 뒤였다.

"으아……."

수명이 자꾸 줄어드는 기분이다.

그래도 그래서 다행이라는 생각이 들었다. 벨트렉족의 왕이 그라서. 다른 이 아닌 바로 그라서.

진파는 북쪽 경계로 갔다. 검은 산맥과 검은 강이 대초원과 대륙을 경계 짓는 곳이었다.

몇 년 전만 해도 강물이 얼면 벨트렉족은 하루가 멀다 하고 언 강을 건너와 변두리 고을을 약탈해 갔다. 천마를 타고 내달리는 벨트렉족은 고예의 잘 훈련된 정예들도 감당하기 힘들었다. 그나마 지금은 3년 전 진파가 주도하여 강행했던 대토벌에 의해 벨트렉족이 조금 수그리고 있는 상황이었다. 그전에는 감히 입에 담기도 끔찍할 정도였다.

바로 그, 흉흉해지는 계절이 다가오고 있었다. 강물이 얼어붙고 있다. 최근 그들이 비교적 얌전했던 것은 바로 올겨울, 대약탈을 감행하기 위해서였을지도 모른다.

"찾았느냐?"

진파가 명하에게 물었다.

"송구합니다, 주군."

명하가 고개를 조아렸다. 벨트렉족의 모든 천호장이 움직이고 있다. 남녀노소 할 것 없이 약탈에 가담하고 있다. 동왕부로 향하는 이파와 아라아탄을 보호하기 위해 더욱 날뛰는 것일 텐데, 천마를 이용해서 치고 빠지는 그들의 전략은 정녕 골칫덩이었다.

"북나에서 세 번의 교전이 있었다고 합니다. 매복해 있다가 급습하여 백호장 하나를 생포하고 삼백여 명의 벨트렉족을 섬멸했습니다."

"아군의 피해는?"

"작지 않습니다."

현재는 황제의 군대도 벨트렉족을 상대하고 있다. 하지만 아라아탄이 공주와 국혼을 올리면 상황은 달라진다. 황후는 벨트렉족 또한 계승전에 참여했다고 판단하고 군사를 거두어 버릴 것이다. 계승전이란 황제를 뽑는 것. 선대 황제가 이룬 것들이 개입되어서는 안 된다. 선대 황제가 이룬 것에는 군사도 포함된다.

　그야말로 야만족에게 국경을 훤히 열어주는 꼴이 되어버린다. 서왕부의 군대만으론 그들의 남하를 저지할 수가 없다. 거기다가 망국의 유민들이 난이라도 일으키면 고예는 진정 생지옥이 되리라.

　"아라아탄의 위치는 알아냈느냐?"

　"송구합니다, 주군. 모든 방법을 동원해서 백호장을 고문했지만 아무것도 알아내지 못했습니다."

　"아무것도 알아내지 못한 것이냐, 그자가 아무것도 모르는 것이냐?"

　"아뢰옵기 송구하오나, 아무것도 모르는 쪽이라고 사료됩니다."

　"그 근거는?"

　"모든 천호장이 움직이고 있기 때문입니다."

　명하는 '모든'을 특히 힘주어 말했다.

　"벨트렉족에는 수십 명의 천호장이 있습니다. 벨트렉족의 중대사는 천호장 회의를 통해 상정되고, 아라아탄이 결정합니다. 직접적으로 아라아탄의 명을 받드는 것은 대개의 경우 천호장들뿐입니다."

"천호장이라……."

"또한 천호장이라고 해도 그 세력의 대소에 따라 아라아탄을 직접 받드는 자가 있고, 같은 천호장을 받드는 자가 있습니다. 천호장을 잡아도 알아낼 수 있을까 말까 한 것을 백호장에게서 얻어낼 수는 없을 겁니다."

"……."

진파가 입술을 굳게 깨물었다.

수십만의 벨트렉족이 찢겨졌다 합쳐지길 반복하며 남하한다. 얼어붙은 강물을 건너와 민가를 약탈하고, 고예의 백성을 죽이고 다시 건너간다. 그렇게 쉼 없이 몰아치며 국경을 비우지 못하게 하고 있다. 현재로서는 벨트렉족을 생포해서 아라아탄의 위치를 알아내는 것은 거의 불가능할 성싶다.

그렇다면 아라아탄이 동왕부에 들어서기 전에 잡기 위해서는 직접 초원으로 쳐들어가 이 잡듯 뒤져야 한다는 뜻인데, 초원으로 가기 위해서는 지금보다 훨씬 큰 규모의 군대가 필요하다. 서왕부에 지원군을 더 요청했지만 그들이 오기까지는 꽤 시간이 걸릴 텐데, 설령 그들이 온다고 해도 초원 깊숙이 밀고 들어갈 인원은 되지 않을지도 모른다. 군량미를 보급하는 것의 어려움은 말할 것도 없고.

지금 가정할 수 있는 최악의 상황은 초원을 누비는 저 무리 중에 아라아탄이 없는 경우다. 진파가 아는 한 대초원과 동왕부가 이어진 고을은 모두 점령하여 감시하고 있다. 야만족의 약탈 행위로부터 고예인을 보호한다는 황자의 명분에 황후가 그 점령을 승인하였다. 아라아탄은 아직 그곳을 지나가지 않았다.

"동왕부로 통하는 길은 확실히 막았겠지?"

"예, 주군. 물샐틈없이 경비하고 있습니다."

공주와 만나 서약이 이행되기 전까지 동왕은 벨트렉족을 공식적으로는 지원할 수 없다. 그들이 공주를 보호하고 있든 어쨌든 아직은 고예의 적인 까닭이다. 이후에 그들이 설령 공주의 백성이 된다고 해도 지금은 초원의 야만족일 뿐이다. 빼앗고 죽이는 것밖에 할 줄 모르는 짐승들 말이다.

"서왕부에서 지원군이 더 올 때까지는 얼마나 걸리겠느냐?"

"족히 열흘은 걸릴 것입니다."

공주와 동왕이 만나지 못하게 하는 것이 최우선이고, 아라아탄이 고예에 발 딛지 못하게 하는 것도 최우선이다. 최우선으로 두어야 할 것들이 너무 많다.

'열흘이라…….'

현재 감시해야 하는 곳은 주로 강이었다. 그들은 천마를 타고 달린다. 고예는 갖추지 못한 그 기동력이 벨트렉족의 무서운 점이었고, 고예가 가장 두려워하는 점이었다. 산맥을 넘어오는 방법도 분명 있지만, 천마를 타고 산맥을 넘는 것은 그들의 최대 강점인 기동력을 포기하는 짓이다. 느려터진 벨트렉족은 세 살 동자만큼도 무섭지 않다.

과연 열흘 안에 아라아탄과 이파가 그의 눈을 피해 동왕부에 도착할 수 있을까. 공주가 서약의 이행을 명하고, 벨트렉족이 부마국으로 공표될 수 있을까.

'야만족과의 국혼이 공인되면 고예의 근본이 흔들린다. 그것이 고예의 파국임을 정히 몰라?'

고예는 우월하고 고귀한 혈통을 바탕으로 약소민족을 억누르고, 대륙을 통합했다. 독립된 나라를 이루고서 독특한 문화를 꽃피웠던 그들은 일개 번주의 신민으로 전락하여 고예에 충성하게 되었다. 자신들은 본디 열등하여 고예에 복속되었다고 세뇌당하면서.

그런데 저 꺾이지 않는 초원의 것들이 마침내 고예와 동등한 지위를 확보한다면, 그때도 고예의 모든 약소민족과 유민들이 얌전히 있을까?

그럴 리 없다. 그럴 리가 없다.

"아라아탄을 찾아야 한다, 명하야. 그자를 찾아 죽여야만 해."

"예, 주군."

그 선동되기 쉬운 것들이 또다시 분리되고 독립되길 꿈꾸기 시작한다면 고예는 걷잡을 수 없이 분열되고 만다. 하찮것없는 것들의 바람일수록 들불처럼 번지는 법이다. 그것은 진파의 패배를 뜻한다. 운영을 구할 수 없다는 의미가 된다. 그리되는 것을 마냥 보고 있지는 않을 것이다.

"해야 한다면 대초원의 모든 것을 불살라서라도."

"예, 주군!"

진파가 주먹을 움켜쥐었다. 머릿속이 명료해진다.

황후는 필시 고예를 망하게 하려는 것이다. 제 조국을 굴종시킨 고예를 용납할 수 없는 그녀는 고예의 황후가 아니라 여전히 조의 황녀일 뿐이었다.

그것을 아는데도 막을 수가 없다.

황제가 없으므로. 황자도, 공주도 아직은 황제가 아니므로.

충성할 곳을 잃은 왕공후는 입을 다물고, 서약을 이행해야 하는 두 번국의 번왕만이 서로에게 칼을 겨눈다.

행인이 드문 골목길이었다.

"바드란고."

바드란고가 움찔 멈춰 섰다. 눈이 보이지 않도록 삿갓을 깊게 눌러쓴 그에게 한 사내가 다가왔다.

"대초원으로 가다가 살해당한 정찰병들, 딱 네 솜씨다 싶었다."

익숙한 목소리였다. 바드란고는 그 목소리의 주인을 알고 있었다.

서왕의 장자이자 서왕부의 대장군으로서 벨트렉족과의 화친을 주장했던 자. 벨트렉족에게 서왕부의 황무지를 개간하게 한 후 일정한 조세를 걷어 운용하자고 했던, 서왕부의 한 왕자. 그로 인해 부왕의 눈 밖에 난 비운의 왕세자.

"왕소."

바드란고가 바짝 긴장하며 칼자루를 쥐었다. 왕소가 픽 웃었다.

「바드란고, 그댄 아직도 그다지 영특해지진 못한 모양이야. 그댈 죽일 생각이었다면 그댈 부르는 대신 죽이지 않았겠어?」

바투 다가선 그가 바드란고의 귀에 대고서 능숙한 벨트렉어로 비아냥거렸다. 틀린 말은 아닌지라 바드란고가 입술을 지르물었다.

"네가 찾는 것이 내가 짐작하는 것이라면 왕궁 근처를 지나갈 것이라고 생각했다. 이미 며칠이나 감시하고 있었지."

"하고 싶은 말이 무어냐, 왕소."

"내가 너를 도와주지."

"무어?"

바드란고는 순간 제 귀를 의심했다.

"내가 너를 돕겠다고."

왕소가 태연한 말투로 같은 말을 반복했다. 기가 차서 바드란고가 차갑게 되물었다.

"어째서?"

"어째서라니? 나는 너희가 좋아. 그 순수함. 살기 위해서라면 얼마든지 비열해지는 그 잔악함. 그 이중성이 좋아. 좋아하니까 도와주겠다는 거야."

바드란고의 눈매가 사납게 번뜩거렸다. 그가 낮게 이를 갈며 을러멨다.

"이유 없는 선행은 없다. 진짜 목적을 말해라."

왕소가 잠시 입을 다물었다. 주변을 살핀 그가 바드란고에게 귓속말했다.

"아버지가 날 죽일 거야."

바드란고가 멈칫했다.

"뭐?"

"난 이미 한 번 내쳐졌어, 바드란고. 그리고 아버지에겐 말 잘 듣는 강아지 같은 아들이 하나 더 있지. 내년이면 내 아우가 일곱 살이 돼. 아버진 그 아일 세자로 책봉하고 싶어 해. 그런데 내가 살아 있으면 불가능하잖아?"

"……."

"고예의 선황 폐하께선 힘으로 대륙을 통합하였지. 많은 나라 가 사라졌어. 내 조부께선 선황 폐하의 무력정복이 시작되기도 전에 일찍이 알아서 고예 밑에 기어들어 가셨지. 그 덕분에 이 서왕 부는 번성했어. 하지만 그것뿐이야, 바드란고. 이것은 우리의 부귀영화가 아니야. 이것은 고예의 것이지. 나는 우리만의 나라를 원해. 서왕부가 아니라 '진(眞)'이라는 국호를 쓰던 진짜 나라. 아버진 그런 날 탐탁지 않게 여겨."

그러니 네가 나를 도와줘. 내가 너를 도와주지.

왕소가 속삭인다.

그를 믿을 것인가, 말 것인가.

"너를 납치한 후 내가 원하는 것을 내놓으라고 협박하는 게 나을 것 같군. 네 생각은 어떠냐, 왕소?"

왕소가 풋, 작게 웃었다. 그가 느닷없이 의복을 벗었다. 뒤돌아선 그의 등엔 낙인이 가득했다.

"바드란고, 설마 내가 이곳에 올지 말지도 모르는 널 위해 이 낙인들을 새겼다고 생각하진 않겠지? 내가 납치되어 죽는다면 내 아버지는 하늘을 날 듯이 기뻐할 거야. 날 폐서인하는 것도 어렵겠지만 명분을 달아 죽이는 건 더 어려우니까. 그 어려운 일이 한 번에 해결된다면 누구라도 행복해하지 않겠어?"

붉게 부풀어 오른 화상 흉터는 참혹하기 이를 데 없었다. 오래된 것, 갓 생긴 것. 그 종류도 다양한 가운데 왕의 문장이 유독 선명하다.

"내 아버지가 죽으면 서약은 깨져. 그것은 네 주군이 천군만마를 얻는 것과 같아. 아니 그래?"

그 말에 바드란고의 심장이 요동쳤다.

10장

만나고 싶다

　황후는 지도를 물끄러미 보고 있었다. 대륙과 초원을 포함하는 전도였다. 중심에 황도가 있고, 옛 조의 땅엔 동왕부가, 옛 진의 땅엔 서왕부가 있다. 다양한 약소국이 존재했던 남쪽은 남왕부로 통칭되었다.

　그리고 대초원. 검은 산맥과 검은 강에 의해 대륙과 유리되어 완전히 다른 삶을 구축해 온 그곳.

　황후는 대초원과 고예의 경계에 흰 말 하나를 놓았다. 그것은 황자의 편이었다. 대초원과 동왕부 사이의 길 없는 산맥에 검은 말 두 개를 놓았다. 그것은 공주의 편이었다. 다시 서왕부에 흰 말을 하나, 동왕부에 검은 말을 하나 놓았다. 전자는 황자의 편이었고, 후자는 공주의 편이었다.

황후는 그 세력의 강성함을 비교했다. 엇비슷하다. 맞부딪힌다면 어느 쪽이 승리하든 승자 또한 만신창이가 될 것이다.

"……."

황후의 시선이 남왕부로 내려갔다.

지금은 비슷하지만, 남쪽이 어느 한쪽에 합류한다면 결과는 어떠할까?

황후의 눈매가 가만히 휘었다.

남쪽이 들끓고 있다.

초원의 왕이 오고 있대. 그 야만족조차 지켜낸 나라를 우린 정말 지켜낼 수 없었던 거야?

사람들이 들썩댄다. 웅성웅성. 웅성웅성. 쉴 새 없이 불씨가 퍼져 나간다. 그 불씨는 어느 순간, 일시에 화르륵 타오를 것이다.

남왕부에 검은 말을 놓는다.

"아르슬랑과 아타르의 마지막 남은 핏줄아, 어서 이 목을 가지러 오렴."

황후는 작게 중얼거리고는 사뿐히 일어나 전도를 쫙쫙 찢어버렸다.

"다시 돌아가는 거야."

갈가리 찢겨 살던 그때로. 조가 다시 세워지고, 남왕부의 소국들이 하나둘 일어서면, 이 발칙한 황후놀음도 끝이 날 거야.

황후는 찢어진 전도를 장작 삼아 환상초를 태웠다. 희뿌연 연기가 방 안 가득 내려앉는다. 눈앞이 아슴아슴 흐려지고, 황제의 기억이 선연해진다.

'아버지⋯⋯ 어머니⋯⋯.'

그들은 처참히 도륙되어 쓰러져 있다. 문득문득, 익숙한 음성들이 머릿속으로 흘러들어 온다.

'이들이 어찌 짐의 공격 일시를 알았을까? 참으로 신통하구나. 이 정녕 신통한 일인 것일까, 누군가의 앙큼한 짓인 것일까?'

'폐하, 아뢰옵기 송구하오나 황후 폐하는 그 속이 의뭉스러운 분이시옵니다. 황후 폐하께선 조의 황녀이시던 시절 벨트렉족과 종종 교류한 것으로 아옵니다. 조와 벨트렉족의 연합에 정녕 황후 폐하께서 무관하겠나이까? 부디 그 미색을 걷고 생각하시옵소서.'

'상황을 냉정히 보시옵소서.'

'황자비 전하의 직언을 되새겨 보시옵소서.'

'이것은 우연이 아니옵니다.'

적의 가득한 말들이 계속해서 들려온다. 마침내 황제가 수긍한다.

'경들의 말이 옳다. 황후는 자신이 조의 황녀가 아니라 고예의 황후라는 점을 증명해야 할 것이다.'

황후는 그 대화를 흘려들으며 그리운 얼굴 속을 거닐었다.

그렇게 끝없이 그날의 참상을 되살려 본다. 눈물이 굳어 흐르지 않고, 마음이 마모되어 남아나지 않아도, 결코 복수의 각오만은 잊지 않도록.

이따금 생각한다. 그때 모두와 함께 죽었다면 차라리 더 행복했을 것이라고.

길 없는 산맥은 이름답게 깊고 험했다. 아라아탄은 쉴 새 없이 산릉을 탔고, 이파는 그를 따라가다 보면 거의 녹초가 되었다.

"속은 괜찮아?"

"괜찮소."

"머리 아픈 것도 없고?"

"없소."

매일 아라아탄은 몇 가지를 물었고, 이파는 대답했다. 연신 고개를 젓던 이파가 입술을 비죽였다. 숨이 턱까지 차올랐느냐고 묻는다면 당장 그렇다고 대답할 텐데.

하루만 쉬자고 하고 싶지만 어리광 부릴 때가 아니라는 것쯤은 이파도 알고 있다. 하지만 대륙에서 나고 자란 이파에게 겨울 산은 너무 추웠다. 생전 처음 겪는 추위에 이러다가 진짜 얼어 죽을 것만 같았다. 이건 명백히 아라아탄의 판단 착오다. 세상 모든 사람들이 자기처럼 추위에도 끄떡없고, 산도 거뜬하게 탄다고 생각한 것이겠지. 하지만 이 세상 사람들은 대부분 아라아탄처럼 집요하지도 않고, 건강하지도 않다.

"이파?"

오들오들 떨고 있는 걸 보았는지 아라아탄이 불쑥 손을 뻗었다. 이파의 이마를 짚는 그의 표정이 진중하다.

"추워?"

"죽을 만큼 추운 건 아니오."

못 견디게 추운 것뿐이지.

이파가 새침하게 말했다.

"오늘은 이 근처에서 묵어야겠어. 먹구름이 몰려들고 있어. 눈보라가 몰아칠 거야."

"눈보라?"

의미는 알고 있지만 무척 생소한 단어를 따라 읊조린 이파의 입술 사이로 입김이 부옇게 부서진다.

"그래. 오래 붙잡히면 곤란한데."

근심 어린 표정을 짓는 아라아탄은 처음 본다. 이파는 두 눈을 동그랗게 뜨고서 그를 쳐다보았다.

"왜?"

"아, 아니 쳐다봤소!"

이파가 괜스레 민망해서 허둥지둥 고개를 내저었다. 영문을 모르겠다는 듯이 그녀를 응시하던 아라아탄이 손을 내밀었다. 이파가 머쓱해하며 그의 손을 잡았다.

"오늘 묵을 곳에 데려다줄게. 그곳에서 기다리고 있어. 좀 늦을지도 몰라."

"늦다니?"

"혹시 눈보라가 그치지 않으면 이삼 일은 갇혀 있어야 할지도 몰라. 식량은 물론이고 땔감이 충분해야 해. 그댄 추위에 약하잖아."

"아⋯⋯."

이파가 살짝 입을 벌렸다. 찬 공기가 입안으로 훅 들어온다. 그 차가운 느낌에 이파가 화들짝 입을 다물었다. 그 모습을 본 아라아탄의 입매가 미묘하게 말려 올라간다. 이파가 상기된 볼을 숨기듯 고개를 숙이고서 작게 말했다.

"땔감은 내가 모으겠소."

그의 일을 덜어주고 싶다. 모든 책임을 그에게 떠맡기고 싶지 않다.

"그댄 산을 못 타잖아?"

"되도록 평탄한 곳만 골라서 마른 나뭇가지를 주워보겠소."

"맹수랑 마주칠지도 몰라."

"잊었소? 고예의 공주는 창술의 대가요."

"으음."

"내가 내 목숨을 제일 귀히 여긴다는 것을 알지 않소? 나는 내 조국을 팔아서라도 이 목숨을 부지하려는 계집이오. 위험한 짓은 일절 하지 않겠소. 약조하오."

"안 된다고 해도 할 거잖아. 그대의 뜻대로 해."

"그런데, 내가 땔감을 모으면 일찍 돌아올 수 있소?"

"아마?"

"그럼 일찍 돌아오시오. 자칫 그대가 눈보라 속에 갇히면 나 또한 꼼짝없이 죽는 거 아니오?"

"좋아. 그렇게 할게."

아라아탄이 허락했다. 이파가 말갛게 웃었다.

기뻤다. 조금이라도 그에게 쓸모 있다는 것이.

그리고 조금 황당했다. 하루에도 수십 번씩 홀로 널뛰기하는 이 마음들이.

"다녀오시오."

"응. 다녀올게."

언제나 혼자 모든 걸 짊어지는 그가, 언젠가 누군가에게는 어깨의 짐을 조금쯤 나누어줄까.

만약 그런 날이 온다면 그 누군가는 자신이 되기를 이파는 바랐다.

아라아탄은 약속대로 너무 늦지 않게 돌아왔다. 잘 손질된 토끼 두 마리가 함께였다. 그가 돌아오고 나서 얼마 후, 눈보라가 몰아치기 시작했다.

"어떠오? 내 마른 가지로 잘 골라오지 않았소?"

이파가 뻐기듯 말했다. 아라아탄의 시선이 빤히 이파에게 향한다. 그제야 이마에 생채기가 났다는 것을 떠올린 이파가 황급히 얼굴을 가렸다.

"벼, 별거 아니오! 조금 미끄러져서……."

"이리 와봐."

"싫소!"

"그럼 내가 가지."

아라아탄이 바짝 다가왔다. 이파의 손을 내리고서 세심히 상처를 살핀다.

"어디 부딪쳤어?"

"너, 넘어져서……."

얼굴을 그렇게 불쑥불쑥 들이밀지 말라고 이파는 소리치고 싶었다. 그가 그럴 때마다 그녀의 심장은 달음박질치며 터질 것처럼 구니까.

"평탄해서 안전한 곳으로만 다니겠다며?"

"그러긴 했는데……. 진짜 그러려고 하긴 했는데……."

하지만 실상은 소리 지르기는커녕 잔뜩 작은 목소리로 중얼중얼 변명하는 게 고작이다. 그나마 변명할 말이 떠오르면 다행이다. 변명할 말조차 떠오르지 않아서 이파는 입을 다물고서 입술을 꾹 깨물었다.

"이파, 그댄 아직 죽으면 안 돼."

"이 정도론 아니 죽으오."

"그건 모를 일이야."

냉정한 아라아탄의 말에 이파가 불쑥 고개를 들었다.

또, 또 감정이 널뛰기한다.

"내가 죽으면 아니 되는 건 내가 고예의 공주이기 때문이오?"

이파는 아라아탄이 무어라고 대답할 틈을 주지 않고 팩 쏘아붙였다.

"그대가 나와 혼인하려는 이유 또한 내가 고예의 공주이기 때문이듯? 내가 그대와 그대의 일족을 대륙으로 이끌어줄 것이니까?"

아라아탄이 손을 든다. 그리고는 이파의 이마를 향해 중지를 탁 튕겼다.

"아얏."

어느새 꺼내 든 약재를 그녀의 이마에 쓱쓱 발라준다.

"무슨 말이 하고 싶은 거야, 이파?"

번뜩 정신을 차린 이파가 두 눈을 크게 뜬 채 입을 꾹 다물었다.

이 무슨 추한 소리를 지껄인 것인지……. 쥐구멍이라도 있으면 그곳에 숨고 싶다.

"나는 그대를 좋아해."

"……에?"

쥐구멍을 당장 찾아낼 듯 주변을 두리번거리던 이파가 놀라서 고개를 돌렸다. 유리알처럼 투명한 푸른 눈이 그녀를 똑바로 응시하고 있다.

"이파, 나는 왕이야. 그대들이 야만족이라 부르는 자들의 왕이지. 그들은 나를 믿고, 나를 따라. 나는 그들에게 빛 같은 거야. 나는 그들을 지켜. 그들을 내일로 이끌어. 그것이 왕인 나의 사명이야. 하지만 내가 왕이라고 해서 벨트렉족이 아닌 것은 아니지. 모든 늑대의 전사는 자기가 인정한 자와만 혼인해. 내가 그댈 인정하지 않았다면 나는 나 아닌 다른 사내를 그대에게 주었을 거야."

이파의 눈동자가 동요하며 흔들렸다.

벨트렉족을 지키고 내일로 이끄는 것, 그것이 아라아탄의 사명. 그것을 위해 꼭 그가 직접 이파와 혼인할 필요는 없다. 그는 벨트렉족을 통솔하지만, 그것은 그가 왕으로 선택받았기 때문이지 권력욕이 넘쳐서가 아니다. 어느 벨트렉족이 이파와 혼인을 하든, 아라아탄이 원하는 결과는 얻을 수 있다.

그 새삼스러운 깨달음에 이파가 입을 벌렸다.

"잊었어? 고예에서 내가 한 말을."

"미래에 우리가 다시 만난다면, 그때 내가 원하는 것을 줘. 보은은 그걸로 됐어."

"기대할게, 공주."

그는 그때 이미, 국혼을 예감했을까.

"아……."

발그레해진 그녀의 뺨이 점점 더 새빨개졌다.

"어쨌든 나는 여러모로 그대가 필요해, 이파. 그러니 더욱 조심하도록 해."

단둘이라 그런가. 묘하게 유혹적으로 들리는 그의 단조로운 말투에 이파의 심장이 콩콩거렸다.

"흠흠. 쉬, 쉬겠소."

눈을 굴리며 그를 훔쳐보던 이파가 헛기침을 하고는 자리에 누웠다. 양털요가 땅에서 올라오는 한기를 막아준다. 처음엔 왜 음식이 아니라 양털만 저리 챙기나 하였는데, 이제야 그가 얼마나 철저히 이 산행을 준비했는지 알 것 같다.

"다음부턴 더 주의하겠소."

이파가 작게 웅얼거렸다.

"그래, 이파. 믿을게."

속삭이는 그 목소리에 이파가 두 눈을 질끈 감았다 떴다.

그를 갖고 싶다.

강인한 자. 단단한 자. 무심한 자. 여린 자. 감정의 동요를 잘라 내고 무심으로 스스로를 동여맨 채, 일족을 내일로 이끄는 자. 소중한 이는 이미 모두 잃었기에 기댈 곳 없어 여려진 자. 초원의 왕, 아라아탄. 그를 소유하고 싶다.

점점 더, 그 마음이 강해진다.

아라아탄은 이파의 뒤에 누워 그녀를 가만히 바라보았다. 체구가 작은 계집이었고, 마음을 잘 드러내는 계집이었다. 무심한 척굴다가도 화들짝 놀라고, 빤히 보다가도 말갛게 웃는다.

그는 자신을 그런 식으로 보는 계집들을 많이 알고 있었다. 고스란히 드러난 마음의 동요는 계집의 것이었다. 연모의 마음이었다. 스스로도 제어되지 않는 그 연심에 이파는 혼란스러워하고 있다.

그러나 그녀는 다른 계집들과 다르다. 그녀라면 결코 그를 위해 모든 것을 내던지지 않을 것이다. 그 단단함, 강인함, 고집스러움…….

애초에 이용할 수 있는 것을 전부 이용하는 것은 나쁘지 않다. 선택지 하나 없던 그의 품에 운명처럼 날아든 이파는 아라아탄이 누리게 된 유일한 행운이다.

그러니까 조금은 기대해도 되는 거잖아.

"……."

이파를 끌어안고서 아라아탄은 눈을 감았다.

"아라아탄, 자오?"

아라아탄은 지독히 피곤했다. 몸 상태가 좋지 않았다. 빨리 낮은 곳으로 내려가야 하는데 눈보라라니. 여유 시간을 충분히 두고 움직였다고 생각했는데도 조금은 조급해진다.

'엇갈리면 곤란한데.'

동왕은 이미 그의 의도를 파악하고 움직이고 있을 것이다. 정확한 길은 몰라도 대충은 알고 있을 테니까. 그 믿음이 이 위험한 산행을 감행하게 했다.

"아라아탄?"

이파가 그의 품에서 꼼지락댔다. 아라아탄이 눈을 떴다. 내내 무심하던 그의 표정이 희미하게 굳었다. 잠시 허공에서 멈칫거리던 아라아탄의 손이 느리게 움직인다. 그의 손이 조심스럽게 이파의 쇄골을 어루만졌다. 작게 들이켜는 이파의 숨소리가 들렸다.

"안아도 돼?"

"무, 무어요?"

"모처럼 여유가 생겼잖아."

아라아탄이 이파의 어깨를 깨물며 짓궂게 말했다.

"연민이 아니라면, 싫어?"

"아니, 싫다는 게 아니라!"

아라아탄이 키득 웃었다. 계집의 마음은 눈에 잡힐 듯 선하다. 가리지 않아서, 너무 분명하다.

그것이 싫지 않다.

살아내겠다고, 살아서 있어주겠다고, 그렇게 말해주니까.

그래서일까. 그냥 한 번쯤은 아무 생각 없이 안고 싶다. 안기고 싶다. 화가 나서도 아니고, 상처 주려는 것도 아니고, 그냥 갈구해 보고 싶다.

그것이 그녀의 혼돈을 조금 가라앉혀 줄까. 그녀를, 그에게 똑바로 오게끔 도와주지는 않을까.

"좋아."

"좋긴 뭐가……."

아라아탄이 천천히 이파를 돌려 뉘었다. 이파의 검은 눈동자가 파르르 떨린다.

"자냐고 물은 건 그대잖아."

그녀의 귀 옆에 손을 짚고서 천천히 아라아탄이 입술을 내렸다. 입술이 포개어진다. 숨 쉴 생각도 하지 못한 채 이파는 굳어 있다.

"자꾸 부른 것도 그대고."

"나, 나는……."

"눈을 감아, 이파."

나직하게 속삭이며 아라아탄이 이파의 귓불을 깨물었다.

"읏."

타닥타닥. 모닥불이 타오른다. 이파의 소리 죽인 신음이 그 속에 섞여든다.

젖혀진 옷깃 사이로 모란꽃 같은 가슴이 피어난다. 두 개의 둔덕이 봉긋하게 솟아 있다. 그 수줍어하는 살결을 아라아탄이 입에 물었다. 천천히 제 의복도 벗었다. 일렁이는 불빛이 그의 몸을 비춘다. 이파의 뺨이 홧홧하게 달아오른다.

"아라아탄, 나는……."

"응."

"나는 그댈……."

아라아탄이 가만히 그녀를 내려다보았다. 이파는 마른 입술을
적시고서 겨우 하고자 하는 말을 내뱉었다.

"좋아해."

"알아."

그가 담백하게 대답했다.

이윽고 그가 그녀를 안는다. 자연스럽게 두 사람이 겹쳐진다.
그가 저를 안는 순간 이파는 참지 못하고 신음을 토해냈다. 머릿
속에서 세상이 하얗게 부서진다.

"으윽…… 아라아탄……."

눈보라가 몰아친다. 모닥불이 타오른다.

체온을 나누며 숨을 헐떡이는 그 밤. 밤이 무척 길다.

이파의 시선이 문득 그의 팔목에 닿는다. 그의 팔에 채워진 희
고 푸른 팔찌.

'당신을 내게 묶습니다.'

그리고, 나를 당신께 묶습니다…….

그를 이해하고 사랑하고 싶다. 그의 마음을 한 점 흘림 없이 갖
고 싶다. 무심히 내밀어주는 이 손을 놓고 싶지가 않다.

야만족의 땅으로 가서 그를 알게 되었고, 갈망하게 되었다.

함께 내일로 가고 싶다. 그와 함께, 살아남고 싶다.

그를 존경한다.

그리고, 연모한다.

눈보라는 이틀 뒤 멈추었다. 이틀 만에 본 하늘은 청명했고, 공기는 유리알처럼 투명했다.

이파가 아라아탄을 힐끔거렸다. 그의 품에 안겨 눈 뜨고 눈 감은 지난 이틀이 꿈만 같다.

갖고 싶다. 갖고 싶다. 그를 갖고 싶다. 그 욕망을 떨칠 수가 없다.

"늦었어. 서둘러야 해."

아라아탄이 재촉했다.

"······이파?"

이파는 두 눈을 느리게 감았다 떴다. 그녀의 검은 눈동자가 속절없이 흔들린다. 아무리 머리를 맑게 하려고 해도 도움이 안 된다. 갖고 싶다는 생각뿐이다.

"어디 아파?"

"아니오."

이파는 고개를 내저었다. 그가 그녀를 택했고, 그녀가 그를 택했다. 온전히 소유하거나 소유되는 것은 그녀가 제좌를 차지하고, 상황이 안정된 후이다.

그러니까 지금은 계승전에 집중하자. 집중해야 한다. 그는 벨트렉족 왕이고, 제 일족들이 머무를 수 있는 땅을 원한다. 그 땅을 주는 조건으로 이파는 그에게 몸을 의탁했다. 그렇게 필요와 필요에 의해 맺어진 사이라고 해도 그는 '나는 그대를 좋아해'라고 말해주었다. 지금은 그것으로 충분해야 한다.

"표정이 안 좋아."

"잠을 설쳐서 그러오."

"그래?"

"나보단 그대 안색이 더 나쁘오."

이파가 말을 돌렸다. 아라아탄은 분명 무언가 미심쩍다고 생각하면서도 그녀의 서툰 수단에 넘어가 줄 것이다. 지금껏 그랬듯이.

"내 안색이?"

"창백하오."

말해놓고 보니 정말 그렇다. 이파는 걱정스럽게 아라아탄의 이마를 짚었다.

"열은 없는데."

이파가 고개를 갸웃거렸다.

"나는 괜찮아. 출발하자."

아라아탄이 눈 쌓인 산을 걸어갔다. 이파가 그 뒤를 바짝 뒤쫓았다. 다행이라면 다행일까, 눈이 녹았다가 언 것은 아니라서 얼음보다는 덜 미끄러웠다. 뽀득뽀득 눈을 밟으며 이파가 배시시 웃었다.

겹겹의 산을 넘어 마침내 마지막 능선에 섰다. 아라아탄은 길이 있나 싶어 보이는 곳으로 이파를 안내했고, 거짓말처럼 그가 향한 곳엔 길이 있었다.

겨울 산은 추웠고, 하얗고, 눈부셨다. 이파는 눈앞의 세상을 눈에 담았다. 깎아지를 듯한 암벽 아래, 희게 쌓인 눈은 푹신한 양털 요라도 된 양 드넓은 세상을 덮고 있었다.

"내려가야 해, 이파. 해가 지기 전까지 다음……."

아라아탄의 발음이 미묘하게 불안정하다. 이파가 휙 고개를 돌렸다.

"아라아탄?"

그의 안색이 아침보다도 창백해져 있었다. 파리하게 질린 그의 입술을 보였다.

"그대, 괜찮은 거요?"

"나는 괜찮아."

"아니 괜찮잖아!"

반사적으로 튀어 나온 듯한 괜찮다는 대답에 이파가 버럭 소리쳤다. 왜 화를 내느냐는 듯 아라아탄이 그녀를 빤히 본다.

"큰 소리 내지 마. 눈이 무너져."

그렇게 말하고는 다시 앞장서 나간다. 언뜻 보기에는 전혀 길이 없어 보이는 곳. 나무 기둥에 밧줄을 단단히 묶고서 아래로 줄을 내린다. 겨울 산에 적합하도록 뾰족한 못을 박은 신을 신고, 밧줄을 잡고서 아래로 내려간다.

비교적 평탄한 곳에 내려선 그가 내려오라고 손짓했다. 이파는 입술을 꾹 깨물고서 밧줄을 잡았다. 마음속에서 서운함이 울컥거린다.

안 괜찮은 것 같은데 괜찮다고 한다. 걱정시켜 미안하다는 말도 없이 큰 소리 내면 눈이 무너진다고 꾸짖기만 한다.

그는 그녀보다 몇 배는 더 무리한 게 틀림없다. 거의 매일 이부자리와 끼닛거리를 그 혼자 챙겼다. 제 한 몸 신경 쓰기도 바쁜 이 험준한 산에서 그는 그녀가 혹시 발이라도 헛디딜까 항시 신경을 곤두세우고 있어야만 했다. 사람인데. 그도 사람인데. 지치지 않을 리가 없잖아⋯⋯.

"이파."

아라아탄의 목소리가 지척에서 들려온다. 이파는 고개를 숙여 그를 바라보았다. 밧줄은 다 끝났는데, 땅까지의 거리는 조금 남아 있었다. 그가 제 품으로 뛰어내리라는 듯 팔을 벌렸다. 이파는 입을 꾹 다물고는 반대쪽으로 뛰어내렸다.

"이쪽으로 가면 되오?"

넘어졌다가 일어선 이파가 쌀쌀맞게 물었다. 아라아탄의 눈썹이 살짝 치켜 올라간다.

"아니면 저쪽?"

왜 화가 났느냐고 물어주는 대신 아라아탄은 고개를 돌려 버렸다.

"이쪽이야."

이파가 아무리 툴툴거려도 아라아탄은 그녀를 보지 않았다. 그저 그가 걱정되었던 것뿐인데. 다툼이나 하자는 것이 아닌데.

묵묵히 앞장서 가는 그의 고집에 진 이파가 결국 두 손을 들었다. 진짜 쇠고집이다.

"아라아탄, 미안하오."

"뭐가."

그제야 아라아탄이 이파를 본다.

"화낸 거. 투정부린 거. 짜증 낸 거. 모두 잘못했소."

"……."

"그대는 늘 괜찮다고만 하지. 아니 괜찮아 보이는데, 그런데도 괜찮다고만 하지. 무너져야 할 상황에서도 기어이 서 있지. 그렇게 속으로만 꾹꾹 눌러. 그대는 왕이니까. 알아. 나도 아오. 나는 단지 나만 너무 편히 있는 것 같아서. 그대가 지친 것도 알아보지 못하고, 지친 그대에게 도움이 되기는커녕 짐만 되고. 그게 몹시 분해서……."

바람이 인다. 쌓여 있던 눈이 싸륵싸륵 날린다. 완전히 이파 쪽으로 돌아선 아라아탄이 손을 뻗는다. 이파 머리 위에 우산을 만들어준다. 솔잎에 쌓여 있던 눈덩이가 그의 손등에 툭 떨어진다.

한동안 이파를 응시하던 그가 한숨 쉬듯 입을 열었다.

"그냥 가벼운 고산병이야. 아래로 내려가면 금방 괜찮아져."

"고산병?"

"높은 산과는 잘 맞지 않아서."

"아?"

이파가 멍하니 입을 벌렸다.

"그래서 서둘렀어. 그댈 서운하게 하려 했던 게 아니야."

그러고 보니, 그런 병에 대해서 읽은 적이 있는 것도 같다. 높은 산에 올라가면 나타나는 병증. 심하지 않으면 가벼운 두통, 메슥거림 정도가 전부이지만 심할 경우에는 목숨까지 앗아가는 무서운 병.

"죽을 수도 있는 병 아니오?"

"'가벼운'이라고 했잖아."

"하지만……."

"내려가면 괜찮아져. 시간이 지체되었던 게 문제였지."

매일 머리가 아프진 않으냐, 속은 괜찮으냐 묻던 이유를 이제야 알겠다. 그는 혹 이파가 고산병 증세를 보이지는 않는지 확인하고 있었던 것이다.

지난 이틀 동안 눈보라 때문에 꽤 높은 곳에 고립되어 있었던 게 문제였다. 아라아탄의 계획대로라면 진작 더 낮은 곳으로 갔어야 했다.

"그런 거라면 얼른 내려가오!"

이파가 발을 구르며 재촉했다. 그런 그녀를 보고 아라아탄이 손을 내밀었다. 그의 손등에 얹혀 있던 눈덩이가 땅으로 떨어졌다. 이파는 그의 손을 꽉 붙잡았다.

"그대가 좀 사람 같으오."

"무슨 뜻이야?"

"그대는 언제나 '왕' 같았소. 언제나 그대의 일족만 생각했지. 십 년 후에도, 백 년 후에도 그댄 그냥 그렇게 초원의 왕일 것 같았소. 지금은 조금, 그대가 나와 같이 늙어갈 사람 같소."

아라아탄은 이상적인 전사이며, 이성적인 왕이다. 그의 그런 면을 존경한다. 흔들림 없는 견고한 성처럼 제 부족을 보호하는 그 강인함, 그 숭고함. 그러나 그 속에 숨은 여린 것들. 아프고, 절망하는 그와 불시에 마주칠 때는 그를 경애하게 된다. 이미 그에게 반한 마음이 또 그에게 흐르고 만다. 그렇게 그의 모든 면면이 좋아진다.

"나는 불사신이 아니야."

"나도 아오. 눈보라가 나빴소."

"난, 좋았는데."

밑도 끝도 없는 말에 이파가 고개를 갸웃거렸다.

"뭐가 말이오?"

"그댈 안아서."

이파의 얼굴이 화끈 달아오른다.

"이틀 정도라면 나쁘지 않아."

"아라아탄!"

"지체할 만한 가치가 있어."

그가 짓궂게 눈웃음 짓는다. 어쩔 줄 몰라 하는 이파의 손을 그가 힘주어 잡는다. 이파가 입술을 비죽이며 마지못해 맞잡은 손에 힘을 주었다. 쿵쾅거리는 심장 소리가 그에게 전해질까 조금 염려스럽다.

잡을 수 있는 손처럼, 그의 마음도 부디 잡히기를.

서왕부. 완벽히 밀폐된 유곽의 어느 방. 두 사람이 마주 앉아 있다.

「그 입, 닥쳐라.」

바드란고가 나직한 목소리로 을러댔다. 왕소는 빙그레 웃고는 바드란고의 잔에 술을 채워주었다. 어차피 예상한 반응이었다.

"바드란고, 누가 듣겠어. 지금같이 흉흉한 때 사람들이 네 출신을 알아보기라도 하면 곤란하지 않겠어? 당장 관아에 고발할 거고 너는 도망자 신세가 되겠지. 관군에 쫓기는 몸으로는 그녀의 발치에도 이르지 못해."

바드란고가 이를 악물었다. 당장에라도 왕소의 머리통을 후려치고 싶었지만 그는 일단은 서왕의 장자였다. 서왕이 죽으면 다음 번 왕이 될 자. 그런 자의 머리통을 후려쳤다가는 당장 궁궐 앞에 목이 내걸릴 것이다.

다행히도 바드란고는 몸과 머리가 분리된 채로는 자우하를 구할 수 없다는 것 정도는 알고 있는 벨트렉의 전사였다.

"될 성싶은 소리를 지껄여라, 왕소. 네놈 목을 따버리기 전에."

"내 목을 땄다가는 그대가 곤란해진대도?"

"나 같은 놈과 내통하고 있었다는 게 알려지면 너 또한 곤란해지겠지."

한마디도 지지 않는 바드란고를 보고는 왕소가 피식 웃었다.

"변했구나, 바드란고."

"사람은 누구나 변하지."

"전엔 더 귀여운 맛이 있었는데 말이다."

"나는 전사다, 왕소. 정말로 네 목숨은 여러 개인 게냐?"

"아아, 이거 무서워서 아주 지리겠는데?"

한껏 비아냥거린 왕소가 불현듯 표정을 지웠다.

대륙과 초원이 양분되어 서로를 살육해 온 것이 어디 어제오늘의 일이겠는가. 죽이지 않으면 죽고, 죽지 않으려면 죽여야 하는 적대의 관계. 여리게 피어올랐던 화친의 시도들은 언제나 무참히 깨어지곤 했다. 고예인은 살육을 일삼는 야만의 족속을 증오하고, 초원의 일족은 문화인으로 포장한 채 가식과 기만을 일삼는 대륙의 것들을 경멸한다. 그 깊은 감정의 골은 쉬이 메워질 종류의 것이 결코 아니다.

그래도 '같은' 사람일지도 모른다고 누군가는 믿었고, 누군가는 손을 내밀어보았다. 벨트렉족의 어느 소수 부락은 서왕부와의 교류를 시도했다. 그들은 약탈하고 살육하는 대신 자신들이 만든 수공예품을 팔기를 원했다. 유목하며 키운 양의 털을 깎아 만든 그들의 융단은 무척 아름다웠고, 왕소는 그들의 손재주를 아꼈다.

그러나 어린 왕자의 열망은 부왕의 노여움을 샀다.

그때를 떠올리는 왕소의 얼굴이 착잡하게 가라앉았다.

"전하, 벨트렉족의 손재주가 범상치 않습니다. 그들에게 융단을 사들여 서방과 교역하면 큰 이득을 남길 수 있을 것입니다. 나라에 부가 쌓이면 그들을 품을 수 있을 겁니다. 더 이상 서로 살육하지 않아도 되옵니다."

"뚫린 입이라고 그따위 헛소리를 지껄이는 것이냐? 당장 물러나 근신하여라! 다신 그 야만족의 이름을 입에 올리지 말라!"

"전하, 하오나……."

"물러나라는 소리가 아니 들리느냐!"

벨트렉족과의 교역을 입에 올린 죄로 왕소는 한동안 연금되었다. 그사이 대초원 서쪽 끄트머리에 모여 살던 어느 작은 부족은 무참히 몰살당했다. 전사들이 목숨을 걸고 시간을 벌어둔 덕분에 몇몇 어린것들은 벨트렉족 본지로 가 살아남을 수 있었다고 한다. 그 생존자 중 하나가 지금 왕소의 눈앞에 있고, 또 다른 하나는 왕궁의 별궁에 갇혀 있다.

"바드란고, 신중히 생각해라. 너는 내 도움 없이 자우하를 구할 수 없다. 나는 네 도움 없이 그를 제거할 수 없다. 우리는 서로가 필요하다."

"일전에 그랬듯이 말이냐?"

"그래. 일전에 그랬듯이 말이다."

조롱이 분명한 말에도 왕소는 고개를 주억거렸다. 바드란고가 사납게 눈썹을 치켜 올린다.

"그가 왜 아직도 자우하를 살려두었다고 생각하나, 바드란고?"

"알게 무어냐."

"그의 취향은 정말이지 유별나. 소문보다 더하면 더했지, 결코 덜하진 않아. 너와 마주친 정찰조의 부대장이 살아남았잖아? 그는 분명 그 부대장에게 다 들었을 거야. 무척 흥미롭지. 벨트렉족 여전사 하나를 납치한 지 얼마 지나지도 않아 벨트렉족 전사가 혈혈단신 이곳으로 왔다는 것은."

"……"

"멍청이라도 알 거야. 그 계집이 네게 얼마나 소중한지."

"……."

"그는 계집을 연모하는 사내를 옆에 묶어두고 그 계집을 범하는 걸 아주 좋아해."

바드란고의 두 눈에서 불똥이 튀었다. 그의 표정이 처참하게 일그러지는 걸 보며 왕소는 여유롭게 턱을 괴었다.

"그래, 뭐, 남들 보는 앞에서 계집을 범하는 건 별일 아닐지도 몰라. 초원에선 항상 일어나는 일이니까. 하지만 정말 별일 아니야?"

"닥쳐라!"

바드란고가 술잔을 내던졌다. 왕소는 가볍게 목을 옆으로 꺾었다. 그의 귓등을 스쳐 날아간 술잔이 벽에 부딪쳤다. 쨍그랑! 요란한 소리를 내며 산산조각 난 잔이 떨어져 내린다.

"그는 너를 추적할 거야. 네가 자우하에게 다가가는 것보다 빠르게 네게 접근하겠지. 너를 생포할 거고 결국엔 네가 보는 앞에서 그녀를 범할 거야."

"왕소!"

"어차피 그 일은 일어나. 그렇다면 이용해. 그때, 그를 죽여. 그를 죽이는 거야, 바드란고."

"자우하를 그런 추잡한 일에 끌어들이지 마라."

"가진 패를 전부 이용하는 건데, 그게 뭐가 나쁘지? 이성적으로 생각해. 너의 왕이라면 분명 응했을 거야."

"자우하는 패 따위가 아니다."

"그가 죽으면 서약은 깨져. 황자는 힘을 잃고, 너의 왕은 승리할 거야. 너는 전사잖아. 계집과 주군 사이에서 갈등하는 거야, 설마?"

"……."

"무엇보다 바드란고, 그녀 또한 전사야. 만약 그를 죽일 수만 있다면 그녀는 기꺼이 제 몸뚱이를 이용하겠지. 그것이 너희, 늑대의 전사 아니더냐? 내가 잘못 알고 있나?"

바드란고가 왕소를 사납게 쏘아보았다. 흡사 맹수의 눈빛과도 같은 그것을 왕소는 단호히 받아냈다. 뜨거운 침묵이 감돌았다.

바드란고는 어금니를 악문 채 왕소의 말을 곱씹었다.

서왕의 색벽. 그것을 이용한다. 붙잡혀서, 자우하에게 간다. 서왕을 죽인다. 서약은 깨지고, 황자는 힘을 잃는다. 그럼 공주는 황제가 될 것이고, 벨트렉족은 황제의 비호 아래 대륙에 자리 잡게 될 것이다.

하지만 그 과정에서 자우하가 상처받는다. 서왕은 징그러운 손으로 그녀를 더듬고 희롱할 것이다. 생각만으로도 소름이 끼친다. 바드란고의 손끝이 덜덜 떨렸다.

"한 번이야, 바드란고. 너, 바보가 아니잖아? 무게를 잘 재봐. 추를 양쪽에 잘 놔보란 말이야. 벨트렉족 전체와 너희 둘이야. 아주 간단한 셈이야. 게다가 내가 너희를 살려주겠다고 하잖아? 나와 협력하지 않으면 너와 자우하는 반드시 죽어. 하지만 나를 도우면 살아날 가능성이 바늘구멍만큼이라도 생겨. 무얼 택해야 할지 정말 모르겠어?"

이성과 감성.

아라아탄과 자우하.

'주군……'

아라아탄 님, 당신이라면 어떻게 하겠습니까. 왕소 왕자의 말처럼 기꺼이 더럽혀지는 쪽을 택하겠습니까.

「살아서 만나자, 바드란고.」

아라아탄의 마지막 말이 선연히 되살아난다. 바드란고가 쓰게 웃는다.

단지 살아남는 것 이상의 무언가가 우리네 삶에 있지는 않을까? 죽음을 불사하고서라도 지켜야만 하는 소중한 것이 분명 있지 않을까? 그런 것을 잃으면서도 살아남는다면, 그저 살아남았다는 것만으로 용납받을 수 있는 것일까?

"자우하를 만나게 해다오. 그녀가 무사하다는 것을 내 눈으로 보고 싶다."

결정을 미룬다. 자우하를 보고 싶다.

그녀를 만나면 답이 나올 것만 같아서.

11장

살아서 그대 곁에

아라아탄은 굉장하다.

이파는 새삼 경외 가득한 눈으로 아라아탄을 응시했다.

그는 위험한 산맥 곳곳에 숨어 있는 은신처를 꿰고 있었고, 이파의 속도를 고려해서 매일 이동 거리를 조정했다. 해가 떠 있어도 다음 거처가 너무 멀 경우에는 산행을 멈추었다. 야생동물의 길도 자세히 알고 있었다.

처음 길 없는 산맥을 넘겠다는 말을 들었을 땐 미친 소리다 여겼던 이파가 이제는 그때의 제 불신을 반성한다.

그러나 그가 굉장하다고 해서 언제나 그에게 기댈 생각은 없다. 게다가 고산병 증세가 더 심해지진 않았지만 어쨌든 그는 환자였다. 이파는 자신이 할 수 있는 일을 열심히 찾아 머리를 굴렸다.

"그대는 좀 앉아 있으오. 불은 내가 지피겠소."

한기가 올라오지 않도록 요를 깐 후 아라아탄을 그 위에 앉히며 이파가 말했다. 아라아탄이 이파를 관찰하듯 주시한다. 무동요의 그 눈동자가 자신을 향하면 이파는 이루 말할 수 없이 계면쩍어진다. 얕은 듯 바닥없는, 그 기묘한 푸른 눈. 그의 눈은 꼭 바다 같아서, 그만 빠질 것 같다.

"불을 지필 줄 알아?"

"물론이오! 내 그간 몇 번을 봤는데."

이파가 가슴을 팡팡 두드렸다. 미심쩍어하면서도 아라아탄은 이파가 하는 양을 가만히 보기만 했다. 이파는 끙끙거리며 부싯돌을 부딪쳐 댔다. 불꽃이 이는가 싶더니 곧 사그라져 버렸다. 어린 샥귀도 지필 줄 아는 걸 보면 불 피우는 것 자체가 어려운 것은 아닐 텐데, 왜 이리도 아니 되는지.

"으음. 미덥지 않은데."

"아니오! 거의 다 됐소! 진짜요."

손을 홱 들어 다가오려는 아라아탄을 저지한 이파가 다시 불 지피기에 골몰했다. 오만상을 찌푸리며 집중하는 그녀를 보고 아라아탄이 작게 소리 내어 웃었다. 그 소리에 이파가 고개를 들어 아라아탄을 보았다.

그는 턱을 괴고서 그녀를 응시하고 있었다. 부드럽게 말려 올라간 입술, 휘어진 눈매. 그리고 움푹 팬 볼우물.

시선이 마주치자 언제 웃었느냐는 듯 아라아탄이 웃음을 지운다. 이파가 매양 보아온, 예의 그 무심한 얼굴이다. 표정 없는 그를 쳐다보며 이파는 조금 씁쓸하게 웃었다.

그는 왕이라서 울지 못하고, 웃지 못하고, 쉬지 못하며, 무너지지도 못한다. 그는 왕이라서 그 무엇도 할 수가 없다.

"추워서 안 되겠어, 이파. 내가 할게."

어지간해선 감정이 깃들지 않는 단조로운 말투. 감정이 격해져서 화를 내거나 울거나 하는 아라아탄은 상상하기 어렵다.

기어이 옆에 와서 부싯돌을 빼앗아가는 그의 옆모습을 이파는 눈에 새겼다.

초원인 특유의 유색 눈. 아름다운 푸른색. 그리고 바람을 막아주듯, 길고 풍성한 그의 속눈썹.

불쑥 그런 생각이 든다.

그는 왕이 아니라 보통의 백성인 쪽이 더 행복하지 않았을까. 전사가 아니라 학사나 선비인 쪽이 훨씬 더 행복하지 않았을까. 혈육과 전우가 죽어가며 건네준 생명의 무게를 짊어지고 살아야하는 그런 사람이 아니라면, 그랬다면 조금 더 자주 웃지 않았을까.

화르륵.

"됐어."

불꽃이 피어오른다. 마른 나뭇가지와 건초가 타오른다. 그가 불 가까이 손을 뻗는다. 열기에 금세 따뜻해진 손을 이파의 뺨에 가져다 댄다. 이파는 그 손에 제 손을 포개고서 잠시 눈을 감았다.

그를 보며 왕이란 것에 대해 생각해 본다. 제 한 목숨 살리기 위해 황제가 되어야 하는 자신과 달리 모두를 살리기 위해 왕이 되어야만 했던 한 유목민 소년. 벨트렉족은 그를 위해 죽고, 그는 그들을 지키기 위해 산다.

많은 이들의 죽음을 지켜보며 그저 느꼈을 무력감. 고예인이 깃털같이 가볍게 여기는 벨트렉족의 목숨들이 아라아탄의 어깨에 차곡차곡 쌓여 그 어떤 쇳덩이보다 무거워졌다.

만약 계승전에서 살아남아 황제가 된다면, 자신은 그처럼 살 수 있을까? 언제나 고예를 생각하고, 제 어깨에 놓인 무게를 견뎌내며, 그렇게 자신을 죽이며 살 수 있을까?

이파가 쓰게 웃는다.

'성군. 그런 건 애초에 불가하잖아. 시작부터 내 제좌는 피로 물들어 있을진대.'

그녀 한 목숨을 구원하고자 앞으로 얼마나 많은 피를 흘리게 할 것인가. 백성을 위하는 성군이 되고 싶은 것이라면, 애초에 그녀는 살아 있어서는 안 되는 것이었다.

"이파?"

아라아탄의 부름에 이파가 눈을 떴다. 그의 목에 팔을 두르고서 그를 끌어당겼다. 그의 입술을 찾아 제 것을 포갰다.

그녀가 죽으면 수많은 사람들이 산다. 전쟁에 휘말릴 필요가 없다. 계승전이 끝나고 진파가 제좌에 오를 것이다. 그러나 그렇게 되면 벨트렉족은 필시 죽는다. 그들은 초원에 갇혀, 갈수록 혹독해지는 겨울과 척박해지는 땅에 잡아먹힐 것이다. 아라아탄은 그렇게 모두를 잃고도 살아가야 하겠지.

그것이 싫다. 아라아탄의 절망이 싫다. 아라아탄의 고독이 싫다. 이 무심한 사내가 환히 웃는 모습을 보고 싶다. 아름다운 푸른 눈에 다감한 빛이 깃들면 좋겠다. 다 시든 눈빛을 하고서, 무감하게 이 세상을 바라보지 않아도 되면 좋겠다.

그냥 그가 행복해졌으면 정말 좋겠다.

만나지 않았다면 바라지 않았을 유목민의 행복을, 이파는 진정으로 바라게 되었다. 모두 함께 사는 세상을 꿈꾸게 되었다.

"나가서 사냥을 좀 해오겠소."

이파가 입술을 떼고서 벌떡 일어났다. 휙 돌아 나가려는 그녀의 팔을 아라아탄이 낚아채듯 붙잡았다.

"이파. 사냥은 됐어. 육포가 있어. 그걸 먹자."

"아니오. 동왕궁까지 가는 동안 무슨 일이 있을지 누가 아오? 사냥을 할 수 있을 때 하는 게 낫소. 아직 해가 지려면 시간이 남았으니 작은 짐승 정도는 잡을 수 있을 거요."

"……."

"나를 믿어보오, 아라아탄."

아라아탄이 졌다는 듯 손에 힘을 풀었다.

"이걸 가져가."

"이게 무어요?"

"기름이야. 그대 말처럼 무슨 일이 있을지 누가 알겠어? 그댄 불 지피는 데 서투니까, 혹시 불이 필요한 상황이 생긴다면 그걸 쓰도록 해."

"혹 길을 잃어 그대에게 내 위치를 알려야 하거나 하는 상황 말이오?"

"그래."

"알겠소."

"만약 누가 있다고 해도 싸우진 마, 이파."

"걱정 마오. 고예의 공주는 창술의 대가일 뿐만 아니라 은신의 대가이기도 하오."

능청을 떤 이파가 활짝 웃은 뒤 밖으로 나갔다. 아라아탄은 그녀가 나가고 얼마 지나지 않아 몸을 일으켰다. 애써 피운 불을 발로 비벼 끈 그가 기지개를 켰다. 몸이 찌뿌듯했다. 고산병 증세가 완전히 낫지는 않았다. 쉬어야 한다.

하지만 이파를 혼자 보낼 수는 없다. 그것은 너무 무모한 짓이다. 그녀를 보내주긴 했지만, 그건 그녀의 고집을 아는 까닭이었다. 그녀는 그가 못 가게 막으면 화를 낼 것이다. 투지가 강한 대륙의 공주니까. 차라리 보내준 후, 몰래 뒤따르는 것이 낫다. 애초에 그럴 생각이었다.

게다가 고예진파는 멍청이가 아니다. 그가 초원만 뒤지고 있을 리 없다. 필시 적은 수의 정찰조라도 길 없는 산맥 주변에 풀어뒀을 것이다. 이제 동왕부에 거의 다 왔다. 그들과 마주칠 가능성을 간과해선 안 된다.

몸이 좋지 않다고 쉬어본 일은 일전에도 없었고, 앞으로도 없을 것이다. 쉬는 것은 심장이 멈춘 후에 해도 된다.

벨트렉족의 남하는 산발적으로 일어났다. 그들은 국경 전역에 넓게 퍼져 얼어붙은 검은 강을 건너왔다. 강물이 얼면 그들의 노략질은 언제나 강물이 얼기 전보다 심해지긴 했지만, 이번엔 느낌이 보다 싸했다. 그들은 곧 작정하고 국경을 넘어올 것이 분명했다.

"아라아탄은 아직도 찾지 못했나?"

아라아탄을 향한 그들의 충성심은 소름 끼칠 정도였다. 몇 년에 걸쳐 누군가를 회유하면 그들은 별다른 역할을 하기도 전에 발각되어 죽었다. 살아남은 밤바로시족을 이용해서 그들을 와해해 볼 시도도 했지만, 긍지 높은 망할 놈의 밤바로시족은 죽으면 죽었지, 벨트렉족이라고 사칭하는 것을 거부했다.

그렇다고 고예인 간자를 심을 수도 없었다. 이따금 그들 사이에서도 검은 눈의 아이가 태어난다고는 해도 모국어의 차이는 어쩔 수가 없는 것이었다. 바람이 새는 듯한 그들 특유의 말은 쉽게 배울 수 없었고, 그런 까닭에 진파가 믿을 수 있는 자들은 애초에 침투 대상에서 제외되었다.

정보의 부족이 뼈아프게 다가왔다.

"송구합니다, 주군."

명하가 고개를 조아렸다.

"빌어먹을."

머릿수는 고예 쪽이 압도적으로 많다. 그러나 벨트렉족은 모두가 전사였고, 고예는 일부만 전사였다. 벨트렉족은 이 일에 목숨을 걸었으나, 고예는 목숨을 걸지 않았다. 그 각오의 차이가 승패를 가를 것이었다.

벨트렉족엔 그 무엇보다 빠른 천마가 있다. 고예엔 그들보다 월등한 화력이 있다. 죽자고 달려드는 천마군단을 단지 화력만으로 막아낼 수 있을까? 진파는 확신할 수 없었다. 전군을 투입해도 불가할 것 같은 그 전쟁에 전군을 투입할 수도 없다. 동왕부는 황자가 황제가 아니란 이유로 꼼짝도 하지 않는다. 남왕부는 그 자체로 혼란스럽기에 북쪽으로 원군을 보낼 겨를이 없다. 진파가 제대로 이용할 수 있는 것은 서왕부 군대뿐이다. 황제의 군대는 원칙적으로 황위계승전에 참여할 수 없으니, 이파가 동왕부에 합류하는 즉시 황후는 황군을 철수시킬 것이다. 황후가 진파에게 해준 것이라곤 동왕에게 명을 내려 대초원과의 국경 부군에 군을 주둔시킬 수 있도록 해준 것뿐이었다. 그나마도 이파가 나타나면 다 끝장이다.

고예의 국경이 위협당하는데, 멍청한 것들이 말도 안 되는 명분을 내세워 안일하게 굴고 있는 것이다.

벨트렉족 남하의 끝이 고예의 분열이란 것을 정녕 아무도 모르는가? 아니면, 알면서도 그러길 바라 얌전히 똬리 틀고 있는 것인가?

"원군은 아직이라더냐?"

"인원이 인원인지라 움직이는 데 시간이 걸리는 듯합니다."

진파는 점점 더 초조해졌다. 기동성에선 벨트렉족을 이길 수가 없다. 미리 진을 치고 기다려야만 한다. 그런데 이리도 굼떠서야.

"벨트렉족의 움직임은?"

"별다른 점은 없습니다. 주로 새벽에 치고 들어와 고을을 약탈하고 물러납니다."

"국경에 남아 있는 백성들이 아직 있느냐?"

"피신을 권고하고 있지만 듣질 않습니다."

진파가 깍지를 낀 채 두 눈을 감았다.

애초에 고향을 버리란다고 버릴 수 있을 리가 없다. 버리고 떠나봤자 갈 곳은 없고, 그들을 기다리는 것은 화적이 되거나 화적에게 죽는 미래뿐일 것이다.

"남왕부 상황은?"

"낙관적인 상황이 아닙니다. 조와 진의 유민은 물론 온갖 소국의 유민들이 전부 술렁거리고 있습니다. 은밀히 망국의 부흥을 모의하다 발각된 것이 벌써 예닐곱 번이 넘는다고 합니다. 그 인원을 보면 이미 수백이고, 발각되지 않은 자들까지 고려하면 수천에 달할 것입니다."

진파가 무거운 한숨을 내뱉었다.

아라아탄이 동왕부에 입성하고 공주와 혼인을 올리면 그와 같은 일은 더욱 빈번해질 것이다. 그전에 죽여야 한다. 둘 다 제거해야만 한다. 공주궁에서 이파를 놓친 것이 뼈저리게 후회된다. 그때, 죽였어야 했다. 그녀를 잡아 그 목을 비틀어놨어야 했다. 아니면 그가 죽었어야 했다. 계승전이 본격적으로 흘러가고, 고예가 여러 세력으로 찢어져 대립하기 전에 그가 죽어버리는 쪽이 차라리 나았다.

그랬다면 이파가 벨트렉족에게 몸을 의탁할 일도 없었을 것이고, 그들이 공주를 이용해서 고예로 밀고 들어올 계획도 세우지 못했을 것이다. 또한 지금쯤 고예는 내분되어 대립하는 대신 벨트 렉족의 침략에 대비하여 다 함께 대비책을 짜고 있었을 것이다. 예전엔 가능했던 그 모든 것이 이제는 글러먹었다.

"빌어먹을."

"황자 전하……."

진파가 벌떡 일어났다.

"따르지 말라."

진파가 답답한 듯 막사 밖으로 나갔다. 눈이 내려 세상은 하얗 게 빛나고 있었다. 산도, 들도 새하얗다.

벨트렉족이 아직 본격적으로 남하하고 있지 않은 것은 아라아 탄이 동왕부에 도착하지 않은 까닭이다. 그가 혼인을 올리는 바로 그날, 그들은 개미떼처럼 내려올 것이다. 가슴에 화살이 꽂히고, 목이 창에 꿰뚫려도 멈추지 않고 천마를 몰 것이다. 그 수만 마리 의 말떼 뒤로 끝없이 먼지구름이 피어오를 터이다.

'아라아탄, 어디로 숨은 것이냐?'

진파는 천천히 다시 생각했다. 무언가 놓친 것은 없는지, 처음 부터 잘못 판단했던 것은 없는지.

입술을 잘근거리며 고개를 돌리는 진파의 눈에 불현듯 구름에 감싸인 산봉우리가 들어왔다.

보는 것만으로 위압감이 느껴지는 거대한 산맥이었다. 그 누구 도 넘지 않고, 그 누구도 넘을 수 없다는 험악한 산들의 병풍. 사 람들은 그곳을 길 없는 산맥이라 불렀다.

'길 없는…… 산맥?'

머릿속을 무언가가 빠르게 스쳐 지나간다.

"명하야."

"예, 주군."

"황후께서 벨트렉족 본지를 친 적이 있었지?"

진파의 표정이 무섭게 굳었다.

"예, 주군. 7년 전이었을 겁니다."

"그때, 그녀가 지휘했던 황군 중 몇이나 살아 돌아왔더냐?"

"반수도 돌아오지 못했습니다."

그들은 벨트렉족 본지를 치고 돌아오던 중 공격당했다. 너무 여유를 부린 까닭이다. 밤바로시족 본지에 잡혀 있다던 아라아탄이 귀환한 직후, 벨트렉족 전사들은 무서운 기세로 반격해 왔다. 느긋하게 퇴각하던 황군은 거의 사냥당하다시피 하였다. 황군의 수가 벨트렉족 전사에 비해 압도적으로 많았음에도 불구하고 황군은 절반이 넘는 수가 죽었다. 창과 활을 들고서 천마를 몰고 다니는 벨트렉족 전사는 살육 그 자체였다. 겨우 살아서 돌아온 이들도 반쯤 넋이 나가 있었다.

그러나 황후는 무사했다. 너무도 멀쩡했다. 모두가 황후를 지켜주었기에?

"살아 돌아온 이들 중에 황후의 친위대도 있었던가?"

"없었습니다. 모두 전사했습니다."

"확실한가?"

"예, 확실합니다."

명하가 대답했다.

진파는 무언가 더 물을 듯이 입을 열었다가 도로 닫았다.

명하의 가문은 대대로 황실을 호위해 왔다. 그의 부친은 황후의 친위대 대장이었다. 그리고 그때 이후로 돌아오지 못했다. 황후의 친위대 중 그 누구도 돌아오지 못했다. 그 사실은 진파 또한 기억하고 있었다.

즉, 친위대 모두가 죽는 와중 황후만은 살아 돌아왔다는 것이다.

진파의 눈매가 사납게 번뜩였다.

자신도 모르게 간과했던 것. 그것이 이제야 무엇인지 어렴풋이 가늠된다.

"길이 있을지도 모르겠군."

"예?"

친위대가 모든 죽었는데 혼자만 살아 돌아온 황후. 가능성은 두 가지다. 자신을 지켜주던 이들은 모두 죽었지만 기지를 발휘하여 홀로 살아남은 경우와 애초에 승리 후 퇴각하던 그 무리에 홀로 없었을 경우.

"최정예 무사를 모아라. 길 없는 산맥으로 간다. 서왕부 군대도 그곳으로 오라고 전하라."

혹시나 하는 마음에 정찰병 몇을 보내긴 했지만 그건 그야말로 형식적인 것이었다. 형식적인 파병이 아니라 본격적인 파병이 필요해졌다.

"주군, 그곳은 사람이 넘을 수 있는 길이 없다고……."

"아니. 그곳엔 길이 있다. 분명, 우리에겐 알려지지 않은 길이 있다."

처음부터 아니라고 제외했던 곳. 그곳일 수밖에 없다.

날짐승이 살고, 들짐승이 산다. 짐승의 길이 있는데, 사람의 길이 정녕 없을까. 그 당연한 명제를 의심했어야 했다. 허를 찌르는 것이 모든 전략의 기본이라는 것을 잊지 말았어야 했다.

왜 그 당연한 것을 이제야 의심했을까.

'운영……'

가엾은 자신의 비를 생각한다. 하루하루 말라가며 죽어가는 그녀를.

그녀를 구하고 싶었다. 살리고 싶었다. 곁으로 다시 데려오고 싶었다.

그 간절한 바람이 진파를 초조하게 만들었고, 계승전을 서둘러 끝내려는 그의 조급함이 실수를 부르고 있었다.

운영의 복위가 달렸다는 그 사실 때문에 자신이 내처 냉정하지 못했음을 진파는 인정했다.

냉정하지 못한 자는 승리할 수 없다.

그가 판단 착오를 반복하는 사이, 승리의 추는 천천히 이파 쪽으로 기울고 있었던 것이다.

하지만 아직은 돌이킬 수 있다.

진파가 주먹을 움켜쥐었다.

살아서 그대 곁에 *339*

이파는 주변에서 들려오는 소리에 귀를 기울였다. 싸륵싸륵. 나뭇가지에 쌓여 있던 눈이 떨어지는 소리가 들린다. 사각사각. 바람이 불 때마다 앙상한 나뭇가지에 위태롭게 붙어 있는 마른 잎이 흔들거린다.

'으음.'

간간이 들려오는 새소리는 너무 멀었다.

기세 좋게 사냥을 해오마, 하고 나오긴 했지만 겨울 산에서의 사냥이 말처럼 쉽지 않았다. 더욱이 이곳은 눈 쌓인 돌산이 아닌가. 암벽을 타는 산양 따위를 운 좋게 발견한다고 해도 따라갈 수 있는 상황이 아니었다. 이파는 시무룩해져서는 뺨을 가볍게 두드렸다.

'무얼 벌써 포기하려고 그러느냐?'

자신을 채찍질하며 이파는 주변을 살폈다. 길을 잃지 않도록 길목마다 표식을 남기며 조금 더 안쪽으로 들어갔다. 폭풍에 쓰러진 나무들이 썩은 게 보였다. 혹 그 아늑한 구멍에 잠들어 있는 다람쥐가 있지는 않을까, 이파가 고목을 샅샅이 살폈다.

'이렇게 쉽게 찾을 리가 없지.'

이파는 뾰로통하게 입술을 내밀고는 몸을 일으켰다. 아라아탄은 금방 잡아오는 것 같았는데. 역시 쉬워 보인다고 하는 것조차 쉬운 것은 아닌가 보다. 하긴, 그는 평생 사냥을 하며 살아온 초원의 왕이다. 그녀는 이제야 야생에 한 번 내동댕이쳐진 황궁의 공주일 뿐이고.

부스럭.

한순간 이파의 몸이 뻣뻣하게 굳었다. 짐승인가, 하는 생각도 잠깐 들었다. 그러나 아니다. 아닐 것이다. 짐승이 아니라고 본능이 소리친다. 모골이 송연해진다. 서둘러 바위 뒤로 몸을 숨기려던 이파의 표정이 딱딱하게 굳었다.

'발자국!'

눈 위에 그녀의 발자국이 선명하게 찍혀 있었다. 다가오는 저것이 인간이라면 바위 뒤에 숨어도 분명 들킬 것이다. 안색이 파리해진 이파가 아라아탄이 있는 은신처까지의 거리를 가늠했다. 아라아탄에게 돌아가서 둘이서 적을 맞는 건 어떨까? 하지만 어디까지 들어왔는지를 모르겠다. 은신처까지 무사히 도망갈 수 있을지 확신할 수 없다.

두려움에 등골이 서늘해진다. 이파는 타개책을 생각하며 머리를 굴렸다.

가지고 있는 것은 활과 창. 먼저 적당한 곳에 몸을 숨기고, 놈들이 접근하면 선제공격을 하자. 화살을 정확하게 날리면 발각되기 전까지 두 놈 정도는 잡을 수 있을 것이다. 그 뒤에 놈들이 근접전을 시도하면 창을 잡자. 창술은 누구에게도 지지 않는다고 자신하고 있다. 오합지졸이라면 열 명 이상, 훈련된 군사라 해도 어지간하면 셋 정도는 한 번에 상대할 수 있을 것이다.

즉, 다가오고 있는 자가 다섯 이하일 경우 승산이 있다.

하지만 그 감당할 수 있는 인원을 넘어섰으면 어쩌지?

이파의 시야에 눈 덮인 은빛 풀이 불쑥 들어온다. 제왕초라고 불리는 그것. 그리고 이곳은 대륙과 대초원의 경계. 저 제왕초 중 일부는 환상초겠지만, 나머지 일부는 기억초일 것이다.

기억초. 그것은 아라아탄의 슬픔을 먹고 자란다. 오로지 아라아탄의 슬픔만 먹고 자란다. 사람이 슬픔에 먹히지 않고 살아갈 수 있는 것은 견디기 힘든 슬픈 일들이 일어나는 와중에도 소소히 웃을 수 있는 일들이 생기기 때문이리라. 그러나 기억초는 그 소소한 행복은 보여주지 않는다. 철저히 정제되어 농축된 절망만을 맛보여준다.

이파는 자우하를 기억했다. 혈육을 잃는 고통을 이겨낸 그녀였지만 기억초가 건네는 슬픔과 책임의 무게는 견디지 못했다. 아무리 고통스러워도 현실에서는 희망을 찾을 수 있지만 기억초는 그 작은 희망마저 짓밟아 버리는 까닭이다. 그것이 저 은빛 풀이 가진 독이며, 그 독이 맹독이 아님에도 지극히 위험한 이유이다.

"기름이야. 그대 말처럼 무슨 일이 있을지 누가 알겠어? 그댄 불 지피는 데 서투니까, 혹시 불이 필요한 상황이 생긴다면 그걸 쓰도록 해."

아라아탄의 말을 떠올리며 이파는 기름을 만지작거렸다. 발소리는 점점 더 가까워지고 있었다. 이파는 바위 뒤에 숨어 서둘러 눈을 긁었다. 바닥에 깔린 은빛 풀잎이 보인다. 겨울이 깊어질수록 더욱 왕성히 피어나는 제왕초가 지천이었다.

이파는 기름을 잔뜩 깔고서 그 위에 제왕초를 모았다. 기억초든 환상초든 상관없었다. 대충 섞여 있으면 될 일이었다.

다가오는 저들이 황자의 병사가 아니라 동왕의 병사일지도 모른다는 연약한 기대도 품어보았다.

"황자 전하도 참. 이렇게 아무것도 없는 곳까지 감시해야 하는 건가? 나는 저 야만적인 벨트렉족 놈들의 목을 베는 전장을 뛰고 싶다고. 너희는 안 그러냐?"

"맞습니다, 대장. 저희도 같은 마음입니다."

이파의 여린 기대는 무참히 깨졌다. 그들은 황자의 병사였다.

'제발 먹혀라. 제발.'

이파의 검은 두 눈이 간절해졌다. 그녀는 망설임 없이 부싯돌을 부딪쳤다. 불씨가 기름 위로 튀었다.

"무슨 소리 들리지 않았나?"

웅성거리는 소리가 제법 많다. 하나, 둘, 셋, 넷, 다섯…… 여덟? 그래, 여덟 정도다. 그들의 훈련 정도에 따라서 정면으로 붙어서는 이길 수 없을지도 모른다.

'붙어라, 제발……'

이파가 다시 부싯돌을 부딪쳤다. 불꽃이 기름에 옮겨 붙으며 화르륵 타올랐다.

'됐어!'

이파는 급히 옷소매로 코를 틀어막았다. 바람이 그녀의 등 뒤에서 불어왔다.

"웬 발자국이……. 대장, 저거 연기 아닙니까?"

"무어? 진짜잖아. 다들 무기를 들어라!"

그들이 다가온다.

"누구냐? 순순히 나와라."

나오란다고 나갈 거였다면 애초에 숨지도 않았다. 이파는 제왕초가 불타며 내뿜는 연기를 노려보았다.

연기가 퍼진다. 점점 더 넓게, 옅게 퍼진다.

"발자국을 보니 한 놈인가 봅니다, 대장."

"그래. 게다가 계집인 것 같군. 내 말이 틀렸느냐?"

대장이란 자가 물어온다. 이파는 주변의 은빛 풀을 더 뜯어 불 속에 집어 던졌다.

"도대체 무슨 수작질을 하고 있는지 모르겠군. 고예인이라면 나와라. 해치지 않는다."

이파는 코웃음을 쳤다. 고예인이라면 해치지 않는다니. 고예인인 공주라면 이야기가 달라질 텐데?

독 연기가 자꾸만 폐부 깊이 스며든다. 정신이 몽롱해지고 눈앞이 흐려진다.

'효과가 나타날 때가 되지 않았나? 전부 환상초인 것만은 아니어라, 제발……'

아슴아슴 흐릿해지는 시야를 이파가 가까스로 붙잡았다. 감당할 수 없이 슬픈 기분이 든다. 심장이 아주 아릿하고 저릿해진다.

다행이다. 기억초가 섞여 있다. 이파는 안도했다. 슬퍼서 다행이라니, 이 무슨 역설이란 말인가.

"으아으…… 흐으윽……"

마침내 괴상한 흐느낌이 들려오기 시작했다. 이파는 입술을 꽉 깨물었다. 고통에 정신이 조금은 돌아온다. 지금이 살아 나갈 수 있는 유일한 기회다. 저들과 같이 슬픔에 빠져 허우적대서는 안 된다. 벌떡 일어난 그녀가 활을 들었다. 영문도 모른 채 바닥에 쓰러져 흐느끼고 있는 자들이 보였다. 이파는 덜덜 떨리는 손으로 시위를 당겼다.

저들을 죽여야 한다. 저들을 죽여야 아라아탄과 함께 동왕궁으로 갈 수가 있다.

저들의 보고를 듣고 진파가 무언가 알아차리면 곤란하다. 이곳은 본디 기억초가 독성을 품지 못하는 거리다. 기억초든 환상초든 그 주인과의 거리가 멀어지면 독기는 발휘되지 않는다. 따라서 본디 독성이 품을 수 없는 거리에 핀 기억초가 독을 품었다는 것은, 그 근처에 초원의 왕이 있다는 뜻이 된다. 아라아탄이 길 없는 산맥을 넘었음을 암시하게 되는 것이다. 저들은 자신이 무엇에 중독된 것인지 모른다고 해도 진파는 분명 알아챌 것이다.

"으으윽……. 싫어……. 싫어……."

바람은 이파의 뒤에서 연신 불어왔다. 이파는 되도록 숨을 참았다. 시위를 당기고 있는 이파의 손끝이 하얗게 질려갔다. 놓아야 한다. 시위를 놓아야 화살이 날아간다. 저들을 죽일 것이다.

'무방비한 사람을…….'

이파는 찰나 망설였다. 그녀는 완전히 무방비한 사람을 죽여본 적이 없다.

저들을 살려두면 진파가 눈치챈다. 그렇지만…….

그때, 툭, 무언가가 이파의 어깨를 건드렸다.

"아!"

놀란 이파가 시위를 놓쳤다. 화살은 엉뚱한 곳으로 날아갔다.

"사람을 죽이는 게 두려워?"

등 뒤의 사람이 속삭였다.

이파의 두 눈이 움찔 커졌다. 잔뜩 커진 두 눈에 울음이 고였다. 뻣뻣해진 목을 가까스로 움직여 뒤를 바라보았다.

"아라아탄……."

그가 왜 여기 있는지, 그 이유를 생각할 여유는 없었다. 그저 자신이 저지른 비열한 짓을 그가 보았다는 사실에 가슴이 철렁 내려앉는다. 살기 위해, 그의 슬픔마저 이용한 졸렬함을 그에게 들키고야 말았다. 이파의 머릿속이 하얗게 텅 빈다.

"망설이지 마, 이파."

아라아탄이 그녀의 활을 뺏어 들었다. 그가 쓰는 각궁보다 훨씬 가볍고 작은 활이었다. 그는 울며 흐느끼는 이들을 향해 활을 당겼다. 시위를 놓는 그 동작에 망설임은 없었다. 흐느낌이 하나둘 꺼져 가고, 마침내 기억초가 타들어가는 소리만 남았다. 아라아탄은 주변의 눈을 발로 차서 불길을 껐다. 그러고는 한동안 죽은 이들을 바라보았다.

그가 어느 주검 앞에 무릎 꿇었다. 감기지 못한 눈을 감겨준다.

이파는 울컥거리는 울음을 억눌렀다.

이 피는 그녀의 손에 묻혀야 하는 것이었다. 그가 아니라 그녀가 해결해야 했던 문제였다. 죄를 그에게 넘겨서는 안 되는 일이었다. 그러잖아도 무거운 그의 어깨를 더 무겁게 만들고 싶지 않다.

"미안하오."

"뭐가?"

죽은 자의 눈을 감겨준 아라아탄이 일어서며 되물었다.

"그 피는 내가 묻혀야 했소. 그 죄는, 그대의 것이 아니라 나의 것이 되어야 했소. 아라아탄, 나는…… 한순간 두려웠소. 내가 책임져야 할 것을 그대에게 떠넘기고 말았소. 앞으론 그런 일 없을 것이오."

이파의 어깨가 가늘게 떨렸다. 자박자박 걸어온 아라아탄이 그녀의 턱을 붙잡아 올렸다.

"그래, 이파. 무슨 짓을 하든 살아남아. 적을 죽이는 것을 머뭇대지 마. 망설이면 그대가 죽어. 더 중요한 것을 봐. 더 크고, 더 소중한 것."

그의 음성이 얼음처럼 차갑다.

"어차피 모든 걸 가질 수는 없어. 살기 위해 명예로운 공주이길 포기했듯, 살기 위해 남의 숨을 거리낌 없이 취하도록 해. 죽은 그댄 내게 필요 없어. 언제나 살아서 내게로 와. 명심해."

이파는 울음 고인 눈으로, 그러나 단호하게 아라아탄을 응시했다.

"명심하겠소."

"그래."

아라아탄이 천천히 그녀의 이마를 입술로 눌렀다. 그 서늘한 감촉에 이파는 두 눈을 힘주어 감았다. 울음을 참으며, 무슨 짓을 저질러서라도 그에게로 살아 돌아갈 것을 맹세했다.

그는 포옹 한 번 없이 이파를 놓아주었다. 이파는 어린애처럼 주저앉아 흐느끼는 대신 꼿꼿하게 허리를 폈다. 그녀의 단단한 눈빛을 보며 아라아탄이 흐리게 웃었다.

"돌아가자, 이파. 황자가 이곳도 감시하고 있다는 것을 알았으니 앞으로는 더 신중하게 움직여야 해."

뒤돌아서는 아라아탄의 옷깃을 이파가 급히 붙잡았다. 아라아탄은 적과 마주친 이 사건이 끝났다고 판단했는지도 모르지만, 이파에게 이 사건은 아직 끝나지 않았다. 그녀는 살아남기 위해 그의 슬픔을 이용했다. 그것이 혹 그를 상처 내진 않았을지 염려스럽다.

"아라아탄."

"왜?"

그가 무심한 눈으로 고개를 돌린다. 이파는 그 유리알 같은 눈 아래 숨은 감정이 경멸은 아니기를 바랐다.

"내가 경멸스럽지는 않소?"

"경멸?"

물음을 이해 못 하겠다는 듯 아라아탄이 미간을 모은다.

"나는 그대의 과거를 이용했소. 그 치졸함에 질려 버렸다거나, 정히 끔찍하다거나…… 그런 생각, 아니 하오?"

이파의 두 눈에 두려움이 빼곡히 차올랐다. 혹여 미움받고 있을까 봐 겁에 질리는 그 눈을 아라아탄이 잠시간 응시했다. 그가 표정을 풀며 이파의 머리를 쓰다듬었다.

"이파, 그댄 아주 영리했어. 이용할 수 있는 모든 것을 이용했지. 확실한 수가 있는데 감정적인 이유로 그 수를 포기하는 건 바보 같은 짓이야. 이용할 수 있는 건 전부 이용해. 그건 나쁜 게 아니야. 살아남을 수 있다면 얼마든지 치졸해지고 비겁해져도 괜찮아. 그댄 살아서 내게 돌아오는 것만 생각해."

그제야 굳었던 이파의 표정이 풀어졌다. 그녀가 힘없이 웃었다.

"언제나 그대에게?"

"그래."

"……알겠소."

"이제 진짜 갈까?"

이파가 고개를 끄덕였다. 이내 앞장서 걷는 그를 그녀가 뒤따라 걸었다. 이제는 익숙해진 그의 뒷모습을 가만히 바라보았다. 그러다가 문득 입을 열었다.

"그런데 아라아탄."

"응."

"처음부터 나를 따라왔소?"

이파가 물었다.

"설마 내가 그댈 진짜 혼자 보낼 거라 생각했어? 그건 너무 순진한데."

아라아탄이 당연하다는 듯 대답했다.

"쉬고 있으라고 했잖소."

"나는 그대의 명을 듣지 않아. 그대가 내 명을 듣지 않듯."

"……."

"그댄 그대의 판단으로 움직여. 나는 나의 판단으로 움직이지. 그것뿐이야."

그는 신기하다. 거짓을 말하지 않는다. 진실을 모두 말해주진 않아도, 상대를 기만하지도 않는다. 벨트렉족이 그를 믿고 따르는 이유를 이파는 알 것 같았다. 대초원의 선택이 아니었다고 해도 그는 벨트렉족의 왕이 되었을 것이다. 오직 그만이 초원을 통합할 수 있었을 것이다.

"이파."

얼마간의 침묵 후, 아라아탄이 불쑥 이파를 불러 묻는다.

"무엇을 보았어?"

이파가 주춤거렸다. 반사적으로 고개를 든 이파가 다시 고개를 숙였다. 바람을 등지고 있었고 코를 막았지만, 그래도 기억초의 독은 약하게나마 이파에게 스며들었다.

"아무것도 보지 못했소."

이파가 대답했다. 그녀의 말끝이 가늘게 떨렸다.

"그래?"

"그렇소."

"그래."

아라아탄은 더 묻지 않았다.

"어쨌든 기억초의 독에 자주 노출되지 않도록 주의해. 한두 번은 괜찮았다고, 계속 괜찮을 거라는 보장은 없어. 절망이 무서운

건 겪을수록 빠져나오기 힘겨워지기 때문이니까."

"알겠소. 주의하겠소."

이파가 고개를 끄덕였다. 그러고는 힘없이 웃었다.

절망이 무서운 건 겪을수록 빠져나오기 힘겨워지기 때문이라고 말하는 아라아탄의 목소리가 너무 담담해서, 그것이 도리어 서글 펐다. 한두 번의 절망은 더 나아질 내일을 바라며 견뎌낸다 할지라도, 그 여린 희망이 매양 부서지기만 한다면 사람은 어찌해야 하는 걸까.

'아라아탄. 실은 샥귀를 보았소. 불타는 마을에 혼자 남겨진 샥귀가 울고 있었소. 상처투성이인 그 아이를 안아 올리며 또다시 지키지 못했다는 절망감…… 느꼈소.'

아라아탄은 얼마나 많은 죽음을 보았을까. 앞으로 얼마나 더 많은 죽음을 보게 될까.

그는 얼마나 더 절망하며, 울음을 참아야 할까.

아라아탄. 아라아탄. 나의 아라아탄.

바람이 되어 그대 슬픔을 날려줄 수 있다면…… 그 얼마나 좋을까.

더 단단해지고 싶다. 그래서 그의 곁을 지켜주고 싶다.

이튿날.

그들은 길 없는 산맥을 빠져나왔다.

하루하루 시간이 지날수록 자우하의 머릿속은 복잡해졌다. 어떻게 하면 서왕을 죽일 수 있을지 매일 궁리했지만 도저히 답이 나오지 않았다. 서왕을 죽이려고 들면 그녀는 반드시 죽는다. 그렇게 생각하면 기회는 단 한 번뿐이다. 단 한 번의 기회를 완벽하게 성공시키려면…….

'혼자서는 도저히 불가능해.'

결론은 늘 비관적이었다.

주먹을 꽉 쥔 자우하의 속눈썹이 파르르 떨렸다.

「무슨 생각을 그렇게 해?」

느닷없이 들려온 목소리에 자우하가 번뜩 고개를 돌렸다. 도저히 빠져나갈 수 없는 작은 창, 그 밖에 누군가가 서 있었다.

「왕소?」

「아아, 날 기억해 주는 거야, 자우하? 이거 영광인데.」

벌떡 일어난 자우하가 창가로 걸어갔다.

「여길 어떻게 왔지?」

「나는 왕자잖아? 뇌물 조금이면 내 아버지가 별궁에 꽁꽁 숨겨 둔 계집 정도는 만나러 올 수 있다고.」

왕소가 능청스럽게 웃었다. 자우하는 질문을 바꿨다.

「날 왜 만나러 왔지?」

「바드란고가 이곳에 있어.」

「뭐?」

자우하가 두 눈을 크게 떴다.

「바드란고가?」

마른 입술을 꾹 깨무는 그녀는 당장에라도 울음을 터뜨릴 것 같았다.

「이런, 우는 거야?」

「닥쳐. 나는 늑대의 전사다. 전사에게 운다는 소리 지껄이지 마라.」

금세 사나워진 표정으로 자우하가 날카롭게 쏘았다.

「어련하시겠어?」

「바드란고는 무사한가?」

「아니! 아니 무사해. 아마 금방 잡힐걸? 내 아버지의 부하들이 추적하고 있거든.」

「제길. 당장 떠나게 해라. 네가 우리에게 미안한 감정이 조금이라도 있다면, 그렇다면 바드란고의 피신을…….」

「그는 안 가.」

왕소가 자우하의 말을 잘랐다. 황당한 듯 자우하가 미간을 일그러뜨렸다.

「무어?」

「바드란고는 이곳으로 올 거야. 너 없인 아무 데도 안 가.」

「미친 소리 작작 하라고 전해라. 이곳이 어디인 줄 알고 오겠다고 한단 말이냐?」

「서왕의 별궁인 걸 알고 있지.」

「그렇다면 헛생각 집어치우고 당장…….」

「그는 너와 죽으면 죽었지, 혼자서는 초원으로 아니 돌아가.」

왕소가 슬쩍 주변을 살폈다. 창가로 더 바짝 다가온 그가 은밀하게 속삭였다.

「내가 너희를 돕지. 너희도 나를 도와.」

「그게 무슨 뜻이지?」

「자우하, 너는 너의 왕을 위해서 어디까지 할 수 있어?」

두서없는 물음이었다. 자우하가 어이없다는 듯 냉랭히 웃었다.

「나는 내 주군을 위해서 무엇이든 할 수 있다.」

「네 목숨조차 바칠 수 있어?」

「목숨이 하나인 게 아쉬울 뿐이지.」

「네 몸이 더럽혀져도 상관없어?」

자우하의 표정이 굳었다.

「뭐?」

「넌 바보가 아니잖아, 자우하. 내 아버지의 색벽은 초원에서도 유명하잖아? 그 추잡하고 더러운 취향 말이야.」

「……..」

「내가 너희를 도울게. 너희를 살려서 내보내 줄게. 그것이 너희 둘 다 살아 나갈 수 있는 방법이야. 바드란고는 너 없이 그 어디에도 안 가. 이대로라면 필히 잡혀. 그럼 둘 다 개죽음당하겠지. 그 개죽음을 피할 수 있게 해주겠다고. 나, 왕소가.」

자우하는 대꾸 없이 왕소를 노려봤다.

「시간이 다 됐군. 내일 다시 오겠어. 그때까지 잘 생각해 봐, 자우하.」

왕소가 창가에서 멀어졌다. 그러고는 휙 사라졌다. 별궁을 감시하는 이들이 왁자지껄 떠들며 돌아오고 있었다. 자우하는 작은 창을 통해 보이는 밖을 응시하며 입술을 깨물었다.

서왕을 죽이고 싶다. 그가 죽는다면 아라아탄의 전쟁은 훨씬 쉬워질 것이다. 많은 벨트렉족이 살아남을 것이다. 왕을 지키고 일족을 보호하는 것이 전사의 책무. 여태 제대로 행한 적 없는 그 책무를 행할 수 있게 된다. 체츠와 다르길의 죽음 앞에서 그토록 무력했지만, 둘의 복수를 할 수 있게 된다. 한 몸 더럽혀 그 모든 것을 이룰 수 있다면……

「내일까지 시간을 주다니. 너무 많이 주는군.」

자우하가 혼잣말로 중얼거렸다. 그녀의 입가에 쓸쓸한 웃음이 피었다.

왕소의 제안이 아니더라도 자우하는 서왕을 죽이고 싶었다. 도움을 준다는데 굳이 마다할 이유가 없다.

아라아탄은 몸과 마음이 만신창이가 되어서도 살아남을 수 있는 그런 전사를 원한다고 했다. 그 뜻이 비로소 이해가 된다.

어떤 짓을 저지르더라도, 어떤 짓을 당하더라도, 반드시 살아서 이 곁으로 와라.

그는 늘 그렇게 말해주었던 것이다.

'아라아탄 님.'

그래. 살아서 그의 곁으로 가자. 살아서 모두를 만나러 가자. 그들의 품에 안겨 울자. 죽은 이들. 돌아오지 못하게 된 이들. 함께할 수 없는 모든 이들. 그들을 기억하며, 함께 새로운 땅 위에서 울음을 터뜨리자.

그녀는 자랑스러운 벨트렉족의 전사, 자우하.

그 무엇에도 꺾이지 말자고 다짐한다.

그 어떤 것도 늑대의 전사를 꺾을 수 없다.

12장

죽어도 그대 품에

천호장 중 세 사람이 당했다. 그들이 통솔하던 부족원들도 대부분 죽었다. 고예의 황자는 끈질기게 그들의 남하를 견제했다. 이번 남하가 일전과 다르다는 것을 황자는 명확히 꿰뚫고 있는 것이다.

서왕이 보낸 원군이 속속 도착하고 있었고, 황제의 군사도 일단은 적이었다. 벨트렉족이 계승전의 일원으로 인정되기 전까지 황제의 군사는 그들을 적으로 간주할 것이었다. 벨트렉족의 피해는 점점 쌓이고 있었다. 적을 상처 주는 만큼의 상처가 되돌아온다.

오드간은 점괘를 보았다.

대흉(大凶).

「오늘은 전투를 삼가세요.」

그녀는 벨트렉족의 신성한 무녀이며 동시에 천호장이었다. 천 개의 가호가 그녀의 명을 받든다. 모든 천호장이 적게는 수천여 명에서 많게는 만여 명의 목숨을 책임진다. 천 개의 가호, 가호 수보다 배는 많은 구성원의 수. 그 숫자만으로도 오드간은 이따금 숨 막힐 듯한 기분을 느꼈다. 그 모든 생명을 떠받치고 있는 아라아탄이 질식해 죽지 않은 것이 새삼 신비롭다.

「알겠습니다, 오드간 님.」

「아라아탄 님께서 곧 동왕궁에 도착하실 겁니다. 황군이 빠지는 그날, 우리는 그날에 모든 것을 겁니다. 그때까지 되도록 희생을 줄여야 합니다. 많은 이들이 살아 있을수록 우리가 살아남을 가능성은 더욱 커집니다. 불필요하게 목숨을 버리지 않게 하세요. 전우를 위한다는 이유로 덧없이 죽지 않게 하세요.」

「예, 오드간 님. 명심하겠습니다.」

명을 받든 백호장이 나갔다. 오드간은 재차 점을 쳤다.

샥귀와 우넨치는 무사히 동왕부에 숨어든 모양이었다. 어쩌면 오드간이 그냥 그렇게 믿고 싶은 것뿐일지도 모른다.

'아라아탄, 당신이 무너지지 않으면 우리는 살아남아요. 지금까지 그래 왔듯이.'

오드간이 희미하게 웃었다. 그녀는 왕이 탄생한 그날을 더듬고 있었다. 두 개의 달이 유독 붉고 아름다웠던 밤이었다.

오랫동안 독을 품지 않았던 기억초가 어느 날 독을 품었다. 기억초가 먹는 것은 오직 왕의 슬픔뿐. 그것이 독을 품지 않는다는 것은 초원에 왕이 없다는 뜻이었고, 그것이 독을 품었다는 것은 초원에 왕이 태어났다는 뜻이었다.

통합되지 못한 채 모든 유목민이 우방과 적방, 둘 중 하나로 나뉘었던 그때, 아라아탄이 태어났다. 우연히 기억초가 타오를 때 독이 퍼졌다. 모두가 슬픔을 보았다. 왕의 탄생을 알았다. 초원이 선택한 왕이었다.

아르슬랑과 아타르는 아라아탄을 보호하며 세력을 규합했다. 초원이 선택한 어린 왕을 중심으로 초원은 통합되어 갔다. 통합부족은 왕이 탄생한 부족명을 이어 벨트렉족이라 명명되었다.

아라아탄, 그는 그렇게 초원의 상징이 되었다. 왕으로 태어나, 왕으로 길러졌고, 왕으로 살게끔 되었다. 그에겐 그것 외에 선택 가능한 삶이 없었다.

그가 살아 있으면 어떤 절망 속에서도 벨트렉족은 일어났다. 초원이 고른 그들의 왕을 중심으로 다시 뭉쳤다. 그 맹목적 믿음이 벨트렉족을 이끌었다.

모두가 아라아탄을 빛이라고 믿는다. 아라아탄을 희망이라고 부른다. 그를 위해 기꺼이 죽는다. 깊은 고독과 무수한 절망 속에서 점점 더 단단해져 가는 그를 무조건 따르는 것은 길을 잃고 대초원 위를 헤매는 것보다 훨씬 쉬운 일이었다.

'만약 당신이 죽는다고 해도…… 우리는 살아남겠지요.'

오드간이 눈을 내리떴다.

고예의 황자는 아라아탄만 저지하면 될 것이라고 생각하고 있을지도 모른다. 그러나 만약 아라아탄에게 무슨 일이 생긴다면, 미쳐 날뛰는 살육광이 될 모든 벨트렉족을 그가 감당할 수 있을까? 벨트렉족은 전부 늑대의 전사. 어른, 아이 할 것 없이 모두 다 전사다. 아라아탄을 위해 죽을 수 있다. 벨트렉족은 복수를 위해 모이고, 천마를 몰고서 쉼 없이 남하할 것이며, 기어이 고예를 무너뜨릴 것이다.

벨트렉족은 멈추지 않는다. 들끓는 분열의 불꽃도 꺼지지 않는다. 신념을 가진 사람들이 그 어떤 짐승보다 위험해지고 맹렬해진다는 것을 황자는 진작 알았어야 했다. 불꽃이 이토록 커지기 전 일찍이 지르밟아 껐어야 했다.

이미 늦었다.

추는 기울었다.

❖   ❖   ❖

길 없는 산맥의 마지막 산을 완전히 내려오자마자 아라아탄은 동쪽으로 방향을 틀었다.

동왕궁은 동왕부의 중심에 있다. 동쪽이 아니라 남쪽으로 내려가야 한다.

"아라아탄, 이 길이 아닌 것 같은데?"

이파가 슬쩍 지적했다. 산에서는 아무 쓸모가 없을 정도의 그녀였지만 이곳은 그녀의 안마당과도 같았다.

타국의 왕인 그보다는 어려서 종종 동왕을 만나러 왔던 자신이 더 낫겠지, 라고 이파는 생각했다.

"바다로 가야 해."

"에? 동왕궁은 남쪽에 있소. 혹 오라버니의 수색대 때문이라면 그것은 걱정 마시오. 내가 은밀한 길들을 많이 알고 있으니……."

"그게 아니야, 이파. 우린 배를 탈 거야."

이파의 두 눈이 휘둥그레 커졌다.

"배? 그대가…… 배를?"

그녀가 정녕 황당하다는 듯이 손가락으로 아라아탄을 가리켰다. 그도 그럴 게 그는 초원의 왕이었다. 초원의 유목민들은 대부분 배를 극도로 싫어한다. 강을 오가는 나룻배도 끔찍하게 여기는 그들이 아닌가? 땅에서 발이 떨어지는 것은 말을 탈 때만 용납한다는 것이 그들 대다수의 신념이었다.

"물론 나는 배를 무척 싫어해. 그런 것, 죽을 때까지 타고 싶지 않아. 하지만 배가 빠르다는 것쯤은 알고 있어."

"으음……."

"선발대가 안전한 뱃길을 확보한 뒤 기다리고 있을 거야."

아라아탄이 말했다. 하지만 이파를 찾고 있을 동왕이 그 길 어딘가를 뒤지고 있을 거라는 말은 하지 않았다. 동왕과의 만남이 코앞까지 다가왔다는 것을 알면 이파의 경각심이 풀어질지도 모를 일이니까.

모처럼 만에 앞장서서 그를 안내할 기회를 얻었다고 생각했던 이파는 살짝 풀이 죽었다.

"이 강을 따라가면 돼."

"하지만 아라아탄, 강물이 얼지 않았소? 바닷물도 얼지 않았을까?"

"바닷물은 잘 얼지 않아."

"그걸 어찌 아오?"

"그것이 동왕부가 부를 축적할 수 있었던 비결이잖아."

"아……."

이파가 작게 탄식했다. 그리고 생각했다. 확실히 아라아탄은 왕이 아니라 학자인 편이 나았을 것 같다. 영특하고 현명하다.

"무슨 생각해?"

그리고 예리하기까지.

딴생각을 하는 그녀를 꿰뚫어 본 아라아탄이 지그시 쳐다보았다. 이파가 어색하게 웃었다.

"아무 생각도 아니 했소."

거짓말이 서툰 그녀지만 아라아탄은 말을 얼버무리거나 화제를 돌리면 더 추궁하는 법이 없었다. 이번에도 역시 마찬가지였다.

"그래? 그럼 서두를까?"

불현듯 그와의 거리감이 느껴온다. 무심한 듯 상냥하고, 다정한 듯 냉정한 아라아탄. 물어보는 것엔 기본적으로 성실히 답해주지만, 먼저 파고드는 법은 없다. 손 내밀면 잡아주고, 곤란해 보이면 먼저 손 내밀어주지만, 그 이상은 없는 것 같다. 보이지 않는 선이 그와 그녀 사이에 진하게 그어져 있다. 벨트렉족과 고예인. 초원의 왕과 대륙의 공주. 그 차이가 채워지지 않는 나락 같다.

"……."

이파의 걸음이 저도 모르게 느려졌다. 우뚝 멈춰 선 아라아탄이 고개를 돌린다.

"이파?"

"나는 그대가 좋소."

이파가 불쑥 말했다. 이미 한 번 했던 고백이지만.

"알고 있어."

"아마 나는, 그대가 생각하고 있는 것 이상으로 그대를 좋아하고 있을 것이오."

"……"

아라아탄이 입을 다물었다. 이파는 조금 힘없이 웃었다.

그가 행복해지길 바란다. 그가 아니면, 이제는 안 된다.

하지만 그는 어떨까? 그도 그녀가 아니면 안 될까? 그런 간절하고도 강렬한 마음이 그의 가슴속에도 자리하고 있을까?

어쩌면 지금이 아니면 다시는 꺼낼 용기가 나지 않을지도 모르는 진심을 입에 담는다.

"나는 내 한 목숨 부지하기 위해 고예를 걸었소. 수천, 수만의 목숨을 희생시켜서라도 나 하나 살겠다고 그들에게 갔소. 그런 내가 황제가 된다면, 나는 아마 최악의 황제가 될 것이오. 고예의 역사에서 도려내야 할 만큼 형편없고 황제답지 못한 황제가 될지도 모르오. 혹 고예가 망하기라도 한다면 어떤 이들은 내게 망국의 책임을 지우겠지. 아라아탄, 그래도 나는 후회하지 않겠소. 나는 기어이 황제가 되어 그대의 곁을 갖겠소. 그대를 내 곁에 묶겠소."

"……"

"그대는 아름답고 강인하오. 나는 그래서 그대를 존경하게 되

죽어도 그대 품에 363

었소. 살아남기 위해 모든 것을 거는 그대의 냉정함. 그 누구의 앞에서도 무너지지 않는 그대의 위태로움. 그런 그대가 품은 절망. 그 모든 것을 포함해서 그대를 은애하게 되었소."

아라아탄이 가만히 이파를 바라보았다. 그의 두 눈에 어린 감정이 무엇인지 이파는 모르겠다. 당혹감도, 기쁨도 아닌 어떤 것. 그저 무덤덤해 보이는 그런 것. 그 깊은 무저갱 속에 파묻힌 것이 어떤 것인지 알게 된다면 혹시 실망하게 될까? 그럴지도 모른다고 생각하며 이파는 아라아탄과 눈을 마주쳤다.

"나는 고예의 백성조차 실로 아껴본 적이 없소. 언제나 황궁에 갇혀, 막연히 그들의 존재를 알아왔을 뿐이오. 그런 내가 그대와 함께 만드는 고예를 꿈꾸게 되었소. 고예인과 벨트렉족이 배척하지 않는 세상을 원하게 되었소. 그러니 그대가 나를 지키시오. 내가 그대를……."

이파가 무뜩 입을 다물었다. 아라아탄의 뒤쪽에서 무언가가 번쩍였다. 순식간에 이파의 얼굴에서 핏기가 가셨다. 그녀가 재빠르게 아라아탄을 잡아당겼다. 저 반짝이는 것이 무엇인지 생각할 겨를도 없었다.

"이파!"

아찔한 고통이 엄습했다. 화살이 그녀의 어깨에 박혔다. 이파는 비명을 삼켰다.

"습격…… 이오."

비명을 억누르며 이파가 아라아탄의 뒤쪽을 가리켰다.

"굳이 설명하지 않아도 알아."

아라아탄이 이파를 끌고서 나무 뒤로 몸을 숨겼다.

"황자가 제대로 알아챘어. 영리해."

아라아탄이 중얼거렸다. 산맥을 넘을 거라는 걸 간파했을 뿐만 아니라 배를 이용할 것도 염두에 두었다. 도망치는 이가 조급증을 느낄 정도로 바짝 추적하고 있다.

정녕 냉철하고 집요한 황자다. 아니면, 동왕이 움직임을 들켰거나.

"그러게…… 말이오. 으윽……."

이파가 신음을 되삼켰다. 화살은 더 이상 날아오지 않았다. 하지만 이대로 시간을 끌어선 안 된다.

"저들이 불을 피웠어."

눈만 내밀어 상황을 살핀 아라아탄이 말했다. 연기가 피어올랐다.

아라아탄은 생각했다. 적의 지원군이 도착하는 것이 먼저일까, 동왕이 도착하는 것이 먼저일까.

동왕은 분명 이 근처에 있다. 그의 경로를 예상하고 움직였을 테니까. 문제는 시간이다. 어느 쪽이 더 멀리에 있는지, 지금으로선 아라아탄이라도 판단할 수 없다. 동왕이 더 늦는다고 가정할 때, 황자의 수색대를 상대로 버틸 수 있는 시간을 따져 봐야 한다.

"이파, 그대는 여기에 있어."

"싫소!"

이파가 작게 소리쳤다.

"적이 몇이나 되는지 알 수 없어. 그대는 살아남아야 해. 그대만 살아남으면······."

아라아탄을 바라보는 이파의 눈매가 사나워졌다. 그의 흐려진 결문 속에 숨어버린 말이 그녀의 귀에는 들렸다.

"나만 살아남으면 벨트렉족 사내는 얼마든지 있다고? 천호장 중 하나와 혼인하면 된다고? 그대가 아니라도, 대역은 얼마든지 있다고?"

이파가 날카롭게 쏘았다.

아라아탄이 입을 다문다. 이파는 멱살이라도 잡듯이 그의 옷깃을 잡아당겼다.

"나는 그대의 명을 듣지 않아! 그대가 나의 명을 듣지 않듯!"

"이파."

"그대가 그랬지. 모든 벨트렉족은 자신이 선택한 자와만 혼인한다고. 나 역시 내가 선택한 자와 혼인할 것이오. 그대가 아니면 싫어. 그대여야 해. 나를 두고 죽으려고 하지 마. 그런 생각은 하지도 말란 말이야."

"······."

"내가 그대의 곁을 살아서 버티듯 그대도 내 곁을 살아서 버텨."

아라아탄이 천천히 이파의 뺨을 감쌌다. 그가 허물어지듯 웃었다.

아주 잠깐이나마 죽음을 각오했음을 이파에게 들켰다. 그 자신이 제일 싫어하는 짓을 스스로 저지르려 했음을 부정할 수 없었다. 찰나나마 수많은 벨트렉족이 그에게 삶을 맡기고 떠났듯이 자신의 삶을 그녀에게 떠넘기려 했다.

"그래, 약조할게."

순간적인 체념을 아라아탄은 내던졌다. 이파를 응시하는 그의 눈이 잠깐 동안 다감으로 물들었다.

왕의 길은 그의 것. 벨트렉족을 내일로 이끄는 것은 그의 몫. 그가 감당해야 한다. 이파에게 넘기지 않겠다. 거듭 맹세한다.

"아라아탄……."

"나를 은애해? 그럼 활을 잡아. 이곳에 몸을 숨기고 적이 보이면 쏴. 내가 죽게 내버려 두지 마."

이파가 입술을 꾹 깨물었다.

"수색대가 더 몰려들면 돌파구는 완전히 사라져. 알잖아?"

이파가 아라아탄을 붙잡고 있던 손을 힘없이 떨어뜨렸다.

"좋아. 절대 모습을 드러내지 마."

아라아탄이 그녀에게 가볍게 입맞춤했다. 이파가 그를 놓아주기 싫다는 듯 그의 숨결을 삼켰다. 그도 이파의 작은 얼굴을 감싸 쥐고서 그녀의 입술을 빨았다.

"나를 지켜."

나직이 말하고는 아라아탄이 일어나서 달렸다. 빠르게 나무 뒤로 몸을 숨긴 그가 화살을 날렸다. 이파의 머리가 순식간에 맑아졌다.

"으윽!"

누군가 신음하며 쓰러진다.

이파는 한 번에 날아드는 화살의 수를 가늠했다. 곧 뛰어나갈 듯 자세를 바로잡고 있는 아라아탄이 보였다. 그 모습을 보며 이파는 곧장 어깨에 꽂힌 화살을 뽑아냈다. 털옷이 두툼한 덕분일까. 급소를 꿰뚫은 느낌은 아니었지만 혹시나 하는 불안감은 있었다. 동맥이 파열된 상태에서 화살을 뽑았다면 분명 과다출혈로 죽게 되었을 테니까. 다행히 출혈은 그리 심하지 않았다. 이 정도라면 버틸 수 있다. 아라아탄을 지킬 것이다.

아라아탄이 절대 모습을 드러내지 말라고 하였지만, 그는 자신을 죽게 두지 말라는 말도 하였다. 이파는 들어주고 싶은 말만 들어주기로 했다. 그가 왕이라고 해도 그녀의 왕은 아니었고, 그가 명령했다고 해서 그녀가 전적으로 복종할 필요는 없으니까.

아라아탄이 다시 달리기 시작한 순간, 이파도 활을 들고서 나무 밖으로 몸을 날렸다.

"언제나 살아서 내게로 와."

그가 그렇게 말했던 그때, 그녀도 말했어야 했다.

그대도 살아서 내게로 돌아와야 한다고.

이번에 무사히 탈출하면 꼭, 그에게 말해야겠다.

'아라아탄. 그대를 지킬 거야. 죽게 내버려 두지 않아.'

이파를 발견한 자들이 화살을 날렸다. 화살은 반반씩 나뉘었다. 반은 아라아탄에게, 반은 이파에게 향했다.

이파는 화살이 날아오는 방향을 확인한 후 몸을 숨겼다가, 재빠르게 활을 쏜 후 다른 나무 뒤로 숨기를 반복했다. 짧은 비명이 들렸다.

'내가, 그대의 바람이 될 거야. 그대의 슬픔, 절망…… 모두 날려줄게.'

나무 뒤에서 나무 뒤로 움직이며 적의 위치를 파악했다. 급소를 정확히 노릴 수는 없었지만 자잘한 부상은 입힐 수 있었다. 몇 번 화살이 스쳐 지나갔지만, 그들 또한 그녀에게 치명상을 입히진 못했다.

숲이 순간 웅성거린다. 그 속에 숨어 있는 사람들이 수군거리는 소리다. 팽팽한 긴장감이 흐른다. 적들은 수적 우위를 생각하고 있을 것이다. 또한, 전략을 생각하고 있을 것이다.

고예의 무사들은 기본적으로 근접전에 익숙하다. 활보다는 검과 창을 더 많이 훈련한다. 활로 적을 잡을 수 없다고 판단한 순간, 그들은 모습을 드러내서 백병전을 시도할 것이다.

그리고 그때가 바로 지금이다.

이파가 창을 바로 잡았다.

"으아악!"

"아아아악!"

놈들이 괴성을 내지르며 달려들었다. 못 해도 열다섯이었다. 아라아탄은 망설임 없이 활을 내던지고 칼을 들었다. 적들은 맹렬한 기세로 아라아탄의 급소를 노리고 둘러쌌다. 이파는 단숨에 달려 그들의 뒤로 갔다. 이파의 접근을 알아챈 몇몇이 진영에서 빠져나오려는 기미를 보였다. 이파가 긴 창을 내찔렀다.

"그래, 이리 와라!"

이파가 소리쳤다.

"감히 그를 건들지 마!"

비명을 토해내며 한 놈이 무너진 즉시, 남은 이들이 이파를 둘러쌌다. 상대는 셋이었다. 이파는 정신없이 창을 휘둘렀다. 바람이 진한 피 냄새를 머금고서 흘러간다.

사람들이 쓰러져서 죽어간다. 동정도, 연민도 하지 않기로 했다. 자책도, 사죄도 하지 않기로 했다. 이미 그녀는 제 한 목숨 살리기 위해 수백만의 목숨을 버렸다. 한 사람을 지키기 위해 수십을 죽이는 일 따위가 새삼 저어될 리 없다.

"커억!"

이파가 창을 길게 그었다. 화살에 맞은 부위가 욱신거리다. 피가 내처 흐른다. 찬 공기와 만난 더운 피가 훈김을 내뿜는다.

"이파!"

아라아탄의 목소리가 들렸다. 흐려지는 정신을 붙잡으며 이파가 창술을 펼쳤다. 그녀는 흡사 무희처럼 보였다.

또 한 사람, 급소를 찔렀다. 창에 꿰뚫린 몸이 순간 무너지며 가해지는 무게에 이파는 오싹한 한기를 느꼈다.

그러나 그것은 찰나였다.

아라아탄을 지킨다. 그와 함께 살아남겠다. 살아서, 고예로 돌아가겠다. 본능적으로 맹세를 거듭한다. 두려움은 이내 봄눈 녹듯 사라진다.

공주는 자신을 둘러싸고 있는 적 중 하나의 목에 창을 찔렀다가 뺀 후, 그대로 창을 사선으로 그었다. 한 놈이 쓰러졌고, 날카로운 창끝에 가슴을 베인 적이 주춤거리며 뒤로 물러섰다.

그때, 불현듯 들려왔다.

달가닥달가닥.

말발굽 소리였다.

'적의 지원군이 벌써 왔어?'

어쩌면 벌써가 아닐지도 모른다. 싸움에 집중하느라 시간 감각이 둔해진 것일 수도 있으니까.

머릿속이 텅 빈다.

여전히 싸우고 있는 아라아탄이 보인다. 대초원에서 보았던 그의 춤사위가 생각난다. 그는 그때처럼 아름다웠다.

만약, 죽는다면. 기어이 이곳에서 죽게 될 것이라면…….

"아라아탄!"

이파가 그를 향해 뛰었다.

동왕은 뱃길을 준비해 두고서 따로 움직였다. 애초에 동왕궁에 앉아서 공주를 기다릴 생각은 일절 없었다. 길 없는 산맥을 넘는 정확한 길은 모른다. 그의 누이는 그에게조차 정확한 길은 알려주지 않았었다. 그것은 영리한 일이었다. 혼자만 아는 비밀은 있어도 둘만 아는 비밀은 없는 법이니까.

그래도 출입 부분 정도는 대충 알고 있었다.

'이 부근일 텐데…….'

황자의 수색대를 피해 움직이는 것은 피곤한 일이었다. 그가 이곳을 서성거리고 있다는 것을 알아채면 황자가 당장에라도 달려올 테니까 말이다.

황자가 심어둔 간자도 골칫덩이였다. 발견하는 즉시 척결하고 있지만 어디까지 정보가 샌 것인지는 알 수 없었다. 어쨌든 그도 모르는 것을 간자들이 황자에게 고해바쳤을 수는 없고, 덕분에 공주가 넘어올 길은 아무에게도 알려지지 않았다.

'아직인가?'

며칠 전 길 없는 산맥 쪽으로 먹구름이 몰려갔다. 그것이 눈보라를 쏟아냈을 테니, 공주의 일정은 꽤 더뎌졌을지도 모른다. 도착할 때까지 시간이 더 걸릴지도 모른다고 생각하면서도 동왕은 예상 경로 부근을 헤맸다. 그와 공주가 직접 만나야 서약이 이행되고, 서약이 이행되어야 동왕부가 고예의 번국이 아니라 공주의 서약국으로 행동할 수 있기 때문이다. 서약국이 되어야만 황자에게 본격적으로 대적할 수 있다.

"전하, 저기!"

다급한 외침에 고개를 돌리던 동왕이 두 눈을 크게 떴다. 멀지 않은 곳에 피어오르고 있는 연기가 보였다. 연기는 한 줄기였다. 황자의 군사가 피운 것이었다. 동왕부 군사들에겐 급보를 전할 때 두 개의 연기를 올리라고 이미 명해두었다.

"저곳으로 간다. 당장!"

"예, 전하!"

동왕은 곧장 그곳을 향해 달렸다.

말은 쉬지 않았지만, 그럼에도 더디기만 했다.

'공주 전하! 부디 무사하소서!'

마침내 황자의 정찰병들과 싸우고 있는 두 사람이 보였다. 동왕이 다급하게 말을 재촉하며 이를 악물었다.

그리고 그 순간, 동왕은 이상한 것을 보았다.

"아라아탄!"

공주가 사지로 뛰어 들어간다.

그 사지의 중심에 선 사내가 공주를 끌어안는다. 그 순간, 사내의 시선과 동왕의 것이 마주쳤다. 그는 공주를 안은 채 망설임 없이 뒤돌아섰다. 몇 번의 공격이 그의 등을 할퀴었다.

잠시 후, 공주의 다급한 목소리가 들려왔다.

"나를 지켜라!"

동왕은 섬멸의 명을 받들었다.

순식간에 일어난 일이었다.

자신을 둘러싸고 있는 적의 등 뒤에서 나타나 적을 찌르고, 그들의 진영이 무너진 순간 제 품에 날아든 이파를 아라아탄이 동물적으로 받아냈다.

그 순간 보았다, 동왕이 온 것을.

"혼자 아니 돼. 맹세했잖아."

이파가 그의 품에 안겨 속삭였다. 숨이 가쁘게 차오른 와중에도 그녀의 음성만큼은 또렷하게 들렸다. 아라아탄이 옅게 웃으며 그녀를 꽉 끌어안았다. 재빠르게 몸을 돌려 적들에게 등을 내어주었다.

부디, 급소만은 피해 맞기를.

"동왕이 왔어, 이파."

"무어?"

화끈한 고통이 등을 긁는다.

"그댈 지키라고, 소리쳐."

품 안에 안긴 이파가 굳는 것이 느껴진다.

한 박자 늦게, 그녀가 비명을 토하듯 소리쳤다.

"나를 지켜라!"

그리고 섬멸이 시작되었다.

전투는 짧았고, 압도적 우위 속에서 동왕의 승리로 끝났다.

"와아아!"

함성을 들으며, 이파는 비틀거리는 다리에 힘을 주었다.

서약이 이행되었다.

황자의 수색대를 척결한 동왕이 천천히 그녀에게 다가왔다. 그는 조금 야위고 수척해 보였다. 그 모습에 이파는 왈칵 눈물이 솟구칠 것만 같았다.

"외숙부님."

이파가 혼절할 듯한 목소리로 그를 부른다.

"이 목숨을 바쳐, 공주 전하의 명을 받듭니다."

동왕이 그녀의 앞에 무릎 꿇는다.

"일어나세요. 바닥이 찹니다. 어서요."

이파가 그를 일으켜 세웠다. 그들이 서로를 마주하며 엷게 웃었다.

"마중 나왔습니다."

"마중이 너무 늦으셨잖습니까?"

"이 정도가 딱 좋습니다. 그래야 공주 전하께서 이 외숙부의 귀함을 아시지 않겠습니까?"

"예예, 어련하시겠습니까?"

계승자과 서약자가 만났다. 동왕부는 이제 고예의 번국이 아니라 공주의 서약국으로서 황자와 싸울 것이다. 섭정 황제의 명보다 공주의 명이 우위에 서는, 그 위태로운 계승전이 본격적으로 시작된다. 피가 강을 이루고 죽은 이의 살점이 산을 이룰지라도 단 한 사람의 계승자가 남기 전까지 계승전은 끝나지 않는다.

"진짜, 죽는 줄 알았단 말입니다."

긴장감이 풀린 듯 공주가 바닥에 주저앉는다.

"진짜로……."

그녀의 목소리가 잦아들고, 몸이 힘없이 무너진다. 아라아탄이 재빠르게 이파를 안아 들었다.

"공주 전하?"

"잠들었어. 피곤했을 거야."

동왕이 다정한 미소를 지우고서 아라아탄을 노려보았다. 아라아탄이 무덤덤하게 그를 마주한다. 날 선 눈빛이 서로를 겨냥한다. 그 기묘한 벽색 눈동자에 빨려 들어갈 것만 같아서 동왕은 소름이 돋았다.

"그댄 운이 좋군."

동왕이 말했다.

"운이 좋다고?"

"양털이 두꺼워서 공격이 제대로 들어가지 않았고, 덕분에 부상이 깊지 않으니 운이 좋은 것이지."

"그런가?"

긍정도 부정도 아닌 대답이었다.

무심한 눈으로 공주를 바라보는 그를 쏘아보며 동왕이 미간을 찌푸렸다.

"그런데."

동왕이 말을 하다 말자 아라아탄이 고개를 들어 그를 바라보았다. 속내를 읽을 수 없어 거북한 그 눈을 마주하며 동왕이 차게 내뱉었다.

"어째서 공주께서 나를 기다리지 않고 그대를 향해 뛰었지?"

말 무리의 주인이 누구라고 생각했든 적군에게 둘러싸여 있는 아라아탄에게 가는 것은 그야말로 자살행위였다. 그런데 공주는 그의 품으로 뛰어들었다. 동왕은 그것이 곤혹스러웠다.

아라아탄이 소리 없이 입매를 끌어 올렸다.

이윽고 그가 나직이, 무척 느긋한 목소리로 입을 연다.

"공주는 나를 연모해, 동왕."

동왕의 표정이 딱딱하게 굳었다. 아라아탄의 말뜻을 이해했다.

죽을 것이라면 그의 품 안에서.

동왕궁으로 돌아가는 길.

마차가 달각달각 흔들린다. 그 와중에도 공주는 잘도 잤고, 동왕과 아라아탄만이 서로를 탐색하듯 쳐다보았다.

"꽤 늦었네."

아라아탄이 말했다.

"그쪽이 늦었다는 생각은 아니 하나?"

동왕이 이죽거렸다. 그는 세상에서 가장 껄끄러운 상대와 앉아 있는 중이었다. 제 누이가 저지른 죄악들로부터 동왕은 자유로울 수가 없다.

"눈보라가 쳤어. 그건 내가 어쩔 수 없는 거잖아?"

아라아탄은 아타르를 닮았다. 고요해서 황량하기까지 한 푸른 눈, 무심해서 건조하게만 들리는 말투, 감정을 무디게 깎아 그 무엇에도 흔들리지 않는 평연. 그 모든 것이.

"어쩔 수 없더라……. 그런 변명을 세상이 들어주지 않는다는 걸 잘 알지 않나?"

"뭐, 그렇지."

아라아탄이 순순히 긍정하자 동왕은 할 말을 잃었다.

"황자는?"

"동해안을 따라 올라가던 배가 발각되었다. 지금쯤 나와 합류했다는 걸 이미 눈치챘겠지."

"영특하군, 황자는."

"그 영특한 황자도 늘 한 박자 늦더군."

"그래?"

아라아탄은 관심 없다는 듯 대꾸하고는 고개를 돌렸다. 그의 손은 제 허벅지를 베고 잠든 이파의 뺨을 쓰다듬고 있었다.

"……."

그 모습을 동왕은 가만히 쏘아보았다.

아라아탄은 아르슬랑을 닮았다. 거리낌 없이 타인에게 내뻗는 손, 무심한 듯 되레 상냥해서 사람을 혼란스럽게 하는 다정. 그 모든 것이.

공주의 마음은 너무도 확고하다. 그렇다면 이자는? 이자의 마음도 공주와 같이 확실한가?

"그댄."

"아아, 동왕. 재미없는 물음을 하지 마. 나는 나의 일족을 지켜. 공주는 제좌를 얻어. 그거면 당장은 충분하잖아?"

아라아탄이 귀찮다는 듯 동왕의 말을 끊어냈다. 그리고는 화제를 돌렸다.

"우넨치는 도착했나?"

동왕은 넘어가지 않았다.

"공주를 상처 입히지 마라."

아라아탄이 소리 없이 웃었다.

"그녈 다치게 할 쪽은 내가 아니라 그쪽이야."

아라아탄의 눈빛이 순간 사나워졌다. 동왕이 입을 다물었다. 아라아탄은 이 계승전이 끝난 후의 상황까지 가늠하고 있는 것이다.

—조(朝)에 영광을.

동왕은 누이가 보냈던 서신을 무심코 떠올리고 말았다.

이번엔 그가 화제를 돌릴 차례였다.

"우녠치와 그 일행은 어제 도착했다."

"다들 무사해?"

"무사한 자들만 도착했다."

"그렇구나."

아라아탄이 덤덤히 대꾸했다.

동왕은 이 무정해 보이는 사내의 속내를 가늠해 보려 애썼다. 얼마나 오래 이날을 준비해 왔을지. 태어나는 순간 왕으로 정해져 몰락해 가는 일족을 구원하기 위해 얼마나 많은 것들을 포기해 왔을지.

대초원 곳곳에 갖춰둔 군량미. 그것을 그만큼 쌓아두기 위해 아라아탄은 앙상히 말라가는 이들을 한 번 버렸을 것이다. 천마군대를 조직하기 위해 또다시 굶어 죽는 이들을 저버렸을 것이다. 그 증거로 벨트렉족엔 노인이 없다. 싸울 수 없게 된 노인들은 스스로 목숨을 끊었다. 최근 몇 년은 아이를 낳는 것도 금지시켰다고 한다. 그 때문에 벨트렉족에는 어린아이가 없다.

그토록 냉혹하고 냉정하게 약한 것은 버리고 강한 것은 취해왔다. 모두를 살릴 수 있다면 좋겠지만 그럴 수 없다는 한계를 사무치게 뼈에 새기고서, 스스로 냉혈한이 되었다.

그 길들일 수 없는 사내를 공주가 연모한다.

"아르슬랑은."

그래도 그는 아르슬랑을 닮았다.

"그대의 발가락이 제 발가락을 닮았다고 감격하더군."

"……."

"쓸데없는 농을 좋아하는 사내였지."

"내 아버지를 욕보이는 것인가?"

"추억하는 것이다."

"……."

"또, 그대의 새끼손가락이 자길 닮았다고 자랑을 해댔어."

동왕은 상념에 잠긴 듯 말을 이었다.

"귓속이 닮았다고 하질 않나, 혓바닥이 닮았다고 하질 않나. 부자간이 아니더라도 닮았을 만한 것들이 닮았다고 아주 기뻐했었지."

아라아탄이 입을 다물고서 동왕을 쏘아보았다. 그는 모르는 아비의 모습이 동왕의 입에서 흘러나온다. 늘 초원의 통합을 위해 대초원을 돌아다녔기에 자주 보지도 못했던 분인데. 이제는 잊었다고, 그래서 아프지 않다고 쭉 생각해 왔는데.

"그립지 않나?"

그 한마디 물음에 여태 자신을 속여왔다는 사실을 여실히 깨닫는다.

"그리울 리가."

차갑게 대꾸하고는 아라아탄은 이파에게로 눈을 돌렸다. 곁에 있어주겠다고, 혼자 있게 하지 않겠다고 맹세해 준 이의 뺨을 어루만졌다.

그 모습을 동왕은 가만히 바라보았다. 무심한 눈동자를 스쳐 가는 애정을 보았다. 공주의 뺨을 어루만지는 그 손끝이 희미하게 떨리는 것을 보았다.

그는 이파를 아낀다. 잃고 싶지 않아 한다. 그것은 진심이다.

지금으로선 그 정도로 충분하리라.

"아르슬랑은 늘 그런 팔불출 같은 말을 누구보다 진중한 얼굴로 하곤 했지."

동왕은 조금 안도하며, 아라아탄에게서 시선을 뗐다. 그러고는 눈을 감았다.

아라아탄이 곁에 있을 테니, 이 계승전이 끝나면 공주는 더 이상 그의 비호를 필요치 않아 할 것이다. 그리고 그때는 아라아탄의 말처럼 공주를 상처 입히는 것은 그가 될지도 모른다.

봉화가 피어올랐다.

연회색 연기 하나는 치안의 평시, 둘은 경계, 셋은 전시.

세 줄기의 연회색 연기가 선연히 하늘로 굽어 올라갔다. 봉화는 동왕부 곳곳에 '전시'를 전했다. 대륙이 술렁거렸다. 사람들이 웅성거렸다. 셋 이상 모이면 모두가 봉화의 진실에 대해 이야기했다.

"공주께서 오신 거야?"

"정말 계승전이 시작되는 거야? 나도 끌려가는 건가?"

"서왕부 군대가 벌써 경계에 잔뜩 진을 치고 있다고."

"세상에, 세상에."

계승전이 시작된다. 본격적인 전쟁이다. 칼과 칼의 맞부딪침. 서로의 목을 베지 않으면 끝나지 않을, 흉포한 황실의 전통. 원하든 원치 않든 동왕부 신민들은 계승전의 일부가 되었다. 공주가 황제가 되면 그들에게 온갖 영화가, 공주가 황제가 되지 못하면 그들에게 온갖 고난이 쏟아질 것이다.

봉화는 또 피어올랐다.

진회색 연기 하나는 왕실의 평안, 연기 둘은 왕실의 변고, 셋은 왕실의 희사.

세 줄기 진회색 연기가 하늘로 향한다. 계승전이 시작된 이 마당에 기쁜 일이라니.

백성들은 또다시 쑥덕거린다.

"정말 대초원의 그 야만족과 혼례를 치르시는 거야?"

"그것이 희사야? 그것은 변고라고!"

"세상에, 세상에."

연회색과 진회색 연기는 점점 더 멀리 퍼져 나갔다. 동왕부 곳곳에, 황실부 곳곳에, 이윽고 남왕부로, 서왕부로 그렇게 널리 퍼졌다.

남왕부가 들끓었다. 남왕의 군대로는 치안을 유지할 수 없는 정도가 되었다. 온갖 유민들이 흉포하게 날뛰었다.

"야만족도 이룬 것을 우리라고 못 할쏘냐?"

"우리의 나라를 되돌리자!"

"우리의 나라를 되살리자!"

"조! 조! 조!"

"진! 진! 진!"

조와 진을 비롯하여 난, 송, 정, 가. 온갖 소국의 국호를 연호하는 목소리가 깊고 넓게 울려 퍼졌다.

그 바람은 점점 더 간절해지고, 점점 더 상세해지고, 점점 더 흉포해질 것이다.

❖   ❖   ❖

진파도 동왕부 곳곳에서 피어오르는 봉화를 보았다.

연회색 연기가 세 줄기, 진회색 연기가 세 줄기.

전시와 희사. 그 어울리지 않는 두 일을 동시에 알린다는 것은 아라아탄이 기어이 동왕부에 입성했다는 뜻이었다. 길 없는 산맥을 정찰하고 있던 자들은 주검이 되어 돌아왔다. 그렇게 찾아 헤맸는데, 결국 진파가 너무 늦었다는 의미였다.

"주군……."

"공주를 한시바삐 죽여야 한다. 황후는 국경에서 황군을 뺄 것이야. 내가 황제가 되어 저 야만족들을 막아야만 한다. 그러지 못하면……."

으르렁거리듯 중얼거리던 진파가 무뜩 입을 다물었다.

그러지 못하면 고예는 망국이 돼, 라는 그 말을 차마 입에 담을 수 없었다. 본디 말이 씨가 되는 것 아니던가?

"계승전을 끝내고 야만족과의 전쟁을 준비해야 한다."

"예, 주군."

"원군이 도착하면 바로 진격한다."

"예!"

아직은 끝난 게 아니다. 번왕이 거느릴 수 있는 병사의 숫자는 황법으로 제한된다. 그것을 거스를 수 있는 때는 황제의 명이 아니라 계승자의 명을 받드는 때뿐. 이파와 동왕은 이제 막 만났다. 그에 비해 진파는 훨씬 전에 서왕을 만났다. 병사를 확충하고 준비시킬 시간이 그에게 더욱 넉넉했다는 뜻이다. 지금은 그가 수적 우위에 있다. 비록 벨트렉족, 저것들이 밀고 내려오고 있지만 공주를 서둘러 죽이고 황군을 손에 넣는다면 아직은 가망이 있다.

'운영⋯⋯.'

그녀가 보고 싶다. 이 순간, 미치도록 그녀의 서늘한 손길이 간절했다.

늘 몽롱하여 무얼 생각하는지 알 수 없는, 그러나 가만가만 생각해 보면 언제나 핵심을 꿰뚫던 그녀가 지금 앞에 있으면 얼마나 좋을까. 그녀가 곁에 있으면, 이 난관을 헤쳐 나갈 방법을 알려줄지도 모르는데.

동왕부의 소식은 서왕부에도 닿았다. 왕소는 행동을 서둘렀다. 서왕이 모든 일을 제쳐 두고 후발대를 이끌고 동왕부로 가버리면 그의 계획은 끝장이었다.

"잠깐뿐이다, 바드란고. 시간이 얼마 없다. 그가 떠나기 전에 일을 성공시켜야 해."

"……."

바드란고는 입을 다물고서 왕소를 뒤따랐다. 경비를 속일 수 있는 시간은 아주 잠깐이다. 왕소야 그래도 왕세자이니 대충 둘러대면 큰 화를 면하겠지만, 딱 봐도 유목민인 바드란고는 사정이 달랐다.

똑똑.

왕소가 창을 두드렸다.

「누구냐?」

「자우하?」

자우하의 목소리에 바드란고가 바짝 다가섰다. 지창이 열리고, 자우하가 보였다. 그녀의 두 눈이 크게 뜨였다.

「바드란고? 네가 어떻게…….」

「괜찮은 거냐? 어디 다친 곳은? 아픈 곳은? 누가 몹쓸 짓을 하지는…….」

「멍청아! 네가 지금 남 걱정할 때냐? 여기가 어딘 줄 알고……. 가, 당장! 아라아탄 님께 돌아가라고!」

누가 들을세라 자우하가 낮게 소리쳤다.

「너와 함께 갈 거야. 그러려고 왔다.」

바드란고가 고집스럽게 말했다. 자우하가 헛웃음을 짓더니 입술을 깨물었다. 당장에라도 경비가 돌아올 것 같아 마음이 바싹바싹 타들어갔다.

「경비는 어찌했어?」

「교대 시간을 속였다. 이상하다는 걸 눈치채면 돌아오겠지.」

「미쳤어! 들키면 끝장이야, 바드란고. 어서 돌아가! 쓸데없이 날 구하겠다고 설치지 말고, 제발…….」

바드란고가 쓸쓸히 웃으며 고개를 내저었다.

「싫어, 자우하. 너를 지켜주겠다고 맹세했어.」

「그 맹세 필요 없어. 나를 위해 죽는 놈들은 더더욱 필요 없어!」

단호히 일갈하며 자우하는 문득 깨달았다. 전사들의 주검 앞에서 늘 말이 없었던 아라아탄의 모습이 무얼 의미하는지. 그 잔잔하던 두 눈에 흐리게 일던 파동이 어떤 슬픔이었는지.

나를 위해 죽지 마라. 나를 위해, 제발 죽지 말아다오…….

그 고독한 외침이 이제야 들린다.

「자우하?」

「……가라, 바드란고.」

자우하의 목소리가 가늘게 떨렸다. 그녀가 굳게 두 눈을 감았다 떴다. 흔들림이 사라진 푸른 눈은 예리하게 빛났다. 이어진 목소리 또한 단호했다.

「나는 도망가다 잡혀 죽느니 이곳에서 살아남아 서왕을 죽일 기회를 노리겠어.」

「서왕을 죽이겠다고? 그것이 가당키나 해?」

「안 될 건 또 뭐야?」

자우하가 사납게 되받아쳤다. 순간 말문이 막힌 바드란고가 입을 다물었다. 곁에서 듣고 있던 왕소가 불쑥 끼어들었다.

「그래, 바드란고. 아니 가능할 건 무어냐? 네가 돕고, 내가 도우면, 자우하가 능히 해낼 터인데.」

그때까지 왕소는 신경도 안 쓰고 있던 자우하가 미간을 찌푸렸다.

「그게 무슨 뜻이냐, 왕소?」

「자우하, 너도 알겠지. 내가 그에게 얼마나 미움받고 있는지.」

왕소가 은밀하게 속삭거렸다.

「나는 그를 죽일 거야. 내겐 계획이 있어. 그 계획은······.」

그의 계획을 듣는 자우하의 표정이 서서히 굳었다.

「자우하, 설마 저놈의 말을 듣는 거냐? 듣는 시늉도 필요 없는 헛소리야!」

「닥쳐, 바드란고.」

「자우하!」

자우하는 바드란고를 무시하고 왕소에게 말을 건넸다.

「왕소, 그것이 참이냐? 그것이 가능하겠어?」

바드란고는 꿋꿋하게 자우하를 향해 제 목소리를 높였다.

「자우하! 네가 상처받는 짓이야. 네가! 다른 누구도 아닌 바로 네가!」

홱 고개를 돌린 자우하가 바드란고를 쏘아보았다.

「나는 전사야, 바드란고. 내가 최고전사도, 일등전사도 아니지만, 아라아탄 님의 전사인 것은 분명해. 내 몸이 더럽혀지고, 내 마음이 만신창이가 되어도…… 나는 그분을 지켜.」

「자우하…….」

자우하의 눈빛이 점점 더 또렷해졌다.

그녀의 결심은 이미 오래전 확고하게 섰다. 서왕을 죽일 수 있다면 무슨 짓이든 한다. 그것이 그녀가 전사로서, 전사다울 수 있는 단 하나의 선택이었다.

「나는 하겠어, 왕소. 너를 돕겠어.」

「이자를 믿는 거냐, 자우하? 우릴 얼마든지 속일 수 있는 고예인이야!」

「상관없어! 모르겠어, 바드란고? 서왕을 죽이면 서약이 깨져. 황자는 힘을 잃게 돼. 아라아탄 님을 지킬 수 있게 돼. 그것은 전사로서 최대 영예야. 그 영예를 내가 거절할 이유가 무엇이지? 독 안에 든 쥐인 나 하나 능멸하겠다고 왕소가 저따위 계략을 지껄일까? 그냥 죽이면 그만일 야만족 계집을 괴롭히려고? 웃기지 마! 그가…… 왕소 왕자가, 그 정도로 멍청한 놈이 아니라는 것쯤은 우리 둘 다 알고 있잖아.」

왕소가 조금 난처하게 웃었다. 당사자를 바로 옆에 두고 멍청한 놈이니, 헛소리니 하는 것이 재미있었다. 이 거리낌 없는 초원의 전사들을 그는 실로 좋아했었다. 그리고 아직도 좋아하고 있다.

슬며시 웃던 왕소의 얼굴에서 핏기가 돌연 사라졌다.

「누가 온다, 바드란고. 가야 해.」

벌써 알아챈 것일까.

「그래. 가라, 바드란고.」

왕소가 잡아끌고, 자우하가 말로 떠밀었다. 바드란고는 말없이 두 사람을 번갈아 보았다. 두 사람은 이미 결정을 내렸고, 어떤 짓을 당하든 자우하는 하겠다고 한다. 서왕을 죽여서 아라아탄을 지킬 수만 있다면 무엇이든 감수하겠다고 한다.

언제나 철없는 계집 전사인 줄로만 알았다. 늘 그와 체츠와 다르길의 보호를 받아야만 하는 약한 소녀일 줄로만 알았다. 하지만 자우하는 어느새 성장해서 누구보다 단단한 전사가 되어 있었다. 그 사실을 불현듯 깨달은 바드란고는 꿈쩍도 할 수 없었다.

「바드란고…….」

쓸쓸하게 웃는 그를 자우하가 걱정스럽게 불렀다.

「왕소, 몸을 피해라.」

바드란고가 왕소의 팔을 쳐내며 말했다.

「무어? 너는?」

「나는 저들을 기다리겠어.」

「제정신이냐? 저들에게 발각되면 너는 필시 잡혀! 혼자 이 서왕궁을 빠져나갈 수 있다고 생각하는 거냐?」

「그런 게 아니다. 하자는 것이다, 네가 말한 것들.」

바드란고도 결정을 했다. 이곳은 서왕부이고, 어디에 있는지 알고 있는 두 벨트렉족을 죽이는 것은 왕소에게 어려운 일이 아니다. 그가 부왕께 미움받는 왕자라 해도 그는 이곳의 왕세자였다. 그럼에도 굳이 찾아와서 서왕 암살을 제의한 것은, 그 계획이 속임수가 아니기 때문이리라.

서왕을 죽이지 않고는 달아날 수 없다. 서왕을 죽이면 아라아탄이 보다 안전해진다. 최악의 경우 왕소에게 배신당할지라도 서왕이 황자에게 한 서약이 해제되는 것은 사실이다.

바드란고가 신경 쓰는 것은 자우하가 입을 몸과 마음의 상처였다. 하지만 그 상처를 감당하는 것이 벨트렉족 전사라고, 어떤 굴종을 당하더라도 끝내 살아남을 궁리를 하는 것이 우리의 사명이라고, 자우하가 말한다.

왕소를 믿어보자. 치욕의 수를 선택해 보자.

「시간이 얼마 없잖아? 서왕은 곧 후발대를 이끌고 떠날 것이다. 나는 이대로 붙잡히겠어. 부디 네 추측이 맞기를 소원해 보지.」

바드란고와 왕소의 시선이 마주쳤다. 입술을 꾹 깨문 왕소가 살짝 고개를 끄덕이고는 재빠르게 몸을 숨겼다. 왕소가 숨기 무섭게 경비들이 나타났다. 바드란고는 검을 빼 들고 그들을 맞을 준비를 했다.

"웬 놈이냐!"

"벨트렉족이다! 잡아라!"

경비들이 일제히 달려들었다. 바드란고는 최소한의 반격만 가하다가 그들에게 사로잡혔다. 그 모습을 자우하는 울음을 참으며 지켜보았다.

「바드란고!」

삶도, 죽음도 언제나 함께라고 하였다. 언제나, 언제나 지켜주겠다고 하였다.

「너희가 있어 나는 언제나 행복했어!」

끌려가는 바드란고를 향해 자우하가 소리쳤다.

공기가 무척 맑고 차가운 겨울날이었다.

13장

국혼

황자의 군대가 진격해 온다. 사가의 사병과 서왕부 군대가 함께였다. 벨트렉족도 그들을 따라 동쪽으로 움직였다. 여타 공후들도 계승전의 향방이 심상치 않은 것을 느낀 듯했지만, 술렁거리는 남왕부를 진정시키는 것이 그들이 할 수 있는 일의 전부였다. 전력이 분산되었고, 합쳐질 수 없게 되었다.

멀리 동왕부 왕성이 보였다. 수년 만에 보는 동왕궁은 달라진 게 없었다. 소박하고 정갈했다. 이파가 어려서 종종 찾아왔던 곳이었다. 늘 너른 품으로 품어주던 애틋한 땅.

'드디어 도착이구나.'

감회가 남달랐다. 안도감과 죄스러움이 일시에 울컥거린다.

'드디어……'

동왕궁 정문이 열리고 장악원 악사들의 풍악이 울려 퍼졌다. 그 안으로 마차는 느리게 행진해 들어갔다. 겨울이 차가운 만큼 공기는 팽팽했고, 공기가 팽팽한 만큼 풍악은 선명했다. 이파는 귀가 아닌 온몸으로 풍악을 들었다. 쨍한 소리들이 그녀의 몸을 둥둥 때렸다.

정말로 왔다. 도착해 버렸다. 동왕부에, 동왕궁에.

그 사실이 비로소 오감으로 체감된다. 온몸이 전율하였다.

"공주 전하 만세, 만세, 만만세!"

"공주 전하 만세, 만세, 만만세!"

이파는 마차에서 내려 공주 전하 만만세를 외치는 이들을 둘러보았다. 셀 수 없이 많은 이들이 그녀를 부르짖고 있었다.

그 모습은 장관이었다.

"아."

이파가 짧게 탄식했다.

황제가 없는 시간. 황제 아닌 자에게 산호만세가 허락되는 때. 훗날 그녀가 황제 될 것을 굳게 믿는 이들의 환호성이 높고 넓게 퍼져 나갔다.

그들은 이제 모두 함께 한배를 탔다. 그녀가 승리하면 살고 패배하면 죽는다. 그들의 삶이 이파의 어깨 위에 하나둘 얹어진다. 그것이 무겁게 체감된다.

"공주 전하 만세, 만세, 만만세!"

끝없이 울리는 산호만세를 들으며 이파는 가슴에 손을 올렸다.

쿵쿵쿵쿵.

맹렬하게 뛰는 이 심장 소리가, 그녀가 짊어진 무게가 실재라는 것을 방증하고 있다.

이파는 천천히 걸었다. 그녀의 곁에 있던 동왕이 속삭이듯 작게 말했다.

"올라가십시오."

이파는 살짝 고개를 주억이고서 계단으로 향했다. 별로 높지도 않은 그 계단이 길 없는 산맥보다 험하고 무섭게 느껴졌다.

좌우 도열한 신료들 사이, 가운데 계단을 이파는 천천히 올라섰다.

단 하나를 오르며 생각한다. 그녀 자신의 목숨을. 아라아탄의 목숨을. 동왕의 목숨을.

그렇게 단을 계속해서 오르며 생각한다. 벨트렉족과 동왕부를.

모든 목숨을 지르밟고서 가장 높은 곳에 선다. 천천히 뒤돌아서서 그녀의 발아래 선 자들을 눈에 담는다.

"나는 고예의 공주, 고예이파. 내 이름을 걸고 간청하노라. 나를 고예의 황제로 만들어다오. 내 이름을 걸고 맹세하노라. 나를 따른 모든 이들에게 더없는 부귀와 영화를."

이파는 제 한 목숨 살리기 위해 자신이 사지로 끌어들인 이들의 얼굴을 똑똑히 보았다. 한 얼굴 한 얼굴 분명하게 머릿속에 낙인새겼다.

죽어도 살아도, 그들은 그녀가 짊어져야 할 이들이었다.

"와아아!"

함성이 고막을 찢을 듯이 거세진다.

"공주 전하 만세, 만세, 만만세!"

"만세, 만세, 만만세!"

살아남아서 모두에게 보답을. 기필코. 반드시.

환영회는 오랫동안 계속되었다.

황자가 장악한 지역이 아님에도 동왕궁으로 돌아오는 동안 산발적인 습격이 있었다. 물론 위협적인 수준은 되지 못했다. 그들은 대부분 이파와 아라아탄의 입성을 막기 위해 황자가 선발로 보낸 정찰병이었고, 따라서 인원 자체가 많지 않았다. 동왕이 이끌고 온 정예병만으로도 능히 방어가 되었다.

그러나 신경을 곤두세워야 했던 것은 사실이고, 환영회까지 마치고 나자 이파는 완전히 녹초가 되어버렸다.

"오셨습니까?"

반죽음 상태로 느적는적 움직이던 이파가 우뚝 멈춰 섰다. 그녀가 놀라서 고개를 돌렸다. 호위들이 바짝 경계하며 한 소녀의 앞을 가로막고 있었다.

"비켜라. 내가 잘 아는 아이다."

이파가 급히 호위를 말리며 샤귀에게 다가갔다. 샤귀는 다소곳이 고개를 숙였다.

"샤귀, 무사했구나. 언제 왔느냐?"

이파가 활짝 웃음 지었다.

"도착한 지는 며칠 되었습니다. 우넨치 님과 함께 왔습니다."

샤귀는 웃지 않았다. 그녀는 대초원을 떠나던 그날보다 더 표정이 없어 보였다.

"무슨……."

무슨 일이 있었느냐고 물으려다 이파는 입을 다물었다. 그녀는 황자의 군과 마주칠 가능성이 가장 낮은 길을 통해 왔다. 하지만 샥귀는 어땠을까. 분명 오는 동안 몇 번이고 전투를 치렀을 것이다. 한 번 전투를 치를 때마다 수많은 사람들이 죽었을 것이다. 마음 나눈 이들의 죽음을 지켜보면서도 아무것도 하지 못했을 그 무력감, 그 애처로움.

그것은 이파가 감히 섣부르게 위로할 수 없는 것들이었다.

"다시 만나니 좋구나."

"……."

샥귀가 말없이 손을 내밀었다. 그녀의 손에 늑대가 음각된 뼈 반지가 놓여 있었다. 익숙한 음각이었다. 그 반지를 하고 있던 여인의 얼굴이 선명히 떠오른다.

"이것은……."

"그녀의 이름은 '헤에르'라고 합니다."

"헤에르……."

"'들'이라는 뜻입니다."

"……."

"들에서 태어나 들에서 떠났으니, 그녀는 행복했을 겁니다."

대초원을 떠나기 마지막 날이었다. 양 해체에 거듭 실패하는 이파를 포기하지 않고 도와준 여인이었다. 그녀는 장난스럽게 입을 가리고 호호 웃었으며, 맞잡은 손이 무척 따뜻했었다. 상냥하고 다정한 이였다. 더 알고 지냈으면 좋았을 것이다. 함께 내일을 걸을 수 있으면, 정녕 좋았을 것이다.

"다시 뵙고 싶었다고 전해달라고 했습니다."

이파는 울음을 삼켰다.

"모두를 부탁한다고, 했습니다."

"……."

아무 말도 할 수가 없었다.

"그럼, 이만 쉬시옵소서."

샤귀가 반듯하게 허리를 숙였다. 이파는 멀어지는 샤귀의 등에 대고 뒤늦게 소리쳤다.

"고맙다, 샤귀!"

샤귀가 무뜩 멈추어 뒤돌아섰다. 고개 돌린 그녀의 두 눈이 빨갛게 충혈되어 있었다. 샤귀의 입술이 느리게 열렸다.

"만약 죽어야 한다면."

"……."

"당신을 살리기 위해 죽어야만 한다면."

"……."

"우린, 기꺼이 그럴 겁니다."

샤귀가 다시 등을 돌렸다. 천천히 멀어지는 소녀의 작은 등을 이파는 가만히 응시하였다. 샤귀가 내뱉지 않은 마지막 말. 그러나 이파의 귀에는 분명히 들렸던 것.

그러니 우리에게 내일을 주세요.

이 마음을 잊지 마세요.

"그래, 샥귀."

이파는 샥귀가 서 있던 자리를 향해 대답했다.

"그리 하마."

헤에르가 남기고 간 하얀 반지를 조심스럽게 손가락에 끼웠다. 누구의 목숨을 밟고, 누구를 희생시켜서 제 한 목숨 부지하고 있는지 기억하겠다.

샥귀는 함께 온 이들, 함께 오지 못한 이들의 얼굴을 헤아렸다. 누군가는 필연적으로 죽을 일이었고, 그 죽음을 밟고서야 다른 이들이 새로운 땅을 얻을 수 있을 터였다. 그것을 알고 있었지만 죽음은 늘 무섭고 무거웠다.

「흐윽.」

동왕부로 오는 내내 참아왔던 울음이 비로소 터졌다. 아무도 없는 뜰에 서서 샥귀는 흐느꼈다. 한참을 어깨를 들썩이며 울던 그녀의 머리를 누군가 쓰다듬었다. 놀란 샥귀가 고개를 번쩍 들었다.

「아, 아라아탄 님.」

「샥귀, 우린 살아남을 거야.」

「알고 있습니다.」

약간 울먹이며 샥귀가 대답했다.

아라아탄은 냉정하고 이성적인 왕이었지만, 기실 그렇지만도 않다는 것을 샥귀도 알고 있었다. 누구보다 타인의 상처에 신경 쓰고, 전사의 죽음에 슬피 우는 자. 그의 눈물을 본 적 없다 한들 그가 속으로 울고 있음을 어느 누가 모르겠는가.

그의 담담한 푸른 눈. 대초원을 넘어서, 더 먼 곳을 갈망하는 그 투명한 눈동자. 그의 시선이 향하는 곳에 벨트렉족의 미래가 있을 것이었다.

「네게 일러둘 것이 있어, 샤귀.」

「무엇입니까?」

이제는 제법 진정된 목소리로 샤귀가 물었다.

「국혼이 있는 날, 그날 아마 황자가 습격해 올 것이다.」

샤귀가 입술을 꾹 깨물었다.

왜 이런 말씀을 하실까? 무엇을 명하고 싶으신 것일까?

「제가 어찌하면 됩니까?」

「아무것도.」

「아무것도…… 요?」

「그저 일러두는 것이다. 너는 그날 공주의 가장 가까이에 있게 될 테니.」

아라아탄이 샤귀의 젖은 뺨을 쓱쓱 문질렀다.

「날이 차니 들어가 쉬어라.」

샤귀가 살짝 고개를 숙였다. 떠나가는 아라아탄의 뒷모습을 가만히 바라보았다.

그는 전사가 아닌 자에게는 명하지 않는다. 필요하다면 전사의 목숨을 마다치 않고 받는 아라아탄이지만, 전사가 아닌 자에게는 결코 죽음을 명하지 않는다. 하물며 자신이 아닌 타국의 계집을 위해 죽으란 말 따위를 할 리가 없다.

'만약에요, 아라아탄 님. 정말로 만약에, 제가 공주님을 지킨다면…… 그것이 제 복수가 되겠습니까? 그녀가 승리하고 황자가 패배한다면, 그것으로 저는 복수를 다 했다고 할 수 있겠습니까? 우리 모든 벨트렉인에게 내일을 여는 데 제가 조금이라도 보탬이 된다면, 저는 반놈 따위가 아니라 자랑스러운 벨트렉족이라고 할 수 있겠습니까?'

샥귀의 입가에 서글픈 웃음이 엷게 번졌다.

답은 나왔다.

아라아탄이 어떤 의미로 적습을 알려주고 갔든, 그런 것은 상관없다. 상관있는 것은 그녀 자신의 결정뿐이었다. 샥귀는 죽은 어미와 아비와 벗들의 얼굴을 그려보았다. 그리운 이들이 저 먼 곳, 피안에서 손짓하는 듯하다.

잠시 눈을 감았다. 찬바람이 몸을 휘감는다. 마음이 평온해지는 느낌이었다.

누군가 국혼의 날 죽게 될 것이라면, 죽어야만 한다면, 이번이 제 차례라고 샥귀는 생각했다.

대격전의 날이 다가오면서 동왕부는 때 아닌 혼례로 들썩였다. 국혼을 치른 후, 공주가 군대를 이끌고 황궁으로 향하는 바로 그날이 계승전 최후의 순간이 될 것이다.

날카롭게 벼린 칼과 칼의 맞부딪침. 어느 쪽 칼날이 부러질지는 부딪쳐 봐야 알 일이다.

이파는 모처럼 따스한 햇볕을 쬐며 별원을 거닐었다. 바람은 차도 햇볕은 따뜻했다. 누군가를 찾듯 별원을 두리번거리던 이파가 두 눈을 반짝였다.

"아라아탄."

그는 동왕궁 별원 바위 위에 앉아 있었다. 정자도 있는데 굳이 바위에 앉아 있는 것이 그다웠다.

바위 주변엔 유독 은빛 환상초가 많이 피어 있었다. 환상초는 별원뿐만 아니라 동왕궁 곳곳에 군락 지어 피어나 있었다. 보기에 예쁘고 이곳에선 딱히 독기를 품지 않는지라 그냥 두었다고 동왕은 말했다.

햇볕이 그에게 떨어진다.

반듯하게 말아 올린 머리카락. 그 아래로 하얀 목덜미가 드러나 있다. 햇살이 닿은 그의 목덜미는 무척 부드럽게 보였다. 문득, 그 목덜미에 얼굴을 묻고 입 맞추고 싶어진다.

흠흠 헛기침을 하는 이파의 뺨이 발그스름히 물들었다.

"이파."

어느새 고개를 돌린 아라아탄이 그녀를 바라보며 불렀다. 투명한 유리알 같은 그의 눈동자에 그녀가 비친다.

그 푸른 눈동자에 제 모습이 담길 때마다 이파는 문득 의문하곤 했다. 이것은 그가 그녀를 보는 것일까, 단지 거울에 형상이 맺히듯 투영되는 것뿐일까.

당장은 아니어도 언젠가 그가 그녀만을 오롯이 담아준다면 정녕 기쁘겠다. 그런 날을 맞이하려면 살아남아야 한다. 새삼 각오를 다지는 이파를 보며 아라아탄이 고개를 갸웃거렸다.

"무슨 생각을 해?"

"긴장되오."

"긴장?"

처음 듣는 단어를 들은 듯한 태도다.

이파는 가벼운 웃음을 흘리며, 처음 만난 날과 별반 달라지지 않은 그를 눈에 담았다.

아름답고 강인한 초원의 왕. 벨트렉족의 내일만을 갈구하는 그의 신념은 어떤 면에서 숭고하기까지 했다. 그를 보고 있으면 어떤 황제가 되어야 할 것인지에 대한 각오가 어렴풋이 새겨진다.

"이제 어떤 식으로든 결판이 날 것이오. 긴장, 아니 되오?"

"이파, 그런 건 긴장이 아니야."

그가 고개를 저으며 느리게 손을 움직인다. 이파의 손목을 잡고서 제 가슴 위에 올린다. 두근. 두근. 그의 심장이 뛰고 있다.

"설렘이라고 하지."

"설렘?"

"그래."

"설레오?"

이파가 조심스럽게 물었다.

"글쎄."

모호하게 답하며 아라아탄은 눈을 감았다. 슬쩍 흘러내린 그의 옆머리를 바람이 흔들고 지나갔다.

저 굳게 닫힌 눈꺼풀 뒤에 숨은 벽안의 눈동자에 매료되었다. 무뚝뚝한 듯 다정하고, 세심한 듯 무딘 그 이중성에 매혹되었다.

강한 듯 여리게, 나약한 듯 굳세게, 모순되어 있는 그에게 사로잡혔다.

"아라아탄."

"응?"

아라아탄이 다시 눈을 뜨고 이파를 바라본다. 그는 늘 그렇게 올곧은 시선으로, 반듯하게, 반히 사람을 응시한다. 모든 것을 꿰뚫을 듯 투명한 눈. 아무것도 보여주지 않겠다는 듯, 무저갱 같은 그 눈의 바닥.

시간이 지나고 함께 한 기억들이 쌓이면, 언젠가 그를 더 잘 이해하고, 지금 볼 수 없는 것들도 볼 수 있게 될까?

"내게 대륙을 주오. 내가 그대에게 내일을 주겠소."

이파가 한마디 한마디 힘주어 말했다. 아라아탄이 희미하게 웃었다. 그 웃음은 곧 봄눈 녹듯 흔적 없이 사라졌다. 그의 웃음은 늘 그토록 흐려 금세 스러지곤 했다. 그래서 더 애가 탄다.

"그래."

이파가 팔을 뻗어 그의 목에 둘렀다. 그에게 매달리듯 발끝을 세우고서 그의 입술을 찾아 제 것을 포갰다. 말랑하고 부드러운 그 감촉. 슬쩍 열린 입술 틈 사이로 숨결이 흘러나온다. 따뜻하고 달콤한 그의 숨결. 이파는 그 숨결을 빨아 마셨다. 그 따스한 숨결은 그가 살아 있고 그녀와 함께 있다는 증좌였다.

아라아탄이 이파의 허리를 단단히 감았다. 열린 입술 사이로 제 혀를 밀어 넣고서 그녀의 안을 훑었다. 미끈한 타액이 뒤섞이며 서로에게 스몄다. 이파의 심장이 맹렬하게 고동쳤다.

"혼인날 조심해야 해, 이파. 황자는 그날 어떻게든 습격해 와."

아라아탄이 살짝 입술을 떼고서 이마를 맞댄 채 속살거렸다.

"동의하오."

"동왕이 색출해 내지 못한 간자가 있을 거야."

"그 역시 동의하오."

"그래."

짧게 대꾸하고는 아라아탄이 이파의 이마를 입술로 눌렀다. 이파는 숨을 삼키며 눈을 감았다. 아라아탄의 숨결이 스쳐 올 때면 숨 쉬기가 거북해진다. 심장이 너무 뛰어서. 숨 쉬는 것조차 자꾸 의식하게 되어서.

혹 그것조차 좋다면, 머리가 어떻게 되어버린 것은 아닐까? 그의 손짓 하나하나, 숨결 하나하나, 결코 놓치고 싶지 않다면, 정녕 제정신이 아닌 것은 아닐까?

"그대를 좋아해, 아라아탄."

"알고 있어."

"그대가 아는 것 이상으로 연모하오."

"……그래."

언젠가 '알고 있어'나 '그래'가 아닌, '나도'라는 답을 들을 수 있을까.

이파가 재차 그의 입술을 길게 빨았다. 그가 그녀를 단단히 안아주었다. 아직은 이 정도로 충분해서 다행이었다. 상황이 안정되고, 내일을 보다 명확히 그릴 수 있게 되면, 그땐 분명 더 많이 욕심나겠지.

딱히 숨어서 보려고 했던 것은 아니다. 그저 겨울바람이 꽤 찼고, 추위에 강한 아라아탄이라고 해도 긴 여정에 분명 지쳤을 것이고, 능히 감환에 걸릴 수 있고, 지금과 같이 중요한 때에 그가 감환이라도 걸리면 정말로 곤란하니까, 그러니까 그에게 이만 들어가서 쉬시라고 청할 요량으로 옮긴 걸음이었다.

'으음.'

우넨치는 제 주군과 공주가 벌이는 애정 행각에 잠시 신음했다. 입술을 잘근거리며 공주가 돌아가기를 기다렸다. 왜 자신이 숨어야 하는지는 모르겠고, 자신이 둘의 입맞춤 장면을 보았다고 해서 아라아탄이 딱히 부끄러워할 것 같지도 않았지만, 그럼에도 우넨치는 앞으로 나가기 민망했다.

'아르슬랑 님.'

그는 오래전 죽은 이를 떠올렸다. 바로 이 별원에서 적군의 수장에게 무참히 살해당한, 그의 첫 주군이자 현 주군의 아버지인 자를.

'저는 여전히 아라아탄 님을 모릅니다. 무엇을 바라는지, 어떤 것을 꿈꾸시는지, 알고자 하는데도 알 수가 없습니다.'

아라아탄은 그 속내를 쉬이 드러내지 않는다. 극렬한 분노도, 극한의 슬픔도 그가 드러내는 것은 아주 미량일 뿐이다.

태어난 순간, 초원으로부터 왕으로 간택되었다. 아르슬랑도, 아타르도 그 사실로부터 자유롭지 못했다. 언제나 그를 아들로 대하기보다 왕으로 대했다.

당신이 왕입니다. 당신이 우리의 왕입니다. 왕은 언제나 강인해야 합니다…….

족쇄와도 같은 왕으로서의 책무. 그것이 아라아탄에게서 많은 것을 앗아갔다. 감정을 표현하는 방법도 그 중 하나였다.

그런데 공주를 대할 때면, 공주와 함께 있을 때면. 조금, 아주 조금은 아라아탄이 그냥 아라아탄 같다. 왕도, 전사도 아닌 아라아탄이 된다. 흐리게 웃는 것도, 희미하게 슬퍼하는 것도 오직 공주의 앞이다.

「우녠치.」

움찔.

우녠치가 놀라며 나무 뒤에서 얼굴을 빼꼼 내밀었다. 공주는 어느새 가고 아라아탄만 남아 있었다.

「이파는 갔어.」

역시, 처음부터 알고 계셨나.

우녠치는 괜히 숨었다고 후회하며 쭈뼛쭈뼛 아라아탄에게 다가갔다.

「바람이 찹니다, 주군. 들어가서 쉬시지요.」

「조금만 더 있다가.」

우녠치는 정말로 조금만 있다가 재차 청했다.

「조금 지났습니다. 이제 들어가시지요.」

「…….」

「주군.」

「알겠어.」

아라아탄이 마지못해 대꾸했다.

은빛 환상초가 반짝거린다. 어긋난 은색 잎들이 하늘거린다. 그리고 그 사이사이. 자세히 보지 않으면 모를 것들이 있다. 마주 난 은색 잎이 춤추고 있다. 언뜻 보면 같은 것. 그러나 결코 같지 않은 것. 환상초와 기억초. 두 제왕초의 눈 쌓인 잎이 바람에 흔들거린다.

황자의 자객들이 습격해 온다. 그 수는 여태 있던 그 어떤 암습보다 월등히 많을 것이다. 몇이나 되는 자가 이 동왕부에 숨어 있는지 알 수 없는 지금을 위해, 아라아탄은 이 길의 시작에서부터 대비책을 강구해 왔다.

혼인날이 가까워질수록 국경에서의 대치는 점점 더 격렬해졌다. 국혼이 끝나면 이파는 아라아탄과 함께 황제부로 향할 것이다. 아라아탄이 움직이면 벨트렉족이 계승전에 가담한다. 현재로서는 황자의 세력이 더 우세하지만, 벨트렉족이 가담하면 전세는 달라진다. 황자가 여타 공후의 세력을 끌어들일 수 있으면 이야기는 또 다르게 흘러가겠지만, 안타깝게도 남왕부의 들불을 잠재우는 데 급급한 다른 공후들은 계승전에 신경 쓸 여유가 없다. 황자가 대격전을 서두르는 이유다.

아라아탄은 볕 드는 바위 위에서 얕은 잠에 들었다. 그간 누려오지 못한 약간의 평온이었다.

꿈을 꾸었다. 얕은 잠인 만큼, 꿈이라는 걸 분명히 인식할 수 있는 꿈이었다.

'아버지!'

대초원 북쪽에 사는 유목민과 동맹을 맺고 돌아오는 아르슬랑을 마중 나간 날이었다.

'아라아탄 님? 왜 이곳에 계십니까? 전사들도 없이!'

'얼른 아버지를 뵙고 싶어 나왔습니다. 잘못했습니까?'

'예! 잘못하셨습니다. 뭣들 하느냐? 아라아탄 님을 모시지 않고!'

아르슬랑은 화를 냈다. 먼 길, 호위도 없이 나온 아라아탄을 꾸짖었다. 오랜만에 본 아들에 대한 반가움보다 역정이 먼저였다. 그 때문에 상심할라 치면 더더욱 차갑게 화를 냈다.

아들이기 이전에 왕이었다. 사랑하는 아들이기 이전에 지켜야 할 초원의 왕이었다. 그랬기에 아라아탄에게 만큼은 늘 엄격했다. 아라아탄이 기억하는 아르슬랑은 웃지도, 농을 건네지도 않는 차가운 자였다. 동왕에게 들은 것처럼 팔불출처럼 구는 것은 에느렐과 아타르의 앞뿐이었다. 아라아탄의 앞에서는 결코 풀어지는 모습을 보이지 않았다.

아르슬랑이 원정을 나갔다가 돌아올 때면 에느렐은 늘 천마를 타고서 그를 마중 나갔다. 멀리서 달려오는 에느렐을 발견하면 아르슬랑은 천마에서 훌쩍 뛰어내려 두 팔을 벌려주었다. 그러면 에느렐은 자연스럽게 달려가서 풀쩍 그의 품에 뛰어내렸다.

그때의 광경을 아라아탄은 소망했다. 그 다정한 재회가 부러워,

한 번만이라도 아르슬랑이 자신을 향해 팔 벌려주길 바랐다. 그런 일은 단 한 번도 일어나지 않았다. 꿈에서조차 그것은 불가한 일이었다. 심장을 꽉 조이는 외로움만이 꿈 아닌 현실이었다.

아르슬랑의 애정을 의심하는 것은 아니다. 아타르의 모정을 의문하는 것도 아니고, 에느렐의 우애를 믿지 않는 것도 아니다. 그러나 그 한없는 혈육의 정 앞에 언제나 충의가 있었다. 그것이 아라아탄을 고독하게 했다.

'아라아탄 님, 우리는 당신을 지킵니다.'

'이 목숨을 바쳐서 당신을 지킵니다.'

'오라버니, 이 누이를 믿으세요. 이 누이가 꼭 지켜 드릴게요.'

그 약조, 맹세, 서약.

그들의 목숨을 바란 적은 정녕 단 한 번도 없었다. 그럼에도. 그런데도. 그들은 기어이 그를 위해 목숨 바쳤다.

"아라아탄."

현실에서 들려오는 목소리에 아라아탄은 선잠에서 깨어났다. 이파가 그를 내려다보고 있었다.

"혼례 준비를 해야 하오."

"벌써?"

"벌써라니. 이제 와서 나와 혼인하기 싫소?"

이파가 조금 장난스럽게 눈썹을 모았다.

"그럴 리가."

아라아탄이 부스스 몸을 일으켰다. 찬 곳에서 잔 까닭인지 몸이 찌뿌듯했다. 굳은 몸을 풀어주듯 기지개를 쭉 켠 아라아탄이 훌쩍 바위에서 뛰어내렸다.

"그대가 나를 지켜주오."

이파가 손을 내밀며 말했다.

"……."

아라아탄이 그 손을 빤히 바라보았다.

당신을 지켜줄게, 라고 말하지 않는 이가 있다. 반대로 나를 지켜줘, 라고 명하는 이가 있다.

그를 혼자 남겨두느니 차라리 자신이 혼자 남겨지겠다고, 그 맹랑한 계집이 약조한다.

"그래."

아라아탄은 이파의 손을 맞잡는 대신 그녀를 꽉 껴안았다. 놀란 이파가 두 눈을 크게 뜬다.

"……그래."

"아라아탄?"

"잠시만, 이렇게 있어."

하나쯤 가져도 된다면. 단 하나, 욕심내도 된다면.

그렇다면 이 계집을 가져도 될까. 이 계집의 곁을 욕심내도 될까.

그의 약한 면을 꿰뚫어 본 이 계집을.

"잠시가 아니라 영원히 이리 있어도 좋은데."

이파가 작게 웃었다.

"그건 아니 되지. 가자, 이파."

이파를 놓아주며 아라아탄이 말했다.

모든 것이 끝날지, 모든 것이 시작될지는 오늘이 지나가면 알게 되리라.

❖　　❖　　❖

수십의 벨트렉족 전사와 수백의 동왕부 관료들이 지켜보는 와 중, 초원의 음악이 울려 퍼진다.

둥, 둥, 두웅—

웅장한 북소리는 귀가 아닌 몸으로 듣는 것이었다.

둥, 둥, 두웅—

스무 마리의 새끼 천마가 동왕에게 전해진다. 길들여지지 않은, 그 순수하고도 어린 것. 그것은 벨트렉족이 바치는 최고의 예우였 다. 그것을 길들일 수 있다면 동왕은 많은 것을 얻게 되리라.

샥귀는 맨 앞에 서서 벨트렉어와 고예어를 통역하였다.

천마는 느긋하게 걸었다. 그것들이 내뿜는 콧김이 부옇게 흩어 졌다. 천마는 어린 것이었으나, 다 자란 것 못지않게 숭고해 보였 다. 굵게 휘어진 그 갈기가 찬바람에 흔들릴 때면 그것들은 정히 하늘에서 내려온 말처럼 보였다. 대초원을 날래게 가르며 벨트렉 족을 지켜온 그 짐승을 동왕이 진중한 얼굴로 맞이했다.

이파는 그것들을 이 동왕부에 도달시키기 위해 얼마나 많은 벨 트렉족과 천마가 죽어갔을지 헤아리지 않기로 했다. 지금은 그것 을 헤아리며 슬퍼할 때가 아니었다. 그녀를 왕의 비로 맞이하기 위해 그들은 대가를 치렀고, 이젠 이파가 보상할 때였다.

둥, 둥, 두웅─

이파는 한 발 한 발 내디뎠다. 벨트렉족 예복은 평소 그들이 입는 옷과 달리 무척 화려했다. 오색으로 천마와 늑대가 수놓아져 있었다.

예복이 익숙하지 않았다. 머리에 쓴 짐승의 머리뼈도, 그 머리뼈에 장식되어 흘러내리는 구슬도, 허리를 꽉 조이는 허리띠도, 넓게 퍼지는 치맛단도, 그 어느 것 하나 익숙한 게 없었다. 그래도 가슴은 설렘으로 뛰었다.

"……."

익숙하지 않은 옷을 입고서, 이파는 침착하게 걸었다. 구슬이 부딪히는 소리가 귓가에서 짤랑댔다.

마침내 제 앞에 멈춰 서는 이파를 아라아탄이 기다리고 있었다.

둥, 둥, 두웅─

그가 무릎을 꿇는다. 땅을 숭배하듯. 이마를 땅에 맞댄다. 이파는 시종의 도움을 받아 바닥에 앉았다. 머리에 쓴 짐승의 머리뼈가 흘러내리지 않도록 주의하며 고개를 숙였다.

흙 내음이 풍겨온다. 풀 내음과 겨울 내음이 함께이다.

둥, 둥, 두웅─

이파가 몸을 세웠다. 몸을 바로 한 채 그녀를 응시하고 있는 그가 보였다. 그 무엇도 담기지 않던 그의 눈동자에 그녀가 비친다.

다음 순간, 아라아탄의 표정이 미묘하게 굳었다.

이파가 상황을 파악하기도 전에 아라아탄이 벌떡 일어나 소리쳤다.

「이파를 보호해!」

날카로운 외침을 들은 벨트렉족 전사들이 일제히 몸을 날렸다.

"무슨……."

당황한 이파가 두 눈을 크게 떴다.

그녀를 둥글게 막아 싼 벨트렉족 중엔 샥귀도 있었다. 샥귀의 작은 몸이 크게 한 번 휘청거렸다.

"샥귀!"

이파의 동공이 크게 열렸다. 온몸의 피가 사늘히 식는다. 본능적으로 느꼈다. 적습이다.

댕댕댕—

시끄럽게 종이 울린다. 사람들이 뒤엉키며 무기를 뽑아 들었다. 이파는 허물어지는 샥귀의 몸을 황급히 끌어안았다. 그런 그녀를 벨트렉족 전사들이 꼼꼼히 둘러쌌다.

"으아악!"

"공주를 죽여라!"

비명이 뒤엉킨다. 규모는 파악하지 못했으나 예상된 적습이었다. 벨트렉족 전사들이 무장을 풀지 않고 주변을 지키고 있던 것도, 동왕의 금군이 경계를 게을리하지 않고 있던 것도, 전부 적습이 시작되면 곧장 대응하기 위해서였다. 간자가 누구인지 모르는 상황에서 공격이 막 시작되었을 때 누군가 희생당하는 것 또한 예상한 일이었다.

이파는 손을 덜덜 떨며 샥귀를 돌려 안았다.

"샥귀……."

누군가 필히 죽을 것이라고 예상은 했지만, 그 일이 실제로 일어나니 숨이 막혔다.

"왜, 왜, 네가……."

"으윽……."

샥귀는 고통스러운 듯 미간을 찡그렸다.

"샥귀……."

무표정한 눈으로 이파를 올려다보던 샥귀가 힘없는 손을 뻗었다. 잔뜩 차가워진 작은 손이 뺨에 닿자 이파는 어쩔 줄 몰라 했다. 거칠어진 호흡을 내뱉던 샥귀가 더듬더듬 입을 열었다.

"저는…… 공주님이 싫습니다……. 하지만, 으윽……. 하지만 당신이 당신의 오라비를 죽여만 준다면…… 당신이 우리에게 미래를 줄 수만 있다면……."

붉어서 앵두 같던 샥귀의 입술이 파리해져 간다. 이파는 고개를 내저었다.

"그만 말해라, 샥귀. 상황이 정리되면 어의를 불러주마. 곧 치료해 줄 테니, 제발……."

샥귀가 흐리게 웃으며 이파의 입술에 검지를 대었다. 이파가 입을 꾹 다물었다. 이파의 눈동자가 파르르 흔들렸다.

"나는 기꺼이…… 죽어요. 공주님, 부디……."

짙푸른 샥귀의 눈동자가 꺼진 촛불처럼 어두워진다. 색색 숨을 몰아쉰 샥귀가 두 눈을 길게 감았다 떴다.

"샥귀……."

샥귀가 힘없이 웃었다.

「나를 위해 울지 마세요.」

"못 알아듣겠다. 못 알아들어. 제발, 샤귀……."

「당신의 눈물을, 받고 싶지 않아요.」

"샤귀……."

이파는 연신 샤귀를 불렀다. 샤귀의 눈빛은 점점 더 꺼져 갔다.

「이것은 내 선택이에요…….」

다음 순간, 샤귀의 몸에서 힘이 쭉 빠져나갔다. 샤귀의 작은 손이 툭 떨어졌다. 이파가 그대로 경직되었다.

"샤귀? 샤귀! 샤귀!"

퍼뜩 정신을 차린 이파가 샤귀의 작은 몸을 흔들어댔다.

죽지 마. 죽지 마. 제발, 죽지 마. 이런 식으로 네 생명을 내게 맡기고 가버리지 마. 그렇게 무책임하게 놓아버리지 마. 제발. 제발, 샤귀.

아무리 흔들어도 샤귀가 눈을 뜨지 않는다.

"이파, 코를 막아."

어느새 가까이 다가온 아라아탄이 젖은 헝겊을 내밀었다. 젖어서 부예진 이파의 눈에 곳곳에서 솟아오르는 연기가 보였다.

"불이……."

"코를 막으라고 하였어."

아라아탄이 재차 강하게 명했다. 이파가 헝겊을 붙잡고 코를 틀어막았다. 연기는 점점 더 여러 곳에서 거세게 피어올랐다. 벨트렉족 전사들은 그것이 무엇인지 아는지 서둘러 젖은 두건으로 코와 입을 막았다.

이내 흐느낌이 여기저기서 터져 나오기 시작했다. 입과 코를 막지 않은 이들이 하나둘 풀썩풀썩 쓰러져 나간다.

　이파는 뒤늦게 불타고 있는 것이 무엇인지 알았다. 유독 많다고 생각되었던 환상초가, 실은 환상초가 아니었던 것이다. 그것들 중 일부는 왕의 슬픔으로 사람을 잡아먹는 기억초였던 것이다.

　「적군에게 표식이 있을 것이다! 그것을 찾아라! 같은 표식을 한 자는 모조리 죽여라!」

　「예, 주군!」

　벨트렉족 전사들이 빠르게 움직였다.

　왜 기억초가 동왕궁에 피었을까? 대초원에 주로 피어난다는 그것이, 왜 이곳에 가득 피었을까? 애초에 뒤섞여 피어났던 것일까, 아니면 누군가가 옮겨 퍼뜨린 것일까?

　이파는 무의미한 의문을 하며 눈앞에서 벌어지는 살육의 현장을 보았다. 차게 식어가는 샥귀의 작은 몸을 끌어안고서, 황자의 간자들이 반항 한 번 하지 못한 채 살해당하는 것을 보았다. 아라야탄은 그들의 심장을 정확히 노리고 찔렀다. 다른 전사들도 무자비하게 살육했다.

　그들은 야만인이다. 죽이고, 빼앗고, 유린한다. 그것이 그들의 본성이다. 살아남기 위해 그리되었다. 그것이 나쁜 것인가? 정녕 야만적인 것인가? 이파는 알 수 없었다. 언제나 신중하게 일족의 미래를 그리는 왕에게 적의 죽음은 응당 필요한 것일 테니까. 필요한 것을 신념에 따라 행하는 것인데, 그것을 야만적이라고 할 수는 없지 않을까.

비명이 낭자하고, 피가 낭자한다.

동왕궁 곳곳에서 독 품은 기억초가 타오른다.

코를 틀어막고서 이파는 그 지옥을 바라만 보았다. 깊은 슬픔이 그녀를 휘감았다. 자신이 자초한 살육전을 두 눈으로 지켜보았다. 이젠 정말로 돌이킬 수 없다. 황제가 되지 못하면, 이 모든 것이 무의미해진다.

그 와중에 어디선가 날아온 화살이 아라아탄을 아슬아슬하게 스쳐 지나갔다. 정신을 온전히 잃지 않은 적이 있는 것이다. 이파는 번쩍 정신을 차렸다. 아라아탄을 지켜야 한다. 그를 지키기로 했다.

마음이 점점 더 단단해진다. 맹세가 굳건해진다. 승리를 재차 각오하게 된다.

이파가 샥귀의 이마에 입을 맞추며 속삭였다.

"샥귀, 약조한다. 황제가 되겠다. 내 오라비를 죽이고, 기필코 황제가 되겠다. 무슨 일이 있더라도 살아남아 네 복수와 네 바람을 이루어주마."

어린 소녀였다. 하고 싶은 것이 많았을 터였다. 좋은 부군을 만나 저를 닮은 아이들을 낳고 초원을 내달리고 싶어 했을 수도 있고, 타고난 언어적 감각을 살려 이 나라 저 나라를 다니며 행상을 하고 싶어 했을 수도 있다. 무엇이 샥귀의 꿈이었든 고예가 그것을 빼앗았다. 다름을 인정하지 못하고, 고예라는 체제하에 모두를 묶기 위해 짓밟고 지배하기만 한 이 제국이 샥귀의 모든 것을 앗아갔다.

그것은 정말 참혹한 짓이었다.

그녀가 황궁에서 평온을 누릴 때, 황궁 밖의 세상은 그토록 생지옥과도 같았다. 그녀가 눈 감고 귀 막고 그저 안주할 때, 바깥의 사람들은 비명 지르며 살려달라고 우짖고 있었다.

그 잔혹한 현실을 이파는 무겁게 체감했다.

황제가 된다면, 황제가 될 수만 있다면, 반드시 더 나은 세상을 만들어 보이겠다. 더 많은 이들이 살아갈 수 있도록, 더 많은 이들이 자신의 것을 지킬 수 있도록, 그런 나라를 만들어 보이겠다. 부디 그것이 조금의 속죄라도 되기를.

살육은 오랜 후에 끝났다. 곳곳에서 들려오던 흐느낌이 사라져간다.

그리고 마침내 적막해졌다.

타닥타닥.

미처 주변의 것을 다 태우지 못한 불소리만 가득하다.

"이파, 괜찮아?"

들려오는 목소리에 이파는 고개를 들었다. 그녀는 어느새 다시 샥귀를 끌어안고 있었다.

피를 뒤집어쓴 아라아탄이 보였다. 그녀가 뒤집어써야 했던 피였다.

"이파?"

이파는 말없이 그를 응시하기만 했다. 너무 투명해서, 그 속을 기어이 들여다보게 만드는 그의 아름다운 눈을 바라보았다. 무표정으로 덧칠한 그 가면 아래 숨은 진짜 표정이 어떠할지 궁금하게 만드는, 그 엷푸른 눈동자가 짓는 웃음과 울음이 어떤 모습일지 상상하게 만드는, 무너지지 않고 서 있는 것만으로 그저 숭고하게 느껴지는, 그래서 기어이 존경하고 연모하게 된 사내를 하염없이 응시했다.

"어디 다쳤어?"

그가 피 젖은 손을 뻗는다. 이파는 그의 손이 뺨에 닿는 걸 느끼며 고개를 내저었다.

아마 그는 왕이 아니었다면 지금보다 훨씬 더 상냥하고 다정한 사람이 되었을 것이다. 그는 전사가 아니어도 되었다면 결코 사람을 죽이는 일 따위 하지 않았을 것이다. 그는 저 초원이 아니라 아늑한 황실 따위에서 태어났어야 하는 것인데. 적어도 전쟁 없는 세상에서 태어났어야 하는 것인데.

세심하게 저를 살피는 그의 모습에 이파가 힘없이 입술을 깨물었다.

"언제 준비했소?"

"무엇을?"

"기억초 말이오."

그녀도 한 번 쓴 방식이었다. 길 없는 산맥에서 마주친 황자의 정찰병을 제거하기 위해 그녀 또한 기억초를 태웠다. 그녀가 단시간에 생각해 낸 것을 아라아탄이라고 생각하지 못했을 리는 없다. 차이가 있다면 그녀는 타인의 슬픔을 이용하는 것이었고, 아라아탄은 자신의 절망을 이용한 것이었다. 자신이 느꼈던 절망조차 적을 죽일 수 있다면 기꺼이 무기로 삼는 그 냉혹함에 이파는 서글퍼졌다.

그는 늘 그토록 낭떠러지 끝에 서 있었던 것이다. 육신과 정신이 모두 만신창이가 되어도 저를 믿고 따르는 이들을 지키기 위해 버티고 또 견디는 것이다. 그런 그가 너무도 애틋하였다.

"우녠치를 특사로 보낸 순간부터."

"왜 말하지 않았소?"

"누가 적인지 알 수 없어서."

"……."

"아무도 모르게 해야만 했어. 수적으로 우위에 있다고 판단해야 적들이 본색을 드러낼 것이었어."

"그렇소?"

"서운해?"

이파는 고개를 저었다.

"아니오."

"……."

"이곳의 위험은 제거되었소. 뒤를 치웠으니 이제 앞으로 가겠소."

이파가 열없이 웃었다. 아라아탄이 그녀의 눈가를 슥 문질러 주었다.

이파는 샥귀를 조심스럽게 내려놓은 후 몸을 일으켜 세웠다.

둥, 둥, 두웅─

마지막 북이 울린다.

"저는…… 공주님이 싫습니다……. 하지만, 으윽……. 하지만, 당신이 당신의 오라비를 죽여만 준다면……. 당신이 우리에게 미래를 줄 수만 있다면……."

어린 벨트렉족 소녀의 마지막 울음이 이파의 귓가를 적신다.

"나는 기꺼이…… 죽어요. 공주님, 부디……."

누군가 기꺼이 자신을 위해 죽는다는 것은, 이토록 두려운 것이구나. 죽어달라 말하지 않아도 죽어버린다는 것, 살아달라 간청해도 기어이 떠나 버린다는 것, 그래서 혼자 남겨진다는 것, 그것은 이렇게나 슬픈 것이었구나.

아라아탄이 이파의 이마에 입을 맞추었다. 그런 아라아탄을 똑바로 보며 이파가 읊조리듯 속삭였다.

"나는 그대를 위해 살아남을게. 그러니 그대도 언제나 살아서 내게로 와."

언제나 살아서, 부디 내 품에.

살아서, 내일을 함께.

"……그래, 이파."

혼례 의식이 끝이 났다. 국혼이 성사되었다.

서왕이 원군을 꾸렸다. 전쟁에 왕이 함께하는 것과 함께하지 않는 것은 엄청난 차이가 있다. 왕이 앞에 서면 군사들은 죽음도 불사하게 된다. 왕이 뒤로 빠져 숨으면 군사들도 혼자 달아날 궁리만 하게 된다.

그렇기에 서왕은 출전을 택했다. 그는 황자를 황제로 세워야 하고, 계승전에서 패배하면 숙청될 뿐이었다.

"전하, 수상한 벨트렉족 사내를 붙잡았습니다."

"오호, 그래?"

서왕이 빙글 웃었다. 출전 전, 마지막 유희를 즐길 시간이 온 것 같다.

"하온데 이상합니다."

"무엇이?"

"별궁 근처까지 들어와 서성대고 있었습니다."

"별궁 근처까지 들어왔다? 경비를 뚫었다는 것이냐?"

"내부에 조력자가 있는 듯합니다."

"으음, 그렇단 말이지."

서왕이 눈매를 가늘게 했다. 그러나 곧 고개를 흔들었다. 서왕궁 경비가 완벽하다고 믿을 만큼 그는 순진하지 않았다. 그가 황제부와 동왕부에 간자를 심은 만큼, 그들 또한 서왕부에 간자를 심어두었을 것이다. 자신이 아직 알아채지 못한 간자들이 앙큼한 짓을 벌인 것이 분명했다.

"간자는 색출했느냐?"

"송구합니다, 전하. 아직 찾지 못했습니다."

"무어, 되었다. 과인이 돌아올 때까지 찾아내 그 배후를 밝혀놓아라."

"예, 전하."

"금야에 그 계집을 취해야겠다. 준비해 두어라."

"예, 전하."

수족이 충직하게 답했다.

얼굴이 꽤나 반반하고 성격이 괄괄하니, 제법 취할 만할 것이다. 서왕은 잘 가꾸어진 야만족의 나신을 눈앞에 그려보며 빙긋웃었다.

14장

계승전의 끝

급습이 실패했다는 소식이 왔다. 진파는 비보가 적힌 종이를 찢어버렸다.

"빌어먹을."

그동안 동왕부에 침투시켜 둔 수족 전부를 이용한 급습이었다. 대격전 이전에 이 계승전을 끝낼 수 있는 유일한 수가 실패로 끝났다.

"기억초를 이용했단 말이냐……."

생각도 하지 않았다. 그것이 그런 식으로 이용될 수 있음을.

환상초는 황제가 허락한 시간만 보여준다. 그 때문에 환상초의 독은 그처럼 난폭하지도, 흉포하지도 않다. 하지만 길들여지지 않는 저 초원의 유목민처럼, 그들의 제왕초 또한 길들여져 있지 않았다. 무작위로 휘몰아치는 절망. 살아오면서 겪은 작은 기쁨과 만족감은 완전히 거세된 채, 그저 끝없는 나락만을 느끼게 된다. 타인의 고독과 고통과 절망에 완전히 동화되어 사람은 이성을 잃는다.

그것이 기억초의 위험성이다. 맹독초가 아님에도 그것은 그 어떤 맹독초보다도 위험하다.

"서왕은 언제쯤 온다고 하더냐?"

"이제 곧 출발할 것이니 그리 오래 걸리진 않을 겁니다."

명하가 대답했다.

진파는 입술을 깨물며 동쪽을 바라보았다. 고예가 갈가리 찢기고 있는데, 할 수 있는 것이 없다. 황후가 고예를 망국으로 이끌고 있는데 그 누구도 그것을 막지 못한다.

이 대격전이 끝난 후, 고예에는 무엇이 남을까.

누가 황제가 되든 고예는 혼란으로 빠져들 것이다. 남왕부는 이미 찢겨 나가기 시작됐다. 황군과 공후의 병사들이 남왕부를 수습하기 위해 떠났지만, 마른 건초에 붙은 불처럼 그들은 거세게 타오르고 있다.

북에선 벨트렉족이 내려오고, 동에선 동왕의 군대가 온다. 진파는 황제부 국경의 성곽에 진을 치고서 그들을 기다릴 뿐이다. 방어하는 쪽이 공격하는 쪽보다 유리한 법이니, 아직은 그가 우위에 있다.

"경계를 게을리하지 말라. 준비를 철저히 하여라. 우리는 이곳에서 공주를 저지한다. 공주를 죽여야 한다."

"예, 주군!"

아라아탄이 동왕부에 입성하는 것을 막지 못했다. 혼례일에 그 둘을 죽이는 것도 성공하지 못했다. 마지막 남은 기회는 그들이 동왕부를 빠져나오는 날이다. 전력을 다해 부딪칠 그날, 이파를 죽여야만 한다.

하지만 그렇게 공주를 죽이고 제위에 올라도 그 앞날은 어둡기 그지없다. 그 끝없는 허무함과 막막함에 진파는 몸서리쳤다.

'황후⋯⋯.'

방긋방긋 웃으며 백치처럼 선황의 곁에 있던 황후의 모습을 떠올려 본다. 그렇게 웃으며 속으로는 얼마나 칼을 갈아온 것일까.

꽉 움켜쥔 진파의 주먹이 파르르 떨렸다.

'아버지, 이리될 것을 알면서도 모든 것을 황후께 맡긴 것입니까?'

황위계승전. 그것이 기회라고 생각했다. 그에게 올 리 없다고 여겼던 제좌가 코앞에 온 듯 착각되었다. 운영을 구할 수 있을지도 모른다는 얄팍한 희망이 그의 눈을 가렸다. 가장 강한 자를 황제로 세우는 고예의 법도를 존중한다는 황후의 말은 새빨간 거짓이었다. 차기 황제로 즉시 제 소생인 공주를 택하지 않고 계승전을 윤허한 황후의 본심을 진즉 헤아렸어야 했다.

"주군, 하온데."

명을 받들고 곧장 떠나지 않은 명하가 머뭇머뭇 입을 열었다. 진파가 말해보라는 듯 그를 빤히 바라보았다.

"눈 좀 붙이십시오. 무리하시면 이도 저도 아니 됩니다. 벌써 이

틀을 아니 주무셨습니다."

그제야 진파는 몰려드는 피로감을 느꼈다.

"내가 그랬던가?"

"예, 그러셨습니다."

"그래? 그럼 잠깐 눈 좀 붙이지."

진파가 고개를 주억거렸다. 신경이 굉장히 예민해진 모양이었다. 이틀이나 못 자고 있었다니. 열없이 웃는 진파를 명하가 걱정스럽게 바라보았다.

승패의 추가 어디로 기울고 있는지는 명하도 어렴풋이 느끼고 있었다. 그리고 그것은 그의 주군 또한 느끼고 있을 터였다.

"한 시진만 자고 돌아오마."

"예, 주군."

진파는 숙소로 향했다. 천천히 걸으며 불현듯 황후의 말을 떠올렸다.

"공주는 세상 무엇보다 위험한 원군을 얻어 돌아올 거야."

그 예언이 맞아떨어졌다. 황자가 씁쓸하게 웃었다.

운영, 그녀가 보고 싶다. 마지막으로 한 번만 그녀를 품에 안아보고 싶다.

냉궁에서 혼령이 나온다는 소문이 돌았다. 황후는 혼령이 있으면 차라리 좋겠다고 생각했다. 그럼 죽은 부모를 만날 수 있을 테니까.

"문을 열거라."

황후가 냉궁에 나타난 것은 처음이었다. 냉궁을 감시하는 자들이 허둥거렸다. 이윽고 굳게 닫혀 있던 냉궁의 문이 열렸다. 냉궁 안에선 때 아닌 혼령설의 원인인 흐느낌이 쉼 없이 새어 나오고 있었다.

"흐윽…… 황자 전하……."

그녀는 흡사 주검 같았다. 파리하게 질린 입술도, 생기 잃은 살결도, 앙상하게 말라 풀썩 하고 주저앉을 것 같은 그 몸뚱이도.

"운영."

황자의 부인이 고개를 든다. 젖은 눈이 소름 끼치게 희번덕거렸다.

"어머, 이게 누구시죠? 황후 폐하 아니신가요?"

그녀는 광인과도 같이 벌떡 일어났다. 어떻게 걸어 다니나 싶은 몸뚱이가 사뿐사뿐 잘도 움직였다.

"황상 폐하도 참으로 아둔하시지. 어찌, 어찌 제가 아닌 적국의 계집을 믿으신단 말이어요?"

황후는 독에 받쳐 내뱉는 운영의 말들을 가만히 듣기만 했다. 저주의 말도, 증오의 말도 그저 들었다. 이제 와 운영이 내뱉는 말들은 황후에게 아무 위험도 되지 않았다. 개국공신의 여식으로 황자비가 된 이 계집은 타고난 영민함으로 한때 황제의 총애를 받았다. 이젠 그것도 전부 옛말이다.

"할 말은 다 끝났니?"

더 말할 힘도 없는지 씨근거리던 운영이 입술을 굳게 깨물었다.

운영이 황후를 간자로 지목했었다. 그녀는 황후가 제 조국인 조를 지키기 위해 황제의 작전 일시를 조에 흘리고 있다고 주장했다. 실제로 황제의 작전은 노출되었고, 황제는 황후에 대한 의심을 수용했다. 황후는 간자 혐의를 벗기 위해 절친한 친우의 일족을 제 손으로 죽여야 했다.

그 잔혹한 과거는 갈고리 있는 가시처럼 황후의 심장에 박혀 빠지질 않는다. 빼내려 하면 할수록 상처는 더욱 깊어지고 이내 곪아간다. 자신이 지키지 못한 것들, 자신의 손으로 버려 죽게 한 이들. 그 모든 것들이 악령처럼 황후를 따라다녔다.

"황자는 이제 아니 와. 그는 패배할 거야."

"그리 막 지껄여도 되는 것입니까? 듣는 귀가 아직 많은데. 아니 그렇습니까, 황후 폐하?"

운영이 한껏 비아냥거렸다. 픽 쓰러져 죽어도 이상할 것 없어 보이는 계집의 입은 여전히 칼을 품고 있었다. 황후는 이제는 그녀도 안쓰럽게 느껴졌다. 자신이 알고 있는 '진실'을 고했을 뿐인데 황후를 음해했다는 죄목을 뒤집어쓰고 냉궁에 유폐된 귀족 계집이었다. 억울함과 분함이 뼈에 사무쳐 있을 것이다. 화병으로 죽지 않은 게 용할 정도다.

"황자에게 갈래?"

"예?"

"냉궁을 나가 그의 곁에서 죽을 것이냐고 묻는 거야."

"……."

"싫다면 그냥 이곳에서 죽어, 운영. 황자의 곁에서 죽게 해주는 것이 내가 그대에게 베풀 수 있는 최대의 자비야."

운영의 눈빛이 거세게 흔들렸다. 냉궁에서 내보내 주겠다는 꿈 같은 약조, 연모하는 황자의 곁에서 죽게 해주겠다는 달콤한 유혹. 그것을 뿌리칠 힘이 운영에겐 없었다.

"원치 않는다면 말고."

황후가 뒤돌아서는 순간, 운영이 풀썩 주저앉아 황후의 치맛자락을 붙잡았다. 독으로 버티고 서 있던 운영이 한순간 허물어졌다.

"……가게, 해주십시오. 황자 전하의 곁으로 보내, 주십시오. 그분 곁에서…… 그분 곁에서 죽게 해주십시오."

황후가 운영의 손에서 치맛자락을 빼내며 고개를 돌렸다.

무심한 황후의 눈동자가 잠시 가라앉았다.

이제 곧, 전부 다 끝날 것이다.

"그래, 가."

운영의 두 눈에서 후드득 눈물이 떨어져 내렸다. 황후는 소리 내어 우는 운영을 버려두고서 황제궁으로 향했다. 끝이 다가오니 도리어 모든 것이 평온해졌다. 겨우 버텨온 이 삶에도 끝이 있다고 생각하니 정녕 모든 것이 가벼워졌다.

그녀는 황제궁에 안치된 황제의 관 옆에 엎드렸다. 그리고 늘 그랬듯이 환상초를 태웠다. 소리 없는 울음이 황후의 목에서 울렁거렸다. 황제의 숨이 멎기 전날의 기억이 황후의 눈앞에 펼쳐졌다.

'황후, 그대가 내게 독을 먹인 것을 아오.'

'······'

'지금까지 먹여온 것을 알고 있소.'

'······'

'그래도 짐은 이 독을 마실 것이오.'

적국의 황제였다. 적국의 황녀였다. 지켜야 할 것이 서로 달랐다. 애초에 함께할 수 없는 이였다. 강해서 존중했고, 흔들림 없어서 경외했다. 그가 제 것을 빼앗으려 들면 버둥거렸고, 그에게서 똑같이 빼앗기 위해 안간힘 썼다.

때로는 알고도 당해주고, 또 때로는 그저 속아준 그 마음을 황후는 알고 싶지 않았다. 조의 황녀로서, 오직 조를 위해 살아가면서도, 이따금 그에게 흔들리는 제 마음도 알고 싶지 않았다.

"이제 다 끝나갑니다, 폐하. 모든 것이 끝나면 신첩도 폐하의 곁에 가옵지요."

황제는 수많은 나라를 굴종시킨 것을 후회하지 않았다. 살육을 자행해 온 그 손을 수치스러워하지도 않았다. 친히 제 부인의 나라를 짓밟은 것에 대해서도, 그 부인을 전장에 내몰아 죽을 뻔하게 만든 것에 대해서도, 단 한 번도 사죄하지 않았다.

그래도 황제는 독을 마셨다. 그것이 어떤 의미인지 황후는 헤아리지 않기로 했다. 그냥 고예가 찢어지고, 조가 다시 서기를 바라고 또 바랐다. 그때에야 황녀로서의 의무가 끝이 날 것이었다. 그저 한 줌 흙이 되고 싶다 하여도 아비께서도 괜찮다 하실 것이었다. 어쩌면 왜 이리 늦었느냐 타박하며, 황상께선 그녀를 마중 나올지도 모른다.

'다른 것을 한데 묶은 것이 짐의 실수였다. 한데 묶으면 같아질 줄 알았다. 다른 것은 다르게 두는 것이 미덕임을 이제 알겠다.'

순간, 황후가 번쩍 눈을 떴다.

"예?"

방금 들려온 말은 여태 단 한 번도 듣지 못한 것이었다. 정확히 어떤 상황에서 황제가 누구에게 건넨 말인지 보고 싶었다.

"그 무슨……"

황후가 다급히 타고 있는 환상초의 양을 살폈다. 환상초는 이미 거의 다 타들어간 상태였다.

"안 돼……."

환상초를 더 집어 넣었다. 그러나 이미 늦었다. 처음 본 장면은 신기루처럼 흩어지고 늘 보아온 장면만이 남았다. 황후는 붉어진 눈으로 황제의 관을 노려보았다.

"한데 묶은 것이 실수였다 하셨습니까? 정히 그리 말씀하셨습니까?"

황후의 눈시울이 뜨거워졌다. 그녀는 흐느낌을 억지로 되삼키며 숨죽인 원망을 토해냈다.

한데 묶일 수 없는 것들이 고예라는 이름하에 묶여 있다. 나라의 이름이 하나일 뿐 민족은 수십 개였다. 그들은 결코 섞이지 않으며 서로를 배척했다. 배척하다 보니 끝이 없었다. 싸우고 또 싸운다. 그 싸움의 불씨를 짓밟고, 짓밟다 보면 결국 아무것도 남지 않을 것이다. 그들에겐 각자의 나라가 필요했다.

"왜 이제야 들려주십니까?"

고예는 사금파리를 조각조각 모아 붙여 만든 도자기처럼 위태로웠다. 강력한 한 황제에 의해 억지로 묶인 것들은 언제고 자연스럽게 뜯겨 나갈 것이었다. 아라아탄, 단지 그의 등장만으로도 나뉘어 떨어져 나갈 것들이었다.

황제는 그것을 알고 있었다. 제국은 미몽처럼 끝나고, 결국 고예는 재차 조각날 것을. 조는 조답게, 진은 진답게, 고예는 고예답게. 그렇게 돌아갈 것을.

차기 황제 계승권을 준 것은 그의 마지막 선물이었을까. 그 살벌한 계승전의 와중에, 아직 죽지 않은 수많은 유민들이 제 나라를 일으켜 세우도록. 그에게 짓밟힌 나라의 백성들이 다시 일어나 꿈을 꾸도록. 그것이 황후에게 망국의 복수를 이룰 수 있는 기회가 되도록.

"아아……."

황후는 황제의 관을 한없이 어루만졌다.

공주가 어서 돌아왔으면. 제발 당장 돌아왔으면.

"신첩은 정말 지쳤답니다, 폐하."

이제 그만 쉬고 싶다. 너무 지쳤다.

서왕부의 선발군이 동쪽으로, 동왕부의 선발군이 서쪽으로 이동을 시작했다. 결전의 날을 가늠하듯 그 움직임은 신중했다.

"데려와라."

서왕이 명했다. 앙칼진 벨트렉족 계집이 잠시 후 끌려 들어왔다. 철저히 몸수색을 당한 그녀가 사납게 서왕을 노려보았다.

"아아, 그 눈빛이 마음에 든단 말이지."

팔짱을 끼고서 서왕이 이죽거렸다. 고문을 당하다가 끌려왔는지 온몸이 상처투성이인 벨트렉족 사내가 그 옆에 내동댕이쳐졌다.

「바드란고!」

계집이 버둥거렸다.

"벗겨."

「무슨 짓이냐? 멈춰! 멈추라고!」

계집이 소리치며 반항했다. 발에 밟힌 벌레가 꿈틀대듯 그녀의 반항은 연약하고 볼품없었다. 의복이 다 벗겨진 계집이 서왕의 앞에 끌려왔다. 서왕은 몸을 낮추고서 계집의 턱을 들어 올렸다. 짙푸른 불꽃이 계집의 눈 속에서 일렁거렸다.

"좋은 눈빛이야."

「놓아라, 이 고자새끼야.」

"고자인지 아닌지는 확인해 보면 알겠지."

서왕이 방긋 웃었다. 서왕의 말을 듣고 있던 바드란고가 바락 소리쳤다.

「자우하! 네 말을 알아듣고 있…… 커헉!」

곧장 발차기가 날아왔다. 복부를 얻어맞은 바드란고가 컥컥거리며 신음을 토해냈다.

「바드란고! 바드란고, 괜찮으…… 으윽!」

"과인을 봐야지."

서왕이 자우하의 턱을 돌려 제 쪽으로 고정시켰다.

"그놈을 묶어놓고 나가 있어라."

"예, 전하."

바드란고가 무어라고 악을 써댔다. 자우하는 겁에 질린 눈으로 서왕을 쳐다보았다. 그녀의 얼굴이 일그러지는 것을 보며 서왕은 즐거이 웃었다. 슬쩍 사내를 곁눈질했다. 사내의 표정은 더욱 마음에 들었다. 절망에 차 일그러지는 저 눈빛을 보면, 차라리 죽길 바라는 저 증오를 보면, 온몸의 피가 끓어오르는 듯한 희열이 느껴졌다.

「시, 싫어…… 손 떼! 손 떼라고! 그 더러운 손…….」

서왕이 자우하의 가슴을 움켜쥐었다. 자우하는 바동거리며 움찔거렸다. 굴욕감에 흐느끼는 그녀의 눈가를 서왕이 핥았다. 그는 그 순간 짐승이었고, 마귀였다. 그의 격한 움직임에 자우하의 머리가 풀어졌다.

「으흑…….」

그가 그녀의 다리를 벌리고는 무자비하게 침입했다. 그 모습을 바드란고는 두 눈을 부릅뜨고 지켜보았다. 울음을 삼키는 그와 자우하의 눈빛이 마주쳤다. 자우하가 체념하듯 늘어졌다.

서왕이 자우하의 한 손을 침상에 묶고, 다른 한 손을 풀어 제 남성을 붙잡게 했다. 그 순간 자우하의 두 눈이 차갑게 빛났다.

「그자가 단 한 번 네 손을 풀어줄 거야, 자우하. 자신의 것을 붙잡게 하겠지. 그때를 이용해. 그때, 한 번뿐이야.」

왕소의 당부가 자우하의 머릿속을 스쳐 지나간다.

'그때, 한 번뿐……'

뇌관을 건드린 듯, 금방 터질 것 같은 분노를 억눌렀다. 모욕감을 참았다. 그러고는 흐리게 웃었다.

서왕이 모르는 게 있다. 둥글게 틀어 올린 벨트렉족의 머리. 그 속에 들어 있는 어떤 것.

쾌감에 서왕의 손에서 힘이 빠진 순간이었다. 자우하는 그에게 붙잡혀 있던 손을 재빠르게 빼냈다.

"무슨……"

서왕이 불같이 역노하려는 찰나, 그녀는 풀어 헤쳐진 머리에 매달려 있던 것을 빼 들었다. 그들의 머리 모양을 보다 풍성하고 둥글게 보이게 해주는 일종의 틀이었다. 둥글둥글한 그 틀이 머리카락과 엉겨 있었다. 그것의 중심에 독침이 있다.

자우하는 꼭지를 눌러 독침이 튀어 나오게 했다. 그대로 서왕의 몸에 찔러 넣었다.

서왕의 두 눈이 흠칫 커졌다.

몸수색을 전부 했다 싶었지만, 하지 않은 곳. 그저 풍성한 머리 뭉치라고만 여겨졌던 곳. 왜 그곳을 눈여겨보지 않았을까?

「죽어라, 서왕!」

서왕이 두 눈을 부릅떴다. 그의 두 눈이 붉게 충혈되어 간다.

"이, 이건……."

그는 풀썩 쓰러져 파르르 경련했다. 마비가 전신으로 퍼져 간다.

「내 말을 알아듣는다 하였지? 그것은 독이다. 늑대독이라고 불리지. 보통이라면 사나흘 죽은 것처럼 위장시켜 주지만, 네놈은 독에 내성이 있으니 그 정도는 아닐 거야. 기껏해야 하루 정도 네놈을 죽은 것처럼 보이게 해주겠지.」

"가, 가, 감히……."

「하루면 너무 충분하잖아, 네놈을 죽이고 또 죽이는 데는.」

"이, 익……."

「네놈은 죽고 서약은 깨어질 거야. 우리의 승리다.」

자우하가 사납게 웃었다. 핏발 선 눈으로 그녀를 노려보던 서왕의 몸이 바들바들 경련했다. 그는 발작하며 육신을 뒤틀었다. 당장 죽지는 않겠지만, 서왕의 사람들은 그가 죽은 줄로 알 것이다. 그때, 왕소가 뒤처리를 하면 된다.

「네놈이 내 가족을 죽였어! 내 친구들을 죽였어! 아라아탄 님마저 죽이게 두진 않아!」

서왕의 움직임이 멈추었다.

자우하가 눈을 감았다. 이제 다 끝났다. 왕소가 약조를 지킨다면 좋겠지만, 설령 약조를 지키지 않아도 상관없었다.

「흐으윽…….」

가느다란 흐느낌이 그녀의 입에서 새어 나왔다.

바드란고가 그녀를 부르며 무너지듯 오열했다.

「자우하! 자우하아!」

그 소란이 일어나는데도 밖은 고요했다. 서왕이 계집을 범할 때면 늘 있는 비명인 까닭이었다. 겁강당하는 계집은 흔히 울었고, 그 계집의 정인은 목이 쉬도록 울부짖어 댔다.

서왕의 신하들이 무언가 수상하다고 느낀 것은 한참이 지나서였다.

동쪽으로 떠날 모든 준비가 끝났다. 서왕만 나오면 바로 출발인데, 그의 유희가 끝나지 않는 것이었다.

"전하, 이제 곧 출발하셔야 합니다."

밖에서 누군가 고했지만, 서왕은 답할 수 없는 상태였다.

"전하, 괜찮으시옵니까? 소인이 안으로 들어도 되겠나이까?"

망연자실 있던 자우하가 번뜩 정신을 차렸다. 그녀가 결박을 풀려고 버둥거렸다. 한 손이 그나마 자유로운 것이 다행이었다. 끙 끙 대며 겨우 밧줄을 푼 그가 바드란고에게 달려갔다.

「바드란고!」

서왕이 계속 대답이 없자 밖에서 시종들이 들어왔다.

"전하!"

"전하께서 쓰러지셨다!"

서왕을 발견한 시종들이 외쳤고, 이어서 호위들이 들이닥쳤다. 서왕의 상태를 살핀 그들의 표정이 험악하게 일그러졌다.

"저 야만족들을 죽여라! 저들이 전하를 살해했다!"

「제길! 왜 이리 안 풀려?」

자우하가 이를 악물었다. 어서 풀려라, 제발 풀려라…….

"자우하의 털끝 하나 건들지 마라! 그녀를 건드린다면 내 필히 네놈들 사지를 뜯어먹을 것이다!"

"닥쳐라! 이 찢어 죽일 것들!"

흥분해서 자우하와 바드란고를 죽이겠다고 날뛰는 호위의 뒤에서 나타난 누군가가 그의 어깨를 붙잡았다.

"멈추어라."

반사적으로 검을 휘두르던 호위가 움찔 굳었다.

"세, 세자 저하."

"저 두 놈의 벨트렉족을 잡아 가두고, 어의를 불러 주상 전하의 용체를 살피게 해라."

서왕이 죽은 바로 그때, 왕세자가 마침맞게 나타난 이유를 영리한 이들이 빠르게 헤아렸다. 그들의 두 눈에 찰나 경멸의 눈빛이 어렸다.

"내 명을 들어라. 내가 그래도 왕세자이지 않으냐?"

왕소가 여유롭게 웃었다. 세자익위사 무사들이 그의 뒤로 모습을 드러냈다.

"저 계집을 붙잡아온 자, 저 사내를 잡아온 자, 저 계집의 몸수색을 게을리한 자, 저 사내와 내통한 자, 그 모든 자들을 샅샅이 밝혀 전하의 원수를 갚을 것이다."

서왕이 죽었다. 포로로 잡은 적국의 계집을 겁간하다가 독살당했다. 그 어처구니없고 치욕스럽기까지 한 죽음에 서왕의 호위들은 입을 다물었다. 실제로 아직 죽은 게 아니라 해도, 그들은 그 사실을 알지 못했다. 다만 알고 있는 정보들을 취합해 결론을 냈다.

능멸당하는 와중이라면 그 어떤 계집이라도 제정신을 유지하기 힘들었을 것이다. 그런데 그 계집은 애초에 그것을 각오하였다. 서왕이 제 몸을 유린하고 쾌락에 취하도록 내버려 두었다. 그리고 주어진 찰나의 기회를 놓치지 않았다. 서왕을 아주 잘 아는 자가 계집을 도왔다.

"따르지 않을 것이냐?"

"······아닙니다, 세자 저하. 전하를 지키지 못한 죄, 그 죄의 벌은 이 암살의 주모를 잡은 후에 받겠습니다. 저 계집과 사내를 묶어 옥에 가두어라."

왕소는 조금 웃었다. 이미 자신을 주모라고 지목하는 듯한 눈빛이며 말투이지 않은가. 당신의 죄목을 낱낱이 까발려 주겠다고 선언하는 것 같지 않은가.

"······아니, 그대들은 그냥 이곳에서 죽는 게 낫겠다."

"예?"

왕소가 자우하 쪽으로 한 발짝 다가가며 손을 들었다. 다소 멍한 표정을 짓는 서왕의 근위대에게 세자익위사 무사들이 달려들었다.

"따르지 않는 자는 모두 죽여라."

오랫동안 준비해 온 때였다. 사람을 모으고 간자를 심고, 서왕의 심복들을 회유하고, 언제 폐서인될지 모르는 위협 속에서 몸을 잔뜩 옹송그리고서 왕소는 정녕 오래 이때를 기다려 왔다.

"예, 주군!"

무사들이 움직이는 것을 본 후, 왕소는 바드란고를 포박하고 있던 줄을 잘라냈다.

「옷 입어, 자우하.」

왕소가 주변에 널브러진 옷을 자우하에게 내밀었다. 자우하가 얼굴을 붉히며 급히 옷을 챙겨 입었다. 그러는 동안 드넓은 별궁의 침소는 아수라장이 되었다. 살육과 비명이 난무하는 가운데 왕소는 웃었다.

「너희는 이대로 달아나라.」

「약조를 지키는 게냐?」

바드란고가 물었다.

「대륙의 사람이라고 항상 약조를 어기는 건 아니야.」

「왕소, 넌 어찌할 거지?」

「나는 진을 다시 세울 거다. 그러기 위해 택한 길이니.」

어디선가 종소리가 울려왔다. 왕소의 세력이 서왕궁을 완전히 장악한 것이다.

「이만 가라, 자우하, 바드란고.」

왕소는 약속을 지켰다.

바드란고가 그를 한 번 응시한 후 자우하의 손목을 잡았다.

「다신 적으론 만나지 말자, 바드란고.」

「적이 아니면 만나자는 것이냐?」

「벗은 언제 만나도 반갑지.」

「…….」

「가라.」

「가겠다. 몸조심해라.」

「너나 잘해라.」

바드란고가 픽 웃고는 자우하와 함께 밖으로 뛰어나갔다.

그들이 떠나자 왕소는 서왕에게 다가갔다. 그의 아비였다. 그 아비의 마음에 들고자 부단히도 노력하였다. 이제 다 부질없는 짓이다.

왕소는 검을 들었다.

"부디 평안하소서."

그대로 아비의 목에 내리꽂았다.

거짓 아닌 진짜 죽음이 서왕에게 찾아들었다.

댕댕댕―

종소리는 점점 더 위협적으로 울렸다. 서왕은 죽었고, 서왕의 수족들은 갈팡질팡했다. 왕소가 서왕의 미움을 사고 있었든 어쨌든 그는 일단은 왕세자였다. 그들이 다음으로 모실 자였다. 그에게 칼을 들어야 하는가, 복종해야 하는가. 조금이라도 갈등하는 자는 즉시 척살당했다.

영문 모를 칼부림에 여기저기서 비명이 터져 나왔다. 별궁을 정리한 왕소가 향할 곳은 왕비전일 터였다. 젊은 계모와 어린 아우를 죽인 후 왕소는 스스로 칭제할 것이다.

그 비명 사이를 바드란고는 자우하의 손을 잡고서 정신없이 달렸다. 죽고 죽이는 그 혼란이 그들에겐 살아 나갈 길이었다. 담을 넘고, 사람을 죽이고, 그렇게 쉼 없이 뛰었다. 심장이 터질 듯 고동쳤다.

「바드란고!」

얼마나 달렸을까. 종소리가 아득히 멀리서 들려온다.

「바드란고오!」

자우하가 바드란고를 내처 불렀다. 그녀가 몇 번이나 더 악을 쓰듯 부른 후에야 바드란고는 멈추었다. 서왕궁은 이미 저만치 멀어져 있었다.

「괜찮냐, 자우하?」

바드란고가 걱정스럽게 물었다. 거친 숨을 몰아쉰 자우하가 어딘가를 가리켰다. 바드란고가 그녀의 손끝을 따라 시선을 움직였다.

「봉화가 피어오른다.」

「봉화가…….」

「연회색 연기 하나가 치안의 평시, 둘은 경계, 셋은 전시. 진회색 연기 하나가 왕실의 평안, 둘은 왕실의 변고, 셋은 왕실의 희사. 맞냐?」

바드란고가 고개를 주억거렸다. 그들은 피어오르는 연기의 개수를 세었다.

연회색 연기가 하나였고, 진회색 연기가 둘이었다. 전시였던 상황이 평시로 돌아가고, 왕실에 변고가 있었다. 그것이 나타내는 뜻은 확실했다. 서왕이 죽어 서약이 깨졌으므로 계승전에서 빠지겠다.

「왕소의 저 뜻이 동쪽으로 향한 서왕부 군대에게 전해지기까지 얼마나 걸릴까?」

자우하가 혼잣말처럼 중얼거렸다. 멈추었던 눈물이 그녀의 눈가에 그렁그렁 차올랐다.

「자우하…….」

「아라아탄 님이 승리할까?」

울먹이는 그녀를 바드란고가 품에 안았다.

「울어라, 자우하. 울어도 괜찮다.」

「바드란고, 나는 괜찮아. 정신이 무너지고, 마음이 만신창이가 되어도…… 나는 돌아갈 거야. 나는 해냈고, 괜찮아질 거야. 흐으 윽…….」

그의 품에 안겨 자우하가 숨죽인 오열을 터뜨렸다. 여린 어깨가 가늘게 떨리기 시작했고, 그 떨림은 점점 더 격렬해졌다.

「자우하…….」

「내가…… 한 일을, 아라아탄 님께서…… 기뻐하실까?」

그녀가 바스러져 사라져 버릴까 두려워서 바드란고는 자우하를 더더욱 꽉 끌어안았다. 무어라고 위로해야 할지, 섣부른 위로의 말들이 혹 그녀를 더 상처 입히진 않을지, 그 모든 것이 무서워서 바드란고는 그저 자우하를 안고만 있었다. 자우하의 흐느낌이 잦아들 무렵 바드란고가 그녀의 턱을 들어 올려 그녀와 두 눈을 마주했다. 절망인지, 경멸인지 모를 감정이 자우하의 두 눈에 어려 있었다. 그것을 연민하고, 그것조차 사랑한다.

「살아 돌아가자, 자우하. 분명 기뻐하실 것이다.」

「……그래.」

자우하가 웃었다. 그녀의 푸른 눈에서 하염없이 눈물이 쏟아졌다.

「돌아간 후, 나와 혼례해 줄 테냐?」

「그건 좀 생각해 보고.」

바드란고가 픽 웃고는 자우하의 입술에 제 것을 맞추었다. 여린 입술이 그의 입술 속으로 빨려 들어갔다. 언제나 강인한 척하는 계집 전사는 너무 부드럽고 달콤하였다.

「나만큼 널 연모하는 이는 없을 거다.」

이마를 맞대고서 바드란고가 속삭였다. 이마를 뗀 후 그의 가슴에 얼굴을 파묻은 자우하가 힘없이 웃었다.

「나는 항상 너에게만 잔인하구나, 바드란고.」

「내겐 얼마든지 더 잔인해도 괜찮다.」

한 손으론 자우하의 머리를 감싸고, 다른 한 손으론 자우하의 허리를 둘러 제 쪽으로 꼭 끌어안은 채 바드란고는 한참이나 서 있었다.

자우하의 울음이 오랜 뒤 멈추었고, 두 사람은 손을 맞잡고서 다시 걸어 나갔다.

서왕부가 점점 멀어져 간다. 아라아탄 님이 점점 가까워진다.

그들은 살아서 돌아간다.

모두의 곁으로.

❖   ❖   ❖

병력은 계속해서 집결했다. 대격돌이 다가오고 있음을 온 피부로 느낄 수 있었다.

"서왕이 죽었다?"

동왕이 멍하니 중얼거렸다. 서쪽에서부터 피어오르는 봉화는 연한 것이 하나, 진한 것이 둘이었다. 조금 전까지만 해도 연한 것은 내내 세 개가 타오르고 있었다. 계승전이 윤허되고, 서왕과 황자가 만난 그날 이래로 서왕부에서 오는 연회색 연기는 늘 세 개였다. 그 세 개가 하나로 줄었다. 이는 서왕부가 이제는 전시가 아니라 평시임을 뜻한다. 왕실의 안위에 대해 알리는 진회색 봉화는 하나에서 두 개로 늘었다. 왕실에 변고가 생겼음을 뜻한다.

치안은 평시가 되었고, 왕실에 변고가 생겼다. 서왕이 죽었고, 서약이 끝났다는 뜻이다. 서왕부 군대가 곧 회군할 것이다.

「늑대의 가호를.」

아라아탄이 작게 중얼거렸다. 동왕이 아라아탄을 슬쩍 바라보았다. 무표정한 그 얼굴에서 무언가를 읽고자 했다. 승리하기 위해서라면 제 고통조차도 기꺼이 이용하는 그의 잔악성과 냉혹성을 이해해 보고자 했다. 그러나 아무것도 보이지 않았다.

혼례의 날, 동왕은 보았다.

에느렐. 에느렐. 에느렐. 죽어가는 누이의 이름을 부르며 흐느끼던 그의 모습을. 자신의 그릇된 선택으로 인해 상실하고, 끝내 절망하던 그의 모습을.

그 모든 과거를 마음에 묻은 채, 그는 살아남기 위해 남쪽으로 왔다. 승리를 앞에 둔 그는 기뻐하는 것 같지도, 들뜬 것 같지도 않아 보였다.

"서왕부 군대가 빠지면 치지."

동왕이 말했다.

"뜻대로."

아라아탄이 가볍게 대꾸했다.

승기가 넘어온다. 승부의 추가, 완전히 기울었다.

수많은 죽음을 딛고 얻게 될 승리를 아라아탄이 어떤 마음으로 받아들일지 동왕은 가늠하지 않기로 했다. 그저 궁금했다. 아라아탄의 지금 이 모습을 보면 아르슬랑은 무어라고 할까. 아타르는 또 무어라고 할까. 자신의 아들이 끝내 일족을 지켜냈다고 자랑스러워할까. 웃음도, 울음도 잃어버린 아들을 보며 마음 아파할까. 의문에 답해줄 이들은 이미 이 세상에 없다.

「늑대의 가호를.」

동왕이 작게 중얼거렸다.

아라아탄이 저를 보는 게 느껴졌지만 동왕은 그와 시선을 마주하지 않고서 고개를 돌렸다.

계승전의 끝은 결코 끝이 아닐 터였다. 앞으로도 많은 것을 잃고, 많은 이들을 떠나보낼 것이다. 그 상실들이 아르슬랑과 아타르의 아들을 어떻게 변화시킬지 동왕은 상상하지 않았다.

다만, 그들의 늑대신이 그를 굽어살피기를 바랐다. 그도, 공주도 아무것도 잃지 않게 해달라고 깊이 간청하였다.

❁　　❁　　❁

　서쪽에서 전해오는 소식을 진파도 보았다. 그는 성첩에 올라서서 조금 허망하게 웃었다.

　"전하……."

　"서왕이 죽었군."

　서왕부에서 그를 받들 이유가 사라졌다. '평시'를 명하는 새로운 왕의 뜻. 그 뜻이 서왕부 군사들에게 전해진다. 퇴각 채비를 하는 그들을 진파는 멍하니 응시하였다.

　이렇게 끝날 일이었던가.

　"……."

　전군이 술렁댄다. 수적 우위를 잃었고, 사기가 땅에 떨어졌다. 오늘 밤 많은 이들이 도망칠 것이다. 그 도망가는 것들을 잡아서 죄를 물어 목을 친다 한들 무엇이 달라질까?

　"전하, 괜찮으십니까?"

　비틀거리는 진파를 명하가 부축했다. 진파가 그 손을 뿌리치고 이마를 짚었다. 패배는 불 보듯 뻔하다. 그 불구덩이 속으로 저 많은 이들을 이끌고 들어가야 하는가.

　그럴 수는 없다.

　"군대를 해산시켜라."

　"예?"

　"이길 수 없는 싸움이다. 내가 죽으면 끝나는데, 저들을 사지로 데려갈 필요가 없다."

"전하!"

"패배를 인정하는 것 또한 황족의 덕목이지."

진파가 열없이 웃었다.

이렇게 질 것이었다면, 맞부딪치기도 전에 꺾일 것이었다면, 도대체 무엇을 위해 내달려온 것일까.

불운의 연속인 것인가, 그저 황제가 될 재목이 아니었던 것인가. 그것도 아니라면, 이 나라는 애초에 황후의 뜻대로 갈가리 조각날 운명이었던 것일까.

운영……. 그녀가 보고 싶다. 이 와중에도, 그녀를 품에 안아보고 싶다. 마지막으로 딱 한 번만.

그때 누군가 고하는 소리가 들렸다.

"황자 전하, 찾아오신 분이 계십니다."

당장 허물어질 것 같은 몸을 가까스로 추스른 진파가 다리에 힘을 주었다.

"아무도 만나고 싶지 않다. 돌려보내라."

슬쩍 짜증을 부리던 진파의 표정이 그대로 굳었다.

꿈…… 인가?

"운영?"

한껏 커진 그의 동공에 성첩으로 올라서고 있는 운영이 비쳤다. 그녀는 바람에 날아갈 듯 앙상하게 보였다.

"황자 전하……."

꺼질 듯한 목소리로 운영이 그를 불렀다. 진파가 그대로 운영에게 달려갔다.

"운영!"

넘어질 듯 비틀대던 운영이 진파에게 기댔다. 그녀의 가벼운 무게를 느끼며 진파는 두 눈을 질끈 감았다. 손에 잡히는 그녀는 꿈이 아니라 실재였다.

"어찌 이곳에 왔소? 당장 돌아가시오!"

진파는 보고 싶었다는 말 대신, 전혀 다른 말을 했다.

운영이 엷게 웃었다.

"소첩은 전하의 곁에서 죽을 것이어요."

"운영!"

"그렇게 하게 해주세요."

운영이 진파에게 매달렸다.

"왜 죽는다는 말을 하오? 그댄 죽을 필요가 없어!"

"전하께서 아니 계신 세상은 소첩에게 무의미합니다."

"말이 되는 소리를……."

"곁에 있게 해주세요. 곁에 있게만 해주세요. 여태 오래 떨어져 지냈잖아요? 마지막은, 마지막만큼은 소첩에게 주세요."

운영의 마른 몸이 가늘게 떨렸다. 진파는 입을 다물고서 운영을 응시했다. 늘 초점 없이 흐릿하던 그녀의 두 눈이 오롯이 그를 담고 있었다.

그는 알았다.

운영은 떠나지 않을 것이다. 그 선택만큼은 제아무리 그라고 해도 말릴 수가 없다. 진파가 서글프게 웃으며 운영의 야윈 뺨을 감쌌다. 그리고는 그녀의 입술에 짧게 입맞춤했다. 살아 있는 운영의 숨결을 빨아들였다.

"그댄, 알고 있었소? 이리 끝날 것을?"

운영을 품에 꽉 안은 채 진파가 물었다. 운영이 고개를 저었다.

"어찌 알았겠습니까? 누구도 알지 못했을 겁니다."

"이제 고예는 조각조각 나뉠 거요."

개국공신의 여식으로 태어나 황자의 정부인이 되었다. 그것은 운영에게 가장 행복한 일이었고, 또한 가장 슬픈 일이었다. 충애하는 나라가 분열의 길을 갈 것을 앎에도 막지 못함은 비통했으되, 그것을 막기 위해 작은 몸짓 내보임은 기쁨이었다. 후궁의 아들로 태어나 저 하나만을 바라보는 낭군을 얻은 것은 무엇보다 행복했고, 그와 함께 삶을 끝낼 수 있다면 그것 또한 축복일 터였다.

"나는 그댈 구하고 싶었어."

"알고 있습니다."

"그 기회가 왔다고 여겼지."

"……."

"조급함이 모든 걸 망친다는 것을 잠시 잊었어."

진파가 자책했다. 운영은 가만히 고개를 가로저었다.

"그댈, 지키지 못했어."

"나의 낭군이시여, 전부 괜찮아질 것입니다."

다신 놓지 않겠다는 듯 운영이 진파의 옷자락을 붙잡았다. 제 옷을 붙잡고 있는 그 손이 너무도 여리고 연약해서, 진파는 그녀의 손을 단단히 포개 잡았다. 운영이 흐리게 웃었다.

"전하의 곁애 있게 해주세요."

"언제나 그댈 은애했어."

"알고 있습니다."

고예의 황자로 태어나, 고예의 황자로 살았다. 살아남기 위해 싸웠고, 지키기 위해 싸웠다. 그 결과가 패배라 해서 그가 선택한 것들이 무의미한 것은 아닐 것이다.

"명하야."

운영에게 이마를 맞댄 채 진파가 명하를 불렀다.

"예, 주군."

"공주에게 항복서한을 보내라."

"……예, 황자 전하."

명하는 홀가분해 보이는 진파를 보며 입술을 굳게 깨물었다.

항복을 해도 진파는 죽는다. 그가 죽어야만 계승전이 끝나므로. 그것이 비통했다.

"그간 전하를 지킬 수 있어 영광이었습니다."

명하가 그의 앞에 길게 엎드렸다.

서왕의 급사가 전해진 지 나흘째 되는 날, 황자는 성첩에서 누이를 맞았다.

긴 여정이었다.

바람에 찢어진 기들이 나부꼈다. 진파는 성벽 끝에 위태롭게 서 있었다. 날카롭게 올라간 눈매는 여전히 예리하였다.

그의 품에 운영이 안겨 있었다. 그들은 묶이지 않았고, 무릎 꿇려지지도 않았다. 그들은 죄인이 아니라 고예의 황자이고, 황자비였다.

"돌아왔습니다, 오라버니."

이파가 나직이 말하며 아라아탄을 바라보았다. 아라아탄은 말없이 그들을 노려보고 있었다. 그 무감한 푸른 눈에 일렁이는 것이 미움인지, 원망인지 이파는 알 수 없었다.

"드디어 만났군, 아라아탄."

진파가 아라아탄을 바라보았다. 희미한 미소가 그의 입가에 그려졌다.

"할 말이 많은 표정인데. 죽기 전에 잠깐 정도는 들어줄 수 있다."

진파가 오만하게 말했다.

"……."

"싫다면, 그만두고."

진파가 뒤로 한 발짝 물러섰다. 뒤로 한 발짝만 더 내디디면 낭떠러지였다.

"고예진파."

진파가 마지막 한 걸음을 옮기기 전, 아라아탄이 입을 열었다. 진파는 움직임을 멈추고서 아라아탄을 응시했다.

"나는 너를 찢어발기고 싶었다. 너로 인해 내 전사들이 죽을 때마다 항상 너를 증오하였다."

"……."

"그것은, 네가 살아남기 위함이었나?"

"......."

진파는 대답 없이 운영을 더 힘껏 끌어안았다.

"그것만이, 네가 택할 수 있는 방법이었나?"

진파는 침묵으로 일관했다. 아라아탄의 표정이 일그러졌다. 일렁이는 그 눈빛을 똑바로 맞받아치던 진파의 표정이 순간 허물어졌다.

"이해하려 들지 마라, 아라아탄."

"무어?"

진파의 두 눈에 언뜻 무언가가 스친다.

동정일까, 체념일까.

알 수 없는 일이다.

"내 누이는 너를 이해하여 연민하고, 너를 연민하여 은애하게 되었겠지."

진파가 희미하게 웃었다.

"나를 이해하게 되면, 너 또한 그리되지 말란 법이 있느냐?"

그의 발이 뒤로 향했다. 운영을 품에 안은 채였다.

"......함께 불태워 다오."

아라아탄이 저도 모르게 손을 내뻗었다. 그의 손에는 그 무엇도 잡히지 않았다. 진파의 마지막 말조차 바람처럼 흩어졌다. 이어서 둔탁한 소리가 들려왔다.

"아......."

낮게 탄식한 아라아탄이 고개를 돌렸다. 그의 옆에 서 있던 이파가 두 눈을 크게 뜬 채 얼어붙어 있었다.

"이파."

"끝…… 났소?"

이파가 멍하니 중얼거렸다. 그녀의 두 눈에 투명한 것이 빼곡히 차올랐다.

"정녕 끝이오?"

울음을 삼키는 그녀를 아라아탄이 당겨 안았다.

계승전이 끝났다. 계승전은 길고 길었다. 영원히 끝나지 않을 듯, 그렇게 길었다.

그런데도 끝은 이토록 허무하고, 적막하구나.

두 사람은 한참이나 서로에게 그저 안겨 있었다.

벨트렉족 중 반수 이상이 동왕부 국경으로 오는 대신 곧장 황도를 향해 갔음은 그 이후에야 알려졌다. 그들은 공주의 지원군으로 입성하여 황궁을 둘러쌌다고 한다.

15장

내게 묻습니다

황자와 황자비의 주검은 국법에 따라 화장되었다. 아라아탄은 무심한 눈빛으로 타오르는 불길을 바라보았다.

"예를 차려 보내주어 못마땅하오?"

이파가 조심스럽게 물었다. 아라아탄이 희미하게 웃었다. 그것은 체념처럼 보였다.

"아니."

이파는 체츠와 다르길을 떠올렸다. 그들이 죽은 날, 절망하던 아라아탄도 떠올렸다. 곁에 있는 누군가의 체온을 간절히 갈망하던, 어리고 상처 입은 초원의 왕이 눈앞에 아른거린다.

"지금은 안쓰러울 뿐이지."

"……."

"이해하지 말걸."

아라아탄이 나직이 중얼거리며 쓸쓸히 웃었다.

이해하여 연민하고, 연민하여 사랑하게 되지 말란 법이 있냐고 묻던 진파의 목소리가 심장을 찌르고 들어온다.

증오의 칼날을 겨누었던 서왕도 죽었고, 황자도 죽었다. 그들이 제 눈앞에 있기만 한다면 사지육신 멀쩡하게는 돌려보내지 않겠다 생각했었는데, 그 격한 분노가 휩쓸고 지나간 마음에 이젠 허무만 남았다.

결국 승리했으나 너무 많이 잃었다. 잃을 것을 각오하고 걸어온 길이라고 해서 상실이 아프지 않은 것은 아니었다. 매양 각오를 다지고 결심을 바로 세워도 벗의 죽음에 울고, 적의 죽음에 공허해진다. 매 싸움마다 반복해온 그 서글픔이 아라아탄을 힘겹게 했다.

"이파, 누구나 살아가고 싶어 해. 아무도 죽음을 바라지 않아. 살고자 하는 것뿐이야. 그것은 나쁘지 않아. 그런데 왜 서로를 죽여야 해? 죽이는 것 외에 다른 방법은 없어? 나는, 야만족의 왕이야. 우린 짓밟고 죽이고 빼앗는 것밖에 몰라. 그댄, 고예의 황제가 될 거잖아. 그대들은 야만족이 아니잖아. 이 대륙엔, 문명의 제국이라 칭해지는 이 땅엔, 야만 그 이상의 것이 있어야 하잖아. 강한 자는 먹고 약한 자는 먹히는 것, 그것보다 더 높은 무언가 말이야."

"아라아탄……."

"속으면 당하고 지면 잃어. 나는 속는 것도 지는 것도 싫어. 당하는 것도 잃는 것도 싫어. 하지만 속여서 혼자 이기는 것 또한, 사실은 좋아하지 않아. 그것들 외에 다른 길이 있다면 나는 기꺼이 그 길을 택할 거야."

"……."

"그도, 그랬을까?"

이파는 말없이 아라아탄을 바라보았다. 오랜 시간 그를 짓눌러 온 것들이 보인다. 죽이고 빼앗지 않으면 살아남을 수 없는 그 땅에서, 죽이고 빼앗는 것 외의 다른 것을 바라온 그의 마음이 손에 잡힐 듯하다.

"그런 세상, 내가 만들어주겠소."

"그대가?"

"약조하오."

"참으로?"

"참으로."

그가 바라는 세상이 그녀가 바라는 세상이었고, 샥귀를 비롯해서 죽어간 모든 이들이 바라는 세상이었다. 이파는 그 내일을 열어주고 싶었다. 시작은 피로 흥건하였을지라도, 누군가는 첫 단추를 이미 잘못 끼웠다 말할지라도, 그래도 그 끝은 올바를 수 있음을 증명하고 싶었다.

"나는 아무도 잃고 싶지 않아, 이파. 모두가 바람처럼 나를 스쳐가. 혼자 남겨지는 쓸쓸함은, 이젠 싫어."

이파가 그를 뒤에서 꽉 끌어안았다. 강하지만 나약한, 차갑지만 다정한, 그래서 빠져들고 만 이의 등에 귀를 대고서 심장 뛰는 소리를 들었다.

피 묻은 손이 다정할 수 있고, 눈물 없는 울음이 있을 수도 있다. 대초원의 야만족도 결국 사람이라는 것을 그를 만난 후에야 이파는 알았다. 전쟁에 의해 죽어가는 이들 또한 사람일 뿐이라는 것을, 이파는 그들의 죽음을 제 눈으로 본 지금에야 알았다.

"벨트렉족 반수 이상이 황성으로 갔다고 들었소. 그건 어째서요?"

이파가 슬쩍 물었다.

"나는 아무도 믿지 않아, 이파."

"내가 그댈 은애하는데도?"

"그것과는 무관해."

"……."

"믿음 없고 계산적인 내게 실망했어?"

"아니오."

이파가 고개를 저었다.

"그댄, 그들의 행선지를 정하던 때에도 오직 초원의 왕이었던 것이지."

이파를 도와 남쪽으로 내려오면서도 아라아탄은 항상 생각했던 것이다. 만에 하나 있을 배신의 가능성을.

그녀의 뜻이 아니더라도, 그녀의 수하 중에서 제멋대로 행동하는 자가 나올 수도 있다. 아라아탄은 혹시 자신이 그 배신자들에게 당하더라도 벨트렉족만은 살아남기를 원했고, 자신이 없어도 분란의 불씨가 능히 퍼지도록 벨트렉족 전사들에게 남하를 명했다. 황도를 포위한 것은 최악을 대비한 까닭이다.

최악의 경우, 벨트렉족은 황궁을 장악하고 고예의 지배질서를 무너뜨린 후 남왕부로 향했을 것이다. 그리고는 혼란으로 가득 찬 그 땅을 약탈하며 살아남았을 것이다.

"항상 왕다운 그댈 존경하오."

이파가 아라아탄을 더 힘껏 부여안고는 살짝 웃었다. 언제나 자신보다는 자신의 백성을 생각하는 이자를 닮고 싶다. 황제가 된다면, 그를 닮은 황제가 되고 싶다.

"진심이야?"

아라아탄은 조금 어이없다는 듯 웃었다.

"내가 낭군을 아주 잘 고른 듯하오."

"취향이 참 고상하네."

"그러게 말이오."

이파가 맞장구를 치며 아라아탄의 등에서 얼굴을 뗐다. 뒤돌아선 아라아탄이 한 손으로 그녀의 뺨을 감쌌다. 엄지로 그녀의 턱을 잡고서 입술이 살짝 벌어지자 입 맞추었다.

그녀는 그를 떠나지 않는다. 그녀는 그에게 그 무엇도 요구하지 않는다. 그가 하는 선택들을 결코 나무라지도 않는다. 공허한 마음이 채워진다. 차가운 손끝이 따뜻해진다. 아무 계산 없이, 그녀의 곁에 있고 싶어진다.

부디 그래도 되기를.

제발, 허락되기를.

죽은 이들을 피안으로 안내하는 불길은 오래도록 타올랐다.

＊　　＊　　＊

쫓겨나듯 떠났던 공주는 승자가 되어 돌아왔다.

싸륵싸륵. 눈이 날린다.

흩날리는 눈발 너머, 이파는 고예의 황도를 보았다. 단단한 화강암을 쌓아 올린 성곽이 그녀를 기다리고 있었다. 굳게 닫혔던 아가리가 열리며 그녀를 받아들일 준비를 한다. 장엄한 풍악 소리가 멀리에서부터 들려왔다.

환영 행렬의 가장 앞, 황후가 서 있었다.

승자의 군대는 느리고 거만하게 황도를 향해 다가섰다. 이파는 황후에게서 멀찍이 떨어진 곳에 말을 멈추고서 땅으로 훌쩍 뛰어내렸다. 천천히 다가오는 그녀를 황후는 말끄러미 응시하기만 했다.

"승리했습니다, 어머니."

"알고 있어, 공주."

이파가 말하자 황후가 산뜻하게 대답했다. 황후가 머리에 쓰고 있던 금관을 벗어 공주에게 씌워주었다. 함성이 우레처럼 울려 퍼졌다. 찬 공기가 단숨에 진동하는 듯했다.

"황제 폐하 만세, 만세, 만만세!"

"황제 폐하 만세, 만세, 만만세!"

이파는 아직 자신의 승리가 실감나지 않았다. 황제라는 부름이 지극히 이질적으로 다가왔다. 나라에 흥성은커녕 분열만 초래한 저를, 이들은 진정 황제로 환영하는 것일까?

"황제 폐하 만세, 만세, 만만세!"

만세, 만세, 만만세. 만세, 만세, 만만세…….

산호만세는 끝없이 울려 퍼졌다.

"내일 날이 밝는 대로 즉위식을 거행할 거야."

황후는 그렇게 말하고는 '황상'이라고 작게 덧붙였다.

이파는 잠시 뒤돌아보았다. 성곽 저 멀리, 늑대의 기를 휘날리며 진을 치고 있는 벨트렉족이 보인다.

정말로 다 끝난 것일까? 언제나 거친 초원을 유랑하며 살아온 저들에게 이제는 정주할 땅을 줄 수 있게 된 것일까? 일족을 연명시키기 위해 한시도 편히 쉰 적 없는 아라아탄에게 전부 다 괜찮아졌다고 말해도 되는 것일까?

사뿐사뿐 앞장서는, 이제 곧 태후가 될 황후를 쳐다보며 이파는 미간을 찡그렸다.

"가자, 이파."

그녀의 곁에 선 아라아탄이 작게 속살거렸다. 이파가 고개를 주억거렸다. 살짝 웃는 아라아탄의 푸른 눈동자에 다감한 빛이 깃들어 있다. 그토록 보고 싶었던 따스한 눈웃음이다.

하지만 이파는 무언가 불안했다. 몇 달 내내 긴장을 풀지 못하고 살아온 까닭인지, 다 끝났음에도 끝난 것 같지가 않았다.

'지쳐서 그런가?'

즉위식만 끝나면, 단 며칠이라도 쉬어야겠다.

그저 그 정도로만 생각했다.

❖　　❖　　❖

황후가 공주를 황후궁으로 불렀다. 아라아탄도, 아라아탄의 전사들도 초대되었다. 승전을 축하하는 성대한 연회가 준비되어 있었다.

"어머니, 연회는 다음에 하면 아니 됩니까?"

"아니 돼, 공주. 승전 축하 연회는 지금 해야 해. 다음에 하면 그것은 이미 승전을 축하하는 게 아니야. 공주의 즉위를 축하하는 것이지."

"어머니, 하지만……."

"공주를 위해 준비한 이 어미의 성의를 무시할 셈이야?"

"……."

이파가 별수 없이 입을 다물자 무희들이 나와 춤을 추었다. 그녀들의 춤은 아름다웠지만, 아라아탄이 추던 것과 같은 숭고함은 없었다.

"예쁜 색이지?"

황후가 투명한 잔을 들어 보였다. 그것은 푸른 유리잔이었다. 황실에도 몇 개 없는 최고급 집기였다.

황후는 푸른 유리잔을 들고서 사뿐사뿐 걸었다. 이파에게로 다가왔다. 이파의 귀를 혼란스럽게 하는 풍악이 사방에서 쉴 새 없이 들려왔다.

"정말 예쁜 색이야."

황후는 유리잔 안에 든 내용물을 쭉 마셨다. 황후 너머로 아라아탄이 보였다. 그는 황후의 행동을 주시하고 있었다. 황후가 고개를 돌리더니 잠시 아라아탄을 바라보았다. 황후가 무어라고 말하는 것 같았다.

「내 목을 가지러 왔지?」

그러나 풍악 소리에 묻혀 무슨 말인지는 알아듣지 못했다.

다음 순간, 아라아탄이 날카롭게 소리쳤다.

「황후를 잡아!」

쨍그랑!

황후의 손에 들린 유리잔이 깨졌다. 황후는 그대로 그것을 휘둘렀다. 화끈거리는 통각이 이파를 덮쳤다. 놀란 눈을 하고서 목을 감싸 쥔 이파가 주춤주춤 물러섰다. 그사이 황후는 이파의 가슴에 깨진 유리잔을 박아 넣었다.

"어머니, 왜……?"

멍하니 묻던 이파의 머릿속에 누군가의 말들이 두서없이 떠올랐다.

"7년 전의 일이야. 누가 죽었는지도 보았어?"

"양동작전이었습니다. ……그들은 고예를 끌어들였습니다."

"나는 그 계집을 존경했어, 이파. 그녀는 내 아버지의 친우였고…… 나는 그녀의 이야기를 듣는 것만으로 그녀를 존경하게 되었지."

"그래야 그녀의 복수가 완전해져."

이파의 두 눈이 아슴아슴 꺼져 갔다. 그녀는 흐려지는 정신을 붙잡으며 황후를 바라보았다. 소란스러운 와중에 황후의 옥음이 선명하게 들려왔다.

「내 목을 가져가, 아라아탄. 네게 전부 줄게.」

벨트렉어였다. 황후는 웃고 있었다.

「이제 다 끝났어. 고예는 망하고, 조는 부흥할 거야. 나는…… 황녀로서 책무를 다했니?」

황후의 입가를 타고 피가 흘러내렸다.

유리잔을 깨기 전, 그녀가 마신 것이 독이었던 것이다. 그 독배를 깨뜨려 하나뿐인 여식의 목숨을 노렸다.

누군가 태의를 불러오라고 윽박질러 댔다.

"황후 폐하! 태의를 불러라! 당장 태의를 불러라!"

"아아악! 고, 공주 전하!"

비명이 자지러졌다. 황후의 눈빛이 꺼져 간다. 그녀의 몸은 발작했고, 이내 잠잠해졌다. 이파의 눈앞도 점점 흐려지고 있었다. 유리잔에 베인 목에서 피가 쏟아졌고, 유리잔이 박힌 가슴은 이제 통각조차 없었다. 독이 담겼던 잔이 박혔다. 독이 퍼지고 있는 것이다.

이파는 느리게 고개를 돌려 아라아탄을 보았다. 창백하게 질린 그가 그녀에게 다가오고 있었다.

진작 물었어야 했다. 누구였냐고. 누가, 에느렐을 죽였느냐고. 조금만 신경 썼다면 충분히 눈치챌 수 있었다. 그런데도 아라아탄

의 가장 아픈 부분 같아서 부러 더 생각하지 않으려 들었다. 어리
석었다.

"내, 어머니였소?"

뒤늦은 물음을 이파가 가까스로 내뱉었다.

아라아탄의 표정이 미묘하게 일그러졌다. 그것만으로도 이파에
겐 충분한 답이 되었다. 이파의 몸이 힘없이 무너졌다.

"이파!"

아라아탄이 그녀에게 달려와 그녀를 끌어안았다. 이파가 힘없
이 눈을 감았다. 그가 원수의 여식을 어떤 마음으로 바라봐 왔을
지 짐작도 되지 않는다.

"이파! 이파! 제발 눈 떠. 응?"

하지만 이 목소리. 슬퍼하는 이 목소리…….

아닌 척하여도 실은 마음 여린 그이지 않은가.

이파는 꺼져 가는 정신을 붙들었다.

'아라아탄…….'

슬퍼 마오. 울지 마오.

나는 아니 가. 그댈 두고 아니 가.

언제나 그대 곁에 있을게.

부디 언젠가, 나를 은애해 줘.

야만의 땅에서 태어나 왕으로 자랐다. 지킬 것은 많은데 지킬
힘은 없어서 매번 잃기만 했다. 일족의 목숨을 제물 삼아 살아남
았다. 부모도 그를 위해 죽었고, 누이도 그를 위해 죽었으며, 모든

전사들이 그를 위해 죽을 준비를 하였다. 무언가 선택하면 누군가 죽었고, 무언가 선택하지 않아도 또 누군가는 죽었다.

그리고 이제는 훗날 제 목숨을 가지러 오라던, 한때 아라아탄이 존경해 마지않았던 여인이 죽었다. 제 하나뿐인 여식을 길동무 삼아 떠나려고 했다.

이젠 잃는 것에도, 미워하는 것에도, 복수하는 것에도 지친 초원의 왕은 축 늘어진 여인의 주검을 보며 막막한 허무를 느꼈다.

이렇게 죽고 죽여서 얻는 것은 무엇이고, 이렇게 다 잃고 또 잃어서 어떻게 살아가야 하는 것일까.

"이파, 이파……. 죽지 않겠다고 했잖아? 내 곁을 살아 버티겠다고 맹세했잖아?"

죽어가는 원수의 여식 앞에서, 아라아탄은 그 어떤 허무감보다 두려운 커다란 상실감을 느꼈다.

"제발 죽지 마. 응?"

죽지 말라고 애원해도 에느렐은 떠났다. 그를 위해 죽을 수 있어 행복하다며 홀로 평안해졌다. 그 누구도 남겨진 그를 염려하지 않았다. 그 맹목적 믿음에 아라아탄은 질식해 가는데, 모두들 그가 무사해 다행이라며 안도했다.

"가지 않겠다고 했잖아! 혼자 버려두지 않겠다고 약조했잖아……."

울음을 삼켰다. 초점 없는 이파의 눈을 애타게 들여다보며 그녀에게 매달렸다.

그녀라면 기대해도 되겠다 싶었다. 어떤 일을 당해도 죽음보다

삶을 궁리할 그녀라면, 그녀와 함께하는 내일을 한두 번 그려봐도
괜찮겠다 싶었다.

하지만 틀렸던 것일까. 또 이렇게 잃는 것일까. 혼자, 남겨지고
마는 것일까.

"이파······."

"폐하!"

태의가 급히 달려왔다.

"비키십시오!"

태의가 거칠게 아라아탄을 밀쳐 냈다. 아라아탄이 겁먹은 얼굴
로 태의를 바라보았다. 태의가 다급히 손을 놀렸다. 차마 더 볼 수
없다는 듯 두 손으로 얼굴을 가린 아라아탄의 몸이 가늘게 떨렸
다.

「당신은 늘 상실할 겁니다.」

오드간의 말이 떠오른다. 저주와도 같은 그 예언이 잊히질 않는
다.

「아무도 당신 곁에 머물지 못할 겁니다. 초원의 모든 것은 당신
을 스쳐 가는 바람. 당신이 소중히 여길수록 더 빠르게 지나갈 겁
니다.」

아무도 남지 않는다. 아무도 남아주지 않는다. 결국은 혼자 남

는다. 소중히 여겨도 떠나가고, 무심히 대해도 떠나간다. 모두가 그를 남겨두고 가버린다. 끝없이 반복되는 남겨짐. 그 고독. 그 허무를 더 견딜 자신 없다.

혹시, 하고 원했을 뿐인데,

"나는, 그대를 위해 죽지 않아. 나는 그대를 이용해서라도 살아남아. 그대를 죽여야 한다면, 그렇게 해서라도 살아남을게. 그대를 잃고 내가 울게 될지라도, 나를 잃고 그대가 울게 하지 않아. 나는 그대의 곁에서 살아서 버텨. 그러니까……."

그 말을 믿고 싶었을 뿐인데.

"혼자 아니 둘게. 맹세하오."

그 맹세를, 아닌 척 믿고 있었는데.

아라아탄이 달달 떨리는 손을 내렸다. 그의 흔들리는 시선이 이파에게 향했다. 내처 혼자 아니 두겠다고, 평생을 살아서 함께해 주겠다고 약조해 온 계집을 바라보았다. 계집은 죽어가고 있었다. 그는 또 지키지 못한 채 혼자만 살아남을 것이다. 내일이 열린다고 해도, 혼자라면, 아무도 없다면, 도대체 왜 살아간단 말인가?

이런 것은 싫다. 더는 싫다. 마음을 주면 떠나가고, 마음을 주면 또 떠나가고. 그를 위한다는 미명하에 제멋대로 죽어버리고. 살아 달라고 애원하는 것도 모른 척하고. 언제나 이렇게 혼자 버려지는 것이 왕의 길이라면, 왕 따위는 더 이상······.

"아라아탄!"

아라아탄이 번뜩 정신을 차렸다. 속절없이 흔들리던 그의 눈동자가 고요해졌다.

"이파."

이파가 흐린 눈으로 그를 바라보고 있었다. 초점이 정확히 맞지는 않았지만, 그를 보고 있는 것만은 분명했다.

"나는 아니 죽어."

"······."

이파가 가는 목소리로 말했다.

"그댈 두고 아니 죽어. 벌써 죽은 사람 보듯 보지 마오."

"······."

아라아탄의 표정이 잔뜩 일그러진다. 이파가 힘겹게 손을 뻗었다. 허공을 더듬는 그녀의 손을 아라아탄이 꽉 붙잡았다. 이파의 작은 손은 차가울 정도로 온기가 없었다.

"그대 곁에, 있을게."

이파의 눈꺼풀이 감긴다. 붙잡고 있던 그녀의 손에서 힘이 빠져나간다.

순간, 머리가 맑아진다. 아라아탄이 그녀의 손을 끌어당겨 그 손등에 입맞춤했다.

"그래. 나를 두고 가지 마. 그댈 믿을게."

딱 한 번만 더, 속는 셈 치고 믿어볼게.

그대의 자리를 지키고 있을 테니, 너무 늦지 않게 돌아와.

한 달이 지났다. 이파의 의식은 돌아오지 않았다. 민란이 들끓었다. 서왕부와 남왕부의 반란을 동시에 제압하기에는 역부족이었다. 서왕부는 '진'이라는 국호를 앞세워 독립을 선언했다. 남왕부엔 각종 소국들이 들고 일어섰다.

「황상께선 깨어나셨나요?」

오드간이 물었다. 아라아탄이 그녀를 노려보았다.

「그녀는 깨어날 거야.」

「……」

「떠나지 않겠다고 내게 맹세했어.」

오드간은 잠시 입을 다물었다. 그녀는 죽어간 이들의 숫자를 헤아려 보았고, 그 죽음을 밑거름 삼아 살아남은 이들의 숫자를 헤아려 보았다. 공주가 죽을 경우와 살아남을 경우, 어느 쪽이 벨트렉족에 더 유리한지도 따져 보았다.

「그녀의 죽음이 두려운 까닭은 그녀를 잃는 것이 두렵기 때문인가요, 그녀에게 약조 받은 것들을 얻지 못할까 봐 두렵기 때문인가요?」

「……」

「나를 미워하나요, 아라아탄?」

아라아탄이 대답 없이 고개를 돌렸다. 오드간은 그것을 긍정으로 읽었다. 그리고 아마, 그것이 맞을 것이다. 아라아탄은 그녀를 미워한다. 그녀가 건넨 수많은 예언의 말들. 그것이 이루어질 때마다 아라아탄은 그녀를 원망 어린 눈빛으로 바라보았다. 상실과 절망. 그 반복된 남겨짐 속에서 어린 왕은 탓할 누군가가 필요했을 것이다. 오드간은 아라아탄의 그 약한 면을 나무라지 않았다.

「이곳은 대초원이 아니랍니다. 그 무엇도 당신의 것을 빼앗아 갈 수 없어요. 무녀의 예언도, 늑대의 가호도 이 땅엔 없습니다.」

아라아탄의 어깨가 떨린다.

그는 무심을 가장하고서 자리에서 일어났다.

「황상께 가시나요?」

「모두를 머무르게 할 땅을 찾아, 오드간. 충분히 넓고, 위협이 없는 곳. 우리의 삶을 영위하면서, 또 다른 삶을 개척할 수 있는 곳. 그런 곳을 찾아내.」

아라아탄은 대답하는 대신 하명을 내렸다.

「분부 받잡지요.」

오드간이 빙긋 웃으며 답했다. 그녀의 대답을 기다리지도 않고 아라아탄은 가버린 뒤였다.

아라아탄은 이파에게 갔다. 한 달이 지났지만, 그곳에 갈 때마다 아라아탄은 이파가 앉아 있는 것 같은 환상을 보았다. 처음 몇 번은 놀라서 태의를 불러오기도 했다. 그때마다 태의는 여전히 혼수상태인 이파를 확인한 후 고개를 절레절레 흔들었다.

"오셨습니까?"

호위가 물었다. 아라아탄은 그를 무시하고서 이파의 곁에 걸터앉았다. 침상 옆에 꽃병이 놓여 있었다. 그녀가 깨어났을 때 시든 꽃을 보지 않도록 아라아탄이 매일 관리했다.

「이파, 아니 깨어날 거야?」

그녀가 앉아 있는 모습을 보고 싶었다. 그 까만 눈동자를 또록 또록 굴리며 바라봐 주었으면 좋겠다. 침상 맡에 걸터앉아 이파의 야윈 뺨을 쓰다듬으며 아라아탄은 애타는 표정을 지었다.

죽은 것도, 산 것도 아닌 상태로 이파는 잠들어 있었다. 그녀는 하루가 다르게 말라갔다. 정신이 없는 이에게 음식을 억지로 먹이는 것엔 한계가 있었다. 조만간 깨어나지 못하면 그녀는 필시 죽을 것이다.

「일어나 줘.」

가지 않겠다고 했잖아.

혼자 두지 않겠다고, 맹세했잖아.

그의 약한 부분을 파고들어, 그녀는 그렇게 맹세해 주었다. 그를 두고 죽지 않겠다고, 그보다 오래 살아내겠다고, 그렇게 약조해주었다. 혼자 남아 겪어온 절망과 상실감을 누구에게도 드러내지 않았는데 그녀는 그것을 꿰뚫어 보았다. 그가 가장 듣고 싶어 했던 말을 기꺼이 해주었다.

밤하늘보다 검은 그녀의 두 눈은 꼭 별처럼 반짝거렸다. 고집스럽게 입술을 비죽이는 그녀도, 무언가 마음에 들지 않는 듯 뺨을 통통하게 부풀리는 그녀도, 지금은 그저 오래된 꿈 같았다.

「나를 은애하잖아. 나를 버려두지 마.」

모두가 그를 왕으로 대할 때 이파만큼은 그러지 않았다. 모두가 그에게 목숨을 내맡길 때 이파만큼은 그에게 목숨을 요구했다. '그댈 위해 죽을게'가 아니라 '나를 위해 죽어줘'였다. 그것이 아라아탄에게 어떤 의미였는지 이파는 모른다. 단 한 번도 말해주지 않았으니까.

그녀 앞에서만 왕일 필요가 없었다. 그녀 곁에서는 모든 것을 책임질 필요가 없었다.

그것은 구원이었다. 안식이었다. 태어나서 처음으로 맛본 홀가분함. 그 모든 것들. 이리 빼앗아갈 것이라면 처음부터 주어서는 안 되는 것이었다.

「약조를 지켜.」

아라아탄이 입술로 이파의 입술을 더듬었다. 푸석한 입술이 혀에 닿았다. 사막처럼 건조해서, 그것이 도저히 보드랍던 이파의 입술이란 사실이 믿기지 않았다.

「내 전부를 줄게.」

이파의 눈이 뜨이질 않는다.

아라아탄은 울음을 참았다. 왕의 눈물은 모두의 절망. 왕의 눈물은 모두의 끝. 그러니 쉽사리 흘려선 아니 된다.

그가 손목의 팔찌를 풀어 이파의 손목에 채워주었다. 팔찌는 너무도 헐렁했다. 이파의 손목은 팔딱이는 핏줄이 보일 듯이 야위어 있었다.

이것이 정말 '귀속'의 팔찌라면 그댈 내게 묶어줄까?

「그댈, 내 곁에 묶을래.」

아라아탄이 이파의 이마를 입술로 눌렀다. 그녀는 살아 있지 않은 양 서늘했다. 그 서늘함이 차가운 송곳이 되어 아라아탄의 심장을 찌를 것 같다.

울컥 답답함이 치민다.

「이파, 제발!」

그녀를 부르며 소리치던 아라아탄의 표정이 일그러졌다. 침상 근처에 놓아둔 꽃병이 팔꿈치에 부딪쳤다. 균형을 잃은 꽃병이 바닥에 떨어졌다. 쨍! 소리를 내며 깨진 꽃병 조각이 사방으로 흩어졌다.

「되는 게 없네.」

짜증스럽게 중얼거린 그가 허리를 숙여 무심코 깨진 조각을 집었다. 손가락이 베였다.

「아.」

흐르는 피를 노려보는 아라아탄의 눈매가 매서워졌다. 소란을 들었는지 밖에서 상궁이 물어온다.

"전하, 무슨 일이시옵니까?"

"꽃병이 깨졌다. 치울 것을 가져와라."

짧게 답하고는 아라아탄이 몸을 일으켰다.

소란스러운 게 이파에게 좋을까, 나쁠까. 나쁘면 어쩌지.

그런 걱정을 하며 이파를 바라보았다. 아라아탄의 표정이 순간 굳는다.

「이파?」

늘 박제된 듯 아무 변화도 없던 이파의 얼굴이 미미하게 일그러져 있었다. 놀란 아라아탄이 그녀를 향해 손을 뻗었다. 이파의 표정이 더 일그러졌다.

처음 있는 반응이었다. 두 눈을 크게 뜬 채 얼어붙었던 아라아탄이 작게 탄식했다. 그의 시선이 다친 손바닥으로 향했다.

「그댄, 정말…….」

설마 하는 생각이었다.

혹시 하는 기대였다.

아라아탄이 바닥에 떨어져 있는 자기 조각을 들고서 꽉 쥐었다. 아릿한 통증이 손바닥 전체로 퍼져 나간다. 깊게 베인 손에서 피가 뚝뚝 떨어졌다.

「나를 미치게 해.」

아라아탄이 피 흘리는 손으로 이파의 얼굴을 감쌌다.

「제발 내게 와줘, 이파. 그댈 은애한다고 말할 기회를 내게 줘.」

굳게 닫힌 그녀의 두 눈을 원망스럽게 바라보았다.

「그대가 오지 않으면, 내가 그대에게 갈 거야.」

바다를 닮은 두 눈에, 바다를 닮은 물이 고인다.

이파는 희뿌연 곳을 오래도록 부유했다. 제 기억과 제 기억이 아닌 것들이 뒤엉켜 어디까지가 그녀의 기억이고, 어디부터가 그녀의 기억이 아닌지 도통 알 수 없었다.

지키지 못한 이들과 그녀로 인해 죽어간 이들의 얼굴이 어지럽게 뒤섞였다. 그 가운데 유리알처럼 투명한 눈동자 한 쌍이 그녀를 가만히 바라보고 있었다. 그녀는 그 눈의 주인을 알고 있었다.

'아라아탄.'

약조하였다. 혼자 두지 않겠다고.

그런데, 얼마나 혼자 두었지?

이파는 생각을 더듬었다. 모르겠다. 감각이 무디다. 그 푸른 눈에 여리게 깃들었던 감정들이 또다시 사라져 간다. 약한 설렘을 품었던 그의 심장이 또다시 단단해진다.

'나는 아니 죽어, 아라아탄!'

나직이 외치면 무뚝뚝하게 치켜 올라갔던 눈매가 희미하게 휘었다.

'그대 곁에 있어줄게.'

단호히 말하면 그 웃음이 조금 더 짙어졌다.

'혼자 아니 돼.'

몇 번이고 약조하자 그가 따뜻한 손으로 잡아주었다.

외로움 많은 사내였다. 무딘 척하였지만, 울지 못한 울음이 그의 가슴 깊이 얼어붙어 있었다. 토해내지 못한 고독과 울분이 그를 갉아먹고 있었다. 왕으로 태어났기에 그 누구에게도 기대지 못한 사내의 무심한 눈동자가 애틋해진다.

이파는 그의 곁에 가고 싶었다. 혼자 있을 그가 잔뜩 염려스러웠다.

불현듯 어디선가 피 냄새가 흘러왔다. 아라아탄의 냄새가 섞여 있었다. 이파의 심장이 불안하게 쿵쾅거렸다.

'아라아탄. 아라아탄. 무슨 일이 있소? 혹 다친 거요?'

이파는 정신없이 그 냄새를 쫓아 달렸다. 앞에 무언가 보였다. 그의 옷자락이 바람에 날리는 모습인 것도 같았다. 이파는 그 옷자락을 꽉 붙잡았다. 이어서 그의 손을 힘껏 붙들었다.

'그대, 다쳤소?'

이파가 소리쳐 물었다.

그 순간 정신이 번쩍 들었다.

모든 것이 느리게 인지되었다. 충혈된 푸른 눈이 보였고, 뺨을 감싸고 있는 손길이 느껴졌다. 그리고 이내 덮쳐 오는 짙은 피 냄새.

"아라아탄?"

얼마 만에 뱉는 목소리인지 탁하기 짝이 없었다.

"이파?"

그가 멍하니 그녀를 부른다.

그의 두 눈에 투명한 것이 차오르는 것을 보며 이파가 조심스럽게 손을 뻗었다.

"그대, 다쳤소?"

"……아니."

"피 냄새가 나오. 정말 괜찮은 거요?"

"응."

"이럴 게 아니라 태의를 불러서……."

몸을 일으키려던 이파는 옆을 보고 깜짝 놀랐다. 그녀가 베고 있던 베개에 붉은 핏자국이 선명했다. 그러고 보니 얼굴에도 뭔가 끈적거리는 것이 묻은 듯했다. 제 뺨을 감싸고 있던 아라아탄의 손을 잡은 이파의 표정이 딱딱하게 굳었다.

"윽."

그의 손바닥을 본 이파의 눈빛이 사나워졌다.

"아라아탄, 이건!"

"그대가 아니 오니까."

화내려는 이파의 말을 아라아탄이 잘라냈다.

"무어?"

"나를 그대 곁에 묶고서, 그대가 아니 오니까."

무뜩 황후에게 공격당한 것이 생각난다.

"내가…… 얼마나 쓰러져 있었는데?"

"한 달."

할 말을 잃은 이파가 입을 벙긋거렸다. 그녀가 뒤늦게 웅얼거렸다.

"지혈…… 지혈부터 해야겠소."

쓸 만한 천이 없나 두리번거리던 이파가 제 손목을 보고 흠칫 굳었다.

"귀속의 팔찌라며? 그댈 내 곁에 묶으면, 떠나지 아니할까 봐."

"……."

"그대가 혹 아니 오면 그냥 내가 그대에게 가볼까 하고."

그의 담담한 목소리가 울음을 품고 있다.

명치끝이 쿡쿡 쑤신다. 이파는 말없이 그의 눈을 응시했다. 아무것도 보이지 않는 그 푸른 눈. 무저갱 같이 깊고, 해변의 바다처럼 얕은 그의 눈동자. 그 눈이 빨갛게 충혈되어 있다. 울음을 참는 눈이다.

이파가 손을 뻗어 그의 눈가를 문질렀다. 그의 표정이 일그러지는 것을 보며 이파가 그의 목에 팔을 둘렀다. 그의 가슴에 이마를 기대고서 속삭였다.

"나는 어디에도 아니 가."

"……."

"그댈 두고 그 어디에도 아니 가."

이마를 든 그녀가 그의 입술을 찾아 움직였다. 입술이 겹쳐졌다. 그녀를 꽉 끌어안는 그의 몸이 가늘게 떨리고 있었다.

"세상 모두가 그댈 두고 떠나도 나는 아니 가오."

입술을 맞댄 채 이파가 작게 속삭였다.

"나를 믿어보오. 손해는 아니 볼 테니."

"……."

아라아탄은 대답 없이 이파의 입술을 살짝 빨았다. 이내 멀어지는 그를 이파가 고요히 응시했다. 그의 엷푸른 눈동자가 재차 이지러진다. 결국 뜨거운 것이 툭툭 떨어진다. 이파는 매양 버려지기만 한 왕의 눈가를 닦아주었다. 따뜻한 촉감이 손끝에 닿는다. 그녀의 바다가 운다. 심장이 저릿하다.

"다신 울게 아니할게. 매일 웃게 해줄게."

이제야 모든 것이 확 실감된다. 깨어났다. 일어났다.

아라아탄의 곁으로, 돌아왔다.

"약조 좀 제대로 지켜. 그래야 믿지."

아라아탄이 투덜댔다.

"내 조금 늦긴 해도, 어쨌든 지키긴 지키잖소?"

"기한을 정해야겠어."

"그리 하시오."

이파가 그를 애틋이 바라보았다. 이파를 가만히 쳐다보던 아라아탄이 졌다는 듯 웃었다. 볼우물이 예쁘게 들어간다.

그가 이파에게 바짝 얼굴을 맞대며 묻는다.

"잘 다녀왔어, 이파?"

"응. 잘 다녀왔소."

"……."

"그대의 곁으로."

이파가 덧붙였다.

원수의 여식이라거나, 적국의 공주라거나 하는 이유로 그가 자신을 미워하지 않는다는 것을 확실히 알겠다. 이 영민하고 다정한 사내가 초원의 왕이라서 다행이었다. 다른 누구도 아닌 그를 은애해서, 정녕 다행이다.

소식을 듣고 달려온 태의는 불같이 화를 냈다.

"아예 손가락을 잘라 버리시지요?"

아라아탄은 심드렁하게 대꾸했다.

"그럴 걸 그랬나?"

"아라아탄 님!"

둘의 승강이를 지켜보던 이파가 태의에게 조심스럽게 물었다.

"지혈이 그리도 아니 되오?"

"폐하께서 걱정하실 것은 따로 있습니다!"

태의는 이파에게도 화를 냈다. 놀란 이파가 딸꾹질을 했다. 그러거나 말거나 태의는 꾸지람을 쏟아냈다.

"도대체, 즉위식을 하기도 전에 독살당할 뻔한 황제가 어디 있단 말입니까?"

꿀 먹은 벙어리인 양 입을 꽉 다물었던 이파가 화제 전환을 시도했다.

"어머니께선 어찌 되시었소?"

"……."

침통한 주제에 태의의 표정이 순식간에 굳었다.

"선황 폐하 곁에 모셔주시었소?"

"폐하……."

태의가 나직한 탄식을 흘렸다. 이파는 잠시 눈을 감았다.

황후가 죽었을 거라고 막연히 생각했지만, 부정하지 않는 태의의 태도에 제 짐작이 맞았음을 확인받았다.

그녀는 제 여식의 목숨마저 앗아가려고 했던 잔인한 어미를 이해했다. 아라아탄이 철저히 초원의 왕이었듯, 그녀는 철저히 조의 황녀였던 것이다.

"남왕부는 어찌 되었소?"

자리에서 일어난 아라아탄이 지도 하나를 가져와 이파의 앞에 펼쳐주었다. 태의의 잔사설로부터 벗어났다는 안도감이 그의 눈빛 속에 희미하게 깔렸다.

"대강은 이래, 이파."

이파는 지도를 들여다보았다. 낯선 경계들이 가득했다. 서왕부가 있던 곳엔 '진(眞)'이라는 글자가, 남왕부엔 온갖 나라 이름이 쓰여 있었다. 이파의 시선이 머문 곳은 동쪽이었다.

조(朝). 역사 속으로 사라졌던 망국의 국호였다.

"이젠 동왕은 무조건적인 그대의 편이 아니야. 그는 그대가 쓰러지고 얼마 지나지 않아 스스로 칭제했어. 물론 최고동맹국의 지위는 유지될 거야. 그들이 위험하면 그대가 원군을 보내. 그대가 위험하면 그들이 원군을 보내. 하지만 한 나라는 아니야."

"……."

"외숙부가 더 이상 완전한 그대 편이 아니란 게 상처야?"

말없는 이파에게 아라아탄이 물었다. 이파는 고개를 저었다.

"이리될지도 모른다고 생각했었소."

"그래?"

이파는 고예가 몇 조각이 났는지 세어보려다 그만두었다.

"다른 동맹과 적대는 어찌 되었소?"

"진은 중립을 선포했어. 먼저 침략하지 않으면 공격해 오지 않을 거야. 당분간은 그들도 체제를 세워야 하니까. 문제는 남왕부 쪽인데, 이쪽은 오합지졸이야. 통제할 수 있는 강대한 세력이 없어."

"그들을 제압할 수 있겠소?"

"당장은 불가능하지, 이파. 그대는 한 달이나 의식이 없었어. 그 정도라면 반역이 열댓 번은 더 일어났었을 거라는 생각은 아니 들어?"

정곡을 찔린 이파가 앓는 소리를 냈다.

"일단은 고예를 안정시키는 데 집중해. 저들은 더 싸우게 내버려 둬. 제압하는 건 그 뒤야."

"알겠소."

정세는 향후 몇 년간 급변을 거듭할 것이다.

"우린 이 부근에 주둔할 거야. 오드간이 제안했어."

아라아탄이 남왕부 위쪽 땅 어딘가를 가리켰다. 그 땅은 황제부 서쪽을 통해서 북쪽의 대초원으로 이어져 있었다. 이파가 미간을 살짝 찡그렸다.

"그곳엔 아무것도 없소, 아라아탄. 몇 해 전 대화재가 나서 전부 타 버렸소. 피할 틈도 없이 덮친 그 화마에 수백이 죽었소."

"나지에 가장 먼저 나는 게 무어라고 생각해, 이파?"

"음, 잡초?"

느닷없는 물음에 이파가 고개를 갸웃거리며 대답했다.

"맞아. 불탄 나지엔 잡초가 가장 먼저 자라지. 천마가 가장 좋아 하는 먹이야. 올겨울 정도는 충분히 먹일 수 있어."

"⋯⋯."

"그래서 이 땅을 원해."

"음."

"나는 고예에 빌붙어 문명을 누리려는 게 아니야. 나는, 우리의 것을 하나하나 세울 거야. 아무것도 없는 이 땅에서."

하나하나.

차근차근.

누구의 힘도 아닌 우리의 힘으로.

아라아탄의 뜻은 강경했다.

"알겠소."

이파가 마지못해 고개를 주억거렸다.

아라아탄이 남왕부 위쪽으로 벨트렉족을 이끌고 간다. 단지 그곳이 빈 땅인 까닭만은 아닐 것이다. 지금은 오합지졸에 불과한 남쪽의 반민들이, 훗날 통합된 하나의 체제를 만들어 밀고 올라올 경우를 대비하기 위함도 있을 것이다. 고예가 그들에게 땅을 주었으니, 스스로 방패가 되어주겠다는 고집일 것이다.

아라아탄답다. 결코 남에게 의지하려고 하지 않는다는 바로 그 점이.

"그대도 참 고집쟁이요."

"뭐라는 거야."

"무어라고 이유를 붙여도, 사실은 대초원까지 이어진 길이 있는 땅이기 때문이 아니오? 살지 못해 떠나온 땅으로 돌아가는 길을 남겨두는 건 대체 무슨 심보요?"

아라아탄이 희미하게 웃었다.

"이파, 우리는 초원의 사람이야. 살기 위해 초원을 떠났다 해도 초원을 버린 건 아니야. 언젠가 돌아가겠지. 그곳이 고향인걸. 우리에게서 모든 것을 빼앗아가도, 그 모든 것 또한 초원이 준 거야. 주었던 것을 다시 가져간다고 해서 원망하면 안 돼."

아라아탄의 말을 가만히 듣고 있던 이파가 작게 콜록거렸다. 태의가 기겁을 했다.

"이만하면 됐으니 그만 누우십시오!"

태의가 성화를 부렸다. 이파가 난처한 표정을 했다.

"아직 괜찮다."

"괜찮다니요? 옥체가 많이 쇠약해지신 상태입니다, 폐하! 절대 무리하시면 아니 됩니다!"

이파가 반강제로 침상에 누웠다.

"아라아탄 님도 이만 나가십시오. 폐하께선 쉬셔야 합니다."

태의가 아라아탄의 등을 떠밀었다. 마지못해 일어난 아라아탄이 이파의 이마를 둥글게 문지른 후 톡 건드렸다.

"그럼 쉬어, 이파."

태의와 함께 나가는 그의 모습을 이파가 말없이 바라보았다.

두근. 심장이 가슴을 때린다.

"그댈 내 곁에 묶으면, 떠나지 아니할까 봐."

어머니가 그에게 무슨 짓을 했든 상관없다. 고예가 그에게 무엇을 빼앗아 왔든 상관없다. 언제까지나 그의 곁에 있겠다.

그를 은애하니까.

16장

바람, 이를 때면

약탈하지 말 것.

새로운 강령에 따라 벨트렉족은 얌전히 고예에 박혀 있었다. 그들은 민란이 있으면 달려가 해결해 주고는 포상으로 식량을 받아 왔다.

고예의 겨울은 대초원보다 짧고 따뜻하니, 그럭저럭 버틸 만할 것이다.

하지만. 그렇지만.

「아라아탄 님, 천마는 적을 무찌르고 사냥하는 것들입니다. 이런 이상한 것을……」

그게 정말 옳은 것일까?

용맹한 벨트렉족 전사들은 자신들의 천마 뒤에 매달려 덜걱덜

적 따라오는 것을 연신 힐끔거렸다. 아라아탄은 그들의 가장 앞에 서서 냉정하게 말했다.

「겨울 동안 수로를 파야 해. 봄이 오면 씨앗을 뿌리고, 가을이 오면 거둘 거야.」

「그것은 고예인들이나 하는 짓입니다, 아라아탄 님.」

「그리고 지금 우린 고예에 있지.」

천마는 전투용 짐승이지, 농업용 짐승은 결코 아니다. 재빠르게 달리고 싶어 안달하는 그들을 어르고 달래 마경을 하는 왕의 모습은 벨트렉족 전사들에게 충격 그 자체였다. 그들이 우러러 모셔온 신성함이 가면을 벗고 실체를 보여주는 것이었다.

「하오나 주군, 천마는 달리는 짐승이지, 땅 가는 짐승이 아니지 않습니까?」

「우린 소가 없잖아. 이가 없으면 잇몸으로. 고예의 격언이야.」

「이상한 격언 배워오지 마십시오! 주군, 우리는 살려고 내려온 것이지, 농경민이 되려고 내려온 게 아니지 않습니까?」

「그래, 우린 유목민이야. 우리는 말을 키우고 양을 치지. 하지만 이곳은 대초원이 아니야. 우리의 가축들을 먹여 살릴 잡초가 없다고. 사냥터도 불충분해. 그렇다고 고예인을 약탈할 거야?」

「예! 약탈하면 되지 않습니까?」

누군가가 소리쳤다. 그 입 닥치라고 할까, 잠시 고민하던 아라아탄이 한숨을 내쉬었다.

「약탈하면 이파가 싫어해.」

「예?」

「내 비가 싫어한다고. 너희의 왕비께서, 무척 싫어한다고.」

이파가 싫어한다고 아라아탄은 몇 번이나 더 강조했다. 전사들은 끙 앓으며 입을 다물었다.

「우리는 계속 사냥하고, 가축을 기를 거야. 하지만 머물러 사는 법도 배워야 해. 그래야 살아남을 수 있어. 우린 살아남기 위해 이곳에 왔잖아. 고예인과 어울려 사는 법을 익혀야만 해.」

「하지만…….」

「수로를 파고 땅을 갈자. 농사를 짓자. 고예의 계집은 사냥 잘하는 전사보다 농사 잘 짓는 농부를 좋아한대.」

함께 천마를 끌고 있던 한 전사가 괴상한 비명을 질렀다.

「엑, 그것이 참입니까?」

「내가 허언이나 하는 왕으로 보여?」

전사가 입을 딱 벌렸다. 아라아탄이 슬쩍 그를 곁눈질했다. 눈동자를 또록또록 굴리는 것을 보니, 민란을 제압하러 갔다가 고예인 계집과 눈 맞은 것이 분명하다.

「엄청. 어엄청 좋아한대.」

아라아탄이 부러 더 과장해서 말했다. 전사가 입술을 꾹 깨문다. 그의 눈썹이 꿈틀거린다. 아라아탄이 소리 없이 웃고는 표정을 갈무리했다. 다시 무심한 왕으로 돌아간 그는 천천히 땅을 갈았다. 고예의 겨울은 따뜻했고, 땅은 얼어붙었다가도 한낮이면 녹았다. 녹은 땅을 가는 것은 쉬웠고, 불타서 황량해졌던 나지에 점점 일정한 선이 생겼다.

살아온 방식을 바꾸는 것은 쉽지 않다. 하지만 살아남아야 한다면 못 바꿀 것도 없다. 좋아하는 이의 마음을 얻기 위해서라면, 정녕 못 할 것도 없다. 유목민의 긍지를 버리자는 것이 아니다. 그저 살아남자는 것이다.

「우리는 살아남아. 그렇지?」

「……예, 주군.」

전사들이 마지못해 대답했다. 아라아탄이 활짝 웃었다.

자신들의 주군이 저렇게나 기뻐하는데, 못 할 것도 없겠지. 전사들은 못 이기는 척 천마에 쟁기를 달았다. 그들의 논이 되고 밭이 될 황무지를 갈았다. 어떤 이들은 목공의 도움을 받아 가옥을 지었다. 그들은 차근차근 주어진 땅을 살 곳으로 만들어 나갔다.

아라아탄이 웃는 날이 늘었다. 황궁에 돌아오지 않는 날도 늘었다. 벌써 이레째 깜깜무소식인 그를 찾아 이파는 벨트렉족 거주지로 향했다.

언제고 복구해야 할 곳이었다. 벨트렉족은 부역을 제공하고, 고예는 경비와 기술을 제공한다. 둘 다 이득인 일이었다. 말릴 이유도, 명분도 없었다. 하지만 굳이 아라아탄이 그곳에 머물러야 하는 까닭은 모르겠다.

"아라아탄."

농부들을 격려하기 위해 고예 황실에선 매년 친경을 한다. 하지만 그것은 일종의 행사였고, 황실의 자비를 보여주는 것에 불과했다. 아라아탄처럼 두 팔을 걷어붙이고, 매일 손수 밭을 가는 것은 결코 아니었다. 이파는 흙 묻은 손을 흔들며 말갛게 웃는 자신의 부군을 뚱하니 바라보았다. 한숨이 절로 나온다.

"이파, 왔어?"

"그대가 아니 오니 내가 올 수밖에."

퉁명스레 말하고는 이파가 손을 들었다. 아라아탄이 자연스럽게 얼굴을 댔다. 픽, 이파가 웃었다. 그의 뺨에 묻은 흙을 닦아주고는 눈썹을 까닥였다. 그를 보니 입맞춤하고 싶어진다. 사람들이 있으니 한 번 참아본다. 체통을 지켜야 하니까.

"왜?"

"그대가 직접 일을 할 필요는 없잖소."

"내가 아니 하면 전사들도 아니 해."

그의 담담한 말에 이파는 잠시 입을 다물었다. 그렇다. 벨트렉 족은 긍지 높은 유목민이다. 그들은 사냥감을 사냥하지, 곡식을 기르지 않는다. 늘 바람처럼 떠돌며 사는 그들은 한곳에 머물러 살아야 하는 현실에 필시 거부감을 느낄 것이다. 머물러 사는 것은 물론, 사냥이 아니라 농사를 짓고, 약탈이 아니라 매매를 하는 것은 그들의 본성이 아니었다. 그럼에도 참는 것은 아라아탄이 그 낯선 길을 앞장서 걷고 있는 까닭일 것이다.

"머리 좀 숙여보오."

"왜?"

"머리에도 흙 묻었소."

"머리에도?"

아라아탄이 얌전히 머리를 숙였다. 둥글게 말린 그의 머리에 묻은 흙을 툭툭 털어줬다. 아라아탄이 눈매를 말며 웃었다. 왜인지 뒤에서 웅성거리는 소리가 들렸다. 이파를 배종해 온 궁녀들이 속닥거리고 있었다. 그 속닥거림이 괜히 불쾌해서 이파가 뺨을 부풀렸다.

"아라아탄."

"응?"

"내 아니 물을까 했는데."

"묻고 싶은 게 있으면 그냥 물어."

대답이 어쩜 이리도 상큼하실까. 이파는 눈을 게슴츠레 뜨고서 그를 쳐다보았다.

"왜?"

"그대 혹시."

"혹시?"

이파가 큰마음 먹고 심호흡했다. 아라아탄이 그녀를 지그시 응시한다.

"내 잠들어 있는 동안 혹 내 궁녀들에게 아니 금욕적으로 굴었소?"

"무슨 뜻이야?"

"그러니까, 그…….."

아라아탄이 미간을 찌푸린다. 이파가 더듬더듬 입을 열었다가 닫는 것을 보는 그의 표정이 서서히 일그러진다.

"이파. 늑대의 암수는 각 한 마리씩 한 쌍이야."

그는 꼭 이파를 저질 보듯 했다.

"그것은 약조고, 맹세야."

그는 이런 것을 설명하는 것조차 불쾌해 보였다.

"나는 맹세코, 맹세코 다른 계집을 탐한 적이 없어."

그가 이파의 어깨를 꽉 움켜쥐고는 강한 어조로 말했다. 이파는 그의 푸른 눈을 가만히 들여다보았다. 억울함이 뚝뚝 묻어나온다. 거짓말은 아닌 듯하다.

"그런데 내 궁녀들이 왜 그대만 보면 저리 숙덕대오? 미묘하게 들뜬 분위기 아니오?"

"아아, 모르겠어? 그 이유를?"

그가 살살 눈웃음친다. 그 쉬운 걸 모르겠느냐는 듯 아라아탄이 입매를 틀어 올린다. 뻐기듯 내려다보는 그를 응시하던 이파의 뺨이 붉어졌다.

새삼 그의 이목구비가 각인된다. 아름다운 푸른 눈. 날카로운 눈매, 반듯한 코, 꼭 다물린 입술. 세상의 모든 아름다움을 쏟아 만든 듯, 그는 그렇게 아름답다. 길들여지지 않는 듯한 저 날카로운 눈매도, 고집스러운 듯 장난스러운 듯 모호한 저 입매도, 전부.

"흠흠."

이파가 헛기침을 하며 황급히 시선을 돌렸다. 뺨이 화끈거린다. 아라아탄이 작게 웃으며 그녀의 목에 얼굴을 묻었다.

"아, 아라아탄!"

기함을 한 이파는 아랑곳하지 않고 그가 그녀의 목을 길게 빨았다. 어쩔 줄 몰라 하는 이파를 강하게 끌어안고는, 이어서 그녀의 입술을 삼켰다. 이파의 얼굴이 곤혹감으로 새빨갛게 달아올랐다.

"미쳤소? 이 무슨 짓이오?"

"내가 미친 것 같아?"

"그건 아니오만."

"이파, 수로가 완성되었어. 보여줄까?"

화제를 돌리며 아라아탄이 활짝 웃었다. 그 웃음이 보기 좋아서 이파가 한숨을 삼키며 고개를 주억거렸다. 그녀는 그렇게 매번 아라아탄에게 말려들고 만다. 그런데 어째 등 뒤에서 들려오는 소란스러움이 더 커진 것 같다.

"아라아탄."

"왜."

"요즘 자주 웃는 것 같소. 좀 자제하시오."

"흐음."

"그, 있잖소. 그대가 잘하는 거. 다 상관없다는 듯, 아무 표정도 아니 짓는 거."

"그래야 해? 언젠 매일 웃게 해주겠다며?"

"내 그런 말을 하긴 했지만……."

"그런데 이제 와서 딴소리야?"

아라아탄이 이파의 손을 잡으며 웃는다. 그가 웃으면 이파는 도저히 그를 이길 수 없게 된다. 그에게 잡힌 손을 꼼지락거리며 이파가 불퉁한 표정을 지었다.

궁녀들이 그를 보는 게 싫다. 그가 그녀의 시야 밖으로 벗어나는 게 싫다. 그는 그녀의 것인데. 그의 곁은 오직 그녀의 것인데. 그런데도 어쩔 수 없는 것일까.

"이파, 내일을 생각하는 게 두려운 마음을 알아?"

"……."

"눈을 뜨면 또 몇이나 죽었을까. 눈을 뜬 후, 또 몇이나 죽게 될까. 우리에게 내일이 있을까. 모두와 함께 내일을 맞이할 수 있을까……. 그저 내일을 떠올리는 것만으로 막막해지는 그 기분을 알아?"

이파가 살짝 고개를 저었다. 그녀는 그렇게나 막막한 내일을 떠올릴 수 없었다. 그녀의 내일은 언제나 자연스럽게, 오지 말라고 해도 기어이 오는 시간이었다.

"매일 먹는 것을 걱정해. 매일 얼어 죽는 것을 걱정해. 당장 닥친 오늘이 너무 무거운 거야. 내일을 기다릴 여유가 없었지."

"……."

"나는 지금 내일을 생각해. 모두 함께 맞을 수 있을 거라고 생각해. 그렇게 생각하면 기뻐서 웃고 싶어져."

이파는 대초원을 생각했다. 벨트렉족을 낳았지만 품어주진 않은, 그럼에도 언젠가 돌아갈 것이라고 말하는 북쪽의 땅을 떠올렸다. 그곳엔 매해 혹독해지는 겨울을 맞으며, 더욱 막막해진 내일을 간절히 바라며 떨고 있는 어린 왕이 있었다. 한 점 빛이 보이지 않는데, 모두가 그 어린 왕을 빛으로 여겼다. 그의 앞에도 길은 없는데, 그가 가는 곳이 길이라고 따라오는 수십만의 백성이 있었다. 그는 기댈 곳도 없이 그저 마음에 품은 막막함을 감추며 그 넓은 초원에 태연한 척 서 있었을 것이다.

이파는 그가 느꼈을 무게를 가늠해 보려고 애썼다. 내일을 그리고, 내년을 생각할 수 있게 된 그가 지금 어떤 마음일지 상상해 보려고 노력했다. 물론 잘 되지 않았다. 하지만 아라아탄이 무척 기뻐하고 있다는 것쯤은 알 수 있었다.

"그런데도 웃지 않길 바라?"

"아니, 아니오. 아라아탄. 나는 그대가 웃는 게 좋소. 이건 치졸한 욕심이오. 그대의 웃는 얼굴은 나만 봤으면 좋겠고, 나에게만 보여줬으면 좋겠고. 뭐, 그런 옹졸한 이기심 말이오."

이파가 솔직하게 말하고는 그의 손을 꽉 잡았다. 아라아탄이 가볍게 웃고는 그녀의 이마에 입 맞추었다.

아라아탄이 먼저 천마에 올라탔다. 그가 손을 내밀었다. 이파가 그의 손을 잡고 천마에 올라탔다. 벨트렉족 전사들이 재빠르게 달려와 사위를 보좌했다.

천마는 그대로 내달렸다. 모처럼 쟁기를 달지 않고 빠르게 달릴 수 있는 게 기쁜 듯 콧김을 내뿜었다.

어느새 날은 많이 따뜻해져 있었다. 뺨을 치고 지나가는 바람이 그리 차갑지 않았다. 겨울이 지나가고 있다. 아라아탄이 등 뒤에서 이파를 다정히 안았다.

그들은 얼어붙은 강가에 멈추었다. 아라아탄이 천마에서 훌쩍 뛰어내리더니 팔을 활짝 벌렸다. 이파가 그의 품으로 쏙 떨어져 안겼다. 아라아탄이 키득 웃었다. 그의 품에서 고개를 든 이파가 주변을 둘러보았다. 넓게 퍼져 나가는 수로가 보였다.

이파가 문득 그를 불렀다.

"아라아탄."

"응."

"예전에 고예의 학자들을 잡아 말과 글을 배웠다 했지."

"그랬지."

"염탐만을 위한 것이었다면 그대가 배울 필요는 없지 않았소?"

"으음."

그는 '직접' 배웠다.

이파는 겨우내 그가 매달린 것을 눈앞에 두고서야 그 의미를 깨달았다.

"책을 읽으려고 했던 거요?"

아라아탄이 희미하게 웃었다.

"그래, 이파. 농서는 정말 굉장해. 모든 정보가 담겨 있어. 농기구를 만들고, 수로를 파고, 농사를 짓는 모든 법이 그 안에 있어."

그대가 더 대단해, 라고 이파는 작게 중얼거렸다.

"뭐라고, 이파?"

내일이 보이지 않아 막막했다면서 그는 끝없이 내일을 바랐다. 새로운 땅을 얻는 데에 그치지 않고, 그는 그 땅에서 살아갈 방법을 궁리했다. 그러는 동안 그는 혼자서 얼마나 많은 절망을 반복했을까.

그의 바람이 이곳에 있다. 그가 꿈꿔온 내일에 그는 거의 이르렀다.

"그댈 은애한다고."

"아아?"

"그댈 연모한다고."

"……."

"그댈 존경해."

아라아탄이 이파의 턱을 들어 올렸다. 그는 대답 대신 그녀의 입술에 제 것을 포갰다. 달큼하고 말랑거리는 것이 이파의 입술을 열고 안으로 들어온다. 이파는 숨을 멈추고서 그의 등에 팔을 둘렀다.

긴 입맞춤이 이어졌다. 못 볼 것을 보았다는 듯이 벨트렉족 전사들이 고개를 돌렸다.

해가 지며 노을이 졌다. 선홍색 노을이 서쪽 하늘에서부터 불타듯 번져 왔다.

아라아탄이 입술을 살짝 떼고는 나직이 중얼거렸다.

「나도.」

"무어라고?"

알아듣지 못한 이파가 미간을 찡그렸다.

"알고 있다고 했어."

"으음."

이파의 눈매가 게슴츠레해진다. 아라아탄이 그녀와 이마를 맞댄 채 속살거린다. 꼭 바람이 속삭이듯이.

「이파, 그댈 은애해. 그댈 연모해. 그댈 내 곁에 묶을래. 그댈 놓아주지 않을래. 그러니까 그대는 내 곁에서 살아서 버텨.」

"대체 무어라는 거요?"

뾰로통하게 묻는 이파를 보며 아라아탄이 장난스럽게 웃었다.

"궁금해?"

"당연히 궁금하오."

"그대 흉 좀 봤어."

"아라아탄!"

"분하면 배워봐."

"치사하오."

"나는 계산적인 왕이거든. 돌아가자, 이파. 어두워지겠다."

아라아탄이 다시 천마에 올라탔다. 이파는 그를 한 번 흘겨보고는 손을 내밀었다. 아라아탄이 그녀의 손을 잡아주었다. 힘겹게 안장에 올라앉은 이파가 고개를 뒤로 빠르게 움직였다. 그녀의 뒤통수가 아라아탄의 가슴에 콩 박았다.

"윽."

이파의 소심한 복수였다.

"날 죽이려는 거야?"

"설마. 난 과부 될 생각 없소."

이파는 부러 시큰둥하게 대꾸하고는 아라아탄이 한 말을 계속 곱씹어보았다. 다는 못 외웠지만 앞에 몇 마디 정도는 외웠다. 우넨치를 만나 물어보면 된다.

그들은 황궁의 궁인들이 기다리고 있는 곳으로 향했다. 그곳에 사람들이 잔뜩 모여 있었다. 왜인지 소란스러웠다. 이파는 자신을 둘러 안고 있는 아라아탄의 팔이 딱딱하게 굳는 것을 느꼈다. 혹시 사고라도 난 것인가 싶어 이파도 절로 긴장되었다. 마른 입술을 깨물며 이파는 모여 있는 이들을 보았다. 그들은 누군가를 부둥켜안고 있었다.

아라아탄의 손에서 힘이 빠졌다.

"아라아탄!"

그가 이파를 천마 위에 남겨두고 혼자 훌쩍 뛰어내렸다. 당황한 이파가 그를 불렀지만 아라아탄은 그대로 달려갔다. 그를 알아본 전사들이 재빠르게 길을 터주었다.

그 중심에 있는 얼굴들을 이파도 알고 있었다.

"바드란고? 자우하?"

막연히 죽었을 것이라 생각했던 두 전사가 돌아왔다.

「아라아탄 님.」

「주군.」

아라아탄이 그들을 끌어안았다. 한참 후, 그가 묻는다.

「잘 다녀왔어?」

끙끙대며 천마에서 내린 이파가 그들에게 다가갔다. 벨트렉족은 서로를 얼싸안고서 이파는 알아듣지 못할 말로 소리 질러댔다. 벨트렉어를 모르는 게 이파는 오늘따라 엄청 아쉬웠다. 벨트렉어에 능통한 자를 뽑아 교습이라도 받아야 할까. 고예어와 벨트렉어에 아라아탄만큼 능통한 자는 여태 보지 못했지만, 그는 일이 바쁘니 논외로 해야겠지. 게다가 저 못된 성격상 제대로 가르쳐 줄 것 같지도 않다. 엉뚱한 말을 같은 뜻이라고 알려줄 가능성도 농후하다.

벨트렉족의 포옹은 한참 후에나 끝났다. 겨우 동료들에게서 풀려난 바드란고와 자우하가 이파를 바라보았다. 이파는 무슨 말을 꺼내야 하나 잠시 고민했다. 두 사람이 동시에 땅에 엎드렸다. 숭고한 누군가를 대하듯, 땅에 이마를 붙인다.

벨트렉족에게 새 땅을 준 것에 대해 감사하는 것임을 이파는 알았다.

잠시 후, 바드란고와 자우하가 일어났다. 자우하가 물끄러미 이파를 바라보았다. 이파는 그 시선에 왜인지 난처해졌다.

「그런데, 아라아탄 님.」

자우하가 이파에게서 눈을 떼고 아라아탄을 바라보았다.

「말해.」

「공주…… 아니, 폐하의 체형이 조금 변하신 것 같습니다.」

「체형이 변했어? 살이 쪘나?」

「아닙니다. 살이 찐 것과는 조금 다른데…….」

아라아탄과 자우하가 속닥거렸다.

"대체 무슨 말들을 나누는 것이오?"

이파는 저만 빼놓고 이야기하는 그들을 뾰루퉁하게 노려보았다. 진짜 더럽고 치사해서 벨트렉어를 배우고 만다. 자우하가 다시 이파를 힐끔거렸다.

그 눈빛이 미묘하다. 속닥거리는 음성들도, 왠지 은밀하다.

「회임을 하신 것 같습니다.」

「회임?」

자우하가 고개를 끄덕였다. 이번에는 아라아탄도 이파를 바라본다. 바드란고도, 다른 벨트렉족들도 동시에 이파를 쳐다본다. 이파는 그들의 시선이 자신의 특정 부위에 머물러 있다는 것을 눈치챘다. 그녀가 얼굴을 붉히며 배를 가렸다.

"왜 다들 내 배를 보시오? 불경하오. 경을 칠 것이오."

이파가 짐짓 으름장을 놓았지만 그들 중 고예어를 알아듣는 이는 극소수에 불과했고, 그 극소수는 이파의 으름장이 먹히지 않는 자들뿐이었다.

"아라아탄, 왜 그리 보오? 설명을 좀……. 악! 뭐, 뭐 하는 거요?"

이파에게 급히 다가온 아라아탄이 그녀의 배를 더듬었다. 이파의 얼굴이 새빨개졌다. 아라아탄이 버둥거리는 이파의 어깨를 꽉 붙잡았다.

"그대 진짜 왜 이러오?"

"이파, 태의를 언제 만났어?"

"태의? 난데없이 태의는 어찌 찾소?"

"자우하가 보기엔 그대가 회임을 한 것 같대. 물론 나는 잘 모르겠어. 태의가 별말 없었어?"

"태의는 별말이……."

이파는 날짜를 헤아려 보았다. 그녀의 두 눈이 흠칫 커졌다. 마른침을 삼키며 이파가 주변을 둘러보았다. 기대가 가득 담긴 수십 쌍의 눈들이 그녀만 보고 있었다.

"태의를…… 태의를 만나봐야겠소."

이파가 작게 중얼거렸다. 아라아탄이 그녀를 번쩍 안아 올렸다. 그 행동을 어떻게 이해한 것인지 벨트렉족 전사들이 환호성을 내질렀다. 이파가 아라아탄의 목을 꽉 끌어안았다.

황자일까? 황녀일까?

어느 쪽이든 아라아탄을 닮았으면 좋겠다.

그의 바람이 이곳에 있다. 그녀의 바람이 이곳에 있다. 모두의 바람이 이곳에 있다. 그 바람이 모여든 이곳에 새로운 바람이 이르길, 새로운 바람이 일기를…… 바라고 또 바랐다.

그곳에서 우리가 부디 행복하기를.

❈　　❈　　❈

봄이 오자 벨트렉족은 농사를 시작했다. 전사들의 반항심을 아라아탄은 사뿐히 짓밟았다. 그가 친히 나가 모를 심는데 따르지 않을 자는 없었다. 그는 벨트렉족의 왕이었고, 그가 하면 하는 것이 전사의 덕목이었다.

이파는 흙투성이가 된 그를 보며 고개를 내저었다. 그는 아무래도 전사나 학자보다 농부가 더 천성인 듯했다. 가을에 풍년이 들면 조금쯤 나누어주겠다고 으스대듯 말하는 그를 보고 이파는 웃어버렸다.

"이파, 이것 봐."

"그게 무어요?"

아라아탄이 자랑스럽게 무언가를 내밀었다. 이파는 종이 가득 빼곡하게 적힌 것을 가만히 들여다보았다. 연령에 따라 배우게 할 것들이 빡빡하게 나열돼 있었다.

"황자라는 보장은 없소."

이파가 미간을 모으며 말했다. 아라아탄이 그녀보다 더 미간을 모았다.

"황녀여도 상관없잖아."

"걷기도 전에 천마에 태우겠다고? 고예의 황녀를?"

"왜, 안 돼?"

"당연히 아니 되오. 위험하잖소? 떨어지면 어찌하려고?"

"아니 떨어져."

"아라아탄!"

"내가 꼭 붙잡고 있을게."

아라아탄이 고집을 피운다. 이파는 지끈거리는 이마를 꾹 눌렀다.

"매 끼니 전에 화살을 십 순은 쏘게 하겠다고?"

아라아탄이 고개를 끄덕인다.

"황자든 공주든 설마 죽일 셈이오?"

"늑대의 전사들은 모두 그렇게 해."

물론 태어날 아이는 벨트렉족 전사의 피를 절반은 가졌다. 하지만 고예 황실의 피도 절반은 가졌다.

이파는 깊은 문화 차이를 느꼈다. 그녀는 한숨을 내쉬고는 아라아탄의 계획표를 반듯하게 접었다. 더 접을 수 없을 정도로 여러 번 접은 후 이파는 그것을 아라아탄에게 돌려주었다.

"이건 좀 불가하오. 윤허할 수 없소."

"왜?"

"아니 되니까!"

"……."

이파가 바락 소리치자 아라아탄이 입을 다물었다. 화를 내고도 미안한 마음에 이파가 그에게 어리광 부리듯 안겼다.

"화내서 미안하오."

"그럼 그대로 해도 돼?"

아라아탄이 포기하지 않고 은근히 물었다. 아무튼 끈덕진 족속인 것은 일전부터 알고 있긴 했는데.

"아니 되오."

이파가 한 음절 한 음절 힘주어 말했다.

"황자든 황녀든 태어나면 그 후에 생각해 보오. 지금 말고."

"흐음."

"지금은, 그래, 이름을 생각해 보오."

"흐음."

"응?"

"뭐, 이파가 원한다면."

아라아탄이 내키지 않는다는 듯 고개를 주억거렸다. 그의 품에 묻고 있던 얼굴을 들어 이파가 그를 바라보았다. 아라아탄이 조금 짓궂게 웃고 있었다.

"농이었소?"

"설마 진담이었겠어?"

이파의 표정이 일그러졌다. 그를 어찌 설득해야 하나 벌써부터 머리가 지끈거리려는 참이었다.

"아라아탄!"

화를 내려는 이파의 입술을 아라아탄이 삼켰다. 정말 화를 못 내게 한다. 그와 승강이를 해서 지는 건 언제나 그녀였다. 이파는 못 이기겠다는 듯 입술을 벌렸다. 그가 다정히 그녀의 혀를 휘감아 당겼다.

문득 생각한다.

아이가 아라아탄을 닮으면 좋겠지만, 아라아탄을 조금만 닮으면 더 좋겠다고.

아라아탄의 입술이 떨어져 나간다. 짧은 입맞춤이 아쉬운 듯 이파가 그를 붙잡고서 그의 입술을 살짝 깨물었다.

"이파. 난 금욕적인 사내가 아니야."

그가 곤란한 듯 살짝 눈썹을 찡그렸다. 이파는 부러 그를 유혹하듯 그의 가슴에 손을 얹었다. 못마땅한 듯 인상을 쓰는 그를 똑바로 보며 이파가 입술을 움직였다.

"그댈 은애해, 아라아탄."

"알아."

"그댈 연모해."

"……."

길들이기 어려운 초원의 왕이 졌다는 듯 이파를 끌어안았다. 이파는 귀를 쫑긋 세웠다. 그의 입에서 흘러나오는 벨트렉어를 행복한 마음으로 들었다.

「이파, 그댈 은애해. 그댈 연모해. 그댈 내 곁에 묶을래. 그댈 놓아주지 않을래.」

그가 놓아주자, 이파는 가만히 웃었다.

솔직한 듯 안 한 듯, 까다로운 듯 아닌 듯. 숨기지는 않되 쉽게 속내를 드러내지도 않는 그의 입술을 손가락으로 톡 건드렸다.

"뭐야?"

"그댈 은애해. 그댈 연모해. 그댈 내 곁에 묶을래. 그댈 놓아주지 않을래."

이파가 그에게 안겨 작게 웃었다.

"내 언제까지 못 알아들을 줄 알고? 그대 몰래 좀 배웠소."

이파가 으스댔다. 아라아탄이 픽 웃으며 그녀를 안은 팔에 힘을 주었다. 이파가 그의 가슴에 이마를 기댔다. 몇 달 내내 연습한 벨트렉어를 머릿속에 되새겨 보았다. 익숙하지 않은 말이라 연습하는 데 시간이 조금 걸렸다. 이파는 꽤 정확한 발음으로 천천히 입을 열었다.

「그대에게 묶일게. 그대에게 잡힐게.」

함께 내일로 가자.

다른 것은 모두 뒤에 놓아두고, 오직 둘이서.

옅푸른 눈동자가 한없이 다감해진다.

「......응.」

이파가 푹 빠져 헤어 나오지 못하는 바다였다.

닫는 장

대륙의 밤

휘영청 달이 떴다. 두 개의 만월이 하늘을 가로지르며 교차했다. 아라아탄은 등롱을 들고서 초조하게 왔다 갔다 했다. 마침내 아이 울음소리가 우렁차게 들려왔다. 두 눈을 번쩍 뜨고 당장 들어가려는 아라아탄을 궁인들이 막아섰다.

"아직은 아니 됩니다."

"왜 아니 돼?"

"의녀의 말씀을 기다리세요."

아라아탄이 입술을 잘근거렸다. 이윽고 산실에서 의녀가 나왔다. 아라아탄이 서둘러 의녀에게 달려갔다. 굳은 채로 제 입이 열리기를 기다리는 그에게 의녀가 웃으며 말했다.

"황자 전하이십니다."

그제야 아라아탄이 활짝 웃었다.

"이제 들어가도 돼?"

"예. 들어가 보시지요."

아라아탄이 안으로 들어섰다. 초췌해진 이파가 어린 아들을 안고 있었다.

"이파."

그녀의 젖은 이마를 어루만져 주고는 아라아탄이 황자를 바라보았다.

"이름은 정했소?"

"아직."

"아직도?"

"신중하게 생각해야 하잖아."

아라아탄이 황자의 발가락을 살폈다. 발가락이 열 개인 것이 그와 닮았다. 그것이 기뻐서 웃음이 나왔다.

작고 꼬물거리는 어린 황자. 너무나도 쉽게 꺼질 이 여린 생명을 지키려면 어떻게 해야 할까.

"그럼 며칠만 더 생각해 보오."

"응."

황자가 눈을 떴다. 짙푸른 눈동자였다. 아라아탄은 황자의 이마에 입을 맞추었다. 황자가 손을 파닥거렸다. 아라아탄이 손가락을 내밀어주자 황자가 그의 손을 꼬옥 붙잡았다. 살짝 열린 아이의 입속에 앙증맞은 혀가 보였다.

"이파."

아비가 되기 전에는 아비의 마음을 알 수 없는 법이라고 했다.

"혓바닥이 닮았다고 기뻐하는 아비에 대해 어떻게 생각해?"

"팔불출?"

느닷없는 물음에 이파가 고개를 갸웃거리며 대답했다. 아라아탄이 작게 소리 내어 웃었다.

"그런가?"

"그러지 않겠소?"

아라아탄은 생각했다. 황자와 많은 시간을 함께하고 싶다고.

천마를 타고 더 빠르게 달리는 방법을, 화살을 보다 멀리 쏘아 날리는 방법을, 사냥감을 뒤쫓는 방법을, 드넓은 초원에서 길 찾는 방법을, 밤하늘 별을 읽는 방법을. 자신이 알고 있는 그 모든 것을 알려줄 만큼 함께할 시간이 길기를 바랐다.

'아버지…….'

그리고 아르슬랑을 떠올렸다.

약탈과 살육이 난무하는 초원. 그 초원의 왕이 될 아들을 얻은 아비의 마음은 어떠했을까.

"……."

아라아탄이 황자의 이마를 조심스럽게 어루만졌다.

아르슬랑은 동맹부족을 늘리기 위해 쉴 새 없이 대초원을 떠돌았다. 본지에 머무를 틈도 없었고, 아라아탄과 함께 시간을 보내지도 못했다. 잠깐씩 돌아와 있을 때도 아라아탄에게만큼은 엄격했다. 그가 조금이라도 위험한 짓을 하면 무섭게 꾸짖곤 했다.

그 애타는 마음을 아버지가 된 지금에야 아라아탄은 조금이나

마 이해했다.

그는 언제나 목숨을 위협받는 아들의 내일을 어떻게든 열어주려고 한 것이었다. 이 난폭한 세상을 살아갈 아들을 항시 염려했던 것이었다.

"나와 발가락이 닮았어, 이파."

"나와는 손가락이 닮았소."

이파가 지지 않고 말했다. 황자가 누굴 더 닮았네 하며 둘은 아옹다옹했다. 한참을 진지한 척 굴던 이파가 결국 먼저 웃음을 터뜨렸다.

이파가 손을 뻗어 아라아탄의 뺨을 쓸어 만졌다. 무언가를 떠올리듯 흐릿하던 아라아탄의 눈빛이 뚜렷해지며 이파에게 향한다.

"아라아탄, 내가 그대 곁에 있어."

"……."

"언제나, 언제나 말이오."

아라아탄은 자신이 무엇을 그리워했는지 말하지 않았다. 그저 제 뺨을 어루만지는 이파의 손을 붙잡고서 그녀의 손등에 입맞춤했다.

이파는 그가 누구를 떠올렸는지 묻지 않았다. 그저 그의 입맞춤을 받으며 고백할 뿐이다.

"내가 그대의 바람이 될 거야. 그대의 슬픔, 절망, 모두 날려줄게."

"……."

"모든 바람이 그댈 스쳐 가는 건 아니야."

천천히, 아라아탄이 다정히 웃는다.

"그래, 이파."

언제나, 그녀가 있다.

그의 약한 면을 꿰뚫어 보는, 그의 단 하나뿐인 연인이.

바로 이곳에.

〈끝〉